Jill Shalvis

Lügen und andere Liebeserklärungen

Roman

Aus dem Amerikanischen von
Anita Sprungk

mtb

MIRA® TASCHENBUCH
Band 26021

1. Auflage: Mai 2017

Deutsche Erstveröffentlichung

Titel der amerikanischen Originalausgabe:
Sweet Little Lies

erschienen bei: AVON BOOKS an Imprint of
HarperCollinsPublishers, New York

Published by arrangement with
AVON BOOKS an Imprint of HarperCollinsPublishers, New York

Umschlaggestaltung: büropecher, Köln
Umschlagabbildung: Hybrid Images / Getty Images,
Ingram Publishing / Thinkstock
Redaktion: Christiane Branscheid
Satz: GGP Media GmbH, Pößneck
Printed in Germany
Dieses Buch wurde auf FSC®-zertifiziertem Papier gedruckt.
ISBN 978-3-95649-694-3

www.mira-taschenbuch.de

1. Kapitel

#KeepCalmAndRideAUnicorn

Prus Mom hatte ihr beigebracht, sich beim Anblick eines rosa Autos, fallender Blätter und Messinglampen etwas zu wünschen, denn sie betrachtete es als Zeichen mangelnder Fantasie, seine Wünsche etwas so Gewöhnlichem wie Sternen oder Springbrunnen anzuvertrauen.

Ganz offensichtlich war die Frau, die keinen Meter von Pru Harris entfernt im leichten Sprühnebel stand und in ihrer Geldbörse nach Münzen kramte, um sie in den Springbrunnen im Innenhof zu werfen, nicht von einer Hippie-Mom großgezogen worden.

Letztendlich spielte das aber auch keine Rolle, denn Prus Mom hatte sowieso falsch gelegen. Wünsche, die in Erfüllung gingen, gab es im wahren Leben nicht, genauso wenig wie den großen Lottogewinn oder die Begegnung mit einem Einhorn.

Die Frau, die mit einer Hand ihre Augen vor dem leichten Sprühregen schützte und in der anderen eine Münze hielt, grinste Pru gequält an: „Ich weiß, das ist dumm, aber ich bin an einem absoluten Tiefpunkt.“

Das war etwas, was Pru nur zu gut verstand. Sie setzte den sich heftig windenden Thor auf den Boden und schüttelte ihre Arme aus, um die Durchblutung wieder in Gang zu bringen. Elf Kilo dieser nassen, rundlichen und Angst vor ihrem eigenen Schatten habenden Promenadenmischung fühlten sich nach einem halbstündigen Fußmarsch von der Arbeit nach Hause an wie mindestens das Dreifache.

Thor protestierte mit einem scharfen Bellen gegen den feuchten Boden. Er mochte keinen Regen. Genauso wenig, wie er es mochte, auf den eigenen vier Pfoten zu laufen.

Aber er liebte Pru mehr als sein Leben, also blieb er neben ihr stehen, wedelte langsam mit dem Schwanz und studierte ihre Miene, um herauszufinden, in welcher Stimmung sie war.

Die Frau blinzelte überrascht und starrte auf Thor hinunter. „Oh", sagte sie. „Ich hatte ihn für eine sehr dicke Katze gehalten."

Thor hörte auf, mit dem Schwanz zu wedeln, und bellte noch einmal, als wollte er beweisen, dass er nicht nur durch und durch ein Hund war, sondern obendrein ein großer und sehr bösartiger.

Denn Thor – Extierheiminsasse undefinierbarer Rasse – hielt sich für einen Bullmastiff.

Als die Frau hastig einen Schritt zurücktrat, nahm Pru ihren Hund seufzend wieder auf den Arm. Er verzog sein knittriges Altmännergesicht zu einer beschützenden Miene, während seine Vorderpfoten in der Luft baumelten. Dabei wedelte er wieder mit dem Schwanz, denn jetzt war er ja plötzlich wirklich groß. „Tut mir leid", sagte Pru. „Er hat schlechte Augen, und das macht ihn übellaunig, aber er ist keine Katze." Sie drückte Thor und gab ihm damit zu verstehen, er solle sich anständig benehmen. „Er tut nur so."

Thor reagierte mit einem Blick, der deutlich signalisierte: Wenn dir etwas an deinen Lieblingsschuhen liegt, solltest du sie heute Nacht in Sicherheit bringen.

Die Frau wandte sich wieder dem Springbrunnen zu und betrachtete den Vierteldollar in ihrer Hand. „Es heißt, für die große Liebe sei es nie zu spät, richtig?"

„Richtig", sagte Pru. Weil es nun mal so hieß. Und auch wenn man nach ihrer eigenen Erfahrung der großen Liebe noch seltener begegnete als einem Einhorn, musste sie ja nicht unbedingt die Hoffnungen und Träume eines anderen Menschen zerstören.

Ein plötzlicher Blitz tauchte die Skyline von San Francisco in grelles Licht wie beim Feuerwerk zum vierten Juli. Dabei war doch erst Juni, und es war kalt. Thor quiekte erschrocken und barg seine Schnauze an Prus Hals. Pru begann zu zählen, kam aber nicht mal bis zwei, bevor ein so lauter Donnerschlag ertönte, dass sie alle drei zusammenzuckten.

„Huch!“ Die Frau ließ den Vierteldollar wieder in ihre Geldbörse gleiten. „Nicht mal die große Liebe ist es wert, sich vom Blitz erschlagen zu lassen.“ Damit rannte sie davon.

Pru und Thor taten es ihr gleich und eilten über den gepflasterten Hof. Normalerweise ließ sie sich hier Zeit und erfreute sich an der schönen Architektur des alten Gebäudes, an den Kragsteinen in der Backsteinfassade, den offenliegenden Eisenträgern und den großen Fenstern, aber schlagartig begann es, so heftig zu regnen, dass die Tropfen, die auf den Boden prallten, ihr bis an die Knie spritzten. In weniger als zehn Sekunden war sie völlig durchnässt, die Kleider klebten ihr am Körper, und in ihren Stiefeletten stand Wasser.

„Immer langsam, Süße!“, rief ihr jemand zu. Der alte Obdachlose, der sich meistens in der Hofdurchfahrt aufhielt. Mit seiner zu Leder gegerbten Haut und den weißen wattebauschartigen Haaren, die ihm bis auf den Kragen seines schreiend bunten, mit Ananas und Papageien bedruckten Hawaiishirts hingen, sah er aus wie Doc aus *Zurück in die Zukunft*. Ein paar Jahrzehnte älter vielleicht. Ein Jahrhundert höchstens. „Viel nasser kannst du nicht mehr werden“, meinte er.

Doch es ging Pru gar nicht darum, sich vor dem Unwetter in Sicherheit zu bringen. Sie liebte den Regen. Tatsächlich versuchte sie, vor ihren Dämonen zu flüchten, obwohl sie allmählich den Verdacht hegte, dass das unmöglich war.

„Ich muss in meine Wohnung“, stieß sie atemlos von ihrem verrückten Sprint hervor. An ihrem sechsundzwanzigsten Geburtstag hatte ihr Fitnesstrainer ihr frotzelnd erklärt, von nun an gehe es nur noch bergab. Sie hatte ihm nicht geglaubt. Jetzt war sie die Angeschmierte.

„Warum die Eile?“

Pru blieb stehen. Dann unterhielt sie sich eben mit ihm. Der Alte war freundlich und nett, auch wenn er sich weigerte, ihr seinen Namen zu nennen, und behauptete, den habe er bereits in den Siebzigern vergessen. Egal, ob das stimmte oder nicht, sie versorgte ihn mit Essbarem, seitdem sie vor drei Wochen hier eingezogen war. „Heute kommt endlich der Typ von der Kabelfernsehgesellschaft“, erklärte sie. „Um fünf, haben sie gesagt.“

„Das haben sie dir gestern gesagt. Und letzte Woche auch schon“, gab er zurück und versuchte erfolglos, Thor zu streicheln.

Noch ein Punkt auf Thors Liste verhasster Dinge: Männer.

„Aber diesmal ist es wirklich ernst gemeint“, erwiderte Pru und setzte Thor erneut ab. Zumindest war ihr das von dem zuständigen Kundenbetreuer am Telefon versprochen worden, und sie brauchte dringend Zugang zum Kabelfernsehen. Sehr dringend sogar. Morgen Abend lief das Finale von *So You Think You Can Dance*.

„’tschuldigung“, sagte jemand, der vom Fahrstuhl kam und sich an ihr vorbeiquetschen wollte. Er trug seine Mütze tief in die Stirn gezogen, um das Gesicht vor dem Regen zu schützen, und auf der Brust seines Monteuranzugs prangte das Logo der Kabelfernsehgesellschaft. In der Hand trug er einen Werkzeugkasten, und er wirkte ziemlich angefressen vom Leben ganz allgemein.

Thor, der sich hinter Prus Beinen in Sicherheit gebracht hatte, begann leise zu knurren. Er klang grimmig, sah aber eher zum Lachen aus, zumal mit nassem Fell. Er hatte das Fell eines Yorkshireterriers – eines fetten Yorkshireterriers –, obwohl er durch und durch eine Promenadenmischung war. Und wer weiß, vielleicht steckte wirklich ein bisschen Katze in ihm.

Auch wenn er ein Schlappohr hatte, während das andere spitz in die Höhe stand, wodurch er ständig einen leicht verwirrten Eindruck machte.

Keine Katze, die etwas auf sich hielt, hätte so etwas zugelassen. Auch der Typ von der Kabelfernsehgesellschaft warf nur einen Blick auf ihn, schnaubte abfällig und eilte weiter.

„Warten Sie!", rief Pru ihm nach. „Suchen sie nach 3 C?"

Er blieb stehen, musterte sie von oben bis unten und ließ seinen Blick in Höhe ihres Brustkorbs ein wenig verweilen. „Um offen zu sein, stehe ich mehr auf Doppel-D", erklärte er.

Pru schaute an sich hinab. Ihr T-Shirt klebte ihr an den Brüsten. Sie verengte die Augen und kreuzte die Arme über dem, was definitiv nicht Doppel-D entsprach. „Lassen Sie mich präzisieren", erwiderte sie und packte Thors Leine fester, weil er immer noch knurrte, wenn auch sehr leise, weil er nur so tun wollte, als sei er ein harter Typ. „Suchen Sie nach der Person, die in Apartment 3 C wohnt?"

„Das habe ich, aber es war niemand zu Hause." Er musterte Thor. „Ist das etwa ein Hund?"

„Ja! Und ich bin 3 C", erklärte Pru. „Ich bin zu Hause!"

Er schüttelte den Kopf. „Sie haben nicht geöffnet."

„Das tue ich jetzt, versprochen." Sie zog den Schlüssel aus ihrer Tasche. „Wir können rasch nach oben laufen und …"

„Können wir nicht, junge Dame. Es ist bereits fünf." Er wedelte mit seiner Uhr am Handgelenk. „Feierabend."

„Aber …"

Nichts aber. Fort war er, eilte in den Wolkenbruch hinaus und verschwand im Nebel, als wären sie in den Kulissen eines Horrorstreifens.

Thor hörte auf zu knurren.

„Na toll", murmelte Pru. „Einfach toll."

Der Alte schob sein Gebiss in seinem Mund hin und her. „Ich könnte dir das Kabel anschließen. Hab schon ein oder zwei Mal jemandem dabei zugeschaut."

Er hatte schon bessere Tage gesehen, genau wie das alte Pacific-Pier-Gebäude um sie herum. Beide hatten einen gewissen altmodischen Charme. Dennoch vertraute sie ihm nicht genug, um ihn in ihre Wohnung zu lassen. „Danke", sagte sie, „aber das ist nicht nötig. So dringend brauche ich das Kabelfernsehen nun auch wieder nicht."

„Aber morgen Abend läuft das Finale von *So You Think You Can Dance*."

Sie seufzte. „Ich weiß."

Ein weiterer Blitz erhellte den Himmel, abermals unmittelbar gefolgt von einem Donnerschlag, der von den steinernen Wänden des Hofes widerhallte und den Boden unter ihren Füßen erzittern ließ.

„Das ist mein Zeichen für einen Abgang", sagte der Alte und zog sich in die Hofeinfahrt zurück.

Pru brachte Thor nach oben, rubbelte ihn mit einem Handtuch trocken, legte ihn auf sein Liegekissen und deckte ihn zu. Am liebsten hätte sie sich ebenfalls in ihr Bett verzogen, aber sie hatte Hunger, und ihr Kühlschrank war leer. Also zog sie sich rasch trockene Sachen an und ging wieder nach unten.

Es regnete immer noch.

Irgendwann in den nächsten Tagen würde sie sich einen Regenschirm kaufen. Jetzt aber rannte sie, so schnell es ging, bis zur Nordostecke des Gebäudes, an der Coffeebar, dem Waffel-Laden und der Zoohandlung vorbei – alle bereits geschlossen –, passierte das Tattoo-Studio – noch offen – und lief geradewegs zum Irish Pub hinüber.

Ohne Aussicht darauf vor dem Kabelfernsehen, den Abend verbringen zu können, brauchte sie unbedingt Chickenwings.

Undnirgendsgabessotolle Chickenwingswieim„O'Riley's".

Dir geht es ja gar nicht um die Chickenwings, meldete sich eine leise Stimme in ihrem Kopf. Und das entsprach den Tatsachen. Nein, was sie ins „O'Riley's" zog wie eine Biene auf eine Blumenwiese, war Finn O'Riley höchstpersönlich mit seinen ein Meter dreiundachtzig, seinen breiten Schultern, den dunklen Augen und dem leicht schwermütigen Lächeln.

Sie wohnte erst drei Wochen in ihrer neuen Wohnung, aber sie hatte bereits erkannt, dass die Leute, die hier lebten und/oder arbeiteten, zusammenhielten. Und sie wusste, dass das zu einem nicht geringen Teil Finns Verdienst war. Er war das Zentrum dieser Gemeinschaft, war Leim und verlässlicher Pfeiler gleichermaßen.

Sie wusste sogar noch mehr. Mehr, als sie hätte wissen sollen.

„Hey!“, rief der Alte ihr aus der Einfahrt nach. „Wenn du uns Wings besorgst, denk an die Extrasoße!“

Sie winkte ihm zu und betrat das „O'Riley's“, wieder bis auf die Knochen durchnässt. Am Eingang blieb sie einen Moment stehen, um sich zu orientieren.

Okay, das war natürlich gelogen. Sie tat nur so, als müsse sie sich orientieren, während ihr Blick zur Bar hinüber wanderte und zu den Typen, die dahinter standen.

Heute Abend arbeiteten dort zwei Männer. Der zweiundzwanzigjährige Sean jonglierte mit Flaschen, begleitet von Pfiffen und dem wilden Jubel einer Gruppe von Frauen, die sich an der Bar drängten. Er bezauberte sie mit einem breiten Lächeln und strahlenden Augen. Aber nicht er zog Prus Blick magisch an, als wäre er eine ganze Auslage voller verlockender Süßigkeiten.

Nein, diese Ehre gebührte dem Typen, der das Lokal leitete: Seans älterem Bruder. Schlank, muskulös und mit lässigem Selbstvertrauen biederte Finn O'Riley sich nicht bei seinen Gästen an. Das tat er nie. Er bewegte sich schnell und effizient, ohne eine Show abzuziehen, arbeitete rasch die Bestellungen ab, behielt zugleich die Küche im Auge und tat die ganze eigentliche Arbeit, ruhig wie immer, ein Fels in der Brandung.

Pru hätte ihm den ganzen Tag dabei zusehen können. Es lag an seinen Händen, entschied sie. Sie bewegten sich ständig mit geübter Präzision. Er war beschäftigt, natürlich viel zu beschäftigt für sie, und das war nur einer der vielen Gründe, warum sie sich nicht gestattete, sich auszumalen, was er alles für köstliche, unanständige, verruchte Dinge mit ihr im Bett anstellen konnte.

Ooops! Auch das war natürlich eine dicke fette Lüge.

In Wahrheit hatte sie sich durchaus schon in allen Einzelheiten ausgemalt, was für wunderbare Dinge er mit ihr im Bett – und außerhalb – anstellen konnte.

Er war ihr Einhorn.

Er bückte sich nach irgendetwas hinter der Bar, und die ganze Reihe weiblicher Gäste auf den Barhockern beugte sich gleichzeitig vor, um auch ja nichts zu verpassen. Erdmännchen-Parade.

Als er sich ein paar Sekunden später wieder aufrichtete, wuchtete er eine riesige Kiste mit irgendetwas hoch, vielleicht saubere Gläser, und sah dabei nicht so aus, als strengte ihn das sonderlich an. Das war zweifellos all den schlanken, aber harten Muskeln zu verdanken, die unter seinem schwarzen T-Shirt und der verblichenen Jeans zu sehen waren. Sein Bizeps wurde prall, als er sich umdrehte und ihr damit die Chance gab zu erkennen, dass seine Jeans ihm perfekt passte, vorn wie hinten.

Wenn er sein begeistertes Publikum überhaupt wahrnahm, gab er das durch nichts zu erkennen. Er setzte nur die Kiste auf dem Tresen ab und nickte ein schweigendes Hallo in Prus Richtung, ohne die Frauen zu beachten, die ihn beäugten.

Sie erstarrte und verrenkte sich dann den Hals, um einen Blick hinter sich zu werfen.

Da war niemand. Nur sie stand hier und tropfte ihm den Fußboden voll.

Sie drehte sich wieder um und stellte fest, dass Finn stillschweigend amüsiert zu ihr herüberschaute. Ihre Blicke trafen sich und ließen einander endlose Sekunden nicht wieder los. Es war, als fühlte er aus der Ferne ihren Puls und registrierte die Tatsache, dass sie durchnässt und atemlos war. Um seine Mundwinkel zuckte es. Schon wieder amüsierte er sich über sie.

Leute drängten sich in ihr Blickfeld. Der Laden war gerammelt voll, wie immer, aber als sie wieder freien Blick zur Bar hatte, schaute Finn sie immer noch an, stetig und ohne zu blinzeln. In seinen dunkelgrünen Augen lag jetzt noch etwas anderes als Belustigung, etwas, das sie von innen heraus zu wärmen begann.

Drei Wochen – und jedes Mal dasselbe …

Pru hielt sich für halbwegs mutig und vielleicht sogar für mehr als nur ein bisschen abenteuerlustig – aber nicht unbedingt für kess. Es fiel ihr nicht leicht, Kontakt zu Menschen knüpfen.

Und das war auch schon die einzige Entschuldigung dafür, dass sie ihren Blick abwandte und so tat, als ließe sie ihn durch den Raum schweifen.

Der Pub war klein und gemütlich. Zur Hälfte Bar, zur Hälfte Restaurant, erinnerte die Inneneinrichtung aus dunklem Holz an eine alte Reetdachkneipe. Die Tische waren aus Whiskyfässern gemacht, die Bar bestand aus umfunktionierten Landhaustüren. Die Messinghängelampen und die Buntglasscheiben zusammen mit den von Pferden angeknabberten, aus alten Zaunbrettern zugeschnittenen Fußleisten vervollständigten den Gesamteindruck von rustikalem Charme und freundlicher Wärme.

Aus unsichtbaren Lautsprechern erklang Musik und sorgte für eine heitere Stimmung, sie war aber nicht so laut, dass Unterhaltungen erschwert wurden. Auf der einen Seite des Raumes erstreckte sich eine Fensterfront, auf der anderen gaben große Türen aus Holz und Glas den Blick nach draußen frei, sodass man sowohl auf den Hof als auch auf die Straße und den Hügel hinunter auf den schönen Fort-Mason-Park, auf den Jachthafen und die Golden Gate Bridge dahinter schauen konnte.

All das war faszinierend, aber nicht annähernd so faszinierend wie Finn selbst, weshalb ihre Augen – Verräter, die sie waren – sich sofort wieder ihm zuwandten.

Er zeigte auf sie.

„Ich?", fragte sie, obwohl er sie garantiert nicht hören konnte.

Ein angedeutetes Lächeln, und er winkte sie mit einem Finger heran.

Ja. Er meinte sie.

2. Kapitel

#TakeMeToYourLeader

Prus Gehirn fragte sich, was ihre Mom wohl dazu gesagt hätte, dass sie auf einen Mann zuging, der sie mit dem Finger heranwinkte. Aber Prus Füßen waren diese Überlegungen egal. Sie brachten sie einfach direkt zu ihm.

Er reichte ihr ein sauberes Handtuch, damit sie sich abtrocknen konnte. Ihre Finger streiften sich, was ihr eine Gänsehaut über den Körper jagte. Während sie das genoss – hey, das war das Äußerste, was sie seit sehr langer Zeit erlebt hatte –, schob er ihr einen Hocker zurecht.

„Was kann ich dir bringen?“ Seine Stimme war tief und rau und ließ ihr allerhand unangemessene Antworten durch den Kopf schießen. „Das Übliche?“, fuhr er fort. „Oder das Abend-Special?“

„Was wäre das?“, fragte sie.

„Heute Abend ein Wassermelonen-Mojito. Für dich könnte ich ihn alkoholfrei mixen.“

Er sah Tag für Tag Gott weiß wie viele Menschen, und obendrein hatten sie beide bisher kaum mehr als ein paar Worte gewechselt, aber er wusste, was sie nach einem langen Arbeitstag auf dem Wasser mochte.

Und was nicht. Er hatte bemerkt, dass sie keinen Alkohol trank. Kaum zu glauben, dass er sich so etwas merken konnte, wenn man bedachte, dass er eine Speisekarte, eine Getränkekarte und eine Spezialkarte nur für Bier im Kopf haben musste. „Du weißt, was ich normalerweise nehme?“, fragte sie, angenehm berührt von dieser Vorstellung. Angenehm berührt und ein klein bisschen verängstigt, denn was sie gerade tat, sollte sie eigentlich nicht tun. Sie durfte nicht mit ihm flirten.

„Das ist mein Job", erklärte er.

„Oh." Sie lachte über sich selbst. „Ja. Natürlich."

Sein Blick ließ sie keinen Moment los. „Liegt natürlich auch daran, dass du üblicherweise heiße Schokolade bestellst, und die passt zu deinen Augen."

Ein Gefühl von Wärme breitete sich in ihrem Magen aus. Und in einigen anderen Körperregionen. „Das Abend-Special in alkoholfrei wäre großartig. Danke."

Der Typ auf dem Barhocker neben ihr wandte sich ihr zu und sah sie an. Er trug einen Anzug, die Krawatte hatte er gelockert. „Hi", sagte er, und seiner Heiterkeit war zu entnehmen, dass er die ersten paar Drinks schon intus hatte. „Ich heiße Ted. Wie wäre es, wenn ich dir einen Orgasmus ausgebe? Oder vielleicht sogar" – zwinker, zwinker – „mehrere?"

An Finns lässig-entspannter Haltung änderte sich nichts, wohl aber an seinen Augen, als er den Blick auf Ted richtete: Sein Blick wurde ernst und ein wenig Furcht einflößend. „Benimm dich", warnte er, „oder für dich ist Schluss für heute."

„Och, so macht das aber keinen Spaß", erwiderte Ted breit grinsend. „Ich möchte der Lady doch nur einen Drink ausgeben, das ist alles."

Finn schaute ihn einfach nur an.

Ted hob resignierend beide Hände, und Finn machte sich erneut daran, Drinks zu mixen. Kaum hatte er sich abgewandt, beugte Ted sich wieder nah zu Pru hinüber. „Fein, jetzt, wo Daddy weg ist, wie wäre es mit Sex On The Beach?"

Sofort ging Finn dazwischen und kassierte Teds Drink ein. „Uunnd das war's für dich."

Ted stieß einen Seufzer aus und stand auf. „Na schön, ich muss sowieso nach Hause." Er schenkte Pru ein reumütiges Lächeln. „Vielleicht fangen wir beim nächsten Mal mit einem Seduction an."

„Vielleicht beim nächsten Mal", gab sie zurück – mit einem süßen unverbindlichen Lächeln aus ihrem großen Arsenal verschiedener Arten zu lächeln, die sie in ihrem Job als Kapitänin eines Ausflugsdampfers in der Bucht benutzte. Man brauchte schon sehr viele Varianten, um mit all den Leuten fertigzuwerden, mit denen sie täglich zu tun hatte, und sie beherrschte sie alle aus dem Effeff.

Als Ted fort war, schaute Finn sie fragend an. „Vielleicht beim nächsten Mal?", hakte er nach.

„Oder nie, verstehst du?"

Darüber musste Finn lächeln. „Du hast ihn sehr glimpflich davonkommen lassen."

„Ging nicht anders", sagte sie. „Schließlich hast du den bösen Bullen gespielt."

„Gehört zu meinem Service", erwiderte er. Offenbar machte er sich nichts aus ihrer Bemerkung zum bösen Bullen. „Musstest du heute deine letzte Tour ausfallen lassen?"

Demnach wusste er offenbar, womit sie ihren Lebensunterhalt verdiente. „Nein. Bin gerade zurückgekommen."

„Du warst bei diesem Wetter draußen?", fragte er ungläubig. „Trotz der Sturmwarnung und des Wellengangs?"

Seine Hände waren ständig in Bewegung, mixten Drinks, schnitten Zutaten klein, hantierten mit allem Möglichen. Sie war wie hypnotisiert von der Art, wie er sich bewegte, wie er seine kräftigen Hände benutzte, von den Bartstoppeln an seinem Kinn …

„Pru."

Sie riss ihren Blick von seinem kantigen Unterkiefer los und stellte fest, dass er sie unverwandt anschaute. „Hmm?"

Eine Spur von Belustigung und noch etwas anderem blitzte kurz in seinen Augen auf. „Hattest du heute Probleme mit dem Sturm und dem Wellengang da draußen?"

„Nicht wirklich. Das heißt, ein kleiner Junge hat sich auf seine Oma übergeben, aber das lag nur daran, dass sie ihm eine große Portion Zuckerwatte und danach zwei Hotdogs gekauft und ihn nicht davon abgehalten hat, das alles in circa zwei Sekunden zu verschlingen. Mich trifft also keine Schuld."

Er wandte den Kopf und schaute durch die offene Türe auf den Hof hinaus. Draußen dämmerte es bereits. Die Lichterketten, die den schmiedeeisernen Zaun und den Springbrunnen schmückten, ließen den strömenden Regen sichtbar werden, der vom Himmel fiel.

Sie zuckte die Achseln. „Es hat erst angefangen zu regnen, als ich schon wieder vom Wasser runter war. Außerdem gehört schlechtes Wetter einfach zum Job."

„Ich würde meinen, am Leben zu bleiben spiele in diesem Job eine wichtigere Rolle."

„Nun ja", meinte sie lachend. „Am Leben zu bleiben ist definitiv das Ziel." Tatsache war, dass sie draußen auf dem Wasser selten Probleme hatte. Nein, Probleme hatte sie vor allem mit dem wahren Leben. „Das hier ist San Francisco. Würden wir nicht bei problematischem Wetter rausfahren, würden wir nie rausfahren."

Während sie redete, putzte er die Bar und servierte einer Gruppe ein paar Hocker weiter einige Margaritas. Trotzdem schaffte er es, ihr das Gefühl zu vermitteln, als konzentriere er sich nur auf sie.

Das ist sein Job, erinnerte ihr Gehirn ihren Körper. Aber es fühlte sich nach mehr an.

Am anderen Ende des Pubs fiel Porzellan scheppernd zu Boden. Finn ließ den Blick hinüberschweifen.

Eine seiner Kellnerinnen hatte eine Schüssel fallen lassen, und die rüpelhafte Gruppe junger Kerle an dem Tisch, an dem sie bediente, grölte schadenfroh, was ihr die Sache noch peinlicher machte.

Finn schwang sich mühelos über die Bar und ging hinüber. Pru konnte nicht hören, was er sagte, aber die Typen am Tisch wurden sofort still und ließen ihre dummen Witze stecken.

Dann drehte Finn sich um, ging neben seiner Kellnerin in die Hocke, half ihr, das Malheur zu beseitigen, und stand keine sechzig Sekunden später wieder hinter der Bar.

„Du hast einen interessanten Job", sagte er und nahm damit den Faden ihrer Unterhaltung wieder auf, als wäre er durch nichts unterbrochen worden.

„Ja", erwiderte sie und sah zu, wie die Kellnerin auf dem Weg zur Küche Finn einen dankbaren Blick zuwarf. „Interessant. Und Spaß macht er auch." Letzteres war ihr unglaublich wichtig, denn … Nun, es hatte eine ziemlich lange Zeit in ihrem Leben gegeben, wo sie praktisch nie so etwas wie Freude oder Spaß empfunden hatte.

„Spaß." Finn wiederholte das Wort, als ergäbe es für ihn keinen Sinn. „Das ist etwas, was ich schon eine ganze Weile nicht mehr hatte."

Noch eine Sache, die sie bereits über ihn wusste, und ein Stich des Bedauerns durchzuckte sie.

Sean tauchte neben Finn auf. Die beiden Brüder sahen sich ähnlich; das gleiche dunkle Haar, die gleichen grünen Augen, das gleiche Lächeln. Finn war größer, aber das hielt Sean nicht davon ab, seinem älteren Bruder einen Arm um die Schultern zu legen und Pru zuzuzwinkern. „Du musst Nachsicht mit Grandpa hier haben. Er versteht nichts von Spaß. Du bist besser beraten, wenn du mit mir ausgehst."

Sean O'Riley, Weltmeister im Flirten.

Allerdings war Pru selbst Meisterin darin, gezwungenermaßen. Bei ihrer Arbeit war sie ständig damit konfrontiert, mit Charmeuren umgehen zu müssen. Ganz egal, ob es Touristen oder Collegestudenten waren – sie alle hatten ihren Spaß daran, einen weiblichen Kapitän auf dem Boot zu haben, und da sie ganz passabel aussah und obendrein nicht auf den Mund gefallen war, wurde sie sehr häufig angebaggert. Sie lehnte immer ab, sogar die Heiratsanträge. Nein, ganz besonders die Heiratsanträge. „Ich fühle mich geschmeichelt", meinte sie locker lächelnd. „Aber ich könnte unmöglich die Herzen all der Frauen brechen, die nur darauf warten, dass ihre Cocktail-Träume in Erfüllung gehen."

„Verdammt." Sean tat so, als hätte ihn ein Dolchstoß ins Herz getroffen, aber er lachte freundlich. „Tust du mir dann vielleicht einen Gefallen? Wenn du mit dem hier mal eine Spritztour machen willst", er boxte Finn spielerisch in die Seite, „dann zeig ihm doch bitte, wie man das Leben genießt, und entführe ihn vielleicht in ein Abenteuer."

Pru schaute verstohlen zu Finn hinüber, und so entging ihr die Verärgerung nicht, die kurz in seinen Augen aufblitzte, als Sean davonschlenderte. „Du brauchst Hilfe, um das Leben zu genießen?", fragte sie beiläufig. Das fiel ihr nicht leicht, denn ihr Herz hatte angefangen zu pochen, und ihr Puls raste. Was zum Teufel tat sie da? Flirtete sie etwa mit ihm? Das war eine ganz schlechte Idee, die schlechteste Idee, die sie jemals gehabt hatte – dabei konnte sie von dieser Sorte einige Prachtexemplare vorweisen.

Sei nicht dumm. Finger weg von dem süßen heißen Typ. Du kannst ihn nicht haben, und du weißt genau, warum.

Allerdings verflüchtigte sich dieser beunruhigende Gedanke auf der Stelle, als Finn lachte, ein grollendes, ungeheuer erregendes Lachen, das so klang, als hätte er es vielleicht für ganz besondere Gelegenheiten aufbewahrt.

„Offen gesagt, habe ich mein Leben in vollen Zügen genossen. Und was Abenteuer angeht, darüber könnte ich ein Buch schreiben." Er stützte sich auf die Bar und kam ihr dadurch sehr nahe. Den Blick fest auf ihre Augen gerichtet, strich er ihr eine nasse Haarsträhne aus der Schläfe.

Sie verharrte regungslos, wie ein Hundewelpe, der darauf hofft, dass man ihm den Bauch krault, und starrte zu ihm hoch. Ihr Herz pochte immer noch wild, aber jetzt aus einem ganz anderen Grund. „Was ist passiert?", fragte sie, nein, flüsterte sie, denn sie war sich ziemlich sicher, dass sie wusste, was ihn und sein Leben so umgekrempelt hatte, und es würde sie umbringen, wenn er es aussprach.

Er zuckte die Achseln. „Das Leben."

Oh, wie sehr sie das für ihn hasste. Hasste und sich dafür schuldig fühlte. Und nicht zum ersten Mal, wenn sie völlig überfordert war, redete sie unbedacht drauflos. „Weißt du, in manchen Kreisen nennt man mich die Spaßflüsterin."

Er zog eine Braue hoch. „Tatsächlich?"

„Ja", erwiderte sie. Offensichtlich hatte sie die Kontrolle über ihren Mund verloren. „Der Spaß beginnt genau hier mit mir. Ich habe mich auf Leute spezialisiert, die ihr Leben nicht leben; die sich von ihrem Leben leben lassen. Es geht darum, Dinge loszulassen, weißt du." Oh Himmel – warum zum Teufel konnte sie nicht einfach ihren Mund halten?

Finn lächelte und verursachte damit einen Kurzschluss in der Hälfte ihrer Gehirnzellen. „Willst du mir beibringen, wie man Spaß hat, Pru?", fragte er mit seiner leisen, rauen Stimme.

Großer Gott, allein schon, wie er ihren Name aussprach, ließ ihre Knie weich werden. Jetzt konnte sie auch sehen, dass seine Augen nicht etwa gleichmäßig dunkelgrün waren, sondern dass sie mit goldenen und braunen Sprenkeln durchsetzt waren und sich hier und da sogar ein Funken Blau zeigte. Sie spielte mit dem Feuer, und jede ihrer inneren Alarmsirenen schrillte.

Hör auf.

Halte dich fern.

Geh nach Hause.

Aber tat sie etwas davon? Nein, tat sie nicht. Stattdessen erwiderte sie Finns Lächeln. „Wenn ich dir beibringe, wie man Spaß hat, könnte das all deine Erwartungen übertreffen."

„Daran habe ich keine Zweifel", murmelte er, und damit war es auch um die andere Hälfte ihrer Gehirnzellen geschehen.

3. Kapitel

#GoBigOrGoHome

Erst als Finn verschwand, um einer seiner Kellerinnen zu helfen, atmete Pru zitternd aus. *Man nennt mich die Spaßflüsterin?* Sie schlug sich mit der Hand vor die Stirn, aber das brachte sie auch nicht zur Vernunft. Also drehte sie sich um, befahl ihren Hormonen, die Düsentriebwerke wieder auszuschalten, und ließ den Blick durch den Pub schweifen.

Sofort wurde sie ans andere Ende der Bar gewinkt. Sie hatte bei Betreten des Pubs gar nicht darauf geachtet, wer dort saß, weil sie ausschließlich auf Finn fixiert gewesen war.

Jenes Ende der Bar war inoffiziell für jene reserviert, die in ihrem Haus lebten und arbeiteten. Dort saß immer jemand, den man kannte und mit dem man zusammen essen oder trinken und plaudern konnte.

An diesem Abend war dieser Jemand Willa, die Inhaberin der South-Bark-Zoohandlung, einem Fachgeschäft für alles rund ums Haustier im Erdgeschoss der südwestlichen Ecke des Gebäudes.

Willa musterte die immer noch klatschnasse Pru und schob ihr wortlos einen Teller mit Chickenwings hin.

„Du kannst Gedanken lesen“, sagte Pru und ließ sich auf den Barhocker neben ihr gleiten.

Willa lachte über das quatschende nasse Geräusch, als Pru sich setzte. „Wenn man in einer Stadt lebt, die nur aus Hügeln, Regen und durchweichten Regenbogenfahnen besteht, lernt man sehr schnell, was wirklich Wert hat: ein Regenschirm, der noch all seine Speichen hat … und ein Mann, der an ein Happy End glaubt."

Pru lachte. „Sag bloß, du glaubst an Märchen."

Willa lächelte, und ihre grünen Augen funkelten. Wenn man sie so ansah, mit ihren stufig geschnittenen erdbeerroten Haaren, die ihr hübsches Gesicht umrahmten, und ihrer zierlichen kurvigen Figur, sah sie so aus, als sei sie direkt einem Märchen entsprungen und würde gleich ihren Zauberstab schwingen. „Du glaubst also nicht, dass irgendwo da draußen der Richtige auf dich wartet?"

Pru biss herzhaft in einen Chickenwing und stöhnte selig. Dann leckte sie sich ein bisschen Soße vom Daumen. „Ich vermute, ich hätte mehr Glück, wenn ich ein Einhorn suche."

„Du könntest es dir wünschen – am Springbrunnen", meinte Willa.

Der Springbrunnen im Hof hatte einen gewissen Ruf, um den offenbar auch die Frau, der sie vorhin begegnet war, wusste. Das 1928 erbaute vierstöckige Gebäude war ursprünglich um den Springbrunnen herum errichtet worden. Den hatte es schon fünfzig Jahre zuvor im Cow Hollow District gegeben, als diese Gegend von San Francisco noch sehr nach Wildem Westen aussah, mit jeder Menge Milchgeschäfte und umherziehender Rinder.

Damals hatten nur die Tüchtigen überlebt. Und die Verzweifelten. Daraus war der Mythos entstanden, dass der Springbrunnen Wünsche erfüllte: Wurde der Wunsch in tiefster Verzweiflung und aus ehrlichem Herzen ausgesprochen, dann schenkte der Brunnen einem die wahre Liebe auf unerwartete Weise.

In den letzten knapp hundertfünfzig Jahren war das gerade oft genug geschehen, um aus dem Mythos eine berühmt berüchtigte Legende zu machen.

Eine kräftige Hand stellte einen Wassermelonen-Mojito-Cocktail vor ihr ab, der ihr das Wasser im Munde zusammenlaufen ließ. Die Muskeln in Finns Unterarm bewegten sich eindrucksvoll unter seiner Haut. Pru hielt ihre Augen einen Moment lang auf das Glas vor sich gerichtet, bevor es ihr gelang, zu Finn hochzuschauen. „Danke."

„Probier ihn."

Sie gehorchte. „Oh, mein Gott", murmelte sie, während ihr pures Wohlbehagen durch die Adern floss. „Was ist da drin?"

Er lächelte geheimnisvoll, und tief in ihrem Inneren tat sich etwas Warmes und Wundervolles.

„Geheimrezept", erwiderte er, während sie ihn immer noch anstarrte. Dann wandte er sich Willa zu. „Und hier ist dein Irish Coffee."

Willa quietschte vergnügt angesichts der auf dem Glas aufgetürmten Schlagsahne und sprang auf, um Finn kräftig zu umarmen.

Pru wusste, dass die beiden eng befreundet waren, das zeigte sich nicht zuletzt in ihrem vertrauten Umgang miteinander. Nach einer sexuellen Beziehung sah es jedoch überhaupt nicht aus, also gab es auch keinen Grund zur Eifersucht. Allerdings war Finn anzumerken, dass er Willa gegenüber keine Selbstschutz-Barrieren hatte, und das ließ Pru ein wenig neidisch werden.

Finn wartete, bis Willa wieder saß und sich ihrem Drink widmete, bevor er weitersprach. „Dein Mädchen Cara hat gestern Abend versucht, Sean einen Drink abzuschwatzen."

Willa, die gerade einen Löffel Schlagsahne in den Mund geschoben hatte, zog eine Grimasse. In ihrem Laden arbeiteten abwechselnd drei bis vier Angestellte, allesamt in irgendeiner Form „gerettet" und einige von ihnen noch minderjährig. „Hat sie einen gefälschten Ausweis vorgezeigt?"

„Genau", sagte Finn. „Sean hat ihn auf meinen Befehl zerschnitten."

Willa seufzte. „Ich wette, das kam wahnsinnig gut an."

Finn zuckte mit den Schultern. „Wir haben das schon hinbekommen."

Willa griff nach seiner Hand und drückte sie. „Danke."

Finn nickte und wandte seine Aufmerksamkeit wieder Pru zu, die bereits ein Drittel ihres Drinks intus hatte. „Brauchst du noch eine Portion Chickenwings für dich?"

Was sie brauchte, beinhaltete keine Kalorien. Eher schon eine Lobotomie. „Ja, bitte."

„Wird dir langsam wärmer?"

Ja, aber das hatte womöglich mehr mit der Wärme in seinem Blick als mit der Raumtemperatur zu tun. „So ganz allmählich", stieß sie mühsam hervor.

Ein kaum merkliches Lächeln spielte um seine Mundwinkel.

Freundliches Geplauder, mehr ist es nicht, rief sie sich in Erinnerung. Sie waren nichts weiter als flüchtige Bekannte, die zufällig zur selben Zeit am selben Ort waren.

Also abgesehen davon, dass sie keineswegs zufällig hier war. Finn wusste das nur nicht.

Noch nicht.

Irgendwann würde sie es ihm sagen müssen, denn das hier war *kein* Märchen. Sie würde es ihm auf jeden Fall sagen. Doch für gewöhnlich lebte sie nach der Devise: je später, desto besser.

Als ihr bewusst wurde, dass Finn sie beobachtete, wand sie sich auf ihrem Sitz. Plötzlich war sie sehr damit beschäftigt, überallhin zu schauen, nur nicht direkt in seine Augen, denn diese brachten sie dazu, an bestimmte Dinge zu denken. Dinge, bei denen ihre Brustwarzen sich hoffnungsvoll aufrichteten.

Dinge, die nicht passieren durften.

Als wüsste er, was er durch seinen Blick mit ihr anstellen konnte – oder halt, vielleicht lag es auch nur daran, dass ihre nasse weiße Bluse nicht allzu viel verbarg –, zuckte es um seine Mundwinkel.

Im selben Moment fiel ihr auf, dass Willa aufgehört hatte zu essen und sie beide anstarrte, während sie einander anstarrten. Als Willa den Mund öffnete, um etwas zu sagen, etwas, von dem Pru sehr sicher war, dass sie nicht wollte, dass es in Gegenwart von Finn ausgesprochen wurde, beeilte sie sich, ihrer Freundin zuvorzukommen. „Wenn ich's mir recht überlege – könnte ich eine doppelte Portion Chickenwings haben?"

„Natürlich", sagte Finns Mund.

Hör auf, ihm auf den Mund zu starren! Sie zwang sich, ihm stattdessen in die Augen zu schauen, in diese tiefen, dunklen moosgrünen Augen – und kam damit abermals vom Regen in die Traufe. „Oh, ich glaube, das ist mein Telefon ..." Sie begann in ihrer Tasche zu kramen, bekam das Mobiltelefon zu fassen, zog es heraus und starrte aufs Display.

Nichts. Es war schwarz.

Verdammt noch mal.

Finn lächelte und ging davon in Richtung Küche.

„Sehr lässig", meinte Willa und schlürfte ihren Irish Coffee.

Pru bedeckte ihr Gesicht mit den Händen, spähte aber zwischen ihren Fingern hindurch und sah Finn nach. Sie redete sich ein, dass ihre verrückte Reaktion auf ihn sie völlig verlegen machte; in Wahrheit aber wollte sie ganz einfach nur seinen tollen Hintern bewundern.

„Huh", sagte Willa.

„Nein", widersprach Pru. „Da gibt's kein Huh."

„Ach, Süße, da gibt es ein ganz gewaltiges Huh", erwiderte Willa. „Ich habe den ganzen Tag mit Hunden und Katzen zu tun und beherrsche die Sprache der Augen fließend. Was hier gerade passiert, ist sehr beredt. Deine Blicke sagen sehr deutlich, dass du ihn f..."

Pru deutete drohend auf sie, schnappte sich das letzte Stück der Chickenwings und stopfte es sich in den Mund.

Willa feixte in sich hinein. „Weißt du, es ist sehr lange her, dass ich gesehen habe, dass Finn eine Frau so anschaut, wie er dich gerade angeschaut hat. Sehr, sehr lange."

Frag nicht. Frag nicht! „Warum ist das so?" Erschrocken hielt sie sich die Hand vor den Mund. Nahm die Hand weg. Bedeckte den Mund erneut.

Willa wartete, ihre Augen funkelten. „Nicht dass es keinen Spaß machen würde, das zu beobachten, aber hast du deine Diskussion mit dir selbst jetzt beendet?"

Pru seufzte. „Ja."

„Finn hat eine Menge um die Ohren. Es ist in der heutigen Wirtschaftslage nicht leicht, einen Pub über Wasser zu halten. Außerdem ist er dabei, nach und nach das Haus seiner Großeltern zu renovieren, damit er es verkaufen und aus der Stadt fortziehen kann …"

Pru blieb das Herz stehen, und sie schluckte einen großen Bissen ihrer Chickenwings. „Er will fort aus San Francisco?"

„Er will nicht länger hier wohnen. Arbeiten schon, er liebt den Pub, aber er möchte an einem ruhigeren Ort leben und sich einen großen faulen Hund zulegen. Und dann ist da noch die Sache, die ihn die meiste Zeit kostet: aufpassen, dass Sean nicht vom rechten Weg abkommt. Nimm das alles zusammen, und du siehst, es bleibt keine Zeit …"

„Für die Liebe?"

„Nun, ich wollte sagen, um jemanden flachzulegen", erwiderte Willa. „Aber ja, für die Liebe erst recht nicht."

Pru wandte den Kopf und sah Finn bei der Arbeit zu, wie er sich um seine Angestellten kümmerte, um seine Gäste, um seinen Bruder …

Und wer kümmert sich um ihn? Wer kümmerte sich um ihn, während er sich den Arsch aufriss, den ganzen Laden schmiss und es obendrein aussehen ließ, als wäre das alles ein Kinderspiel?

Sie wusste, dass es nicht an zu wenig Zeit lag. Es lag an dem, was vor acht Jahren geschehen war. Da war er gerade mal einundzwanzig gewesen. Ihr Magen zog sich zusammen, doch sie aß trotzdem ihren ganzen Teller Chickenwings leer, als sie ihr serviert wurden.

Eine Stunde später verließ sie die Bar, trocken und vollgefressen. Es war Nacht geworden, der Regen hatte nachgelassen, die meisten Wolken hatten sich aufgelöst, und eine schmale Mondsichel erhellte ihr den Weg. Jetzt war der Innenhof weitgehend leer, und kühle Luft streichelte ihre Haut. Blumentöpfe hingen an Haken von den Backsteinmauern und den schmiedeeisernen Geländern um den Hof. Tagsüber lag der Duft der Blumen schwer in der Luft, aber jetzt konnte sie nur die salzige Meeresbrise riechen.

Nur wenige Leute liefen über den Hof. Sie kamen entweder aus dem Pub, oder sie nahmen die Abkürzung zur Straße und ins Nachtleben, das Cow Hollow und die Gegend um den Jachthafen zu bieten hatten. Hier kam der Verkehrslärm nur gedämpft an, was auch an den Wasserkaskaden des Springbrunnens lag, die auf die weite runde Kupferkuppel niederprasselten, welche schon lange grün-schwarz angelaufen war. Eine Steinbank lud all jene zum Verweilen ein, die den Anblick und das melodische Plätschern des Wassers genießen wollten.

Pru blieb stehen und starrte auf die Münzen, die im Becken des Springbrunnens glitzerten. Was hatte die Frau vorhin gesagt? Für die Liebe ist es nie zu spät …

Aus einer plötzlichen Eingebung heraus kramte sie in ihrer Geldbörse herum und suchte nach den Münzen für den Waschsalon. Sie nahm ein Zehncentstück in die Hand und starrte ins Wasser. *Wer hier einen Wunsch in tiefster Verzweiflung und mit ehrlichem Herzen ausspricht, dem wird die wahre Liebe auf unerwartete Weise zuteil.*

Nun, verzweifelt genug war sie. Hatte sie auch ein ehrliches Herz? Sie legte ihre Hand darauf, weil es dort wehtat, aber das konnte auch an den scharf gewürzten Chickenwings liegen.

Doch eigentlich spielte das gar keine Rolle, schließlich wollte sie keinen Wunsch für sich selbst aussprechen, sondern jemand anderem die wahre Liebe wünschen. Einem Mann, der sie nicht kannte, jedenfalls nicht richtig, und dem sie dennoch viel mehr schuldete, als er jemals erfahren würde.

Finn.

Sie schloss die Augen und schickte ihren Wunsch an … nun ja, wer auch immer ihn entgegennahm. Die Springbrunnenfee?

Die Karmafee?

Die Zahnfee?

Bitte, flehte sie in Gedanken, bitte bringe Finn die große Liebe, denn er verdient so viel mehr Glück, als er bekommen hat. Und dann warf sie ihre Münze ins Wasser.

„Ich hoffe, du triffst ihn."

Pru schnappte nach Luft und drehte sich blitzschnell um … Der Alte stand hinter ihr.

„Wie heißt er denn?", fragte er.

„Oh", erwiderte sie leise lachend. „Der Wunsch war nicht für mich."

„Schade", sagte er. „Obwohl es in Wahrheit ja gar nicht funktioniert. Aber das weißt du, nicht wahr? Es ist nur eine Werbemasche der Geschäfte hier im Pacific-Pier-Gebäude, die Laufkundschaft anziehen soll."

„Ich weiß", antwortete Pru und kreuzte zugleich ihre Finger. *Bitte, lass ihn sich irren …*

„Ich habe es einmal versucht", sagte er. „Ich habe mir gewünscht, dass meine erste Liebe zu mir zurückkommt. Aber Red ist immer noch mausetot."

„Oh", entfuhr es Pru. „Das tut mir so leid."

Er zuckte die Achseln. „Sie hat mir zwölf wundervolle Jahre geschenkt. Das Essen mit mir geteilt, mein Bett und überhaupt alles. Schlief jede Nacht bei mir und hat mich bewacht wie keine andere." Er lächelte. „Sie hat mir ihre Beute gebracht, die sie selbst gejagt hatte, wenn wir Hunger hatten. Überallhin ist sie mir gefolgt. Teufel noch mal, es hat ihr nicht mal was ausgemacht, wenn ich eine andere Frau mit nach Hause brachte."

Überrascht blinzelte Pru. „Das ist … wirklich nett?"

„Ja. Sie war der beste Hund, den man sich vorstellen kann."

Pru holte aus, um spielerisch nach ihm zu schlagen, und er grinste frech. „Schäm dich nicht dafür, auch dir selbst die große

Liebe zu wünschen, Süße", sagte er. „Jeder verdient das. Und wer immer er ist, ich hoffe, er ist es wert."

„Nein, wirklich, es ist nicht ..."

„Oder sie", warf er ein und hob beide Hände. „Ich urteile nicht. Wir halten alle zusammen, du weißt doch, wovon ich rede? Nimm zum Beispiel Tim, den Barista in der Coffeebar. Als er beschloss, vor ein paar Jahren zu Tina zu werden, hat niemand mit der Wimper gezuckt. Na ja, okay, ich schon zuerst", gab er zu. „Aber nur, weil sie jetzt so höllisch sexy ist. Ich meine, wer weiß?"

Pru nickte. Tina hatte ihr jetzt seit drei Wochen fast jeden Morgen Kaffee gemacht, und nicht nur, dass sie die besten Muffins von ganz San Francisco fabrizierte, sie war in der Tat höllisch sexy. „Trotzdem wünsche ich mir nichts für mich. Ich wünsche mir etwas für jemand anderen. Für jemand, der das eher verdient als ich."

„Na dann", meinte er und klopfte seine Taschen ab. Er fand einen Vierteldollar und warf ihn ihrem Zehncentstück hinterher. „Kann nie schaden, den Einsatz zu erhöhen."

4. Kapitel

#CarefulWhatYouWishFor

Zwei Tage später saß Finn an seinem Schreibtisch und hämmerte auf die Tastatur seines Laptops ein. Er musste versuchen herauszufinden, womit Sean ihre Bücher so völlig durcheinandergebracht hatte. Gleichzeitig ließ er seiner Fantasie in Bezug auf eine ungemein aufregende, anbetungswürdige Spaßflüsterin freien Lauf und stellte sich vor, wie es wäre, wenn sie *seine* Spaßflüsterin sein könnte. Im Multitasking war er richtig gut.

Er mochte ihr freches Lächeln. Ihre Lockerheit. Und vor allem ihre ellenlangen Beine …

Als er sich gerade ausmalte, wie sie eben diese Beine um ihn schlang, fand er das Problem.

Sean hatte irgendetwas mit der Gehaltsliste angestellt, was dazu führte, dass alle Angestellten fünfzig Prozent mehr ausbezahlt bekamen, als ihnen zustand. Finn rieb sich die müden Augen und schob seinen Schreibtischstuhl vom Tisch zurück. „Erledigt“, sagte er. „Hab den Fehler gefunden. Irgendwie hast du es geschafft, die Gehälter auf hundertfünfzig Prozent zu erhöhen.“

Sean sagte nichts, und Finn atmete tief aus. Er wusste, dass er manchmal zu chefmäßig agierte und darüber vergaß, Sean ein älterer Bruder zu sein. „Sieh mal“, sagte er, „das hätte jedem passieren können. Nimm’s also nicht so schwer …“

Ein leises Schnarchen hinter ihm ließ ihn verstummen. Er drehte den Kopf und fluchte.

Sean lag lang gestreckt auf der Couch, ein Bein auf dem

Boden, die Arme ausgebreitet, sein Mund stand offen, und er befand sich im Tiefschlaf.

Finn erhob sich, ging zu ihm und musste sich sehr zusammenreißen, nur nach dem Fuß seines Bruders zu treten und nicht nach seinem Kopf.

Sean setzte sich aufrecht hin und murmelte: „Ja, Baby, so ist es perfekt …“ Als er bemerkte, dass Finn vor ihm stand, sackte er in sich zusammen und strich sich mit der Hand übers Gesicht. „Verdammt noch mal, Mann. Du hast mich gerade beim Ficken mit Anna Kendrick unterbrochen.“

Anna Kendrick war sexy, aber nichts im Vergleich zu Pru Harris. „Du hast nicht das Recht zu schlafen, während ich dir in den Arsch trete.“

Sean versuchte gar nicht erst, darauf einzugehen, dass Finn ihm in den Arsch treten konnte und das auch schon oft getan hatte. „Anna Kendrick“, wiederholte er einfach nur zutiefst niedergeschlagen.

„Nicht deine Kragenweite. Und warum zum Teufel schläfst du nicht in deinem eigenen Büro? Oder besser noch, zu Hause?“

Zu Hause, das war das viktorianische Reihenhaus, das sie gemeinsam in Pacific Heights bewohnten, etwa eine halbe Meile einen der berühmten Hügel von San Francisco hinauf.

„In meinem Bett weiß ich Besseres zu tun, als zu schlafen“, grummelte Sean und gähnte. „Was willst du überhaupt? Ich habe mein Zimmer aufgeräumt und mich hinter den Ohren gewaschen, *Mom*.“

„Ich bin nicht deine verdammte Mom.“

Diese Bemerkung trug ihm nur ein unflätiges Schnauben ein. Ob das nun daran lag, dass Finn für Sean tatsächlich die *verdammte Mom* gewesen war, seitdem diese sie im Alter von drei und zehn verlassen hatte, oder daran, dass Finn als Einziger von beiden über einen Funken Vernunft verfügte, spielte keine Rolle.

„Konzentrier dich“, sagte Sean zu seinem zweiundzwanzigjährigen Bruder, der die Reife eines Sechzehnjährigen besaß. „Ich habe den Fehler gefunden, den du in der Gehaltsliste gemacht hast. Irgendwie hast du es geschafft, jedem das Gehalt auf hundertfünfzig Prozent zu erhöhen."

„Oh Shit." Sean ließ sich auf die Couch zurückfallen und schloss wieder die Augen. „Anfängerfehler."

„Das ist alles?", fragte Finn. „Einfach nur: Oh Shit, Anfängerfehler?" Er spürte, wie sein eines Augenlid zu zucken begann. „Das hier ist eine verdammte Partnerschaft, Sean, und du musst langsam anfangen, dich entsprechend zu verhalten. Ich schaffe das nicht allein."

„Hey, ich habe dir doch gesagt, dass ich nicht hinter einen Schreibtisch gehöre. Meine Stärke liegt im Kontakt mit den Gästen, und das weißt du genauso gut wie ich."

Finn starrte ihn an. „Es gehört mehr dazu, diesen Laden erfolgreich zu führen, als die Leute zum Lächeln zu bringen."

Sean öffnete ein Auge. „Wenn ich mich nicht jeden Abend abrackern würde, um alle zu bezaubern und dafür zu sorgen, dass sie ihren Spaß haben, dann gäbe es keine Gehaltsliste, die man durcheinanderbringen kann."

„Du glaubst also, das ist alles, wozu dieser Pub dient: Spaß zu haben?"

„Ja klar." Sean reckte seinen langen schlaksigen Körper und verschränkte die Arme unter seinem Kopf. „Wozu sollte er denn sonst gut sein?"

Finn drückte die Finger auf sein zuckendes Augenlid. Was hatte er eigentlich erwartet? Mit einundzwanzig war er auch kein bisschen vernünftiger gewesen. Und dann hatte er sich plötzlich in der Verantwortung für seinen vierzehnjährigen Bruder gesehen, als sein Dad bei einem Verkehrsunfall ums Leben gekommen war. Es war die reinste Hölle gewesen, aber schließlich hatte Finn es um seiner selbst und um Seans willen geschafft, die Kurve zu kriegen. Er hatte keine Wahl gehabt.

Als Sean letztes Jahr einundzwanzig geworden war, hatten

sie den Pub eröffnet, um sich eine tragfähige Existenz aufzubauen. Und wenn Finn daneben das Ziel verfolgt hatte, bei Sean Interesse an etwas, *irgendetwas*, zu wecken, dann konnte er sich jetzt kaum darüber beklagen, dass sein Bruder glaubte, das Leben bestehe nur aus Spaß und Spiel.

„Unseren Lebensunterhalt zu verdienen?“, fragte Finn. „Du weißt schon, um diese lästigen Kleinigkeiten wie Hauskosten, Essen und zum Beispiel deine Studiengebühren zu bezahlen. Was bist du jetzt? Zum dritten Mal Student im zweiten Studienjahr?“

„Zum vierten Mal, glaube ich.“ Sean lächelte, aber sein Lächeln geriet ins Wanken, als es von Finn nicht erwidert wurde. „Hey, ich versuche immer noch, meine Berufung zu finden. Dieses Jahr klappt es vermutlich. Spätestens nächstes Jahr. Und dann fangen endlich die guten Zeiten an.“

„Im Gegensatz zu dem, was du jetzt tust?“

„Komm schon, wir reißen uns den Arsch auf.“

„Du arbeitest Teilzeit in einem Pub, Sean. Schon von der Definition her bedeutet das, dass du jeden Tag deinen Spaß hast.“

Sean schnaubte abfällig. „Mach mal halblang, Mann, deine Definition von Spaß müssen wir unbedingt korrigieren. Du bist rund um die Uhr sieben Tage die Woche im Einsatz. Du solltest Trouble erlauben, dir zu zeigen, was dir entgeht. Sie ist süß, und vor allem ist sie zu allem bereit.“

„Trouble?“

„Ja, Mann. Die neue Braut. Sag jetzt nicht, sie wäre dir nicht aufgefallen. Du hast ihr eine alkoholfreie Version unseres Abend-Specials gemacht. Das tust du sonst für niemanden.“

Das stimmte. Und es stimmte auch, dass er sich von Prus warmen, glänzend braunen Augen angezogen fühlte. Sie passten zu ihren schimmernden, langen braunen Locken. Und dann war da noch ihr Lachen, das scheinbar jedes Mal Pawlows Theorie bestätigte. Außer dass Finn nicht anfing zu sabbern, wenn er es hörte …

„Wusstest du, dass sie Kapitänin eines Schiffes ist?", fragte Sean. „Ich meine, das ist schon ganz schön krass."

Ja, das war es. Sie fuhr einen der Ausflugsdampfer von SF Bay Tours, die von Pier 39 ablegten. Ein harter Job, um es milde auszudrücken. Was Finn daran am besten gefiel, war ihre Uniform. Eine taillierte weiße Kapitänsbluse, eine dunkelblaue Hose, die perfekt an ihrem süßen Hintern saß, und robuste Arbeitsstiefel – all das hatte ihm in den letzten drei Wochen mehr als nur ein paar ausgesprochen schweinische Tagträume beschert.

Nie würde er vergessen, wie er sie das erste Mal gesehen hatte. Das war bei ihrem Einzug gewesen. Sie war über den Innenhof gegangen, einen schweren Karton im Arm. Ihre Beine waren so lang, dass sie die Strecke förmlich fraßen, und die süßen Kurven ihres geschmeidigen Körpers hatten ihm das Wasser im Mund zusammenlaufen lassen. Ihre langen Locken hatte sie hochgesteckt gehabt – ohne sie allerdings wirklich bändigen zu können, etliche Strähnen hatten ihr ins Gesicht gehangen.

Ja, sie war ihm sofort aufgefallen, und obwohl sie oft an dem Ende der Bar saß, das er für seine engsten Freunde reserviert hatte, hatte er bis vor zwei Abenden noch nicht viel mit ihr geredet.

„Sie hat dir angeboten, sich mit dir ins Vergnügen zu stürzen, und du hast abgelehnt", fuhr Sean kopfschüttelnd in gespielter Trauer fort. „Und du nennst dich den älteren Bruder. Aber ja, vermutlich hast du recht daran getan abzulehnen. Sie hätte ihre Mühe eh umsonst an dich verschwendet, da du ja offensichtlich kein Interesse an irgendetwas hast, was auch nur im Entferntesten vergnüglich sein könnte."

„Ich habe nicht abgelehnt."

„Rundheraus, Dummkopf."

Finn hoffte aus tiefstem Herzen, dass Pru ihn nicht so verstanden hatte, denn er hatte es auf gar keinen Fall so gemeint. „Ich hatte zu tun."

„Wie immer", sagte Sean. „Hör mal, Schnösel …" Er stand auf und streckte sich noch einmal. „Das hat zwar Spaß gemacht, aber ich muss jetzt los. Die anderen wandern heute zu den Twin Peaks hoch. Wer zuerst oben ankommt, darf als Erster jemanden in seine Fantasie-Footballmannschaft wählen. Du solltest mitkommen."

„Ich habe letztes Jahr gewonnen."

„Genau. Und das heißt, wir würden alles tun, um dich vom Weg zu schubsen und deinen Aufstieg zu sabotieren. Du solltest also auf jeden Fall mitkommen."

„Wow, das klingt wirklich nach Spaß", sagte Finn. „Aber da wäre noch das …" Er deutete auf seinen Schreibtisch und den Berg Arbeit, der sich darauf stapelte.

Sean verdrehte die Augen. „Weißt du, was du wirst, wenn du immer nur arbeitest und nie Spaß hast?"

„Nicht arm?"

„Ha. Ich wollte sagen, nie flachgelegt."

Das entsprach leider den Tatsachen, aber Finn wandte sich wieder seinem Schreibtisch zu. „Viel Erfolg!"

„Danke, werd ich haben."

5. Kapitel

#DidIDoThat?

Stunden später, als Sean glühend, verschwitzt und grinsend nach Hause kam, saß Finn noch immer an seinem Schreibtisch. Sean schnappte sich Finns eisgekühlte Limonade und stürzte sie in drei Schlucken hinunter. „Erfolg gehabt", verkündete er.

„Nie und nimmer hast du Archer geschlagen", widersprach Finn. Niemand schlug Archer, wenn es um sportliche Aktivitäten ging. Der Mann war eine Maschine.

„Nein, aber ich bin Zweiter geworden."

Annie, eine der drei Kellnerinnen, die heute Abend Dienst hatten, schaute zur Tür herein. „Vorn wird es langsam voll", informierte sie die beiden.

„Ich stehe hinter dir, Süße", meinte Sean und stellte Finns inzwischen leeres Glas auf den Schreibtisch zurück. „Immer."

Annie lächelte ihn verträumt an.

Sean zwinkerte ihr zu und verließ das Büro, bevor Finn ihn an ihre eiserne Regel erinnern konnte. *Niemals mit Angestellten schlafen!* In sich hineinfluchend schnappte Finn sich sein iPad und folgte ihm. Eigentlich hatte er eine Warenbestandsaufnahme machen wollen, wurde aber sofort ans Ende der Bar gewinkt.

Dort saßen ein paar seiner engsten Freunde, die meisten von ihnen seit Jahren auf die eine oder andere Weise miteinander verbunden.

Archer hob schweigend sein Bier zum Gruß. Der ehemalige Polizist arbeitete im zweiten Stock des Gebäudes, wo er eine private Sicherheits- und Ermittlungsfirma leitete. Er und Finn kannten sich bereits seit der Mittelstufe, und sie hatten gemeinsam das College besucht. Es war Archer gewesen, der ihm in ihrer gemeinsamen Studentenbude Gesellschaft geleistet hatte an dem Abend, als die Polizisten an der Tür klingelten – nicht weil Finn bei einer Dummheit erwischt, sondern weil sein Dad gerade ums Leben gekommen war.

Neben Archer saß Willa. Herrisch, neugierig und loyal würde Willa auch einem Fremden ihr letztes Hemd geben, wenn Finn und Archer nicht mit Argusaugen über sie wachen würden.

Auch Spencer war da. Der Mechaniker sagte nicht viel, aber wenn er mal den Mund aufmachte, dann war das, was dabei herauskam, oft so gründlich durchdacht, dass alle anderen ihn nur geschockt und ehrfürchtig anstarrten. Still, dabei aber weder besonders schüchtern noch introvertiert, hatte er sein Start-up-Unternehmen erst kürzlich für eine nicht genannte Summe verkauft und sich noch nicht entschieden, was er als Nächstes tun wollte. Finn wusste nur eines, nämlich, dass er eindeutig unglücklich war.

Da ein Versuch, Spence zu bedrängen, ähnliche Erfolgsaussichten hatte wie der Versuch, eine sechs Meter breite Betonmauer umzuwerfen, hatten sie einstimmig beschlossen, ihn vorerst in Ruhe zu lassen. Finn wusste, dass er darüber reden würde, wenn er so weit war, und nichts konnte diesen Prozess beschleunigen. Außerdem schien es ihm im Augenblick recht gut zu gehen oder zumindest nicht ganz so schlecht. Jedenfalls mopste er heimlich Pommes frites von Elles Teller.

Elle war neu in der Gruppe, war aber von allen bis auf Archer sofort akzeptiert worden. Finn wusste nicht, was los war, aber die beiden gingen einander aus dem Weg, soweit es nur irgend ging. Bis auf Elle trugen alle Shorts und T-Shirts, waren ein bisschen verschwitzt und über und über mit Staub bedeckt. Elle war nicht mit wandern gewesen. Dinge, bei denen sie schmutzig werden konnte, kamen für sie nicht infrage. Wanderungen auch nicht. Todschick zurechtgemacht wie immer, trug sie ein königsblaues ärmelloses Etuikleid und schlug lässig nach Spencers Hand, als diese sich wieder ihren Pommes frites näherte.

Er grinste entschuldigend, aber kaum drehte Elle ihm den Rücken zu, stibitzte er die nächsten Pommes. Nur Spence konnte sich das erlauben und am Leben bleiben.

Haley war auch da. Sie arbeitete als Praktikantin im Optikerladen im Erdgeschoss des Gebäudes. Finns Blick wanderte jedoch direkt zu der letzten Person, die dort saß und genauso staubbedeckt war wie alle außer Elle.

Pru.

„Hast du dich zu der Wanderung zu den Twin Peaks verleiten lassen?"

Sie lächelte wie jemand, der unglaublich stolz auf sich war.

Er grinste zurück. „Vierte geworden?", fragte er.

Ihr Lächeln wurde noch breiter. „Dritte."

Oha. Finn wandte sich Spence zu, der nur mit den Schultern zuckte. „Auf dem Weg nach oben habe ich mir ausgerechnet, wer wen in seine Mannschaft wählen würde", sagte Spence. „Ich brauchte also nur Vierter zu werden und sah keine Veranlassung, mich zu verausgaben."

„Das hast du dir auf dem Weg dorthin ausgerechnet?", fragte Finn zurück. Er war beeindruckt.

„Um ehrlich zu sein, das hatte ich mir schon ausgerechnet, bevor wir überhaupt losgegangen sind."

Elle sah Spence an. „Weißt du noch, dass du mich gebeten hast, dich darauf aufmerksam zu machen, wenn du dich benimmst wie das Kind, mit dem niemand befreundet sein möchte?"

Spence grinste nur und mopste sich ein weiteres Stück Pommes frites.

„Sie wirkt so zart", meinte Willa und deutete mit dem Daumen auf Pru. „Ich war mir absolut sicher, sie zu schlagen." Sie schüttelte den Kopf. „Aber sie hat mich links liegen lassen."

„Du wanderst viel?", fragte Finn.

„Früher mal, jetzt nicht mehr“, meinte Pru, zuckte mit den Schultern und nippte an ihrem Mineralwasser. „Ich hab keine Zeit“, fügte sie fast schüchtern hinzu, „bin völlig aus der Übung.“

Archer lachte. „Glaub ihr kein Wort. Dieses Mädchen kann richtig loslegen, wenn sie ein Ziel hat, und offenbar nimmt sie ihr Fantasie-Footballteam ernst. Du hättest diese langen Beine in Aktion sehen sollen.“

Oh, das hatte Finn! In seinen sexuellen Fantasien.

„Warum bist du nicht mitgekommen?“, fragte sie. „Wolltest du *deine* langen Beine nicht zeigen?“

Archer verschluckte sich an seinem Bier. „Ich mag sie“, erklärte er.

Finn wandte den Blick nicht von Pru. In ihren Augen tanzte Belustigung, was sehr gut zu der Schmutzspur an ihrem Kinn passte. Eine weitere zog sich über ihren Oberkörper, vor allem über ihre linke Brust. „Ich habe hervorragende Beine“, sagte er.

„Aha.“

„Das stimmt. Sagt es ihr“, wandte er sich an die anderen.

Spence zuckte unverbindlich die Achseln. „Archers sind besser.“

Archer grinste. „Genau.“

Elle gestattete sich ein seltenes Lächeln. „Ich mag sie auch“, sagte sie zu Archer.

„Kein Vergleich zu meinen Beinen“, meinte Finn zu Pru. Mist, jetzt klang er angeberisch.

„Vielleicht solltest du das beweisen“, sagte sie leichthin, und Archer verschluckte sich erneut.

Willa hopste auf ihrem Barhocker auf und ab und klatschte in die Hände. „Das ist ja wie Weihnachten!“

„Wir behalten sie, in Ordnung?“, fragte Spence.

„Hey“, mischte Sean sich ein und brachte eine neue Runde Bier. „Wenn eine Lady meine Beine sehen wollte, würde ich sie ihr zeigen. Ich mein ja nur.“

Arschloch.

Pru schaute Finn erwartungsvoll an, und er musste lachen. „Was, etwa gleich hier?“, fragte er ungläubig.

„Warum nicht?“

„Weil …“ Großer Gott. Wie hatte ihm nur die Kontrolle über diese Unterhaltung entgleiten können? „Ich zieh doch hier nicht meine Hose aus“, erklärte er steif. Na toll, jetzt klang er, als hätte er keinen Funken Humor.

„Vielleicht hat er sich nicht rasiert“, meinte Willa. „Das würde mich davon abhalten, meine Hose auszuziehen. Ich habe mich nur von den Knien abwärts rasiert, meine Oberschenkel sind so haarig wie die Brust eines Holzfällers. Deshalb trage ich eine Caprihose und keine Shorts. Nur zur Information.“

Elle nickte, als wäre das sehr vernünftig.

„Du wirst es der Lady beweisen müssen“, warf Archer ein, hilfsbereit wie immer. „Runter mit der Hose.“

Auch er war ein Arschloch.

Willa grinste, schlug mit den Händen den Takt auf die Bar und skandierte: „Runter damit, runter damit …“

Die anderen fielen ein. Mist. Sie waren alle Arschlöcher.

Pru beugte sich über die Bar und winkte ihn zu sich. Er rückte näher an sie heran und erstarrte, als ihr Mund sich seinem Ohr näherte.

„Keiner außer mir kann hinter die Bar schauen“, flüsterte sie.

Er brauchte einen Moment, um ihre Worte zu verarbeiten, denn zunächst konnte er sich nur auf ihre Lippen an seinem Ohr konzentrieren. Als sie ausatmete, streichelte ihr warmer Atem seine Haut, und er musste sich gewaltsam ins Gedächtnis rufen, dass er in einer vollen Bar stand, umringt von seinen idiotischen Freunden.

Sie lächelte verführerisch.

„Kommt nicht infrage“, meinte er dann lachend. Zumindest nicht hier, vor Publikum. Er fragte sich, ob sie immer noch so mit ihm spielen würde, wenn sie beide allein in seinem Bett lägen. Oder, falls das zu weit weg war, in seinem Büro …

Ihre Haare fielen ihr ins Gesicht und eine störrische seidige Strähne blieb an seinen Bartstoppeln hängen. Es war ihm egal. Sosehr sie sich auch eingesaut hatte, sie duftete umwerfend.

Er sog gerade tief ihren Duft ein, als sie ihm etwas zuflüsterte. „Spaßflüsterin, weißt du noch?“

„Vielleicht bin ich untendrunter ja nackt“, flüsterte er zurück und stellte zufrieden fest, dass sie scharf die Luft einzog und ihre Augen dunkel wurden. „Aber selbst wenn“, fügte er hinzu, „ich lasse nicht schon beim ersten Date die Hosen runter.“

Sie biss sich auf die Unterlippe und musterte ihn von oben bis unten. Wahrscheinlich versuchte sie herauszufinden, ob es stimmte, dass er unter der Jeans nichts anhatte.

Dann vibrierte ihr Smartphone, und sie grinste ihn kurz an, bevor sie einen Schritt zur Seite machte und den Anruf entgegennahm.

Sean trat neben ihn und stupste ihn in die Seite, während sie beide zusahen, wie Pru telefonierte. „Das ist die Frau für dich.“

„Nein“, widersprach Finn. „Ist sie nicht. Du weißt, dass ich nicht mit Frauen ausgehe, die hier im Haus wohnen.“

„Was sicher eine tolle Regel wäre, wenn du es jemals verlassen würdest.“

„Ich verlasse es ja.“ Gut, nur um von der Arbeit nach Hause zu gehen, aber immerhin. Ihm gefiel die Unterstellung nicht, dass sein Leben, so wie es war, nicht ausreichte.

Elle schob Sean ihr Glas unter die Nase. Sie mochte kein Bier vom Fass. „Mach dich nützlich, Bardame.“

Sean verdrehte die Augen, nahm aber das Glas. „Was wünschen Eure Hoheit? Etwas in Rosa mit einem Schirmchen drin, nehme ich an?“

„Sehe ich aus wie eine Studentin? Ich nehme einen Martini.“

Er grinste und zog sich zurück, um ihr den gewünschten Drink zu besorgen.

Willa kam hinter die Bar zu Finn. Sie war so winzig, dass sie ihm kaum bis an die Schulter reichte, aber sie benahm sich wie eine wütende Katzenmutter. Für gewöhnlich hütete er sich davor, mit ihr in direkte Konfrontation zu gehen, erst recht, wenn sie ihn so ansah wie jetzt. Doch im Moment war er nicht in der richtigen Stimmung. „Nein“, sagte er.

„Du weißt doch gar nicht, was ich sagen will.“

„Du willst sagen, dass ich ein dummer Kerl bin“, erwiderte Finn. „Aber Eilmeldung: Ich bin ein Kerl, und manchmal sind Kerle nun mal dumm. Komm damit klar.“

„Das wollte ich nicht sagen.“ Sie verstummte, als er ihr einen Blick zuwarf, und seufzte. „Na schön, das wollte ich sagen. Aber du verhältst dich wirklich dumm.“

„Ich bin schockiert.“

Sie legte ihm eine Hand auf den Arm, bis er resigniert ausatmete und sie wieder ansah.

„Ich mache mir Sorgen um dich“, sagte sie sanft. „Du hast dich vollkommen eingeigelt. Ich weiß, dass der Laden brummt und du furchtbar viel zu tun hast. Aber es scheint, Sean ist der Einzige, der das genießt, während du … du lässt ihn einfach. Was ist mit dir los, Finn? Wann denkst du endlich auch mal an dich?“

Er drehte sich um und beobachtete Sean, wie er sein magisches Charisma vor einer Gruppe von Frauen Anfang zwanzig am anderen Ende der Bar ausspielte. Er hatte nie einfach Kind sein können. Das Mindeste, was Finn für ihn tun konnte, war, ihn zweiundzwanzig sein zu lassen. „Er hat es verdient.“

„Und du nicht? Du rackerst wie ein Irrer und denkst immer nur an Pflichterfüllung.“

Egal, ob es stimmte oder nicht, er wollte das nicht hören. „Möchtest du etwas essen?“

Sie seufzte. Sie hatte verstanden, ein Grund, warum er sie so sehr mochte. „Nein danke, ich muss los. Muss morgen früh aufstehen wegen einer Hochzeit. Ich muss einen Kuchen backen und Blumen arrangieren.“

Es gelang ihm zu lächeln. „Wieder eine Hundehochzeit?“

Obwohl es schon bitter war, dass sie mehr an Hundekrönchen und ausgefeilten Tierhochzeiten verdiente als an Fellpflege und Haustierprodukten, musste sie lachen. „Papageien.“

Finn lachte ebenfalls und umarmte sie zum Abschied. Als sie ging, suchte sein Blick automatisch nach Pru. Sie war mit den anderen auf dem Weg ins Hinterzimmer. Entweder wollten sie Poolbillard spielen oder Darts. Heute Abend war Wettkampfabend.

Er nahm ein paar Bestellungen auf und winkte Sean heran, damit er sie ausführte. „Mach das fertig für Workaholic, Playboy und Desperado auf vier, fünf und sechs Uhr.“ Er drehte sich um und sah, dass Pru ihn anstarrte. Sie war noch einmal zurück in die Bar gekommen, um die Chickenwings zu holen, die sie vergessen hatte.

„Workaholic, Playboy und Desperado?“, fragte sie.

„Gäste“, erklärte Sean.

„Wir haben alle Spitznamen?“, fragte sie.

„Nein“, sagte Finn.

„Ja“, sagte Sean. Und damit deutete der Mistkerl auf ein paar mehr Gäste im Pub. „Klutz, Pantoffel und Latte.“

„Pantoffel?“

Sean grinste. „Ein alter Typ mit einer sehr jungen Frau. Steht unter ihrem Pantoffel. Verstehst du?“

„Leider ja“, sagte sie und lachte. „Und Latte?“

Sean lächelte. „Möchtest du, dass ich dir das erkläre?“

Finn legte seine Hand auf Seans Gesicht und versetzte ihm einen Stoß.

„He, sie hat gefragt“, protestierte dieser mit erstickter Stimme.

„Und mein Spitzname?“, fragte Pru.

Mist! Das konnte nicht gut enden. „Nicht jeder hat einen Spitznamen“, erklärte er.

Ihre Augen wurden schmal. „Raus damit, Grandpa.“

Sean prustete los.

Sogar Finn musste lachen. „Na schön, Nervensäge würde passen."

„Aha", sagte sie. „Erzähl mir was, das ich noch nicht weiß. Also komm schon, wie nennt ihr beiden mich?"

„An deinem ersten Tag im Haus hießt du Daisy", erklärte Sean. „Wegen der Blumen, die du in der Hand hattest."

„Von meinem Chef für meine neue Wohnung", sagte sie. „Was hat sich geändert?"

„Wir haben gesehen, dass du unserem Obdachlosen zu essen gegeben hast. Also wurdest du zu Trottel."

„Hey", protestierte sie und stemmte die Hände in die Hüften. „Er ist ein netter Kerl, und er hatte Hunger."

„Er hat Hunger, weil er Haschkekse backt", erklärte Finn. „Davon bekommt er Kohldampf. Und nur damit du es weißt, wir geben ihm alle zu essen. Er muss nicht hungern, Pru. Er hat einfach nur einen guten Blick für nette, süße Mädels, die auf ihn reinfallen."

Sie wurde rot, und er lachte.

„Also bin ich Trottel? Ehrlich?"

„Nö", meinte Sean. „Du bist Trouble."

Finn schüttelte den Kopf. „Hast du nicht ein paar Bestellungen zu erledigen?"

Sean lachte, ging und ließ ihn mit Pru allein.

„Trouble? Ich mache aber nicht *viele* Schwierigkeiten", sagte sie.

Sein Blick blieb an ihren Lippen hängen. „Bist du sicher?"

„Absolut." Und dann schenkte sie ihm ein Lächeln, das eine ganze Menge Schwierigkeiten versprach.

Genau in diesem Augenblick wurde es Finn schlagartig klar: Er war derjenige, der in Schwierigkeiten steckte. Bis zum Hals. „Was kann ich dir bringen?", fragte er mit belegter Stimme.

„Man hat mich rübergeschickt, um einen Satz Dartpfeile zu beschaffen."

„Schon öfter gespielt?“, fragte er, während er ein paar Pfeile aus einer Schublade holte.

„Nein, aber ich lerne schnell. Das packe ich.“

Er spürte, wie sich erneut ein Lachen anbahnte. „Gute Einstellung“, sagte er. „Sag Spence, er soll dich schonen. Darts ist *sein* Spiel. Und wette nicht gegen Archer. Er ist als Barratte aufgewachsen. Du kannst ihn nicht schlagen.“

Sie biss sich auf die Lippen. „Mir hat er gesagt, er habe keine Ahnung von Darts.“

„Ah ja“, erwiderte Finn. „Dann hat er dich wohl schon reingelegt.“

„Keine Sorge. Ich werde schon mit ihm fertig.“

Er sah ihr nach, schüttelte den Kopf und machte sich daran, Drinks zuzubereiten, weil Sean voll und ganz damit beschäftigt war, an einem der Tische mit Man-Eater zu flirten, obwohl sie ihn bereits im letzten Monat aufgefressen und wieder ausgespuckt hatte.

Als Finn, nachdem er eine paar Bestellungen erledigt hatte, wieder auf die Uhr schaute, war eine halbe Stunde vergangen. Aus dem Hinterzimmer hörte man es laut skandieren: „Ins Schwarze, ins Schwarze, ins Schwarze …“

Er pfiff nach Sean. „Mach zwei Mojitos fertig“, sagte er und trocknete sich die Hände ab, bevor er hinter der Bar hervorkam.

„Hey, ich bin beschäftigt“, beschwerte sich Sean. „Ich sammele hier gerade Telefonnummern. Wo willst du denn hin? Aber du kannst doch nicht einfach abhauen, du … Verdammt“, grummelte er, als Finn nicht einmal langsamer wurde.

Als er das Hinterzimmer betrat, hoffte er inständig, dass Archer kein Schindluder mit Pru trieb. Sie konnte so süß lächeln, und obwohl er wusste, dass sie auch eine spitzbübische Seite hatte und über die einzigartige Fähigkeit verfügte, die Energie in einem Raum zum Guten zu verändern, war sie seinen Freunden nicht gewachsen.

Inzwischen hatten sich noch mehr Leute eingefunden, darunter auch einige von Archers Mitarbeitern, die allesamt entweder ehemalige Militärs oder Polizisten waren. Er konnte Will und Max entdecken, beide beim Darts genauso ausgebufft wie bei Frauen.

Mist.

Pru stand vorn im Raum, vor dem ersten der drei Dartboards. Sie trug eine Augenbinde, hielt einen Pfeil in der Hand, hatte in voller Konzentration die Zungenspitze zwischen die Zähne geschoben und ließ sich von Will im Kreis herumwirbeln.

Im Kreis herum?

Er hatte gerade noch Zeit, *Was zur Hölle?* zu denken, bevor Will sie losließ und Pru ihren Pfeil warf.

Und ihn damit mitten auf die Brust traf.

6. Kapitel

#DoNotTryThisAtHome

Rings um Pru waren alle starr vor Schreck. Sie riss sich die Augenbinde ab und blinzelte ein paar Mal, um wieder klar sehen zu können – und was sie sah, erfüllte sie mit Entsetzen: Der Pfeil steckte in Finns Brust, seine Federn zitterten noch vom Aufprall.

Archer und Spence hatten ihre Handys gezückt und schossen breit grinsend Fotos, aber Pru konnte an dem, was sie sah, nichts Lustiges finden. „Oh, mein Gott“, flüsterte sie, als sie zu Finn rannte. „Oh, mein Gott!“ Panik schnürte ihr die Kehle zu, als sie ihn an den Armen packte und den Pfeil anstarrte. „Ich habe dich getroffen!“

„Mitten ins Schwarze“, sagte er und schaute auf den Pfeil hinunter. „Nicht schlecht für eine Anfängerin.“

Er machte Witze. Sie hatte ihn mit einem Pfeil getroffen, und er stand da und machte Witze. Großer Gott. Sie wünschte sich, der Boden würde sich unter ihr auftun und sie verschlingen, aber wie schon so oft, hatte sie auch diesmal kein Glück mit ihren Wünschen. „Es tut mir so leid! Sollen wir ihn rausziehen? Bitte, du musst dich hinsetzen.“ Sie hatte immer noch Probleme, Luft zu kriegen. „Du musst still sitzen. Es könnte eine Rippe gebrochen sein. Oder die Lunge ist angestochen.“ Allein schon der Gedanke sorgte dafür, dass ihr fast schwarz vor Augen wurde. „Ruf doch jemand bitte einen Krankenwagen!“, schrie sie.

In aller Ruhe zog Finn sich den Pfeil aus der Brust. „Mir geht es gut.“

Aber das stimmte sicher nicht, nicht einmal ansatzweise. Die

Pfeilspitze war rot. Sein Blut, dachte sie, und sie spürte, wie ihr eigenes Blut ihr aus dem Gesicht wich.

Im selben Moment begann der rote Fleck sich auf seinem Hemd auszubreiten und immer größer zu werden. Pru durchlebte den schlimmsten Horrorfilm, den sie je gesehen hatte. „Oh Gott, Finn …“ Sie drohte durchzudrehen, spürte, wie die Angst sie innerlich zu Eis erstarren ließ, während sie erneut versuchte, ihn zu einem Stuhl zu schieben und zugleich beide Hände auf den Blutfleck zu drücken, um den Blutstrom zu stoppen.

Er blieb ungerührt stehen, gab keinen Zentimeter nach, griff nach ihren Händen, hielt sie fest und beugte sich vor, um ihr in die Augen zu sehen. „Atme, Pru.“

„Aber ich … du … es tut mir so leid“, hörte sie sich wie aus weiter Ferne sagen. „Ich habe dir wahre Liebe gewünscht, nicht den Tod, das schwöre ich!“

„Pru …“

Sie konnte nicht antworten. In ihren Ohren summte es immer lauter, und dann wurde es schwarz um sie herum.

Als sie wieder zu sich kam, hörte sie Stimmen über ihrem Kopf.

„Na bravo, Finn. Da hast du endlich eine vernünftige Frau an der Angel, und gleich bringst du sie um.“ Archer, dachte sie.

„Sie hat ein Tattoo“, sagte ein anderer. *Spence?* Jedenfalls wurde Pru bewusst, dass ihr T-Shirt ein wenig hochgerutscht war und der Kompass auf ihrer Hüfte frei lag – das Tattoo, das sie sich nach dem Tod ihrer Eltern hatte stechen lassen, weil sie sie so sehr vermisste, dass sie nicht wusste, wie sie ohne sie weiterleben sollte. Die Welt war schlagartig zu einem furchterregenden Ort geworden, und weil sie ganz allein dastand, brauchte sie dieses Symbol, das einem die Richtung wies.

„Finn steht, glaub ich, mehr auf Piercings“, meinte Spence.

„Ich möchte wetten, heute steht er mehr auf Tattoos.“ Archer.

„Wow, ich bin begeistert“, sagte Spence.

Pru zog ihr T-Shirt herunter und schlug die Augen auf. Sie lag auf einer Couch, und über ihr schwebten körperlose Gesichter.

„Sie sieht ganz schön grün aus“, stellte Spencers Gesicht fest. „Was meinst du, kotzt sie gleich?“

Willa runzelte besorgt die Stirn. „Nein, aber ich glaube, ihre Haut ist zu trocken – kein Schweiß.“

„Braucht sie eine Mund-zu-Mund-Beatmung?“ Sean.

„Raus. Und zwar alle.“ Der leise, aber keinen Widerspruch duldende Befehl kam von Finn, und alle Gesichter verschwanden.

Pru erkannte, dass sie sich in einem Büro befand. Vermutlich Finns, so wie es aussah. Es gab einen Schreibtisch, eine sehr bequeme Couch, auf der sie lag, und auf der anderen Seite ein großes Panoramafenster, das eine tolle Aussicht auf den Innenhof mit dem Springbrunnen bot.

Beim Anblick des Springbrunnens verengten sich ihre Augen. Für mich bist du gestorben, ließ sie ihn in Gedanken wissen. Sie hatte sich Liebe für Finn gewünscht, und stattdessen hatte sie ihn mit einem verdammten Dartpfeil getroffen. Also wirklich!

Finn schob Leute zur Tür hinaus. Als sie fort waren, lehnte er sich rücklings an seinen Schreibtisch und musterte sie, die Füße lässig gekreuzt, die Hände neben seinen Hüften auf die Holzplatte des Tisches gestützt. Er war sexy, selbst in einer Pose dezenter Zurückhaltung, mit der er aufmerksam verfolgte, wie sie sich aufsetzte. „Schön langsam, Tiger.“

„Was ist passiert?“, fragte sie. Als sie Anstalten machte aufzustehen, stieß er sich vom Tisch ab und kam zu ihr herüber. Er kauerte sich neben sie und legte beide Hände auf ihre Hüften, um sie am Aufstehen zu hindern. „Nicht so schnell.“

„Wie bin ich hierhergekommen?“

„Du bist in Ohnmacht gefallen.“

„Das bin ich nicht!“

Um seine Lippen zuckte es. „Na schön, dann hattest du eben entschieden, ein Nickerchen zu machen. Jedenfalls war dir offenbar nicht nach Gehen zumute, also habe ich dich getragen.“

Entsetzt starrte sie ihn an. „Du hast mich getragen?“

„Das macht dir mehr zu schaffen als der Umstand, dass du in einer vollen Bar einfach umgekippt bist?“, fragte er. Dann zuckte er die Achseln. „Also gut, belassen wir es dabei. Ja, ich habe dich vom Fußboden aufgehoben und getragen. Nicht, dass ich nicht für saubere Böden sorgen würde, nur damit das klar ist, aber sauber und sauber sind zweierlei, also habe ich dich zu meiner Couch gebracht.“

„Oh, mein Gott“, keuchte sie. „Ich habe dich mit einem Pfeil getroffen!“

Er kauerte immer noch zu ihren Füßen. Nahe genug, dass sie seine Hände wegschieben und an seinem T-Shirt zerren konnte, um den Schaden zu begutachten. „Lass mich sehen. Ich bin recht geübt in Erster Hilfe – was zugegebenermaßen schwer zu glauben ist, da ich einfach zu Boden gegangen bin –, aber ich weiß, was ich tue. Versprochen.“ Sie konnte sein Shirt nicht hoch genug schieben. „Ausziehen“, verlangte sie.

„Nun ja, normalerweise ziehe ich es vor, zuerst essen zu gehen“, sagte er, „und einander ein bisschen kennenzulernen …“

„Ausziehen!“

„Okay, okay.“ Er langte nach oben und zog sich das T-Shirt über den Kopf.

Pru wäre beinahe wieder schwindelig geworden, aber diesmal lag es nicht am Blut. Sein Körper … war einfach umwerfend. Geschmeidig und durchtrainiert, breite Schultern, Waschbrettbauch, kräftige Brustmuskeln – in einem davon war jetzt leider ein Loch. Sie war so nah an ihn herangerückt, dass sie fast seine Haut berührte.

„Tu dir keinen Zwang an, wenn du den Schmerz wegküssen willst“, sagte er.

„Ich schaue nur, ob du eine Tetanusspritze brauchst!“ Herr im Himmel, *sie* hatte ihm das angetan. *Sie* hatte ein Loch in diesen vollkommenen unglaublichen Kör…

„Wirst du etwa gleich wieder ohnmächtig?“, fragte er.

„Nein!“ Hoffentlich nicht. Aber um sicherzugehen, rückte sie ein Stück ab. Eine Sekunde nur, versprach sie sich selbst, nur, weil die Erinnerung an das, was heute Abend geschehen war, sie in kalten Schweiß ausbrechen ließ. „Erste-Hilfe-Kasten“, sagte sie schwach.

„Was brauchst du?“, fragte er mit besorgter Stimme.

„Nicht für mich. Für dich!“ Sie richtete sich auf. „Das könnte sich entzünden. Deshalb brauchen wir den Erste-Hilfe-Kasten.“

Er stieß einen Seufzer aus, als wäre sie eine grässliche Nervensäge. Aber er stand auf und ging zu einer Tür hinter seinem Schreibtisch. Dummerweise konnte sie jetzt seinen Rücken sehen, ein weites Feld glatter, geschmeidiger Haut, unter der kräftige Muskeln spielten …

Er verschwand in einem Waschraum und kam mit einem Erste-Hilfe-Kasten zurück. Dann setzte er sich neben sie auf die Couch. Bevor er den Kasten öffnen konnte, nahm sie ihn ihm aus den Händen und kramte darin herum. Sie fand, was sie brauchte, goss etwas Desinfektionsmittel auf einen Wattebausch und drückte ihn auf die Wunde.

Er zog scharf die Luft ein, und sie schaute zu ihm hoch. „Als dich der Pfeil getroffen hat, hast du nicht mal mit der Wimper gezuckt“, sagte sie. „Auch nicht, als du ihn heldenhaft herausgezogen hast. Aber das hier tut weh?“

„Es ist kalt.“

Das entlockte ihr ein leises Lachen. Sie versuchte nicht darauf zu achten, dass ihre Finger auf seiner warmen Haut lagen, während sie den Wattebausch an Ort und Stelle hielt, oder dass ihre andere Hand seinen Bizeps umfasst hatte. Oder dass ihre Brustwarzen sich aufgerichtet hatten.

Oder dass sie seinen Körper anstarrte wie ein Kind die Auslagen in einem Süßwarenladen, das nicht wusste, wohin es zuerst schauen sollte. Diese Brustmuskeln. Dieser Waschbrettbauch. Dieser schmale behaarte Streifen, der unterm Bund seiner Jeans verschwand und vermutlich direkt bis zu …

„Ich glaube, ich bin jetzt zur Genüge desinfiziert“, sagte er. Es klang belustigt.

Mit ruckartigem Nicken legte sie den Wattebausch weg und griff nach einem Pflaster. Aber ihre Hände zitterten so sehr, dass sie die verdammte Schutzfolie nicht abziehen konnte.

Er nahm ihr das Pflaster sanft aus der Hand, entfernte schnell und effizient die Schutzfolie und klebte es auf die Stichwunde. „Schon besser“, sagte er und zog eine Braue hoch. „Es sei denn …“

„Es sei denn was?“

„Dass du deine Meinung geändert hast und den Schmerz wegküssen möchtest?“

Nur, dass sie genau das am liebsten getan hätte, hielt sie davon ab, schon wieder die Augen zu verdrehen.

Er lachte leise, und sie hegte die Vermutung, dass der Lump nur zu genau wusste, was er mit ihr anstellte.

„Du hattest recht, sagte er. Du sorgst wirklich für Spaß. Was kommt als Nächstes?“

„Ich ziehe dir diesen Erste-Hilfe-Kasten über deinen Dickschädel“, antwortete sie und schloss den Kasten wieder.

„Du neigst zu Gewalt.“ Er grinste sie an. „Gefällt mir.“

„Und du hast einen sehr seltsamen Sinn für Humor.“ Sie stand auf und stellte fest, dass ihre Beine immer noch ein bisschen wackelig waren. „Es tut mir wirklich leid, Finn.“

„Keine Sorge. Mir ist schon Schlimmeres angetan worden.“

„Zum Beispiel?“

„Tjaa …“ Er tat so, als müsse er darüber nachdenken. „Eine Frau hat mir mal eine Bierflasche ins Gesicht geworfen.“ Er deutete auf eine Narbe über seiner rechten Augenbraue. „Zum Glück habe ich mich geduckt."

Sie starrte ihn mit offenem Mund an. „Im Ernst?"

Er zuckte die Achseln. „Sie hat mich mit Sean verwechselt."

„Ah, das erklärt einiges", sagte sie und brachte ihn damit zum Lachen, sehr zu ihrem Vergnügen.

Sein Lachen stellte einiges mit ihr an. Ebenso die Tatsache, dass sein Oberkörper immer noch nackt war. „Hast du noch ein anderes Shirt?", fragte sie.

„Eines ohne Loch, meinst du?"

Sie stöhnte. „Ja! Und ohne riesige Blutflecken drauf." Sie bückte sich, um sein zu Boden gefallenes T-Shirt aufzuheben. „Ich werde dir ein neues kaufen …", setzte sie an, als sie sich wieder aufrichtete … und mit ihm zusammenstieß.

Mit seiner nackten Brust.

„Hör auf", sagte er freundlich, aber bestimmt und legte seine Hände auf ihre Schultern. „Ich bin nicht ernstlich verletzt, und du hast bereits um Entschuldigung gebeten. Es war nicht einmal deine Schuld. Mein dämlicher Bruder hätte nie zulassen dürfen, dass mit verbundenen Augen Darts gespielt wird. Wenn unsere Versicherung jemals davon erfährt, sind wir dran."

Doch die Gewohnheit, sich für alles die Schuld zu geben, war tief in Pru verwurzelt. So war sie nun mal. Außerdem rührte das Schuldgefühl in diesem Fall von etwas anderem her, etwas viel, viel Schlimmerem als dem Treffer mit einem Dartpfeil, und sie wusste einfach nicht, wie sie damit umgehen sollte. Zumal in diesem Augenblick, wo sie einander unmittelbar gegenüberstanden und seine Hände auf ihren Schultern lagen.

Sag's ihm, drängte eine Stimme tief in ihrem Inneren.

Aber sie hatte Mühe, sich zu konzentrieren. Denken konnte sie nur an eines: daran, die Lippen auf das Pflaster zu drücken. Und auf die Haut oberhalb des Pflasters. Und unterhalb. Und sehr weit unterhalb …

Sie verstand das einfach nicht. Schließlich war er nicht einmal ihr Typ. Na gut, ehrlich gesagt, war sie sich gar nicht so sicher, was denn eigentlich ihr Typ war, so wahnsinnig viel Erfahrung hatte sie schließlich nicht, aber sie war immer davon ausgegangen, sie würde es wissen, wenn sie ihm begegnete.

Doch jetzt hatte sie das grässliche, beängstigende Gefühl, dass sie ihm im undurchschaubaren, durch nichts aus der Ruhe zu bringenden und ganz entschieden aufregenden Finn O'Riley begegnet war.

Was natürlich alles, wirklich alles, noch viel schlimmer machte. Sie schloss die Augen. „Oh Gott, ich hätte dich umbringen können."

So wie ihre Eltern seinen Dad umgebracht hatten …

Und bei diesem Gedanken, dem einen, gegen den sie sich mit aller Kraft gewehrt hatte, traf sie der Horror des Ganzen und drohte sie zu erwürgen. Sie konnte nicht mehr atmen, konnte nichts mehr tun, außer in Panik zu geraten.

„Hey, hey", sagte Finn umwerfend sanft, während er sie zurück auf die Couch drückte. „Es ist alles in Ordnung, Pru."

Sie konnte nur den Kopf schütteln und versuchen, sich aus seinem Griff zu befreien. Sie verdiente sein Mitgefühl nicht, verdiente nicht, dass …

„Pru, Mädchen, du musst atmen. Tu's für mich."

Sie holte ein wenig Luft.

„Gut", erklärte er fest. „Noch einmal."

Sie holte noch einmal Luft, und der Fliegenschwarm, der schon wieder vor ihren Augen tanzte, begann sich aufzulösen, bis sie nur noch Finn sah, vor ihr kniend, fest wie ein Fels in der Brandung. „Jetzt geht's mir wieder gut", sagte sie. Und wie als Beweis stand sie auf. Um die so verzweifelt benötigte Distanz zu gewinnen, ging sie ein paar Schritte von ihm weg und sah sich in seinem Büro um.

Auf dem großen Holzschreibtisch herrschte kein Chaos, aber besonders aufgeräumt war er auch nicht. An einer Wand zogen sich Regale entlang, in denen alles Mögliche verstaut war – von einer Kiste mit Werbegeschenken wie Bierdeckeln und Mousepads bis hin zu einem dicken Knäuel Lichterketten.

An der anderen Wand hingen unzählige Bilder. Sein Bruder. Seine Freunde. Ein Gruppenbild von ihnen auf dem Dach des Gebäudes. Dort stiegen die Leute hoch, um sich die Sterne anzuschauen, an heißen Sommerabenden zu picknicken oder einfach mal ganz hoch oben über der Welt für sich allein zu sein.

Sie fand auch ein paar wenige Bilder von Finn, als sie langsam an der Wand entlangging. Dabei stellte sie fest, dass die Bilder immer älter wurden.

Es gab einige von vor etlichen Jahren. Finn in einer Highschool-Baseball-Uniform. Dann in einer College-Uniform. Er hatte ein Sportstipendium erhalten und eigentlich Profi werden sollen, aber dann war er mit einundzwanzig urplötzlich vom College abgegangen, um sich nach dem Tod seines Vaters um seinen jüngeren Bruder zu kümmern.

Sie holte tief Luft und schaute sich weiter die Fotos an. Eines zeigte Finn und eine Gruppe anderer junger Männer mit nackten Oberkörpern und Rucksäcken auf dem Gipfel eines Berges. Wenn sie sich nicht irrte, war einer davon Archer.

Auf einem anderen Foto saß Finn in einer frisierten Chevelle neben einem Pontiac GTO. Ein hübsches Mädchen stand zwischen den beiden Wagen und schwenkte eine Fahne. Eindeutig eine Aufnahme, die vor dem Start eines Straßenrennens geschossen worden war.

Es hatte also tatsächlich mal eine Zeit gegeben, in der er draufgängerisch und abenteuerlustig gewesen war. Sie wusste genau, was ihn verändert hatte. Die Frage war, ob sie wirklich dabei helfen konnte, ihm ein bisschen von seinem früheren Leben zurückzugeben. Denn das wollte sie, nein, das *musste* sie und wünschte es sich von ganzem Herzen.

7. Kapitel

#WafflesAreAlwaysTheAnswer

Finn sah, wie sich Prus Schultern verspannten, während sie die Bilder an den Wänden betrachtete. Er wünschte sich, sie würde sich zu ihm umdrehen, damit er ihr Gesicht sehen konnte, aber sie starrte nur beharrlich auf die Zeugnisse seines Lebens, als wären sie ungeheuer wichtig für sie. „Alles in Ordnung mit dir?“, fragte er.

Sie schüttelte den Kopf. Ob das die Antwort auf seine Frage war oder weil sie das, was ihr durch den Kopf ging, nicht mit Worten ausdrücken konnte, war für ihn nicht zu erkennen. Er drehte sie zu sich um und sah, wie sie die langen Wimpern hob. Als ihre Blicke sich trafen, war das wie ein doppelter Faustschlag in seine Eingeweide.

Wenn er aus dem rasenden Puls an ihrer Kehle Schlüsse ziehen konnte, dann hatte er auf sie die gleiche Wirkung wie sie auf ihn. Das war zwar ungeheuer schmeichelhaft, aber im Moment machte er sich Sorgen wegen der dunklen Wolken, die in ihren Augen lagen. „Irgendwas beunruhigt dich doch“, sagte er.

Sie biss sich auf die Unterlippe.

„Lass mich raten. Du hast vergessen, den Spund in den Bootsboden zu stecken, und das Boot könnte sinken, bevor du das nächste Mal deinen Dienst antrittst.“

Wie von ihm beabsichtigt, verzogen sich ihre Lippen zu einem Lächeln. „Das vergesse ich nie.“

„Na schön … Dann machst du dir Sorgen, dass du mich für den Rest meines Lebens zum Krüppel gemacht hast und ich meine lukrative Karriere als Barkeeper aufgeben muss.“

Ihr Lächeln verflüchtigte sich. „Du machst Witze, aber ich hätte dich zum Krüppel machen können, wenn ich höher gezielt hätte."

„Oder tiefer", erwiderte er und erschauderte bei dem Gedanken.

Sie schloss die Augen und wandte sich wieder ab. „Es tut mir wirklich unendlich leid, Finn."

„Pru, sieh mich an."

Langsam wandte sie sich wieder zu ihm um. In ihren Augen lagen Geheimnisse verborgen, die nichts mit dem Pfeilwurf zu tun hatten. Dazu eine Leere, die ihn anrührte, weil er sie erkannte. Genau diese Leere hatte er schon im Spiegel gesehen. Er trat wieder näher, griff nach ihrer Hand und verschränkte lose ihre Finger miteinander. Sich selbst redete er ein, dass er das tat, um sie auffangen zu können, wenn sie zusammensackte, aber natürlich kannte er die Wahrheit. Er wollte sie einfach nur berühren.

„Ich bin sicher, du müsstest eigentlich in die Bar zurück …", setzte sie an.

„In einer Minute." Er zog sie näher an sich heran, sodass ihre Füße sich berührten. Und dank ihrer robusten Stiefel befand ihr Mund sich beinah auf der Höhe seines eigenen. „Was ist los, Pru?", fragte er und schaute sie unverwandt an.

Sie öffnete den Mund – und zögerte. Als sie sprach, wusste er, dass sie sich im letzten Moment etwas anderes hatte einfallen lassen. „Sieht so aus, als hätte dein Leben sich sehr verändert", sagte sie und deutete auf die Fotos, die Sean einen Tag nach der Eröffnung des Pubs ausgedruckt, eingerahmt und in chronologischer Reihenfolge ins Regal gestellt hatte.

Als Finn ihn fragte, was zum Teufel das sollte, hatte Sean nur gemeint, nicht jeder sei so unsentimental wie er. „Halt einfach den Mund, und hab Freude daran. Gern geschehen."

Im Laufe des letzten Jahres waren neue Bilder hinzugekommen. Auch hierfür war Sean verantwortlich. Und Finn begriff. Sean fühlte sich schuldig für all das, was Finn aufgegeben hatte, um für ihn da zu sein. Aber Finn wollte nicht, dass er sich schuldig fühlte. Er wollte nur, dass er das Leben ein wenig ernster nahm.

„Es hat sich ein bisschen verändert“, gab er zurückhaltend zu. Ihm war nicht klar, wie sie auf dieses Thema gekommen waren. Noch vor wenigen Minuten war sie noch total süß und bewundernswert besorgt um ihn gewesen und hatte Doktor spielen wollen.

Und er hatte gern mitgespielt.

„Es sieht so aus, als hätte es sich nicht nur ein bisschen verändert“, erwiderte sie. „Der Spaß ist verschwunden.“

„Nachdem ich den Pub gekauft hatte, ja“, sagte er.

Er hatte andere Pläne für sich gehabt. Ohne den Einfluss einer Mutter und mit einem Vater, der entweder arbeiten war oder voll wie eine Haubitze, waren er und Sean sich selbst überlassen gewesen. Sehr oft. Finn hatte diese Jahre genutzt, um so schnell, so brutal und so ungezügelt wie möglich aufzuwachsen. Oh ja, er war ein Spitzenathlet gewesen, aber ebenso ein idiotisches Arschloch. Da er mit spielerischer Leichtigkeit gute Noten erzielte, waren seine Trainer bereit, ihm seine Verrücktheiten nachzusehen, nur um ihn in ihrer Mannschaft zu haben. Sein großer Plan hatte darin bestanden, in die höheren Ligen berufen zu werden, seinem Dad zu sagen, er solle sich zum Teufel scheren, und sich mit einem fetten Bankkonto zur Ruhe zu setzen.

Ganz so war es nicht gelaufen. Stattdessen hatte sein Vater es geschafft, bei einem Autounfall ums Leben zu kommen, der noch nicht einmal auf seine wilde Raserei zurückzuführen war. Ein betrunkener Autofahrer war mit ihm zusammengestoßen.

Gerade einundzwanzig Jahre alt, hätte Finn seine Pläne womöglich weiterverfolgt, wäre da nicht sein Bruder gewesen. Sean war erst vierzehn. Der Junge wäre in die Mühlen des Systems geraten, wenn Finn nicht schlagartig erwachsen geworden wäre, seine wilde Seite abgelegt und sie beide auf dem rechten Pfad gehalten hätte.

Das war das Schwerste gewesen, das er je getan hatte, und es hatte eine Unmenge Tage gegeben, an denen er sich nicht sicher gewesen war, ob er es schaffen würde.

„Nun, ich sollte wahrscheinlich …“ Pru brachte den Satz nicht zu Ende und wies vage in Richtung Tür. Aber sie ging nicht. Stattdessen schaute sie ihm auf den Mund.

Das war ein gutes Zeichen. Wahrscheinlich dachte sie daran, wie sein Mund sich auf ihrem anfühlen würde, und das war nur fair, schließlich hatte auch er schon sehr viel darüber nachgedacht.

„Nacht“, flüsterte sie.

„Nacht“, flüsterte er zurück.

Aber sie rührten sich beide nicht.

Sie starrte ihm immer noch auf den Mund und kaute dabei auf ihrer Unterlippe. Am liebsten hätte er sich vorgebeugt, um an ihrer Stelle weiterzumachen; erst würde er vorsichtig an einem Mundwinkel knabbern, dann am anderen und dann vielleicht auch an ihrer prallen Unterlippe, um sie anschließend mit der Zunge zu streicheln. Dann würde er sich an ihrem Körper herunterarbeiten und jedem Quadratzentimeter die gleiche Behandlung zuteilwerden lassen …

„Richtig?“, fragte sie.

Er blinzelte verwirrt. Total beschäftigt damit, was er mit ihr anstellen wollte und welche Töne sie von sich geben würde, wenn er sie mit der Zunge bearbeitete, hatte er kein Wort von dem gehört, was sie gesagt hatte.

„Richtig.“

Sie nickte und … ging davon.

Warte – was zum Teufel? Hastig packte er ihre Hand und konnte sie gerade noch aufhalten. „Wohin gehst du?“

„Ich sagte gerade, dass ich jetzt wirklich gehen sollte, und du sagtest: ‚Richtig‘.“

Zuzugeben, dass er kein Wort von dem gehört hatte, was sie gesagt hatte, weil er zu beschäftigt gewesen war, sie in seiner Fantasie zu vögeln, kam nicht infrage. Also hielt er einfach nur ihre Hand fest. „Aber du bist die Spaßflüsterin. Du musst bleiben und mich retten, sonst gehe ich wieder an die Arbeit."

„Ein wahrhaft wilder Typ", sagte sie lächelnd.

Er zog noch einmal an ihrer Hand. Obwohl sie schon direkt vor ihm stand, rückte sie noch näher und drängte sich an ihn.

Sie seufzte, als ob dieser körperliche Kontakt genau das war, was sie wollte, und dann erstarrte sie. Ihre Augen wurden riesengroß, und es zeigte sich so etwas wie Furcht darin, als sie ihm in die Augen schaute. „Oh, oh."

Auch wenn das letzte Mal schon eine Weile her war, das war nicht die Reaktion, die üblicherweise kam, wenn er eine Frau an sich zog. „Gibt es ein Problem?"

„Nein." Sie biss sich auf die Unterlippe. „Vielleicht."

„Sprich's aus."

Sie zögerte. Dann sagte sie: „Meine Mom hat mir beigebracht, nicht zu reden, sondern zu zeigen." Und dann wanderten ihre Hände auf seine Brust, eine blieb genau auf dem Pflaster liegen, und sie berührte es vorsichtig, strich mit den Fingern darüber, als wünschte sie, den Schmerz lindern zu können. „Ich muss nur etwas nachschauen …"

„Was?"

Erneut landete ihr Blick auf seinem Mund, und erneut zögerte sie.

Zärtlichkeit mischte sich in sein plötzliches, alles beherrschende Verlangen, eine schwindelerregende Kombination für einen Mann, der stolz darauf war, seine Gefühle stets gut im Griff zu haben. „Pru …"

„Sch, eine Sekunde nur", flüsterte sie. Und dann streifte sie seine Lippen mit den ihren.

Bei der Berührung stöhnte er auf, genoss es, wie ihr Griff fester wurde. Sie murmelte seinen Namen – es klang wie eine sanfte Bitte und doch zugleich wie eine Forderung, und er wollte lächeln und sie auf die Couch ziehen. Andererseits wollte er ihr die Kontrolle überlassen und gab sich daher Mühe, sich zurückzuhalten. Dann aber stieß sie ein belegtes kleines Wimmern aus, als wäre er das Beste, was sie jemals geschmeckt hatte. Er fuhr ihr mit den Fingern durchs Haar, übernahm den Kuss, langsamer und tiefer jetzt, bis sie noch einmal dieses süße kleine Wimmern ausstieß und sich beinahe verzweifelt an ihn schmiegte.

Oh ja, das gefiel ihr, und zwar höllisch gut. Er nahm sie fest in die Arme und hob sie hoch, damit sie einander noch näher kamen. Natürlich war ihm klar gewesen, dass es zwischen ihnen knisterte, aber das … stellte seine Welt völlig auf den Kopf. Ihre offenbar auch, denn sie gingen beide darin auf, ihre Zungen glitten immer tiefer, ihre Lippen verschmolzen miteinander, ihre Körper konnten gar nicht genug voneinander kriegen und gaben sich einem langsamen Rhythmus hin.

Plötzlich wurde die Bürotür aufgerissen, und Sean stand da, den Blick auf sein iPad gerichtet. „Wir haben ein Problem mit dem Warenbestand …“, sagte er, immer noch lesend. „Wo zum Teufel ist der …? *Oh!*“, entfuhr es ihm, als er endlich aufblickte. „Mist! Jetzt schulde ich Spence zwanzig Mäuse.“

Nur mühsam widerstand Finn dem Drang, seinem Bruder das freche Grinsen aus dem Gesicht zu schlagen, und das obendrein hauptsächlich deshalb, weil er seine Augen nicht von Pru abwenden mochte, die ihre Finger an ihre noch feuchten Lippen gelegt hatte und nicht nur ein bisschen durcheinander wirkte.

Willkommen im Club, Baby …

„Tut mir leid, wenn ich euer Geturtel unterbrochen habe“, meinte Sean. Dabei sah er kein bisschen so aus, als täte es ihm leid. Er lächelte Pru zu. „Hey, Trouble.“

„Hey“, gab sie zurück und wurde rot. „Ich muss los.“ Langsam drehte sie sich einmal um sich selbst, offenbar auf der Suche nach ihrer Tasche, die sie dort entdeckte, wo Finn sie hingelegt hatte – auf der Couch. Sie hängte sie sich über die Schulter, wich jedem Blickkontakt aus, sagte kurz „Nacht" und strebte zur Tür.

Finn hielt sie auf und strich ihr mit der Hand über den Rücken. „Ich möchte dich nach Hause begleiten …"

„Ich wohne doch nur zwei Stockwerke höher", erwiderte sie, ohne ihn anzusehen. „Das ist unnötig."

Richtig. Aber er machte sich nicht nur Sorgen um ihre Sicherheit. Während sie sich küssten, war sie ihm nahe gewesen, sehr intensiv sogar, aber jetzt lag wieder Distanz zwischen ihnen, und die wollte er überwinden.

„Wenn es Komplikationen gibt – wegen meines Mordversuchs an dir", sagte sie zur Tür gewandt, „dann musst du …"

„Wird es nicht. Mir geht es gut." Mit den Lippen streifte er ihr Ohr, während er sprach, und er spürte, wie sie heftig erschauerte.

„Dann ist gut", meinte sie mit zittriger Stimme, und fort war sie.

Finn wandte sich Sean zu.

Der stand grinsend da. „Sieh an, wie du dich an sie heranschmeißt. Das ging aber schnell."

„Schon mal was von Anklopfen gehört?", fragte Finn.

Sean zuckte die Achseln. „Und wo bleibt da der Spaß?"

„Geht es eigentlich immer nur um Spaß?"

„Ja!", bekräftigte Sean und warf die Hände hoch. „Endlich hast du es begriffen!"

Finn wandte sich ab und musterte den Bereich zwischen Couch und Schreibtisch, an dem er Pru beinahe auf den Boden gezerrt und seine lange Durststrecke damit beendet hätte, dass er sich in ihren warmen süßen Körper versenkte. „Wo liegt das Problem mit dem Warenbestand?"

„Weg. Das ganze System ist abgestürzt."

Finn riss ihm das iPad aus der Hand und wischte über den Bildschirm, um sich die Daten anzeigen zu lassen. „Und das erzählst du mir erst jetzt? Machst du Witze?"

„Ja."

Finn hob den Kopf und starrte ihn an. „Was?"

Sein Bruder ließ ein Grinsen aufblitzen. „Ja, ich mache Witze. Ich erlaube mir Scherze. Ich nehme dich auf den Arm. Ich bin reingekommen, weil Archer und Spence mich beauftragt haben, dir und Trouble nachzuspionieren. Wir haben um zwanzig Mäuse gewettet. Sie haben geglaubt, dass du dich zu diesem ungewohnten Schritt durchringen würdest, sie anzumachen."

Großer Gott!

„Ich habe dagegen gewettet", fuhr Sean fort. „Hab dich für so eingerostet gehalten, dass ich glaubte, du würdest erst ein paar Tipps brauchen. Und hier kommt schon der erste: Schließ die Tür ab, Mann. Immer." Finn ging auf ihn zu, aber Sean wich grinsend aus. „Oh, und Tipp Nummer zwei: Du hast das Shirt ausgezogen – kein schlechter Start, aber wirklich wichtig wäre die Hose." Er lachte in sich hinein und hatte ganz eindeutig seinen Spaß.

Finn lächelte, schob ihn aus der Tür und knallte sie zu, um sein selbstzufriedenes Gesicht nicht mehr sehen zu müssen.

Dann verriegelte er die Tür.

„*Jetzt* schließt du ab?", fragte Sean durch das Holz der Tür hindurch und rüttelte an der Türklinke. „Hey, du weißt, dass ich gelegentlich ein Nickerchen auf der Couch mache. Sag mir, dass ihr es nicht auf der Couch getrieben habt!"

Finn wandte sich ab und ging zu seinem Schreibtisch.

Sean donnerte einmal mit der Faust gegen die Tür. „Habt ihr nicht, oder?"

Finn setzte sich seine Kopfhörer auf und machte die Musik auf seinem Smartphone an. Dann setzte er sich an seinen Schreibtisch, um den Berg Arbeit anzugehen, der auf ihn wartete.

Am nächsten Morgen ging Pru extra früh zur Arbeit. Es war Monatsende, und obwohl Jake alles gab, damit seine Bootskapitäne nicht im Papierkram untergingen, blieb doch einiges an ihnen hängen. Sie wollte aufarbeiten, was liegen geblieben war, aber sie hatte nicht gut geschlafen, und ihr drohten andauernd die Augen zuzufallen. Schließlich gab sie sich geschlagen und ließ den Kopf auf die Tischplatte sinken.

Nur eine Minute, sagte sie sich …

Finn drückte sich an sie, und sie stöhnte auf, als er mit den Händen an ihrem Körper aufwärts strich und seine Daumen ihre Brustwarzen streiften. Sie drängte sich ihm entgegen, und er küsste sie, als wäre das eine Kunstform. Als hätte er nichts Wichtigeres zu tun, als sie zu erregen, und alle Zeit der Welt, sein Werk zu vollbringen. Sie klammerte sich an ihn, und er rieb seinen Unterleib an ihr, um sie spüren zu lassen, wie ungeheuer hart er war. In heftigem Begehren krallte sie ihre Finger in sein Haar und küsste ihn immer intensiver, bis er in ihrem Mund aufstöhnte. „Bitte", flehte sie.

„Oh Gott, nichts lieber als das!" Seine Stimme klang erregend rau, und sie ließ nicht los, sondern verankerte ihre Hüften an den seinen, während er eine Hand an ihrem Bauch abwärts wandern ließ und in ihr Höschen schob.

Erneut stöhnte er auf, und sie wusste, warum. Sie war feucht und sehnte sich nach ihm.

Er löste sich aus dem Kuss und knabberte an ihrem Ohr. „Pru", sagte er mit seiner so wunderbar schroffen Stimme. „Du musst aufwachen."

Sie schrak hoch und setzte sich kerzengerade auf, während ihr bewusst wurde, dass sie über dem verhassten Papierkram an ihrem Schreibtisch eingeschlafen war. „Was …?", stieß sie hervor.

Finn kauerte neben ihr, vollständig bekleidet, sein Atem ging stoßweise.

Im selben Moment fiel ihr noch etwas anderes auf: Mit der Hand streichelte sie etwas, dass sich wie eine sehr beeindruckende Erektion in seiner Jeans anfühlte.

Hastig zog sie ihre Hand zurück, als hätte sie sich verbrannt.

Er ließ den Kopf sinken und lachte rau auf. Ohne darauf zu achten, was sein Lachen mit ihrem Bauch und den darunterliegenden Körperteilen anstellte, räusperte sie sich. „Tut mir leid."

„Braucht es nicht. Das ist die schönste Begrüßung, die mir je zuteilwurde."

„Okay, das war deine Schuld", murmelte sie und lief knallrot an. „Das kommt davon, wenn man mich aus dem Tiefschlaf holt."

„Ich bin mir nicht sicher, ob man das Schlaf nennen kann." Er hob den Kopf. Lächelnd. Dieser selbstzufriedene Mistkerl! „Jake hat mich reingelassen und mir den Weg zu deinem Büro gezeigt. Die Tür war nicht abgeschlossen. Du hast gestöhnt und geschwitzt. Ich wollte nachsehen, ob es dir gut geht, und dann hast du mich sexuell belästigt."

Sie seufzte und ließ ihre Stirn ein paar Mal auf die Tischplatte knallen. „Warum bist du gekommen?", klagte sie. „Außer, um mich grob aus dem einzigen Liebesspiel zu reißen, das ich seit viel zu langer Zeit hatte?"

Er lachte. *Lachte*. Sie dachte kurz darüber nach, ihn umzubringen, aber dann wurde ihr bewusst, dass er eine braune Tüte dabeihatte, aus der es ungeheuer gut duftete.

„Hab Frühstück im Waffel-Laden besorgt", sagte er und hob die Tüte. „Für dich."

Sie erstarrte. „Schokolade und Himbeersirup?", fragte sie hoffnungsvoll, bereit, Geschehenes ruhen zu lassen, wenn dafür ihr Zucker- und Kohlenhydratspeicher aufgefüllt wurde.

„Natürlich."

Sie fragte nicht, woher er von ihrer Schwäche wusste. Jeder, den sie kannte, verehrte die magischen Backbleche im Inneren des magischen Imbisswagens vor ihrem Gebäude, der von einer Frau namens Rayna betrieben wurde. Pru riss Finn die Tüte aus der Hand und beschloss, ihm zu vergeben. „Glaub ja nicht, dass das bedeutet, dass wir meinen Traum nachstellen werden!"

„Ganz sicher nicht", antwortete er.

Sie zögerte, während sich unerwartet Enttäuschung in ihr breitmachte. „Weil du mir gegenüber nicht an so etwas denkst?"

Jetzt zögerte er, als überlege er sehr genau, was er als Nächstes sagen sollte, und sie wappnete sich. Mit Zurückweisung wurde sie gut fertig, wirklich gut, rief sie sich ins Gedächtnis.

Offensichtlich hatte er sich dagegen entschieden, überhaupt etwas zu sagen. Stattdessen richtete er sich zu voller Größe auf. Da sie noch auf ihrem Stuhl saß, sah sie sich dadurch direkt dem Teil seiner Anatomie gegenüber, den sie noch wenige Augenblicke zuvor fest umklammert hatte.

Er war immer noch hart.

„Sieht das für dich nach Desinteresse aus?"

Sie schluckte schwer. „Nein."

„Noch irgendwelche Fragen?"

„Nein", brachte sie mühsam hervor. „Keine weiteren Fragen."

Er nickte, beugte sich vor und streifte ihre Lippen mit seinem Mund. „Der Ball liegt in deiner Spielfeldhälfte", sagte er, und fort war er.

8. Kapitel

#AllTheCoolKidsAreDoingIt

Am nächsten Morgen stand Pru zur üblichen Zeit auf, obwohl sie an diesem Tag freihatte. Sie zog ihr Tanktop, ihre Yogashorts und ihre Laufschuhe an. „Ich hasse Laufen", sagte sie in ihr Zimmer hinein.

Die Decke auf ihrem Bett bewegte sich ein wenig, und sie zog sie zurück. Darunter lag Thor mit geschlossenen Augen.

„Ich weiß, dass du dich nur schlafend stellst", sagte sie.

Er kniff die Augen noch fester zu.

„Tut mir leid, Freundchen, aber du kommst mit. Ich habe die ganze riesige Waffel gegessen, die Finn mir gestern vorbeigebracht hat. Und mir ist klar, dass es dir egal ist, ob du in eine enge Jeans passt, ohne dass dir der Bauch über den Bund quillt, und dass du nicht mal weißt, wer Finn ist, aber vertrau mir: Du hättest ihm oder der Waffel genauso wenig widerstehen können."

Thor rührte sich nicht.

„Ein Hundekuchen", meinte sie schmeichelnd. „Wenn du jetzt sofort aufstehst, bekommst du einen Hundekuchen."

Keine Reaktion. Vermutlich lag es daran, dass er genauso gut wie sie wusste, dass sie keine Hundekuchen mehr hatte. Sie hätte ihn einfach allein zu Hause gelassen, aber beim letzten Mal hatte er ihr in ihre Lieblingsstiefel gekackt – und das hatte ihn ganz sicher einiges an Zeit und Mühe gekostet.

„Na schön." Resigniert hob sie die Hände. „Ich kaufe heute Hundekuchen, einverstanden? Und obendrein werden wir Jake besuchen."

Als dieser Name fiel, wurde Thor munter. Er wusste, dass

Jake Hundekuchen in seinem Schreibtisch aufbewahrte. Also hob er den Kopf, hechelte glücklich und spitzte ein Ohr, während das andere ihm schlaff ins Auge fiel.

Unwillkürlich musste sie lächeln. „Du bist der niedlichste Stiefelkacker, der mir je begegnet ist. Also, dann wollen wir mal. Zuerst laufen wir, auch wenn es uns umbringt."

Thor stieß einen Seufzer aus, der größer war als er selbst, aber er erhob sich. Sie befestigte seine Leine an seinem Geschirr, und los ging es.

Sie rannten durch Fort Mason und nahmen dabei den Pfad hoch über dem Wasser. Nicht dass man heute das Meer hätte sehen können. Frühmorgendlicher Nebel hing über der Bucht, sodass Pru das Gefühl hatte, mit dem Kopf in einer dicken feuchten Wattewolke zu stecken. Ihr Weg führte sie zum östlichen Ufer am Hafen von San Francisco – auf eine Ufermauer, die auf dem dem Meer abgerungenen Land lag und einen der schönsten Ausblicke auf die Bucht bot.

Genau hier weigerte Thor sich, auch nur noch einen Schritt weiterzulaufen. Er setzte sich, ließ sich auf die Seite fallen und blieb direkt vor ihren Füßen liegen.

Ein Jogger, der in der Gegenrichtung unterwegs war, blieb stehen. „Haben Sie gerade Ihren Hund umgebracht?"

„Nein, er läuft nur nicht gern", antwortete sie.

Ungläubig machte er Anstalten, sich zu Thor hinunterzubeugen, dem es plötzlich gelang, letzte Energiereserven zu mobilisieren – jedenfalls genug, um den Kopf zu heben und dem fremden Mann, der es wagte, ihm zu nahezukommen, die gefletschten Zähne zu zeigen.

Der Typ machte einen Satz rückwärts, stolperte dabei über seine eigenen Füße und landete unsanft auf seinem Hintern.

„Oh Gott. Haben Sie sich wehgetan?", fragte sie.

Er sprang wieder auf, warf ihr einen vernichtenden Blick zu, und rannte weiter.

„Tut mir leid", rief sie ihm nach und funkelte dann Thor an.

„Du weißt aber, dass irgendwann einmal jemand den Tierschutz rufen und man dich mir wegnehmen wird, oder?"

Der Hund schloss die Augen.

„Komm schon, steh auf." Sie stupste ihn mit dem Fuß an. „Wir müssen noch ein paar mehr Kalorien verbrennen."

Thor rührte sich keinen Millimeter. Stattdessen knurrte er sie jetzt leise an.

„Weißt du was? Fein. Riskieren wir also, dass wir nicht in unsere Badeanzüge passen. Ich schwimme sowieso nicht gern", erklärte sie, eigentlich ganz glücklich, eine Ausrede zu haben, den Lauf zu beenden. Den Rest des Weges zum Aquatic-Park-Pier, der sich in die Bucht hinausschwang und einem die Illusion vermittelte, auf dem Wasser zu stehen, gingen sie im Spaziertempo.

Wind kam auf, und sie war froh, nicht auf dem Wasser zu sein. „Das wird kabbelig", sagte sie. Was bedeutete, dass mindestens ein Passagier pro Fahrt seekrank werden würde. Aber das war ja nicht ihr Problem. „Keine Kotzorgien auf meinem Terminplan für heute."

Thor, der es sich auf ihrem Arm gemütlich gemacht hatte, leckte ihr das Kinn. Kotzen machte ihm nichts aus. Scheiße auch nicht. Je ekliger, desto besser – das war seine Meinung. Sie setzte den Hund ab, reckte den Hals und genoss den Anblick des Ghirardelli Square hinter ihnen. Dorthin zu gehen bedeutete keinen Umweg, aber wenn sie das tat, dann kaufte sie Schokolade – und würde auch morgen laufen müssen. Während sie noch mit sich selbst verhandelte, näherte sich ihrem Hund eine Taube, die fast größer war als er.

Thor erstarrte vollkommen. Er rührte keinen Muskel, und man konnte das Weiße in seinen Augen sehen.

Die Taube blieb stehen, legte den Kopf schief und ging dann in einem Scheinangriff auf Thor los.

Der zog den Schwanz ein und versteckte sich hinter Prus Beinen.

„Hey", sagte sie zu der Taube. „Sei nicht so rüpelhaft."

Die Taube musterte sie aus einem Auge und trippelte davon.

Pru nahm Thor wieder auf den Arm. „Ich muss dir eine Brille besorgen. Immerhin hast du gerade einem erwachsenen Mann Angst gemacht und dich dann von einer Taube ins Bockshorn jagen lassen."

Der Hund blinzelte mit seinen großen Augen. „Wuff."

Bei diesem Laut blieb die Taube stehen und kam zurück. Thor, sicher geborgen auf Prus Arm und deshalb jetzt ein harter Hund, knurrte.

Pru lachte. „Ich setze dich gleich ab, Mr. Harter-Hund. Und dann beeilen wir uns, an meinen Arbeitsplatz zu kommen, um noch einen von meinen Kartons abzuholen ..."

Thor kuschelte sich in ihren Arm, legte seinen Kopf auf ihre Schulter und schaute sie aus großen Welpenaugen an.

„Oh nein, so nicht. Komm mir nicht mit diesem Dackelblick", warnte sie. „Ich werde dich nicht den ganzen Weg tragen."

Er leckte ihr wieder übers Kinn.

Und natürlich trug sie ihn den ganzen Weg.

„Jake!", rief sie, als sie und Thor das Lagerhaus am Pier 39 betraten, in dem SF Bay Tours seinen Sitz hatte. „Jake?"

Keine Antwort. Jake war nicht nur ihr Boss, er war auch ihr engster Freund, und vor einiger Zeit war er eine Woche lang sogar ihr Liebhaber gewesen. Das hatte aus vielen Gründen nicht gehalten.

Sie hatte bisher mit zwei Männern geschlafen. Der erste, Paul, war ganze zwei Wochen lang ihr Freund gewesen, als ihre Eltern starben. Doch Pru war unter dem Verlust zerbrochen. Mit seinen erst achtzehn Jahren konnte Paul damit nicht umgehen. Deshalb hatte er die Flucht ergriffen. Verständlicherweise.

Jake war der Nächste gewesen. Er hatte sie geliebt. Nein, er liebte sie noch immer, aber er war nie in sie verliebt gewesen und würde es auch nie sein. Und die Wahrheit war, dass auch sie sich nie in ihn verliebt hatte. Sie war sich nicht einmal sicher, dass sie für diese Art Liebe geschaffen war, weder auf der empfangenden noch auf der gebenden Seite. Sie wäre es gern gewesen. Wirklich sehr gern. Aber sich etwas zu wünschen und es tatsächlich zu tun, hatte sich als zwei verschiedene Paar Schuhe erwiesen. „*Jake!*"

„Du musst nicht brüllen, Kleines, ich bin nicht taub."

Vor Schreck keuchte sie auf, wirbelte herum und entdeckte ihn direkt hinter sich. Sie hatte ihn nicht kommen hören, aber das tat sie sowieso nie.

Jake war Teil einer Sondereinheit gewesen, zu deren Aufgaben Taucheinsätze und eine Menge Gefahr gehört hatten, und obwohl ihn das beinahe das Leben gekostet hätte, hatte er seinen Biss behalten. Er lächelte zwar nicht, als sie vor Schreck zusammenfuhr, aber offenbar amüsierte es ihn doch. Das war seinen Augen anzusehen.

Thor hingegen war kein bisschen amüsiert. Als Pru zusammenzuckte, explodierte er förmlich und kläffte so schrill, dass einem fast das Trommelfell platzte. „Thor, scht!", sagte sie und wandte sich Jake zu, die Hand auf ihr Herz gedrückt. „Ganz ehrlich, du kostest mich jedes Mal fünf Jahres meines Lebens, wenn du das tust. Und bei Thor löst du epileptische Anfälle aus."

Jake bat nicht um Entschuldigung. Das tat er nie. Der Mann war durch und durch ein Tyrann. Allerdings ein weichherziger Tyrann, der die Arme nach Thor ausstreckte.

Der arme Hund bellte immer noch, als könnte er sich gar nicht wieder beruhigen, die Augen weit aufgerissen.

„Du bist ja so ein Mädchen", sagte Jake zu ihm.

„Entschuldige mal", fuhr Pru ihn an. „Du weißt, dass er nicht gut sehen kann, und du hast ihn fast zu Tode erschreckt. Und, hallo, er ist ein Kerl. Das heißt, ihr pinkelt beide im Stehen. Er ist also kein Mädchen, sondern ein großes, *männliches* Baby."

„Das stimmt nicht mal ansatzweise, Chica", erwiderte Jake. „Ich mag ja keine Beine mehr haben, aber meine Hoden habe ich zumindest noch." Und damit setzte er seinen Rollstuhl in Bewegung, kam näher und zog etwas aus der Tasche.

Einen Hundekuchen.

Er hielt ihn dem wild gewordenen Hund vor die Nase, Thor hörte schlagartig auf zu bellen und sprang ihm auf den Schoß, ohne sich noch einmal umzusehen.

Jake wirbelte seinen Rollstuhl herum, und Mann und Hund rollten davon.

Pru verdrehte die Augen und folgte den beiden einen Gang entlang bis hinter ein Schild mit der Aufschrift „Zutritt nur für Crewmitglieder", dann einen zweiten bis hin zum Wohnbereich. „Wir bleiben nicht", erklärte Pru. „Ich will nur einen der letzten Kartons mit meinen Sachen holen."

„Wenn du einfach meinen Transporter benutzen würdest, könntest du dein ganzes Zeug auf einmal in deine Wohnung schaffen statt in einer Million Einzelteilen", sagte Jake. „Außerdem habe ich dir gesagt, dass ich dir dabei helfen würde."

„Ich will deine Hilfe nicht."

Er seufzte, ein äußerst seltenes Geschehen, und rollte herum, um sie anzuschauen. „Du bist immer noch sauer, dass ich dich aus dem Nest geworfen habe."

„Nein." *Ja.*

Er fasste nach ihrer Hand, als sie an ihm vorbeigehen wollte, und schaute zu ihr hoch. „Du weißt noch, warum, nicht wahr?"

„Weil deine Schwester sich scheiden lässt und das Zimmer braucht, das du mir hier im Lagerhaus vermietet hattest", leierte sie herunter.

„Und …?"

„Und …" Sie stieß die Luft aus ihren Lungen aus. „Weil du meiner überdrüssig bist."

„Nein", widersprach er sanft. „Wir waren uns einig, dass ich nur eine Krücke für dich war. Dass du rausmusstest und dein eigenes Leben leben."

„Wir?", fragte sie mit leicht brüchiger Stimme. Denn, na schön, sie war nicht sauer auf ihn. Sie war … verletzt.

Obwohl sie wusste, dass er recht hatte.

Sie waren Freunde seit ihrem neunzehnten Geburtstag, an dem sie sich um eine Arbeitsstelle bei SF Tours beworben hatte. Er war kurz zuvor beim Militär ausgeschieden, hatte eine schmerzhafte medizinische Behandlung und Reha hinter sich und war voller Zorn. Sie hatte ihre Eltern verloren und war ebenfalls voller Zorn. Das verband sie miteinander. Er hatte sie auf Schifffahrtslehrgänge geschickt und ihr auf ihrem Weg nach oben zur Seite gestanden. Ohne ihn hätte sie das alles niemals geschafft, und dafür war sie ihm dankbar, aber inzwischen war sie den Kinderschuhen entwachsen und brauchte seine Hilfe nicht mehr bei jeder Kleinigkeit. „Sieh mal“, sagte sie. „Ich tue, was nach unser beider Meinung getan werden musste. Ich gehe voran. Ich bin wieder aufs Pferd gestiegen. Bla, bla, bla.“

Jakes Lippen lächelten, seine Augen aber nicht. „Es geht um mehr, als darum, wieder aufs verdammte Pferd zu steigen. Ich will, dass du wieder im Spiel des Lebens mitspielst.“

Sie seufzte. „Es gibt einen Grund, warum niemand mehr das Spiel des Lebens spielt, Jake. Es ist ein dämliches Spiel. Wichtige Entscheidungen kann man nicht von einem verdammten Glücksrad abhängig machen. Wenn das so einfach wäre, würde ich jetzt sofort daran drehen und meine Eltern zurückbekommen. Ich würde es so einrichten, dass sie niemandem den Vater töten und niemanden ins Krankenhaus bringen und so das Leben vieler Menschen für immer verändern und ruinieren. Ich würde es so einrichten, dass ich ein paar Felder auf dem verdammten Spielfeld zurückgehen könnte und in jener Nacht zu Hause bleiben würde, damit niemand losfahren und mich von einer Party abholen muss, wegen der ich mich gar nicht erst hätte wegstehlen dürfen.“ Sie stieß heftig den Atem aus, ein bisschen überrascht davon, wie viel sich in ihr aufgestaut hatte. Heimtückische kleine Dinge, diese Gefühle.

„Pru“, sagte Jake sanft und schmerzerfüllt.

Sie entzog ihm ihre Hand. „Nein, ich will nicht darüber reden." Sie wollte es wirklich nicht. Es kostete viel Zeit und Mühe, die Gefühle zu begraben. Sie wieder ans Licht zu holen machte sie nur wahnsinnig. Sie machte Anstalten zu gehen, aber Jake rollte herum, um sie daran zu hindern.

„Was hältst du dann davon, darüber zu reden, dass du inzwischen jedem geholfen hast, der in jener Nacht betroffen war?", fragte er. „Du hast das Haus in Santa Cruz verkauft, in dem du aufgewachsen bist – das einzige Zuhause, das du je hattest –, um den beiden Jungen der Frau, die beim Überqueren der Straße angefahren wurde, College-Stipendien zukommen zu lassen, obwohl sie den Unfall überlebt hat. Du hast dich sogar mit ihnen angefreundet. Teufel noch mal, Nick arbeitet inzwischen für mich in der Wartung, und Tim hat mir erzählt, dass du ihm dabei hilfst, eine Wohnung zu finden, weil er nicht im Studentenwohnheim bleiben kann ..."

„Stopp, Moment mal", fiel sie ihm ins Wort. „Ich bin kein verdammter Märtyrer. Klar, ich habe das Haus verkauft, aber das habe ich getan, weil die Erinnerungen mich fertiggemacht haben. Ich war achtzehn, Jake, das war einfach zu viel für mich." Sie schüttelte den Kopf. „Ich habe nicht das ganze Geld weggegeben. Ich bin zur Schule gegangen, ich hatte Ausgaben, ich habe behalten, was ich brauchte ..."

„So gerade eben. Und dann war da noch Shelby – in einem der anderen Autos, weißt du noch? Du hast ihr das Startkapital gegeben, das sie nach ihrer Operation brauchte, um nach New York zu ziehen, wie sie es sich immer gewünscht hatte."

„Ich habe ihr ein bisschen geholfen, ja", gab sie zu. „Wusstest du, dass sie noch immer humpelt?"

„Du hast noch Kontakt zu ihr?", fragte er ungläubig.

Sie schnaubte verstimmt. „Können wir bitte das Thema wechseln?"

„Klar doch. Nehmen wir die O'Riley-Brüder. Du hast dafür gesorgt, dass sie das Geld aus der Lebensversicherung deiner Eltern bekommen, das sie vermutlich für ihre Ausbildung und als Startkapital für den Pub genutzt haben. Und was jetzt, Pru? Es sollte endlich an der Zeit sein, die Vergangenheit ruhen zu lassen. Offensichtlich tust du das aber nicht, also sag's mir: Was ist hier eigentlich los?"

Ja, Pru. Was ist los? Sie atmete tief ein und zwang sich dazu, sich an das Zuhause, das sie verkauft, und an alles, was sie aufgegeben hatte, zu erinnern – und darüber zu trauern. „Er ist nicht glücklich", sagte sie.

„Wer?"

„Finn. Ich will, dass er glücklich ist."

Jake schüttelte den Kopf. „Dafür bist du nicht zuständig."

„Fühlt sich aber so an, als wäre ich das", sagte sie. „Alle anderen sind glücklich, sogar sein Bruder Sean. Ich muss versuchen, ihm zu helfen." Dann erzählte sie ihm von dem Wunsch am Brunnen, und er starrte sie an, als hätte sie komplett den Verstand verloren.

„Er wird sich in dich verlieben", sagte er. „Das weißt du doch, oder? Du musst ihm vorher die Wahrheit sagen. Du musst ihm vorher sagen, wer du bist."

Sie schnaubte abfällig. „Er wird sich nicht in mich verlieben."

Jake lächelte, und diesmal lächelten auch seine Augen. „Glaub mir, Chica, ein Blick aus diesen Augen, dieses Lächeln, diese Keckheit … er wird dir komplett verfallen. Und weißt du, woher ich das weiß?"

Sie schüttelte den Kopf.

„Weil es mir so ergangen ist."

„Aber du hast dich daraus befreit."

In seinen Augen blitzte es kurz auf. Bedauern. Reue. „Das liegt an mir, Pru, nicht an dir. Und das weißt du."

Jake verweigerte sich der Liebe. Das hatte er ihr von Anfang an gesagt, und dabei war er geblieben. Auch wenn sich dadurch nichts daran änderte, dass sie Teil seines Lebens war. Das hatte er bewiesen, indem er immer für sie da war, in guten wie in schlechten Zeiten – und es hatte sehr viel mehr schlechte

Zeiten gegeben als gute. Sie war auch für ihn da gewesen und würde es immer sein. Aber inzwischen gab es Grenzen, die für sie beide galten.

„Erzähl mir von Finn", sagte er.

„Du weißt doch schon alles. Er führt das ‚O'Riley's'. Ist seinem Bruder gegenüber loyal, hat eine beschützende Ader, ist gut zu seinen Freunden und …"

„Und?", hakte Jake nach.

Und er küsst wie Sex am Stiel … „Und er arbeitet zu viel."

„Und du glaubst was?", fragte er zweifelnd. „Dass du das ändern kannst?"

„Er braucht ein Leben", erwiderte sie. Es klang viel defensiver, als sie es gemeint hatte. „Seines ist ihm geraubt worden."

„Das ist nicht deine Schuld, Pru", erwiderte Jake ebenso fest wie freundlich.

„Ja, das weiß ich."

„Tatsächlich?"

„Ja!", schoss sie zurück, definitiv nicht freundlich.

„Und warum drängst du dich dann in sein Leben?"

Eine ganz ausgezeichnete Frage.

„In das Leben der anderen hast du dich auch nicht gedrängt", fuhr er fort. „Du hast getan, was du konntest, und dich im Hintergrund gehalten. Hast sie nach vorn schauen lassen, ohne deine Gegenwart. Aber nicht in diesem Fall, nicht bei Finn. Und da drängt sich die Frage auf, Chica. Warum?"

Wieder eine ganz ausgezeichnete Frage. Aber eine, auf die sie eine Antwort hatte, nur wollte sie diese nicht laut aussprechen.

Finn ist anders.

Er war anders, weil sie ihn auf eine Weise in ihrem Leben haben wollte wie seit sehr, sehr langer Zeit niemanden.

Vielleicht hatte sie sogar noch nie jemanden so gewollt.

„Weißt du, was ich glaube?", fragte Jake.

„Nein, aber ich bin mir sicher, du wirst es mir sagen."

„Ich glaube, du Klugscheißer", fuhr er unbeeindruckt von

ihrem Sarkasmus fort, „dass es bei ihm anders ist, weil du Gefühle für ihn entwickelt hast."

Wem sagte er das! Sie hätte noch hinzufügen können, dass dieser Umstand sie aus dem Gleichgewicht gebracht, ja in Verwirrung gestürzt hatte. Denn sie hatte noch nie für jemanden so empfunden und wollte ihm nicht wehtun. Auf keinen Fall. Damit aber grub sie sich selbst eine verdammt tiefe Grube. „Ich sagte doch, ich möchte nicht mit dir darüber reden."

„Fein. Dann rede mit *ihm* darüber."

„Das werde ich. Bald. Aber ich kann nicht einfach damit herausplatzen. Das ist ein bisschen viel auf einmal. Wir kennen uns ja erst ein paar Tage. Ich mach das schon noch."

Jake schaute sie nur lange an. „Ich war gestern Abend im Pub."

Sie erstarrte. „Wie? Ich habe dich nicht gesehen."

„Wie denn auch? Du konntest ja den Blick nicht von Finn wenden."

Blödsinn.

„Ich habe dich mit ihm gesehen. Ich habe deinen Gesichtsausdruck gesehen. Und seinen. Leute verlieben sich, Pru. Das zu leugnen ist dumm, und eins bist du nicht und bist es nie gewesen, nämlich dumm."

„Okay, jetzt machst du dich wirklich lächerlich." Aber dann fiel ihr Finns unerwarteter Kuss wieder ein, dieser erstaunliche Kuss, der ihr das Herz stillstehen, Schmetterlinge im Bauch flattern und die Brustwarzen sich glücklich hatte aufrichten lassen, und sie kreuzte die Arme über der Brust. „Wirklich lächerlich", wiederholte sie. Dann schwieg sie einen Moment. „Glaubst du wirklich, er könnte sich in mich verlieben?"

Jakes Blick wurde weicher. „Jeder Mann mit nur einem Funken Verstand würde das. Aber, Chica, du musst …"

„… es ihm sagen, ja, ja, ich weiß."

„Bevor es zu weit geht", drängte er. „Bevor du mit ihm schläfst."

„Ich werde nicht …“

Jake hob eine Hand und unterbrach sie damit. „Sag nichts, was du zurücknehmen musst, Pru. Ich war da.“ Er schenkte ihr ein betrübtes Lächeln. „Zwing mich nicht zu beweisen, wie sehr ich dich liebe, indem ich zu deinem Schutz hinter deinem Rücken mit ihm rede und ihn selbst aufkläre.“

Sie starrte ihn an. „Das würdest du nicht wagen.“

„Wetten, dass? Und da ich dich sowieso schon geärgert und gegen mich aufgebracht habe, kann ich dich auch gleich noch auf etwas anderes hinweisen: Wenn du mit ihm schläfst, bevor alles geklärt ist, werde ich ihn töten müssen, weil er dich ausgenutzt hat, obwohl du noch völlig durcheinander bist.“

„Ich bin nicht durcheinander …“, setzte sie an und brach ab. Denn er hatte recht. Sie war durcheinander, mächtig durcheinander. „Wehe, du mischst dich ein! Diese Sache ist mein Problem, und ich allein muss es lösen.“ Und damit marschierte sie in ihr ehemaliges Zimmer, schnappte sich einen der letzten Kartons mit ihren Sachen und drehte sich um, um zu gehen.

„Pru.“

Sie blieb stehen, schaute Jake aber nicht an. Stattdessen senkte sie den Blick auf den Karton, den sie trug. BILDER stand darauf, und sie spürte, wie sich ihr Herz zusammenzog. Den hatte sie absichtlich bis fast zum Schluss stehen lassen. Alles darin hatte eine Bedeutung für sie, und es jetzt in den Armen zu halten, ließ ihr das Herz schwer werden, schwerer, als das Gewicht des Kartons rechtfertigte. Im Moment war das beinahe mehr, als sie ertragen konnte, und sie wünschte, sie hätte sich einen der anderen Kartons gegriffen, die noch hier standen. Zum Beispiel den mit der Beschriftung KÜCHENKRIMSKRAMS, DEN ICH NICHT BENUTZE, AUCH WENN ICH SO TUE, ALS OB.

„Du weißt, dass ich zu dir stehe“, sagte Jake.

Seufzend schloss sie die Augen. „Auch wenn ich Mist baue?“

„Ganz besonders dann.“

9. Kapitel

#RealWorldProblems

Zu guter Letzt reisten Pru, Thor und Prus großer Karton im Taxi zurück zum Pacific- Pier- Gebäude. Wegen der Verkehrslage mussten sie einen Block vor dem Ziel aussteigen. Das hieß, Pru musste Thor an seiner Leine hinter sich herzerren und zugleich den Karton tragen, der mit jedem Schritt schwerer wurde.

Im Hof blieb sie am Springbrunnen stehen und setzte den Karton einen Moment ab, um wieder zu Atem zu kommen. Thor ließ sich zu ihren Füßen einfach hinplumpsen und hechelte, als stünde er kurz vorm Herzinfarkt. Dabei hatte er kaum laufen müssen und keinen schweren Karton getragen.

„Hey“, sagte Pru. „Was du da treibst, ist nichts für schwache Nerven.“

Wenn Thor ein Mensch gewesen wäre, hätte er die Augen verdreht. So stieß er einen tiefen Hundeseufzer aus.

Sofort bekam sie Mitleid mit ihm. „Sieh mal, ich versuche doch nur, dafür zu sorgen, dass wir beide in Form bleiben. Schließlich sind wir eigentlich in unseren besten Jahren.“

Thor beeindruckte das nicht.

Gerade wollte sie ihn mit Schmeicheleien und der Aussicht auf ein Leckerli dazu bewegen, ihr in die Wohnung zu folgen, da meldete sich ihr Telefon. Tim.

Sie war ihm und seinem Bruder Nick nach dem Unfall im Krankenhaus begegnet. Dort verbrachten die beiden ein paar Tage gemeinsam mit ihrer Mom, die wegen ihres komplizierten Beinbruchs operiert werden musste. Noch Monate später hatte Michelle nicht arbeiten können, was die Familie finanziell sehr schwer belastete. Sie verloren ihre Wohnung und wohnten in ihrem Auto, bis Pru das Haus ihrer Eltern verkaufen und den dreien helfen konnte.

Michelle hatte ihre Freundschaft sehr gern akzeptiert, aber ihr Geld wollte sie nicht. So hatte Pru es ihnen schließlich anonym über ihren Anwalt zukommen lassen. Michelle wusste nur, dass jemand aus der Gemeinde das Geld gespendet hatte, um ihr und ihren Jungs zu helfen.

Damals besuchten die beiden die Mittelstufe, und Pru hatte sich große Sorgen um sie gemacht, aber inzwischen arbeitete Nick für Jake, und Tim ging aufs College, wo er ein Ingenieurstudium absolvierte.

Sie freute sich sehr für die beiden.

„Tim, alles in Ordnung bei dir?", meldete sie sich am Telefon.

„Der Tipp, den du mir wegen der Wohnung in der Nähe des Campus gegeben hast – daraus könnte was werden", erzählte er aufgeregt. „Sie werden bei dir anrufen, weil ich dich als Referenz genannt habe. Wenn wir die Wohnung bekommen, wollen meine Freunde und ich gemeinsam dort einziehen."

„Das wäre toll, Tim", sagte sie.

„Du weißt ja, wie schwer es ist, hier eine Wohnung zu bekommen. Nahezu unmöglich."

Oh ja, das wusste sie. Es hatte Ewigkeiten gedauert, bis sie es geschafft hatte, ins Pacific-Pier-Gebäude einzuziehen.

„Jedenfalls", fuhr er fort, „danke für den Tipp. Das bedeutet mir sehr viel." Er lachte ein wenig humorlos. „Wir sind nicht gerade scharf darauf, in unseren Autos zu wohnen. Das hatte ich schon zur Genüge."

„Keine Ursache", meinte Pru, während es ihr bei der Erinnerung daran den Magen verkrampfte. „Wie läuft's am College?"

„Wahnsinnig schwer, aber ich werde es packen", sagte er. „Muss jetzt los. Melde mich bald wieder."

Pru beendete das Gespräch und schaute Thor an. „Das haben wir gut gemacht. Alles läuft prima bei ihnen", freute sie sich.

„Bei allen." Und dann rief sie ihren Bekannten an, legte noch einmal ein gutes Wort für Tim ein, und ihr wurde versichert, dass er und seine Freunde ganz oben auf der Liste der möglichen Mieter stünden. Das zu wissen wärmte sie von innen.

Jetzt musst nur noch du es schaffen ...

Aber daran arbeitete sie bereits. „Komm schon, lass uns gehen."

Thor gähnte.

„Weißt du, ich könnte mir eine Katze zulegen. Eine große, die kleine Hunde als Zwischenmahlzeit verspeist." Er blinzelte, und sie seufzte. „Okay, damit bin ich zu weit gegangen. Tut mir leid." Sie ging in die Hocke und knuddelte ihn, was er ihr großzügig gestattete und sogar belohnte, indem er ihr einmal mit der Zunge über die Wange fuhr. „Ich hab dich auch lieb", murmelte sie und gab ihm einen Kuss auf den Kopf. „Ich werde mir keine Katze zulegen." Verdiente sie doch ohnehin schon kaum ausreichend, um sie beide durchzufüttern.

Eigentlich hatte sie auch nie einen Hund haben wollen, aber vor etwa einem Jahr hatte sie es auf dem Heimweg spätabends nach Hause hinter einem Müllcontainer merkwürdig poltern hören. Sie blieb stehen, um festzustellen, woher das Geräusch kam, aber es war nichts mehr zu hören. Erst als sie sich in Bewegung setzte, um weiterzugehen, polterte es erneut.

Daraufhin war sie um den Müllcontainer herumgegangen. Geduckt heranschleichend und mit der LED-Leuchte ihres Handys hinter den Container leuchtend, plumpste sie erschrocken auf den Hintern, als sich plötzlich zwei riesige Augen auf sie richteten.

Sie rappelte sich hastig hoch, um davonzurennen, aber dann wurde ihr bewusst, dass das polternde Geräusch erneut verstummt war. Vorsichtig kehrte sie um, nahm all ihren Mut zusammen, schlich sich näher heran und erblickte das Fellbündel hinter den riesigen Augen.

Thor, abgemagert, verdreckt und zitternd vor Angst. Sie konnte ihn nur mühsam hinter dem Müllcontainer hervorlocken und brauchte noch mehr Mühe, um ihn dazu zu bringen, sich auf den Arm nehmen zu lassen. Zwar hatte sie nur einen Müsliriegel dabei, aber er war nicht wählerisch. In seiner Hast, etwas zwischen die Zähne zu bekommen, hätte er ihr fast den Finger abgebissen.

Und Pru, die selbst sehr knurrig werden konnte, wenn sie Hunger hatte, hatte sich sofort in ihn verliebt.

Als sie sich jetzt mit Thor auf dem Arm aufrichtete, blieb ihr Blick an einem Fenster ihr gegenüber hängen.

Finns Büro.

Der Pub war nicht geöffnet. Die Ziehharmonikatüren waren zugeschoben und verschlossen, aber die Morgensonne schien ins Fenster. Sie konnte Finn hinter seinem Schreibtisch sehen, den Kopf auf die Tischplatte gelegt. Entweder er war tot, oder er schlief tief und fest.

Sie und Thor starrten beide hinüber. „Ich weiß", flüsterte sie ihrem Hund zu. „Er ist etwas Besonderes. Aber du darfst dich nicht an ihn binden, denn wenn ich ihm erst einmal alles erzählt habe, ist es vorbei."

Thor legte seinen Kopf auf ihre Schulter. Er liebte sie, ganz gleich, wie dumm sie sich verhielt.

Sie ließ ihren Karton stehen und Thor zur Bewachung zurück, die Hundeleine band sie an einer Bank fest. Dann eilte sie über den Innenhof hinüber zum Café.

Tina stand hinterm Tresen. Hochgewachsen, kurvig und ausgesprochen hübsch, mit milchkaffeebrauner Haut – genau die Farbe des Kaffees, den sie servierte. Als Pru an der Reihe war, lächelte Tina. „Wie üblich?", fragte sie mit leiser, tiefer und hypnotisierender Stimme.

„Nein, der ist nicht für mich, sondern für einen Freund. Hmm, weißt du zufällig, wie Finn O'Riley seinen Kaffee trinkt?"

Tina schenkte ihr ein breites Lächeln. „Er nimmt ihn heiß und schwarz, Süße."

„Oh. Okay, dann … so einen bitte."

Tina lachte ein ansteckendes Lachen und bereitete den Kaffee wie gewünscht zu. Als sie ihn über den Tresen reichte, legte sie noch einen Hundekuchen, sauber eingewickelt in eine Serviette, dazu. „Für Thor", sagte sie. „Und wie wäre es noch mit einem Rat, um den du nicht gebeten hast?"

Pru biss sich auf die Unterlippe. War sie wirklich so leicht zu durchschauen? „Ja, bitte."

„Zweierlei: Erstens, versuch dich nicht mit ihm zu unterhalten, bevor er sein Koffein intus hat. Der Mann ist umwerfend attraktiv und ein großartiger Kerl, aber ein misslauniger Bär, solange er keinen Kaffee getrunken hat."

„Und zweitens?"

„Ganz ohne jeden Zweifel hast du deine Angel nach einem dicken Fisch ausgeworfen", fuhr Tina fort. „Aber er hat sich hinter seiner Arbeit verschanzt. Wenn du ihn also wirklich willst, dann wirst du ihm zeigen müssen, was ihm entgeht."

„Ich glaube, daran arbeite ich bereits."

Tina grinste sie an. „Weil du die Spaßflüsterin bist?"

Oh Gott. „Du hast davon gehört?"

„Süße, ich erfahre alles", zwinkerte sie ihr zu, und Pru fragte sich, ob Tina am Ende auch erfahren hatte, dass Pru ihn fast umgebracht hätte. Oder von ihrem ersten Kuss …

„Viel Glück. Ich bin sicher, dass du es schaffst."

Pru nahm den Kaffee und den Hundekuchen und eilte über den Innenhof zurück zu Thor. Finn schlief offenbar immer noch. Sie gab Thor sein Leckerli und legte einen Finger an ihre Lippen. „Bleib hier", sagte sie und trat in eins der Pflanzgefäße, die vor den Wänden des Gebäudes standen.

Thor schenkte ihr keine Beachtung und nahm sich seinen Hundekuchen vor.

Pru, links und rechts von Hortensien eingerahmt, klopfte an Finns Fenster.

Er schoss hoch, ein paar Blätter Papier klebten an seiner Wange, die Haare waren zerzaust, die Augen verschlafen. Allerdings klärte sich sein Blick sehr rasch, als er sie entdeckte. Seine Bartstoppeln hatten etwa zwölf Stunden zu lange Zeit gehabt, sich zu entwickeln, wodurch er schon nicht mehr ganz zivilisiert aussah. Aber, heiliger Strohsack, dafür ungeheuer attraktiv!

Bevor sie ihn auch nur näher kommen sah, hatte er bereits sein Büro durchquert und das Fenster geöffnet. Obwohl aus dem Schlaf gerissen, wirkte er viel wacher, als sie das frühmorgens je geschafft hätte.

„Was in aller Welt machst du da?“, fragte er, und seine Stimme klang so sexy, wie sie es noch nie gehört hatte.

„Ich habe dir etwas mitgebracht“, sagte sie. „Keine Waffel, aber …“ Sie hob den Kaffeebecher und schickte ein Lächeln hinterher, bemüht, nicht so auszusehen, als hätte sie sich gerade erst mit Thor und einem schweren Karton voll schmerzlicher Erinnerungen über den Hof geschleppt. Das war zum Scheitern verurteilt, da ihr das T-Shirt am Leib klebte – und ihre Haare klebten am Kopf. Sie brauchte nicht erst in den Spiegel zu sehen, um zu wissen, dass sie knallrot im Gesicht war. Ihr normales Nachtrainingsglühen.

Finn kletterte mit spielerischer Leichtigkeit aus dem Fenster. Pru wich einen Schritt zurück, um ihm Platz zu machen, aber er folgte, rückte ihr viel zu dicht auf den Leib und griff nach dem Becher wie ein verhungernder Mann nach einer angebotenen Mahlzeit.

Ganz klar, dieser Mann brauchte seinen Kaffee. Sie starrte zu ihm hoch, als er den Becher an die Lippen führte und hastig trank.

Vielleicht schmachtete sie ihn auch ein wenig an.

„Danke“, sagte er schließlich. „Viele trauen sich keine zwei Meilen an mich heran, bevor ich meinen ersten Kaffee intus habe.“

Da sie nicht zugeben wollte, dass Tina sie schon vorgewarnt hatte und sie Informationen über ihn aufsaugte, wann und wie immer sie solche bekommen konnte, lächelte sie nur. „Was macht das Loch in deiner Brust?"

Geistesabwesend griff er sich an den Brustmuskel und rieb darüber, eine völlig unbewusste, aber sehr männliche Geste. „Ich glaub, ich überleb's."

Sie musterte seine Haare und die feinen Linien auf seiner Wange, die das Papier dort hinterlassen hatte. „Du lebst so richtig wild und gefährlich, hmm?"

„Und wie." Er schaute an ihr vorbei. „Und wer ist die fette Katze?"

Sie drehte sich um und folgte seinem Blick zu Thor hinüber, der sich auf einem sonnigen Fleckchen neben ihrem Karton zum Dösen zusammengerollt hatte. „Ich muss dich darüber aufklären, dass das mein grimmiger, sehr gefährlicher Wachhund ist."

„Hund?"

„Ja!"

Er kratzte sich am Kinn, während er Thor nachdenklich musterte. „Wenn du es sagst."

„Er beschützt mich. Ganz im Ernst, er lässt niemanden an mich heran. Und denk nicht mal dran, ihn anzufassen. Er verabscheut Männer aus tiefstem Herzen."

„Mich nicht", behauptete Finn. „Hunde lieben mich."

„Nein, ehrlich ...", setzte sie an, aber Finn marschierte schon über den Hof, kauerte sich nieder und hielt Thor die Hand hin, der inzwischen die Augen geöffnet hatte und zusah, wie Finn sich näherte.

„Vorsicht!", warnte Pru. „Er ist wie du vor dem ersten Kaffee – nur dass er immer so ist. Er könnte nach dir schnappen ..."

Zu ihrer größten Überraschung stand Thor auf und kam Finn auf seinen kurzen Beinchen entgegen, während er hoffnungsvoll mit dem Schwanz wedelte – eine Geste, die Pru wie immer ans Herz ging.

Und dann leckte Thor unglaublicherweise über Finns hingestreckte Faust.

„Guter Junge“, sagte Finn voller Wärme und Zuneigung. „Sie behauptet, du bist ein Hund. Was sagst du dazu?“

Thor hechelte fröhlich, ließ sich fallen, rollte sich auf den Rücken und präsentierte seinen sehr weichen, etwas dicklichen Bauch.

„Wie heißt er?“, fragte Finn mit gesenktem Kopf und kraulte ihren Hund.

Sie funkelte Thor an. „Benedict Arnold.“

Benedict Arnold ignorierte sie völlig, und sie seufzte. „Thor.“

Finn prustete. „Ein richtiger Killer, hmm?“

„Ja, er ist tatsächlich …“

Und in diesem Moment reckte Thor sich, um Finn übers Kinn zu lecken. Pru konnte es ihm nicht einmal verübeln, denn sie hätte am liebsten das Gleiche getan.

Und dann … kletterte ihr schlecht sehender männerhassender Hund Finn auf die Arme und schmolz dahin wie Butter auf einem ofenwarmen Brötchen.

„Ich glaub das einfach nicht“, sagte sie zu sich selbst und sah zu, wie Thor sich an Finns Brust kuschelte, als gehöre er dorthin, und ihm den Kopf auf die breite Schulter legte.

„Was sagtest du gerade?“, meinte er leise lachend.

Sie starrte ihn an, wie geblendet von seinem Lachen. Und dann diese Bartstoppeln. Sie fragte sich … wenn er sie jetzt küsste und sich dabei an ihrem Hals rieb wie am letzten Abend, würde das wohl kratzen?

Es wäre ihr egal. „Hast du einen Hund?“, fragte sie.

„Nein, aber eines Tages“, erwiderte er, und ihr fiel wieder ein, was Willa ihr erzählt hatte. Dass er ein Haus außerhalb der Stadt wollte und einen großen Hund.

„Und was hast du heute so vor?“, fragte er.

Sie deutete auf den Karton. „Weiter auspacken und einräumen."

„Und du sagst, ich bräuchte eine Spaßflüsterin", meinte er neckend.

„Du bist an deinem Schreibtisch eingeschlafen. Ich bleibe bei meiner Aussage. Du brauchst unbedingt eine Spaßflüsterin."

„Na schön, ich trage Spaß in meinen Kalender ein. Wie klingt das?"

Sie lachte. „Spaß zu planen nimmt irgendwie den Spaß am Spaß. Und außerdem geht es auch um Abenteuer. Spontane Abenteuer."

„Ich weiß nicht recht", murmelte er und beobachtete sie, während er Thor ins Seligkeitskoma streichelte. „Mir fallen eine ganze Menge Dinge ein, die richtig geplant der Inbegriff von Spaß und Abenteuer wären."

Sie hob ihren Blick vom zufriedenen Gesicht ihres Hundes und schaute Finn an. Seine Augen strahlten Wärme aus. Und noch etwas anderes. Belustigung? Herausforderung? „Zum Beispiel?"

Er setzte Thor ab, wieder auf den Sonnenfleck, erhob sich zu seiner ganzen Größe und wandte sich Pru zu.

Sie wich einen Schritt zurück, eine rein instinktive Maßnahme, denn auch wenn ihr Körper wusste, wie heftig sie ihn begehrte, war sich ihr Verstand doch nur zu sehr im Klaren darüber, dass das eine unsagbar große Dummheit war.

Er tat nur einen weiteren Schritt nach vorn und drängte sie damit gegen die Backsteinmauer, die den Innenhof umschloss.

Ihr Atem ging schwer und stoßweise, und das steigerte sich noch, als er sich vorbeugte und ihren Kopf in beide Hände nahm. „Du bist ein Widerspruch in sich", murmelte er. „Anziehend und abwehrend zugleich."

„Vielleicht liegt es daran, dass wir wie Öl und Wasser sind", stieß sie hervor.

Ohne sie loszulassen und ihr einen Fluchtweg zu eröffnen –

nicht dass sie diesen starken Armen und dem begnadeten Mund hätte entkommen wollen –, warf er ihr einen glühenden Blick zu. „Willst du das, Pru?“

Sie war sich nicht hundertprozentig sicher, was „das“ war, aber dass sie es wollte, das wusste sie mit absoluter Gewissheit. Und Gott stehe ihr bei, sie wollte es mehr als alles andere. Als sie ruckartig nickte, umfasste er mit einer Hand ihr Kinn, fuhr mit seinen Fingern durch ihr Haar und strich ihr langsam und träge mit dem Daumen über die Unterlippe. Er beobachtete das, was er tat, so intensiv, dass ihr die Knie weich wurden.

Sie schluckte heftig. „Wir stehen mitten auf dem Hof.“

„Wohin ist deine Abenteuerlust entschwunden?“, murmelte er und ließ erneut seinen Finger langsam und berauschend über ihre Lippe gleiten.

Wie immer agierte ihr Mund unabhängig von ihrem Gehirn. Er öffnete sich, sodass sie mit den Zähnen ganz leicht in seinen Daumen beißen konnte.

Er zog scharf die Luft ein. Dieser Laut feuerte sie an, und sie saugte seinen Daumen zwischen ihre Lippen.

Seine Pupillen wurden so groß, dass seine Augen schwarz wurden.

Oh ja. Plötzlich fühlte sie sich sehr … abenteuerlustig. Bevor sie sich beherrschen konnte, umschlang sie mit den Armen seine breiten Schultern und fuhr ihm durchs Haar.

Dies entlockte ihm ein leises, sehr sexy klingendes „Mmmm“, als wäre er eine große schnurrende Wildkatze. Eine große schnurrende Wildkatze, die eindeutig Lust auf mehr hatte, denn er zog sie fest an sich, und seine Lippen näherten sich den ihren.

Sie kam ihm auf halbem Weg entgegen, stellte sich dafür auf ihre Zehenspitzen. Er schob eine Hand an ihrem Rücken hoch, umfasste ihren Nacken und hielt sie genau da fest, wo er sie haben wollte. Dann erst senkte sich sein Mund endlich auf den ihren, und er küsste sie, langsam und zärtlich.

Hinterher löste er sich ein wenig und schaute ihr in die Augen.

Er lächelte angesichts dessen, was er sah, was immer es auch sein mochte – wahrscheinlich benommene Lust. Er küsste sie noch einmal, diesmal weniger langsam und alles andere als sanft. Und wieder beendete er den Kuss zu früh, aber als er den Kopf hob, strich sein rauer Daumen ihr über den Kiefer, und sie kämpfte darum, ihr Gehirn wieder einzuschalten.

„Pru."

Oh, diese herrlich raue Morgenstimme! Sie strich über ihre Haut wie die Morgensonne und sorgte dafür, dass ihre Augen von selbst zufielen.

„Du trägst die Teppichratte", sagte er. „Ich nehme den Karton."

Schlagartig riss sie die Augen auf. Er hielt Thor wieder im Arm. „Was?"

„Ich helfe dir nach oben", sagte er.

Wo ihr Bett wartete. Oh Gott, hatte sie es gemacht, nachdem sie es verlassen hatte? Moment – trug sie ein vorzeigbares Höschen?

Im Geiste packte und schüttelte sie sich, denn all das spielte keine Rolle. *Diesen Weg schlägst du nicht mit ihm ein, weißt du noch?* Sie konnte es nicht und würde es nicht tun, denn sie hatte ihm noch nicht erzählt, wer sie war. Sie war dazu noch nicht bereit, weil sie wusste, wenn sie das erst tat, war es aus und vorbei. Er würde nicht mit der Frau befreundet sein wollen, deren Familie ihm die eigene gestohlen hatte. Er würde ihr keine raffinierten alkoholfreien Cocktails mixen oder ihren dummen Hund streicheln wollen.

Oder sie bis zur Besinnungslosigkeit küssen …

Er war einfach das Beste, was ihr seit Langem passiert war. Und ja, das, was sie tat, war eigensüchtig. Und falsch.

Und sie hasste sich dafür.

Aber sie konnte es ihm nicht sagen. Noch nicht. „Ich komm schon klar", sagte sie. „Wirklich. Ich komme allein zurecht."

Sie wünschte, sie würde es auch so meinen.

10. Kapitel

#KarmaIsABitch

Es passierte Finn selten, dass er nicht wusste, was zu tun war. Normalerweise, wenn er etwas brauchte, dann besorgte er sich das. Wenn er etwas wollte, holte er es sich.

In diesem Fall war es beides, er brauchte Pru, und er wollte sie. Das war eine Tatsache. Und das Wissen darum hatte sich in seinem Gehirn genauso fest verankert wie in seinem Bauch. Und definitiv auch noch weiter unten.

Das war so seit dem Abend, an dem sie tropfnass seinen Pub betreten und ihm dieses Lächeln geschenkt hatte. Und dann hatte sie ihn mit dem Dartpfeil getroffen, er hatte sie geküsst, und das Problem hatte sich nur noch verschlimmert.

Sie trieb ihn zum Wahnsinn, auf die schönste nur denkbare Weise.

Jetzt hatte sie ihm einen Kaffee gebracht, und er hatte sie wieder fast bis zur Besinnungslosigkeit geküsst. Aber diesmal wollte sie ihn nicht erklimmen wie einen Berg. Sie wollte ihm entfliehen.

Und zwar dringend, wenn er aus der plötzlichen Panik in ihrem Blick schließen durfte.

Das hätte für ihn das Zeichen sein sollen, von ihr abzulassen. Wegzugehen.

Aber dazu sah er sich nicht in der Lage.

„Wie wäre es, wenn ich dir einfach helfe, dein Zeug nach oben zu schaffen“, sagte er so wenig bedrohlich wie nur irgend möglich. Er bückte sich, um Thor abzusetzen, damit er den Karton nehmen konnte, aber der Hund hatte andere Vorstellungen und klammerte sich wie ein Affe an ihn. Er schaute auf das Tier hinunter. „Sicher, dass das ein Hund ist?“

Ein wenig löste sich Prus Stress, und sie lachte kurz. „Ja, aber was immer du über ihn denkst, sag es ihm nicht.“ Sie hielt Thor die Ohren zu. „Ich glaube, er hält sich für einen Grizzly.“

Finn begegnete Thors misstrauischem Blick. Der kleine Kerl sah wirklich extrem lächerlich aus. Schmuddelig, mit ungleichmäßig gewachsenem, schlammbraunem Fell, einem Spitz- und einem Schlappohr, einer langen Nase und einer kleinen Schnauze, deren Lefzen er nur einseitig hochzog, sodass es aussah, als würde er halb lächelnd und halb schmutzig grinsen. Dazu hatte er die größten und braunsten Augen, die Finn je gesehen hatte. Teufel noch mal, seine Ohren und seine Augen waren größer als der gesamte restliche Körper, der nicht einmal so viel wog wie ein Paar Stiefel. „Kleiner-Mann-Syndrom, hmm?“, fragte er den Hund mitfühlend.

„Er wird nur gern getragen“, erläuterte Pru. „Er fühlt sich gern groß. Außerdem kann er dann besser sehen. Wenn man ihn einmal hochnimmt, lässt er sich nicht wieder absetzen.“

Finn testete das aus, indem er sich erneut bückte.

Thor knurrte. Lachend fasste Finn den kleinen Kerl fester. „Keine Angst, ich halte dich“, sagte er und griff mit der anderen Hand nach Prus Karton.

Heilige Scheiße! Der wog eine Tonne.

„Was tust du da?“, fragte Pru und kauerte sich neben ihm nieder. Ihre Stimme klang erneut angespannt. „Ich hab doch gesagt, ich schaff das schon.“

„Pru, das Ding wiegt eine Tonne. Wie weit hast du das geschleppt?“

„Nicht weit“, erwiderte sie und veranstaltete ein Tauziehen mit ihm. „Lass los …“

„Du bist genauso dickköpfig wie Thor, aber ich hab ihn doch schon“, sagte er. „Lass mich helfen …“

„Nein.“ Sie versuchte, ihm den Karton zu entreißen, und ihr

Gesichtsausdruck verriet tiefste Verzweiflung. Das brachte ihn zur Besinnung. Was immer auch in dem verdammten Karton sein mochte, sie wollte nicht, dass er es zu sehen bekam. Also ließ er augenblicklich los – gerade als sie sich ebenfalls schwungvoll von ihm befreite. Sie verlor den Halt, der Karton riss auseinander, und der Inhalt krachte aufs Pflaster.

„Oh nein", hauchte sie und fiel vor ein paar alten zerfledderten Fotoalben, ein paar billigen Kunststoff-Bilderrahmen und einem verglasten Rahmen, der in tausend Scherben zerbrochen war, auf die Knie. „Er ist kaputt", flüsterte sie.

In ihrer Stimme lag etwas, das genauso zerbrechlich klang wie der zersplitterte Glasrahmen und all die anderen Teile vor ihren Füßen, dass es Finn in der Seele wehtat. Und der Schmerz steigerte sich noch, als er das Bild sah, das in dem zerbrochenen Rahmen steckte. Ein kleines Mädchen zwischen zwei Erwachsenen, die es an den Händen hielten.

Pru, dachte er mit einem Blick auf diese braunen Augen. *Pru … und ihre Eltern?*

Ihre Haltung sagte alles, als sie einfach zwischen die Scherben griff, um das Bild aufzuheben. Sie wischte es sorgfältig sauber und drückte es an ihre Brust, als bedeutete es die Welt für sie.

Verdammt. „Pru. Komm, lass mich …"

„Nein, schon gut. Alles okay", wehrte sie ab und schob seine Hände weg, als er begann, die Fotoalben aufzusammeln. „Ich hab dir doch gesagt, ich schaffe das allein!"

Thor spürte Prus ängstliche Aufregung, hob den Kopf und begann zu jaulen.

Pru sah aus, als würde sie gleich in Tränen ausbrechen.

Eddie, bekannt als der Alte, kam aus der Hofdurchfahrt. Offenbar wollte er helfen, aber nach einem kurzen Blick auf den Schlamassel, in dem Finn sich befand, machte er auf dem Absatz kehrt.

Finn drückte zärtlich den Hund an sich. „Ruhig", mahnte er mit fester Stimme.

Und Thor verstummte.

Pru zog die Luft ein. Sie wirkte überrascht, und die drohenden Tränen waren vergessen. Gott sei Dank. „Stopp“, sagte er, als sie ohne Rücksicht auf ihre eigene Unversehrtheit mitten in die Scherben nach einem anderen Bild griff. Da er Thor nicht absetzen konnte, weil er sich sonst womöglich die Pfoten aufschnitt, hielt er den Hund fest an seine Brust gedrückt und griff mit seiner freien Hand nach Prus Hand. Er zog sie auf die Beine. „Komm, wir bringen Thor nach oben. Dann gehe ich wieder runter und …“

„Ich lasse das nicht hier liegen, nichts davon.“

„Okay, Baby, kein Problem.“ Er zog sein Handy hervor und rief Archer an. Sean war mit Sicherheit noch nicht wach, geschweige denn aufgestanden, aber Finn wusste, dass er immer auf Archer zählen konnte.

Der meldete sich wortreich wie immer: „Was gibt's?“

„Innenhof“, sagte Finn und schaute nach oben. Und richtig, Archers Gesicht tauchte am Fenster seines Büros im zweiten Stock auf. „Wir brauchen einen Karton.“

„Fünf Minuten“, sagte Archer.

Er schaffte es in zwei. Dann stellte er einen leeren Karton auf die Bank und streckte die Hände nach Thor aus. Vermutlich, damit Finn sich um Pru kümmern konnte. Aber Thor bleckte die winzigen Zähne und knurrte grimmig.

„Hoppla, Kumpel“, sagte Archer und hob die Hände. „Ich komme in Frieden.“

Zufrieden, sein Frauchen beschützt zu haben, kuschelte Thor sich wieder an Finn.

Finn griff mit der freien Hand nach dem Karton und kauerte sich vor Pru hin, die alles, was sie aufgesammelt hatte, in den Armen hielt. „Leg alles hierhinein“, sagte er.

Sie zögerte, und er beugte sich vor. „Da ist es sicher“, sagte er leise. Sie nickte und packte alles in den Karton.

Archer hatte eine SMS geschickt, und Elle tauchte mit Besen und Kehrblech auf, was so gar nicht zu ihrem Spitzen-T-Shirt, ihrem Bleistiftrock und ihren beachtlich hohen Absätzen passte.

„Du hättest jemanden schicken können", meinte Archer.

Elle warf ihm einen Blick zu, der eindeutig *Wie kann man nur so blöd sein?* besagte, und lächelte Pru an. „Schöne Fotoalben. Schade um den Rahmen." Sie kehrte die Glasscherben zusammen, und ihre silbernen Armreife klirrten leise an ihrem Handgelenk. „Ich habe noch ein paar Bilderrahmen übrig, die ich nicht benutze und die sich nach einem neuen Zuhause sehnen. Die gebe ich dir gern. Bist du das mit deinen Eltern?"

Pru nickte und erhob sich. „Danke für die Hilfe."

„Da nicht für", erwiderte Elle. „Oh, und heute ist Mädelsabend. Karaoke. Mach dich ein bisschen hübsch. Finn hat Musik aus den Neunzigern versprochen, Glam-Rockbands." Sie warf ihm ein strahlendes Lächeln zu. „Voll mein Ding, also klingel einfach, wenn du was zum Anziehen brauchst. Mein Schrank hängt voll davon."

Archer schnaubte.

„Na schön", sagte Elle. „Es sind zwei Schränke voll. So gegen acht. Wäre dir das recht?"

Pru, die ein wenig geblendet wirkte und sich vermutlich etwas überfahren fühlte von Elles sanfter, aber bestimmender Art, das Kommando zu übernehmen, schüttelte den Kopf. „Ich kann nicht singen."

„Unsinn", widersprach Elle. „Jeder kann singen. Wir singen im Duett. Das wird lustig."

Überzeugt wirkte Pru nicht, aber immerhin sah sie jetzt abgelenkt aus und nicht mehr so verängstigt, wofür Finn dankbar war. Er hauchte einen raschen Kuss auf Elles Wange. „Danke."

Sie küsste ihn zurück und warf ihm einen Blick zu, der mahnte: Pass auf sie auf. Und er wusste, dass er gut daran tat, sich daran zu halten.

Außerdem wollte er ja eh dasselbe.

Ein paar Minuten später hatte er Pru und Thor nach oben verfrachtet.

„Danke“, sagte sie leise. „Aber jetzt komme ich allein zurecht.“

Oh, die Botschaft verstand er klar und deutlich, aber er trug immer noch ihren Hund und ihren Karton, also folgte er ihr in die Wohnung.

Er konnte ihre kleine Küche sehen, das Wohnzimmer und die Wand dazwischen, in der eine kleine quadratische Tür eingelassen war. Ein Speiseaufzug, der hier durch sämtliche Stockwerke verlief, ein Überbleibsel aus längst vergangenen Zeiten, als das Gebäude noch das Wohnhaus einer der wohlhabendsten und erfolgreichsten Milchhändlerfamilien an der Westküste gewesen war.

Finn wusste das nur, weil er den Speiseaufzug in Archers Büro gesehen hatte. Archer beschäftigte Leute mit besonderen Fähigkeiten, Fähigkeiten, die sie regelmäßig trainierten. Einmal pro Monat fand das Training in Form einer umfangreichen Schnitzeljagd statt, und irgendwie war Finn auf der Liste der Dinge gelandet, die gesucht und eingesammelt werden sollten.

So was fand Archer lustig.

Team One hatte Finn im Schlaf erwischt. Mithilfe des Speiseaufzugs war er ihnen jedoch entkommen, bevor sie gewinnen konnten. Leider hatte er das Pech gehabt, nur mit seiner Unterhose bekleidet im Keller zu landen und mitten in eine illegale Pokerrunde zwischen Pförtnern, Hausmeistern und Wartungstechnikern des Gebäudes zu platzen.

Er spielte mit und gewann zweihundert Dollar, und nur das hielt ihn von dem Versuch ab, Archer umzubringen.

Pru hatte die Tür des Speiseaufzugs verriegelt. Kluges Mädchen. Das überraschte ihn nicht.

Was ihn aber überraschte, war der Umstand, dass kaum Möbel in der Wohnung standen.

„Wo hast du denn vorher gewohnt?“, fragte er.

„Nicht weit von hier. Fisherman's Wharf."

„Und deine Möbel stehen noch in der alten Wohnung?"

„Ähm ..." Sie floh in die Küche und steckte den Kopf in den Kühlschrank, wobei sie ihm einen sehr hübschen Blick auf ihren niedlichen Hintern in den knapp sitzenden Yogashorts bot. „Meine alte Wohnung war weitgehend möbliert", sagte sie. „Aber ja, ich muss noch ein paar Dinge rüberschaffen." Ihr Tanktop rutschte ein wenig hoch und zeigte einen Streifen glatte blasse Haut.

„Du arbeitest auch in Fisherman's Wharf. Für Jakes Charterservice, richtig?"

„Ja." Sie richtete sich auf und drehte sich zu ihm um. „Ihm gehört das riesige alte Lagerhaus am Pier 39. Ich arbeite dort und habe auch dort gewohnt."

„Bei Jake." Wow, wenn das nicht beiläufig rübergekommen war. Dabei war ihm gerade das Herz in die Kniekehlen gerutscht.

„Er hat Unmengen an Platz, und für seinen Verleih braucht er nicht alles. Da gibt es auch Wohnräume."

Finn konnte nicht umhin festzustellen, dass das nicht unbedingt eine klare Antwort war. Er kannte Jake, und er wusste auch ein wenig um den Ruf dieses Mannes. Vielleicht funktionierten seine Beine nicht mehr, aber alles andere funktionierte noch tadellos. Bei dem Typen war mehr los als bei Finn, Archer, Spence und Sean zusammen.

Zehnmal mehr.

„Du und er ...?", fragte er ruhig, während er innerlich fast platzte.

„Nicht mehr."

Irgendwie fühlte er sich durch diese Aussage auch nicht besser. Er trug immer noch Thor und den Karton. Pru kam auf ihn zu und nahm ihm Thor ab, setzte den Hund auf den Boden und löste die Leine von seinem Geschirr. Dann wandte sie sich Finn abermals zu und griff nach dem Karton.

Ihre Hände berührten sich, und er hielt sie fest, wartete, bis sie ihm in die Augen sah. Seine Frage hing noch immer in der Luft. Dabei hätte er nicht sagen können, warum ihm das so wichtig war. Oder vielleicht doch. Jedenfalls war er normalerweise richtig gut darin, Dinge ruhen zu lassen, wirklich immens gut, aber aus irgendeinem Grund war das in diesem Fall anders.

Schließlich fragte sie seufzend. „Hast du geglaubt, ich würde dich küssen, wenn ich mit einem anderen zusammen wäre?"

„Beantwortest du Fragen immer mit einer Gegenfrage?"

Ein verärgertes Knurren war die Antwort. Sie zerrte ihm den Karton aus den Händen, und der Schwung, mit dem sie freikam, drehte sie halb von ihm weg, doch im letzten Moment wirbelte sie wieder herum, und ihr lag eindeutig eine Erwiderung auf der Zunge.

Dummerweise war er ihr jedoch sofort gefolgt und stand daher direkt hinter ihr, und so bohrte sich eine Ecke des Kartons schwungvoll in seinen Schritt.

11. Kapitel

#LoveBites

Pru spürte den Aufprall, erkannte, wo der Karton Finn getroffen hatte, und taumelte entsetzt einen Schritt zurück. „Oh, mein Gott. Das tut mir so leid! Alles in Ordnung?“

Er antwortete nicht. Stattdessen atmete er heftig aus, beugte sich vor, die Hände auf die Knie gestützt, und ließ den Kopf hängen.

Toll gemacht, Pru. Da du ihn neulich Abend nicht erledigt hast, hast du es jetzt mit Entmannung versucht, um den Job zu Ende zu bringen. Hastig stellte sie den Karton ab und wagte sich näher heran, die Hände erhoben. Aber sie traute sich nicht, ihn zu berühren, weil sie unsicher war, wo. Das war natürlich lächerlich. Sie hatte ihm die Zunge wer weiß wie weit in den Hals geschoben. Und er hatte gesehen, wie sie angesichts des Fotos von ihrer Mom und ihrem Dad völlig zusammengebrochen war … „Finn?“, fragte sie zaghaft. „Geht es dir gut? *Sag doch was.*“

Den Kopf immer noch tief gesenkt, hob er einen Finger und gab ihr damit zu verstehen, dass er noch einen Moment brauchte.

Angesichts der Anspannung, die in der Luft lag, drehte Thor durch und begann wild zu kläffen, immer im Kreis um sie herumzurennen und vor Anstrengung zu japsen.

„Thor, still!“, sagte sie, den Blick auf Finn gerichtet.

Natürlich wurde Thor nicht still, aber sie konnte sich jetzt nicht auf den Hund konzentrieren. „Es tut mir so leid“, wiederholte sie und gab endlich dem Drang nach, Finn zu berühren.

Sie strich ihm mit der Hand mehrfach über den Rücken und versuchte dabei zu ignorieren, wie fest seine Muskulatur unter ihren Fingern war. Der niedrige Bund seiner Jeans war noch etwas tiefer gerutscht, als Finn sich nach vorn gebeugt hatte. Der Streifen glatter seidiger Haut, den sie jetzt sehen konnte, raubte ihr fast den Verstand. „Ich wollte wirklich nicht deinen … ähm, Lümmel zerquetschen."

Er erstarrte, dann hob er den Kopf. Blass war er. Nein, falsch, er war grün im Gesicht, und obendrein stand ihm der Schweiß auf der Stirn. Aber er schaute irgendwie komisch.

Thor war immer noch vollkommen neben der Spur und bellte so laut, dass sein Spitzohr auf- und abschnellte und sein Schlappohr ihm immer wieder ins Auge fiel, was ihn nur noch mehr verstörte.

„Schhh", sagte Finn zu ihm, fest, aber nicht unfreundlich.

Faszinierenderweise verstummte Thor augenblicklich.

Finn richtete sich ein bisschen weiter auf, wenn auch nicht ganz, wie Pru nicht umhinkonnte zu bemerken.

„Lümmel?", fragte er.

„Ja, ähm …" Pru suchte nach einer anderen Umschreibung, um es nicht aussprechen zu müssen. „Du weißt schon, dein Schniedelwutz …"

Um seine Mundwinkel zuckte es, aber sie war sich nicht sicher, ob er verärgert oder belustigt war. „Dein Pillermann?", versuchte sie es weiter.

Das zauberte tatsächlich ein Lächeln auf seinen Mund. „Ich bin hin- und hergerissen, ob ich Mitleid haben und dich aufhören oder lieber weitermachen lassen soll."

Herrgott noch mal! Sie verschränkte die Arme vor der Brust. „Ich schätze, du kennst bessere Begriffe."

„Natürlich", sagte er. „Und wenn du fertig bist, bringe ich sie dir gern bei."

Sie wandte den Blick von seinen Augen ab, und er landete – völlig unabsichtlich, sie war bereit, das auf einen Stapel Waffeln zu schwören! – dort, wo sie ihn getroffen hatte. Sah das etwa … *geschwollen* aus? „Ich habe einen Eisbeutel, falls du …“

Ein ersticktes Keuchen war die Antwort. „Nicht nötig.“

„Bist du sicher?“, fragte sie. „Ich bin nämlich wirklich eine gute Sanitäterin, ich schwör's – und …“

Mühsam unterdrückte er ein Lachen. „Und was genau hast du vor?“

Oh … Sie biss sich auf die Unterlippe.

„Ihn küssen, bis er nicht mehr wehtut?“, hakte er nach, in einem Tonfall, dass ihr glühend heiß wurde.

Memo an mich: Du bist noch nicht ganz so weit, die Primetime mit Finn O'Riley zu verbringen.

Er grinste wissend und wandte sich zur Tür. Wobei er unverkennbar leicht humpelte. „Du solltest Elles Angebot, dir einen neuen Bilderrahmen zu geben, annehmen“, sagte er. „Das Foto bedeutet dir offensichtlich sehr viel, und bei ihr liegen ein paar schöne Dinge herum.“

Und dann war er fort.

Sein Stolz verlangte es, dass Finn über den Innenhof ging, ohne zu humpeln. Beziehungsweise ohne allzu auffällig zu humpeln. Er hatte kurz überlegt, ob er nicht lieber nach oben statt nach unten gehen sollte, aufs Dach, dem einzigen Ort im ganzen Gebäude, an dem er vermutlich allein sein würde. Aber er musste und wollte jetzt nicht allein sein.

Zumindest redete er sich das ein.

„Was ist los mit dir? Hat dir jemand in die Eier getreten?“

Er wandte den Kopf und entdeckte Eddie dort, wo er fast immer war. Er saß auf einem Karton in der Durchfahrt. Ein guter Platz, denn von dort hatte der alte Mann freie Sicht auf den Innenhof und auf die Straße.

„Ist es nicht noch ein bisschen früh für dich?“, fragte Finn.

„Müllabfuhrtag.“

Finn suchte in seinen Taschen nach Kleingeld, fand einen Fünfdollarschein und reichte ihn dem Alten.

Eddie lächelte dankbar.

Als ein Schatten auf sie beide fiel, drehte Finn sich um und entdeckte Archer, der lautlos neben ihm aufgetaucht war.

Archer konnte sich hervorragend anschleichen, er hatte das auf die harte Tour gelernt. Von seinen scharfen Ecken und Kanten hatte er nichts verloren, was angesichts dessen, womit er seinen Lebensunterhalt verdiente, und der Gefahr, in die er immer wieder mal geriet, eine gute Sache war.

„Was ist mit deinen Kronjuwelen passiert?“, fragte Archer.

Finn widerstand dem Drang, seine Kronjuwelen schützend in den Händen zu bergen, weil sie immer noch höllisch schmerzten nach seinem Zusammenstoß mit der Ecke von Prus Karton. „Nichts.“

„Vielleicht ist er endlich flachgelegt worden“, meinte Eddie zu Archer.

Archers Blick richtete sich forschend auf Finns Gesicht. „Nee“, wehrte er ab. „Dann wäre er benommener. Und glücklicher.“

Spence gesellte sich zu ihnen. „Was ist los?“

„Wir diskutieren gerade darüber, ob Finn flachgelegt wurde oder nicht“, erklärte Archer.

Jetzt war Spence an der Reihe, Finns Gesichtsausdruck zu studieren. „Dafür ist er nicht glücklich genug.“

„Mein Reden.“ Archer lächelte, ein seltenes Ereignis. „Wenn man bedenkt, wie lang das letzte Mal zurückliegt, dann würde ich vermuten, dass er vor Freude Rad schlagen und tanzen würde.“

Finn holte tief Luft, während die drei über seine Miene lachten. „Und ich würde vermuten, dass ich euch gleich in den Arsch trete.“

Jetzt kugelten sie sich erst recht vor Lachen.

Eddie kriegte sich als Erster wieder ein. „Ich muss los“, erklärte er und enteilte in Richtung Gasse. Der Müllabfuhrtag war ihm der liebste in der Woche, denn er fand nichts schöner, als in den Müllcontainern nach Schätzen zu wühlen.

Schon zwei Mal hatten sämtliche Bewohner des Gebäudes – sie alle mochten Eddie und wollten ihm etwas Gutes tun – sich auf ein System geeinigt, bei dem jeder die Dinge, die Eddie möglicherweise interessierten, in Extrasäcke packte, sodass er nicht im Müll danach suchen musste. Doch dann fanden sie heraus, dass Eddie diese Säcke einfach trotzdem in die Müllcontainer entleerte.

Wie es aussah, liebte Eddie die Schatzsuche und die Freude am Gefundenen.

„Du müffelst wie ein Stinktier", sagte Archer zu Eddie.

Eddie blinzelte. „Tatsächlich? Nun, ich bin sicher, dass hier irgendwo Stinktiere leben."

„Meinst du?", fragte Archer beiläufig. „Für mich riecht das eher nach Gras."

„Huh", gab Eddie zurück. „Nur gut, dass du kein Cop mehr bist, nicht wahr?"

Ach herrje, dachte Finn. Selbst Eddie hütete sich normalerweise, Archer an seine Zeit bei der Polizei zu erinnern und damit auch daran, warum er kein Cop mehr war.

Archers Augen nahmen einen harten Ausdruck an. „Baust du's an?"

„Nur so viel, wie ich darf", erklärte Eddie und zog eine laminierte Karte an einem Band unter seinem Hemd hervor.

„Vertickst du es?", bohrte Archer weiter.

„Sir, nein, Sir", tat Eddie entrüstet und salutierte frech.

Finn und Spence verzogen die Gesichter. „Mann", sagte Spence. „Wie oft haben wir dir das schon gesagt? Archer hat kein bisschen Sinn für Humor."

Eddie grinste nur. Aus für Finn unerfindlichen Gründen ärgerte Eddie ausgerechnet Archer mit Begeisterung.

Der schüttelte leicht den Kopf, als müsste er sich selbst ausreden, Eddie von der Bildfläche verschwinden zu lassen. „Kennst du das Gemeinschaftszentrum an der Union Street?", fragte er schließlich.

Eddie nickte. „Hinterm Pornoshop, aber vor dem Komm-zu-Jesus-Schild?"

„Genau. Heute Abend gibt es dort eine kostenlose Mahlzeit. Schmorbraten mit Kartoffeln."

„Ich liebe Schmorbraten mit Kartoffeln", sagte Eddie.

„Wenn ich dich mitnehmen soll, komm um sechs in mein Büro", bot Archer an.

Eddie grinste ihn an. „Siehst du, ich wusste doch, dass du mich magst. Allerdings nicht so sehr wie Finn. Finn hat mir fünf Dollar gegeben." Begleitet wurde diese Aussage von einem hoffnungsvollen Blick.

Sehr versiert in diesem Spiel, schnaubte Archer abfällig. „Ich zahle dir zehn, wenn du mir sagst, warum unser Kleiner hier humpelt, als hätte man ihn hart rangenommen und eiskalt abserviert. Ich weiß, dass du mehr weißt, als du zugibst."

„Ich glaube, er hat sich den Schwanz polieren lassen."

Archer ließ ein kurzes Grinsen aufblitzen. „Wow."

Finn zeigte ihm den Stinkefinger, was Archer nur noch breiter grinsen ließ.

„Alles weiß ich auch nicht", fuhr Eddie fort. „Aber das eine oder andere vermutlich schon."

„Zum Beispiel?", hakte Archer nach.

Eddie streckte ihm die offene Hand entgegen.

Archer verdrehte die Augen, kramte in seinen Taschen herum und gab ihm den versprochenen Zehner.

„Okay", erklärte Eddie. „Ich weiß, dass er mit Trouble in ihre Wohnung gegangen, aber nur ein paar Minuten dringeblieben ist. Als er rauskam, war er in dieser Verfassung. Die Zeit hat nicht gereicht, um sie flachzulegen …" Er warf Finn einen Seitenblick zu. „Jedenfalls hoffe ich das. Du bist doch nicht so schnell am Abzug, oder, Junge?"

Spence kugelte sich vor Lachen und übergab dem Alten noch einen Zehner. „Das ist absolut jeden Penny wert."

Finn schüttelte den Kopf und ließ die Idioten einfach stehen. Allerdings ging er auch nicht zurück zum Pub. Er brauchte jetzt ein paar Stunden in der Waagerechten auf seinem Bett – wo er auf gar keinen Fall auch nur eine Sekunde darüber nachdenken wollte, wie er sich am liebsten „den Schwanz polieren lassen" würde.

Der Neunzigerjahre-Karaoke-Abend besserte Finns Laune ganz erheblich. Zuerst wettete Archer, dass Spence „Baby Got Back" nicht rappen konnte.

Spence rappte „Baby Got Back". Perfekt. Obendrein trug er einen Anzug, er kam offenbar direkt von einer geschäftlichen Besprechung.

Die Damen flippten aus.

Zur Buße musste Archer „I'm Too Sexy" von Right Said Fred singen.

Mit nacktem Oberkörper.

Die Menge tobte. Aber es wurde noch besser, als die Mädchen auftauchten. Sie kamen zusammen rein – Elle, Willa, Haley … und Pru, alle in Neunzigerjahre-Fummeln.

Allesamt heiße Mädchen, aber Finns Blick heftete sich sofort auf Pru, und ihm blieb fast das Herz stehen. Sie trug einen engen kurzen Jeans-Minirock, der ihre ellenlangen Beine so perfekt zur Geltung brachte, dass ihm das Wasser im Mund zusammenlief. Außerdem ein bauchfreies weißes T-Shirt und eine ebenso bauchfreie Lederjacke, die immer wieder ihren weichen glatten Bauch verführerisch aufblitzen ließen, und dazu Plateauschuhe, die ihm verrieten, dass Elle die Auswahl getroffen hatte. Ihre Haare waren kunstvoll frisiert, und anscheinend trug sie Glitzer als Make-up.

Jeder hatte seinen Spaß daran, Cocktails aus den Neunzigern zu bestellen, also mixte er Pru einen Spezial, alkoholfrei – einen

Schokoladen-Mocktini. Sie schwärmte so sehr davon, dass alle anderen auch einen wollten, und so wurde dieser Cocktail zum Abend-Spezial.

Schließlich kamen die Mädels gemeinsam nach vorn, um „Kiss“ von Prince zu singen und ernteten stürmischen Beifall. Nicht weil sie so gut, sondern weil sie so abgrundtief schlecht waren.

Pru hatte recht gehabt. Sie konnte nicht singen. Auch nicht tanzen. Oder im Takt bleiben. Doch weder das konnte sie aufhalten, noch der Glitzer, der sie in einer Wolke umschwebte, wo immer sie gerade war.

Finn genoss jede einzelne Sekunde.

Das hieß, bis zu jenem Augenblick, in dem sie ihn auf die Bühne schleifte und ihn zwang, ein Duett mit ihr zu singen: „The Boy Is Mine.“

Er war sich ziemlich sicher, dass nicht einer der Jungs ihn das je vergessen lassen würde.

Sean verdrückte sich wenig später, eine Frau am Arm, ein Lächeln im Gesicht. Finn freute sich für ihn, aber als der Abend zu Ende ging und die Mädchen sich zum Aufbruch bereit machten, wurde ihm klar, dass er nun der Dumme war. Er konnte Pru nicht nach Hause bringen.

Obwohl das nur zwei Stockwerke höher lag.

Er musste bleiben bis zum Schluss, Kassensturz machen und alles abschließen.

Und das bedeutete, er musste zusehen, wie Pru, seine Spaßflüsterin, den Pub ohne ihn verließ.

Als sie ihn zum Abschied umarmte, war er kurz davor, den Pub Pub sein zu lassen und mit ihr zu verschwinden. Aber das ging nicht. Zwei Stunden später duschte er und fiel ins Bett. Allein.

Als er am nächsten Morgen aufwachte, war sein Kopfkissen mit Glitzer bedeckt.

12. Kapitel

#BiteTheBullet

In den nächsten Tagen hatte Pru wahnsinnig viel zu tun, es gab eine Bootsfahrt nach der anderen. Trotzdem hatte sie viel Zeit zum Nachdenken. Sehr viel.

Der Karaoke-Abend hatte Spaß gemacht. Zu beobachten, wie Finn mit Archer und Spence lachte, war ein echtes Highlight für sie gewesen.

Spaß zu haben stand ihm gut. Es machte sie glücklich, ihn glücklich zu sehen, und ihr fiel auf, dass es auch für sie eine schöne Woche gewesen war. Willa, Elle und Haley waren so nett, hatten sie miteinbezogen und ohne zu zögern in ihre Gruppe integriert.

Das bedeutete ihr viel. Es zeigte ihr, dass sie nicht ganz allein dastand. Sie wusste, sie hatte Jake, aber er war mittlerweile mehr wie ein Bruder für sie. Ein überbehütender, anstrengender Bruder.

Du hast Finn …

Auch wenn sie keine Ahnung hatte, was sie mit ihm anstellen sollte. Dabei hatte sie neulich abends jede Menge Ideen gehabt.

Es hatte sich herausgestellt, dass es unglaublich erregend war, vor einer Menge zu tanzen und Karaoke zu singen, während Finns Blick auf sie gerichtet war.

Und obendrein war das offenbar nicht zu übersehen gewesen. Haley hatte ihr an der Bar einen wissenden Blick zugeworfen. „Du siehst hungrig aus“, hatte sie gesagt.

„Oh nein“, gab Pru zurück. „Ich bin satt. Ich hatte einen ganzen Teller Chickenwings.“

Haley und Willa lachten.

Sogar Elle lächelte.

„Nicht hungrig nach Essbarem", klärte Elle sie auf, während Curly und Mo zustimmend nickten. „Hungrig nach Spaß. Mit unserem Finn."

„Nun, das ist ... eine schlechte Idee", gab sie schwach zurück und schaute Willa und Haley um Bestätigung heischend an.

„Manchmal erweisen sich schlechte Ideen als die besten überhaupt", meinte Willa. „Tu's einfach. Gönn dir magischen Sex. Und was immer dann passieren mag, passiert eben."

Was passieren würde, war klar: Pru würde eine der wenigen schönen Sachen, die es im Moment in ihrem Leben gab, kaputt machen. „Tu's einfach? Das ist dein weiser Rat?"

„In diesem Fall: Treib's einfach mit ihm."

Pru schnaubte.

„Glaubst du, dass sie meinem weisen Rat folgen wird?", wandte Willa sich an Elle.

Elle musterte aufmerksam Prus Gesicht. „Schwer zu sagen. Sie ist süß und schlau, aber sie hat sehr gesunde Überlebensinstinkte. Das könnte sie vielleicht davon abhalten."

„Dumme Überlebensinstinkte", meinte Willa seufzend.

Und Pru gab ihr innerlich recht. Sie hatte Überlebensinstinkte, und die standen ihr sehr oft im Weg.

„Seit Tagen umgibt dich eine Glitzerwolke", sagte Jake und riss Pru damit ins Hier und Heute zurück.

„Ich war neulich Abend beim Karaoke", erklärte sie. „Hab sogar mitgemacht."

„Aber du kannst doch gar nicht singen", meinte Jake.

„Und ob ich singen kann!"

Er schnaubte spöttisch. „Und der Glitzer?"

„Neunzigerjahre-Abend. Dafür brauchte man jede Menge Glitzer. Das Zeug ist offenbar so eine Art sexuell übertragbare Krankheit aus der Kosmetikabteilung. Wenn man einmal ungeschützt damit in Berührung kommt, wird man es nicht wieder los." Pru schaute an sich hinab. „Nie wieder."

„Sogar Thor hat Glitzer im Fell", sagte Jake. „Du beleidigst damit seine Männlichkeit."

„Echte Männer haben keine Angst vor Glitzer."

„Echte Männer haben panische Angst vor Glitzer."

Am Ende des Tages holte Pru ihren Hund aus Jakes Büro ab, wo sie ihn schlafend mitten auf dem Schreibtisch vorfand.

„Ist das dein Ernst?", fragte sie.

„Er sieht halt gern, was um ihn herum geschieht", erklärte Jake.

Und Jake genoss seine Gesellschaft. Es hatte ihr beinah leidgetan, Thor bei ihrem Auszug mitzunehmen, aber immerhin war es Jakes Wunsch gewesen, dass sie auszog. „Ich hoffe, er hat auch dich mit ordentlich Glitzer bedacht."

„Zum Glück nicht", sagte Jake. „Glitzer wagt es nicht, an mir hängen zu bleiben. Aber du hast was davon im Gesicht."

Sie wurde ihn einfach nicht wieder los; hatte deshalb sogar schon eine SMS an Elle geschickt. *Ich hasse dich.* Zwei Mal.

„Wir werden das Spiel heute Abend ausfallen lassen müssen", informierte Jake sie. „Uns fehlt ein Spieler. Trev hat Pfeiffersches Drüsenfieber."

Sie spielte mit ein paar von Jakes Freunden und Angestellten in einem Softballteam in der örtlichen Gemeindezentrumsliga. Jake war ihr Trainer. Ein tyrannischer Trainer. „Wie kommt man in unserem Alter an Pfeiffersches Drüsenfieber?", fragte sie ungläubig.

Jake zuckte die Achseln. „Er ist Schiffskapitän und turnt entsprechend durch die Betten."

„Ich bin auch Schiffskapitän und turne nicht durch irgendwelche Betten."

„Und wir beide wissen, warum das so ist."

Nein, darüber wollte sie jetzt nicht reden. „Nicht ausfallen lassen", sagte sie. „Ich bringe einen Ersatzspieler für uns mit."

Jake zog eine Braue hoch. „Wen?"

„Hey, in meinem Leben gibt es noch andere Menschen als dich, weißt du."

„Seit wann?"

Sie verdrehte die Augen und rannte nach draußen. Na ja, *rannte* stimmte nicht ganz. Thor weigerte sich zu rennen. Aber sie gingen schnell, denn ihr war eine Idee gekommen. Eine Idee, die gut in ihren Plan passte, Finn mehr Spaß zu bringen.

Zugegeben, inzwischen war sie schon ein paar Mal von diesem Plan abgewichen, angefangen damit, dass sie ihren Lippen gestattet hatte, auf seine zu treffen – und das nicht nur ein, sondern gleich zwei Mal –, aber sie hatte beschlossen, sich das zu verzeihen, weil er so … nun ja, zum Küssen war.

Und jetzt, wo sie wusste, was für eine Gefahrenzone sein Mund war, konnte sie ja einfach einen Bogen darum machen. Ihre innere Stimme begann bei diesem Gedanken hysterisch zu lachen. Egal. Sie würde das schaffen.

Vermutlich.

Hoffentlich.

Auf dem Innenhof band sie Thors Leine an eine Bank, küsste ihn direkt zwischen seine wunderschönen braunen Augen und lief durch die offenen Türen in den Pub. Etwas atemlos schaute sie sich nach Finn um, konnte ihn aber nicht entdecken.

Sean ließ ein Lächeln aufblitzen. „Hey, Trouble." Er deutete auf ihr Gesicht. „Du hast da Glitzer im …"

„Ich weiß!"

Sein Lächeln wurde breiter. „In Ordnung. Was kann ich dir bringen?"

„Finn", sagte sie und lief rot an, als er einfach nur weiter grinste. „Ich meine, ich muss ihn sprechen. Ist er in seinem Büro?"

„Nein, der Boss ist nicht da."

Sie war noch nie hier gewesen, ohne dass Finn auch hier gewesen wäre. „Aber er ist immer hier."

Sean lachte. „Fast immer“, stimmte er zu. „Aber im Augenblick ist er … nun, sagen wir mal, richtig sauer auf mich. Also haben wir beschlossen, dass er zu Hause in seinem Büro arbeitet, damit ich den nächsten Tag noch erlebe.“

Allzu besorgt wirkte er nicht deswegen. „Kannst du mir einen Gefallen tun?“, sagte sie.

Er beugte sich über die Bar, Wärme im Blick. „Spuck's aus.“

„Ich brauche seine Adresse.“

Sean zog die Brauen hoch. „Seine Adresse.“

„Ja, bitte.“

„Willst du dich mit ihm ins Vergnügen stürzen?“, fragte er. „Denn weißt du, Schätzchen, gebrauchen könnte er das wirklich.“

„Ich arbeite dran“, sagte sie, und erst dann wurde sie sich dessen gewahr, was er wirklich gemeint hatte, nämlich etwas ganz anderes als sie. „Warte, so habe ich das nicht …“

„Oh, zu spät“, meinte Sean und schüttete sich vor Lachen aus.

„Ich muss nur mit ihm *reden*“, sagte sie in dem Versuch, ihre Würde wiederzuerlangen.

„Ganz wie du meinst.“ Er griff nach einer Serviette, zog den Stift hinter seinem Ohr hervor, kritzelte eine Adresse darauf und reichte ihr das Papier. „Wir bewohnen gemeinsam ein Haus in Pacific Heights. Keine Meile von hier. Geh hin – und tu, was du nicht lassen kannst.“

„Reden“, sagte sie.

„Nennt man das heutzutage so? Viel Glück, Trouble.“

Unsicher, wofür sie Glück brauchen würde, schnappte sie sich Thor und eilte wieder nach draußen.

Finn lebte am Ende der Divisadero Street. Der steile Anstieg den Hügel hinauf veranlasste Thor, sich hinzusetzen und sich zu weigern, auch nur noch einen Schritt weiterzugehen, als sie noch etwa hundert Meter zu laufen hatten.

Und das war schon etwa hundert Meter weiter als der Punkt, an dem auch Pru sich am liebsten einfach auf den Boden gesetzt hätte. Trotzdem nahm sie den Hund auf den Arm und ging entschlossen weiter. Unterwegs hielt sie nur einmal kurz an, um einer spontanen Eingebung folgend ein Scherzgeschenk zu kaufen, von dem sie ehrlich hoffte, dass Finn es witzig finden würde.

Als sie schließlich sein Haus oben auf dem Hügel erreichte, war sie ziemlich außer Atem und keuchte. Sie drehte sich um und bewunderte den Ausblick von hier oben, der ihr wieder einmal klarmachte, warum sie diese Stadt so liebte. Ganz Cow Hollow und der Jachthafen waren von hier aus zu sehen, dahinter das strahlende Blau der Bucht und die Golden Gate Bridge.

Das war jede Sekunde des Anstiegs wert gewesen. Na ja, fast. Finns Haus war ein schmales Reihenhaus in viktorianischem Stil. Die Garage befand sich im untersten Stockwerk, darüber lagen zwei weitere Etagen, und eine Treppe führte hinauf zur Vordertür und zu einer kurzen Einfahrt, in der ein 66er-Chevelle stand.

Die Motorhaube des attraktiven Muscle-Car stand offen, und ein noch viel attraktiverer jeansbekleideter Männerhintern schaute darunter hervor. Pru erkannte die vollkommenen Gesäßmuskeln als eindeutig Finn zugehörig, was ebenso eindeutige Schlüsse darauf zuließ, dass sie ebendiese vollkommenen Gesäßmuskeln schon zu oft bewundert hatte. Ein Umstand, den sie nicht im Geringsten bereute. Jedenfalls hatte Finn die langen Beine gespreizt, um das Gleichgewicht zu halten, sein T-Shirt spannte sich über seiner Schulter- und Rückenmuskulatur und war gerade eben so weit hochgerutscht, dass Pru einen Blick auf den Bund seiner marineblauen Boxershorts und ein paar Zentimeter nackter Haut erhaschen konnte.

Sie versuchte, nicht darauf zu starren – vergebens. „Hi“, sagte sie.

Keine Reaktion. Er tat einfach weiter, was immer er da unter der Motorhaube tat und was den vollen Einsatz seiner Bizepse erforderte.

Sie trat ein bisschen näher. „Finn?“

Immer noch keine Reaktion, aber jetzt konnte sie den blechernen Klang von Musik hören und entdeckte die Ohrstöpselkabel.

Irgendetwas hörte er sich an. Und zwar laut. Classic Rock, so wie es klang.

Sie starrte ihn an, die Ölspuren auf seiner Jeans und an einem Arm, den feuchten Fleck über seinem Po, wo das T-Shirt an seiner verschwitzten Haut klebte ... Das war genau die Szene, bei der in Filmen auf Zeitlupe umgeschaltet wurde, wie er sich zur Musik bewegte, und die Kamera näher heranfuhr, um eine Nahaufnahme dieses schlanken, durchtrainierten Körpers zu zeigen.

Pru schüttelte sich innerlich, setzte Thor ab, nahm seine Leine in die Hand, rückte noch näher an Finn heran und streckte die Hand aus, um ihn anzutippen. Im letzten Moment aber zögerte sie, weil sie sich wieder einmal nicht entscheiden konnte, wo sie ihn berühren sollte. Ihre erste Wahl war nicht gerade passend. Ihre zweite auch nicht.

Also entschied sie sich für seine Schulter.

Wenn er das mit ihr getan hätte, wäre sie vermutlich heftig zusammengezuckt und hätte sich den Kopf an der Motorhaube angeschlagen. Aber Finn verfügte über bessere Reflexe und eine definitiv bessere Kontrolle über selbige. Immer noch mit einem Schraubenschlüssel an etwas herumwerkelnd, drehte er einfach nur den Kopf und schaute sie gelassen an.

„Hi", wiederholte sie, beugte sich vor und stützte die Hände auf ihre Knie, um wieder zu Atem zu kommen. „Ganz schön steiler Anstieg."

Er griff lässig nach seinem linken Ohr und zog den Ohrhörer heraus. „Ebenfalls hi. Brauchst du eine Sauerstoffflasche?"

„Du machst Witze, aber ich könnte wirklich eine brauchen."

„Du trägst immer noch Glitzer", meinte er lächelnd.

„Ich habe seit jenem Abend fünf Mal geduscht", erwiderte sie und warf resignierend die Hände hoch. „Fünf Mal geduscht, und das Zeug ist immer noch überall. Thors Haufen glitzern schon seit Tagen …"

Immer noch lächelnd kauerte Finn sich nieder und streckte Thor seine Hand hin. „Du warst echt eine Schau neulich Abend."

Sie kaute an ihrer Unterlippe, weil ihr nicht klar war, ob er sie neckte oder ihr ein ernst gemeintes Kompliment machte.

„Ich könnte dir jeden Abend dabei zusehen", gestand er.

„Wobei? Dass ich mich lächerlich mache?"

Aus seinem Lächeln wurde ein breites Grinsen. „Beim Singen und Tanzen, als wärst du allein auf der Welt und hättest keine Zuschauer. Beim *Leben*, als hättest du keine Zuschauer."

Das reichte, um sie ein wenig dahinschmelzen zu lassen.

Thor beschnüffelte sorgfältig und vorsichtig Finns Hand. Er wollte sich offenbar vergewissern, dass er wirklich Finn vor sich hatte, und dann erst wedelte er mit dem Schwanz.

„Guter Junge. Ich bin es nur." Finn breitete die Arme für den Hund aus, und Thor ließ sich von ihm knuddeln.

Pru starrte auf den großen sexy Kerl hinunter, der sich so mühelos bei ihrem dummen Hund einschmeicheln konnte, und spürte, wie sich ihr die Kehle zuschnürte.

„Ich weiß, dass Archer dir nicht gesagt hat, wo ich wohne", sagte Finn, den Blick immer noch auf Thor gerichtet. „Auch Spence nicht. Ich meine, Spence täte es, wenn er es für witzig hielte, aber sie nehmen ihre selbst gewählte Aufgabe, mir den Rücken freizuhalten, sehr ernst."

Dass die drei ihre Freundschaft ernst nahmen, entsprach zweifellos der Wahrheit. Pru hatte sie zusammen gesehen. Zwischen ihnen gab es eine Bindung, die stärker wirkte als jede Beziehung, die sie je gehabt hatte. Ein Umstand, der ihre tiefsten und geheimsten Selbstzweifel nur noch verstärkte – die Sorge, dass sie womöglich einfach nicht liebenswert war.

„Für Elle ist Privatsphäre wichtiger als alles andere“, fuhr Finn fort. „Bleiben also nur die Klatschbasen.“ Er musterte sie sehr genau. „Willa oder Haley?“, fragte er.

„Weder noch.“ Sie zögerte, weil sie Sean nicht in Schwierigkeiten bringen wollte.

„Mist.“ Finn erhob sich, den zufriedenen Thor unter den Arm geklemmt, als wäre er ein Fußball. „Eddie?“

„Eddie?“, fragte Pru verwirrt zurück. „Wer ist Eddie?“

„Der Alte, der mit Begeisterung in den Müllcontainern herumwühlt, Haschkekse futtert und überall seine Nase reinsteckt.“

Pru sackte die Kinnlade herunter. „Er kriegt jetzt seit einem Monat zu essen von mir, und er hat mir nie gesagt, wie er heißt. Dabei habe ich ihn wohl eine Million Mal gefragt!“

„Er bewahrt sich gern etwas Geheimnisvolles. Außerdem kann sein Verstand auch durch die Haschkekse gelitten haben. Sagst du mir jetzt, wie du mich ausfindig gemacht hast, oder nicht?“

Sie ließ stoßartig die Luft aus ihrer Lunge entweichen. „Sean. Aber nicht, damit ich dir irgendwie blöd komme oder so“, fügte sie hastig hinzu. „Sondern weil ich dich um einen Gefallen bitten wollte und dafür persönlich mit dir reden muss.“

„Sean war im Pub?“

„Ja.“

„Und hat gearbeitet?“

„Sah so aus …“

„Wow. Er muss gestürzt sein und sich den Kopf angeschlagen haben.“

„Er schien geistig ganz auf der Höhe zu sein“, widersprach sie. „Jedenfalls auf seiner.“

Finn schnaubte abfällig und setzte Thor ab. Der Hund drehte sich einmal um sich selbst und ließ sich dann ganz und gar unelegant zu Boden plumpsen.

„Ich habe dir ein Geschenk mitgebracht“, sagte Pru.

„Was?“ Finn hob den Blick von Thor zu ihrem Gesicht. „Warum?“

Die Frage brachte sie ins Schleudern. „Nun ja, zum Teil, um dich gnädig zu stimmen“, gab sie zu. „Ich dachte, wenn ich dich zum Lachen bringe, wirst du vielleicht …“

„Ich brauche kein Geschenk, um dir einen Gefallen zu tun“, fiel er ihr mit deutlich anderem Tonfall ins Wort. Jetzt klang er misstrauisch, und da war noch ein Unterton, den sie nicht einordnen konnte.

Sie legte den Kopf schief. „Weißt du, eigentlich werden Geschenke als etwas Gutes betrachtet.“

Als er sie einfach nur ansah, begann sie sich zu fragen, ob ihm vielleicht nie jemand etwas schenkte. Und plötzlich wünschte sie sich, ein richtiges Geschenk gewählt zu haben statt eines Scherzartikels. Aber für solche Überlegungen war es jetzt zu spät, also ließ sie ihren Rucksack von ihren Schultern gleiten und holte die Einkaufstüte heraus. Trotzdem war sie sich ihrer Sache nicht ganz sicher, nein, ganz und gar nicht sicher. Und zögerte.

Da nahm er ihr die Tüte ab und schaute hinein. Seine Miene ließ nicht erkennen, was er dachte.

Keine Reaktion.

„Es ist ein Tiefschutz“, sagte sie schließlich, obwohl das offensichtlich war.

„Das sehe ich.“

„Ich dachte mir, wenn wir beide mehr Zeit miteinander verbringen, brauchst du den möglicherweise.“

Er erstarrte, und dann entschlüpfte ihm ein leises Lachen. „Was ich brauche, wenn ich mit dir zusammen bin, Pru, ist eine Ganzkörperrüstung.“

Wohl wahr.

Er hob den Kopf. „Und wer sagt, dass wir mehr Zeit miteinander verbringen?“, fragte er und nagelte sie mit seinem Blick fest.

Sie zögerte ganz kurz. „Ich sage das.“

Er wandte keine Sekunde den Blick ab, und sie konnte erkennen, wie sich Wärme in seinen Augen ausbreitete. „Na dann", meinte er, „dann ist es wohl wahr, schätze ich."

Immer noch schauten sie einander in die Augen, lange und tief, und plötzlich bekam Pru nur noch schwer Luft.

„Und worin besteht der Gefallen?", fragte er.

„Ich spiele in einer gemischten Softballmannschaft, und uns fehlt heute Abend ein Spieler. Ich dachte …"

„Nein."

Sie blinzelte überrascht. „Aber du hast mich doch noch gar nicht ausreden lassen."

„Euch fehlt ein Spieler für das Spiel heute Abend, und du möchtest, dass ich einspringe", sagte er.

„Nun ja, aber …"

„Kann ich nicht."

Seine Miene wirkte plötzlich verschlossen. „Weil … du etwas gegen Spaß hast?"

Er reagierte nicht auf ihr leichtes Necken. Er wollte nicht spielen. Dafür hatte er ganz klar einen triftigen Grund, vielleicht auch mehrere, aber er dachte gar nicht daran, diese Gründe zu erklären.

„Du hättest anrufen sollen. Dann hättest du dir den Weg gespart."

„Ich wollte es dir aber nicht leicht machen, Nein zu sagen."

„Ich sage trotzdem Nein, Pru."

„Auch wenn ich sage, dass ich dich *brauche*?", fragte sie leise.

Er zögerte für den Bruchteil einer Sekunde. „Dann würde ich sagen, du hast meine ganze Aufmerksamkeit."

„Ich meine, *wir* brauchen dich. Die Mannschaft", sagte sie. „Sonst müssen wir uns geschlagen geben …"

„Nein."

Sie verschränkte die Arme vor der Brust. „Du sagtest, ich hätte deine Aufmerksamkeit."

„Die hast du immer noch und mehr", erwiderte er rätselhaft.

„Aber ich spiele heute Abend trotzdem nicht. Auch nicht an einem anderen Abend."

Sie wusste, dass er sehr vorsichtig lebte und ständig darauf gefasst war, dass irgendetwas schiefging. Aber sie wusste auch, dass das kein Leben war, denn Tatsache war nun mal, dass es jederzeit vorbei sein konnte. Aus. Ende. Affe tot. „Erinnerst du dich noch an neulich, als es mir so schlecht ging und du ein paar meiner Dämonen gesehen hast?", fragte sie leise.

„Du meinst, als der Bilderrahmen zerbrochen ist."

„Ja", erwiderte sie, kein bisschen überrascht, dass er ganz genau wusste, wovon sie redete – und dass es ihr offenbar nicht einmal ansatzweise gelungen war, ihre schmerzlichen Erinnerungen vor ihm zu verbergen.

„Du wolltest nicht darüber sprechen", sagte er.

„Nein", gab sie zu. „Und du hast mich damit durchkommen lassen." Sie senkte den Blick ein wenig und starrte lieber seinen Oberkörper an, als ihn sehen zu lassen, was jetzt in ihr vorging. „Ob das nun daran lag, dass es dir egal war, oder daran, dass dich deine eigenen Dämonen quälen, weiß ich nicht, aber …"

„Pru."

Gott sei Dank brachte er sie damit zum Schweigen. Manchmal brauchte sie einfach Hilfe, wenn es darum ging, den Mund zu halten. Jetzt starrte sie seinen Hals an, und trotz ihrer wachsenden Enttäuschung und einem plötzlichen Unbehagen fiel ihr auf, dass er einen sehr maskulinen Hals hatte. Einen Hals, an den sie am liebsten ihr Gesicht gedrückt hätte und vielleicht auch ihre Lippen. Und ihre Zunge …

„Pru, sieh mich an."

Seine Stimme war leise und tief wie immer, aber es lag eine sanfte Bitte darin, sodass sie tatsächlich den Blick hob und seinem begegnete.

„Es ist mir nicht egal", sagte er. „*Du* bist mir nicht egal."

Das rief das ihr inzwischen vertraute Gefühl von Schmetterlingen in ihrem Bauch hervor, das Gefühl, das scheinbar nur er in ihr wecken konnte. Es bedeutete aber zugleich, dass ihn wirklich seine Dämonen quälten, und das brachte sie schier um. „Softball ist ein Problem für dich“, flüsterte sie.

„Nein.“ Er schloss einen Moment die Augen. „Ja. Vielleicht ein bisschen.“ Er seufzte, wandte den Kopf ab und starrte den tollen Wagen an, an dem er gearbeitet hatte.

Und in dem Moment fiel ihr ein, dass er am College Baseball gespielt hatte – bis er sein Studium abbrechen musste, um sich um Sean zu kümmern.

Gott, was war sie doch für eine Idiotin!

„Ihr müsst euch geschlagen geben?“, fragte er.

„Ja, aber …“

„Mist!“ Er schloss die Motorhaube des Chevelle und stemmte die Hände in die Hüften. „Sag mir, dass ihr gut seid.“

Sie kreuzte die Finger. „Du musst uns spielen sehen, sonst glaubst du es nicht.“

13. Kapitel

#BadNewsBears

Das Spiel lief noch keine zehn Minuten, da stand Finn hinter seinem Schlagmal und beobachtete völlig ungläubig seine Mannschaft.

Er hatte sich von einer Betrugskünstlerin engagieren lassen.

Dieser Betrugskünstlerin warf er jetzt einen Blick zu. Sie spielte First Base und sah verdammt umwerfend aus in ihren hüftengen Jeans und dem knallroten T-Shirt. Gerade versuchte sie, das andere Team durch Zwischenrufe zu stören.

Ganz ohne jeden Zweifel war sie die attraktivste Betrügerin, die ihm je begegnet war.

„Du spielst scheiße", schrie sie dem Batter zu, die Hände wie ein Schalltrichter um den Mund gelegt.

„Was hältst du davon, mir einen zu blasen?", rief der Batter zurück und warf ihr eine Kusshand zu.

Finn richtete sich auf, um dem Batter mal gehörig die Meinung zu sagen, aber der Schiedsrichter war schneller. Er deutete auf den Batter und erteilte ihm einen Platzverweis.

„Warum?", beschwerte sich der Typ.

„Weil du ein Idiot bist."

Dieser Einwurf kam vom Trainer von Prus Mannschaft. Jake. Er saß neben der Spielerbank, die Baseballkappe verkehrt herum aufgesetzt, Sonnenbrille auf der Nase, grimmige Miene – ein harter Typ im Rollstuhl.

Er hatte Thor auf dem Schoß.

Finn rechnete damit, dass der Schiri ihm dafür einen Platzverweis erteilen würde, aber nichts dergleichen geschah. Stattdessen musterte der Batter Jake ganz kurz, trat wütend nach einem Grasbüschel und ging zur Spielerbank.

Die nächsten beiden Batter erzielten Base-Hits und schafften jeweils einen Homerun, weil sich die Mannschaft auf dem Spielfeld selten linkisch anstellte.

Prus Team bestand aus den *Bad News Bears* aus dem Film „Die Bären sind los“.

Zwischen den Durchgängen versuchte Pru auf der Spielerbank, ihre Mitspieler bei Laune zu halten und ihnen Mut zuzusprechen. Sie klopfte den Leuten auf den Rücken, versicherte ihnen, sie hätten einen guten Job gemacht und sich auf dem Spielfeld hervorragend geschlagen.

Ihre rosarote Brille war von innen offenbar geschwärzt, denn keiner der Spieler hatte gut gespielt, keiner hatte sich großartig geschlagen.

Beim nächsten Durchgang musste Finn mit ansehen, wie seine Mannschaftskameraden gleich zwei Mal hintereinander einen Schlag versemmelten.

Die Dritte, die als Batter antrat, war eine Mittzwanzigerin mit einem hochgebundenen Pferdeschwanz, der ihr bis auf den Hintern reichte. Sie war ein winziges Persönchen mit einem süßen schüchternen Lächeln.

Große Hoffnungen setzte Finn nicht auf sie, und vielleicht brummelte er eine entsprechende Bemerkung in sich hinein. Und ebenso vielleicht hatte Pru das gehört.

Sie warf ihm einen finsteren Blick zu. „Nur positive Bestärkung“, sagte sie, „oder du kriegst Redeverbot.“

„Redeverbot?“

„Ja.“ Mit dem Daumen zeigte sie kurz zu Jake hinüber, der von der Seite aus das Spielfeld beobachtete. Seine Miene verriet inzwischen Wut, während Thor auf seinem Schoß ruhig vor sich hin döste. „Wie Trainer Jake“, sagte Pru und wandte sich an ihren Boss. „Wie geht's uns denn heute?“

Jake zögerte, als suchte er nach den richtigen Worten.

„Einfach fantastisch", sagte er schließlich.

Danach sah er allerdings nicht aus, eher, als stünde er kurz vor einem Schlaganfall, aber Pru strahlte ihn an und tätschelte ihm dann die Schulter.

Jake stieß heftig den Atem aus. „Ich zahl's dir heim, Prudence."

Sie biss die Zähne zusammen. „Darüber haben wir doch schon geredet. Du sprichst mich nur mit vollem Namen an, wenn du Todessehnsucht hast. Nach einem grässlichen, langsamen Tod."

„Prudence?", wiederholte Finn, belustigt von dem mörderischen Funkeln in ihren Augen.

„Ich weiß, schwer zu glauben, nicht wahr?", meinte Jake. „Das ist ein Widerspruch in sich. Sie ist alles andere als vernünftig."

Finn lächelte. „Und was das *Sie schlagen sich großartig* angeht", fuhr er an Prudence gewandt fort. „Sprechen wir vom selben Spiel?"

Jake verdrehte vielsagend die Augen, warf Pru einen zornigen Blick zu und schwieg eisern, obwohl es ganz danach aussah, als kostete ihn das sehr viel Selbstbeherrschung.

„Das nennt man Ermutigung", erklärte Pru. „Und Jake hat Redeverbot, was so viel heißt wie, er darf nicht reden, es sei denn, er sagt etwas Positives. Das liegt daran, dass er uns immer so fertiggemacht hat, dass wir kein vernünftiges Spiel zustande bringen konnten."

Finn verkniff sich die Anmerkung, dass sie auch jetzt kein vernünftiges Spiel zustande brachten, aber als das Mädchen gleich zwei perfekte Schläge durchließ, ohne den Schläger zu schwingen, und Jakes Miene immer finsterer wurde, hätte er beinahe gelacht.

Beinahe.

Denn er hatte keine Ahnung, wie Jake es anstellte, den Mund zu halten. Der Wettkampf lag Finn im Blut, und er schätzte, dass es Jake genauso ging. „Schlägt sie nun endlich?“, fragte er, „oder wärmt sie nur ihren Schläger?“

Ein ersticktes Schnauben von Jake war die Antwort und ging in ein Husten über, als Pru ihn wütend anfunkelte.

„Abby ist Jakes Sekretärin“, erläuterte Pru. „Sie ist wirklich gut.“

Finn sah Jake an.

Der schüttelte langsam den Kopf.

„Was?“, fragte Pru, die das mitbekommen hatte. „Sie ist einfach toll! Sie managt dein komplettes Büro und bleibt immer nett und freundlich, selbst wenn du dich wie ein absolutes Arschloch aufführst.“

„Ja“, erwiderte Jake. „Sie ist ein echter Schatz. Einfach toll. Bei der Arbeit im Büro und im Umgang mit mir, selbst wenn ich ein völliges ‚Arschloch‘ bin. Nur in einem ist sie nicht toll, nämlich Softball.“

„Sie lernt es“, beharrte Pru.

Abby schlug zu.

Der nächste Batter war ein schlaksiger Junge, noch ein Teenager oder vielleicht gerade Anfang zwanzig.

„Nick“, wurde Finn von Pru informiert. „Er arbeitet in der Wartung.“

„Pru hat ihm den Job besorgt“, erklärte Jake, bevor Pru ihn zum Schweigen brachte.

Nick wanderte zu seinem Platz, zwinkerte Pru zu und landete einen Second-Base-Hit.

Der nächste Batter war weiblich und vermutlich gerade volljährig. Sie trug eine dickrandige Brille und quietschte bei jedem Wurf. Außerdem schlug sie nach jedem Ball, der auf sie zuflog, und nach etlichen, die das nicht taten. Nur mit dem Treffen haperte es. Sie erwischte nicht einen einzigen Ball. Vermutlich, weil sie beim Schlagen die Augen geschlossen hielt, wodurch auch ihre Brille ihr nichts nützte.

Finn gab sich Mühe, nicht die Geduld zu verlieren. Es war ja nur ein Softballspiel, ein mieses zwar, aber … Er warf Jake einen Blick zu und deutete auf das bebrillte Mädchen. „Darf ich …?“

Nur zu, gab Jake ihm mit einer Geste zu verstehen.

„He, Kleine“, rief Finn.

Das Mädchen drehte sich ihm zu.

„Finn“, warnte Pru, aber er kümmerte sich nicht darum. Er wusste nicht, wie sie Jake dazu gebracht hatte, den Mund zu halten, aber er selbst hatte ihr schließlich nichts versprochen.

„Wie heißt du?“, fragte Finn das Mädchen.

„Kasey“, antwortete sie. „Ich arbeite in der Rechnungsabteilung.“

„Du weißt, wie man schlägt, Kasey?“

„Ja.“ Kurzes Schweigen. „Nein.“

Mist. „Schon gut, es ist ganz leicht“, fuhr Finn fort. „Du musst nur deine Augen offen halten. Hast du verstanden?“

Sie nickte.

„Und den Ball treffen, Kasey. Mehr musst du nicht tun.“

Kasey nickte erneut, schlug aber beim nächsten Wurf nicht zu. Sie drehte sich um und schaute Finn nervös an.

„Schon in Ordnung“, erklärte Finn. „Das war ein mieser Wurf, den wolltest du sowieso nicht treffen. Der nächste gehört dir.“ Und er hoffte, das würde sich als wahr erweisen.

Pru sah zu, wie Kasey beim nächsten Ball ausholte und – traf.

Finn sprang von der Bank auf. „Ja!“, brüllte er und stieß die Faust in die Luft. „Das ist es, Baby, das ist es!“

Eigentlich hatte er gar nicht hier sein wollen und sich nur äußerst ungern auf das Spiel eingelassen, doch jetzt war er Feuer und Flamme. Ihn zu beobachten löste einen Sturm von Gefühlen in Pru aus, darunter in nicht geringem Maß Freude. Sie hatte es tatsächlich geschafft, ihm etwas zu geben.

Nachdem Kasey den Ball geschlagen hatte, ließ sie den Schläger fallen wie eine heiße Kartoffel, wirbelte herum, um Finn anzugrinsen, und führte eine Art Boogie auf, wo sie schon mal dabei war. „Ich hab's geschafft! Hast du das gesehen? Ich habe den Ball getroffen!"

„Ja, das hast du. Und jetzt lauf, Kasey!", brüllte Finn und deutete auf die First Base. „Renn, so schnell du kannst!"

Mit einem Quietscher drehte sie sich um und rannte davon.

Finn lachte. Er lachte und wandte sich dabei zu Pru um, die sich am liebsten an seine Brust geworfen hätte.

„Hast du Spaß?", fragte sie und konnte dabei ihr Lächeln nicht verbergen.

„Sag du es mir. *Prudence*."

Sie würde Jake im Schlaf umbringen müssen.

Finn grinste angesichts ihres Gesichtsausdrucks und beugte sich zu ihr hinüber, damit nur sie ihn hören konnte. „Du schuldest mir etwas."

„Wofür?"

„Dafür, nicht erwähnt zu haben, dass ihr die Bad News Bears seid." Er schaute hinüber aufs Spielfeld, sprang wieder auf seine Beine und warf sich gegen die halbhohe Trennwand zum Spielfeld. „Go, Kasey, go! Go, go, go!"

Pru drehte sich überrascht um und stellte fest, dass der Halbspieler den Ball nicht erwischt hatte und Kasey die Second Base umrundete.

Der Ball hüpfte noch immer durch die rechte Spielfeldhälfte.

„Lauf weiter!", brüllte Finn, die Hände links und rechts zur Verstärkung an den Mund gelegt. „Lauf!"

Kasey näherte sich der Third Base.

Finn stand kurz vor einem Schlaganfall, und Pru konnte den Blick nicht von ihm wenden.

„So ist es richtig", schrie er. „Lauf, Baby! Du läufst wie der Wind!"

Seine Freude war das Beste, was sie an diesem Tag erlebte.

In der ganzen Woche.

Ach was, im ganzen Monat.

Nein, auch das stimmte nicht. *Er* war das Beste, was ihr je begegnet war.

Unglaublicherweise schaffte Kasey einen Homerun, und die Zuschauer rasten. Na ja, ihre Mannschaft raste. Alle rannten zu Kasey und stürzten sich auf sie.

Bis auf Pru.

Sie stürzte sich auf Finn.

Sie wollte das nicht, hatte es mit Sicherheit nicht geplant, aber ihr Körper riss einfach die Kontrolle an sich. Sie drehte sich zu ihm um, um etwas zu sagen – sie wusste selbst nicht, was –, doch dann nahm sie stattdessen ein paar Schritte Anlauf und … warf sich auf ihn.

Zum Glück hatte er gute Reflexe, und ebenso zum Glück entschied er sich, sie aufzufangen. Er fing sie mit einem überraschten Ächzlaut und nahm sie lachend auf den Arm, schob eine Hand unter ihren Po, um sie festzuhalten, und wickelte ihren Pferdeschwanz um die andere Faust, um ihr Gesicht zu sich hochzuziehen.

„Hast du das gesehen?“, schrie sie außer sich vor Aufregung. „Das war toll, oder?“

Er schaute ihr in die Augen und lächelte zurück. „Oh ja. Ganz toll.“

Und dann küsste er sie. Hart. Heiß. Und sehr inbrünstig.

Und viel zu kurz. Sie hörte sich tatsächlich protestierend wimmern, als er sich von ihr löste und sie wieder zu Boden gleiten ließ, bis sie auf eigenen Beinen stand.

„Wir liegen immer noch zehn Läufe zurück“, sagte er.

Sie nickte, doch in ihrem ganzen Leben hatte sie sich nie weniger als Verlierer gefühlt als in diesem Augenblick.

14. Kapitel

#TheWholeNineYards

Am Schluss verloren sie mit fünf im Rückstand, was Pru als sensationell gutes Ergebnis wertete. Im letzten Inning war sie einem Ground-Ball hinterhergehechtet und gut drei Meter über den Boden geschlittert. Dabei war ihr Kinn etliche Male aufgeschlagen, aber was sollte es – sie hatte den Ball bekommen!

Und ein übel aufgeschürftes Kinn.

In Moment selbst hatte sie den Schmerz nicht gefühlt, aber als das Spiel zu Ende war, sie zusammengepackt hatten und jeder seiner Wege ging, tat es plötzlich überall weh. Langsam hängte sie sich ihre Sporttasche über die Schulter, drehte sich um und sah sich Jake und Finn gegenüber.

Jake – der immer noch Thor auf dem Schoß hielt – nickte ihr kurz zu. Da das Spielfeld zu einer Mittelstufenschule nur zwei Blocks von ihrem Wohngebäude entfernt gehörte, gingen sie normalerweise zusammen nach Hause.

Finn nickte ihr nicht zu. Er stand einfach nur da und schaute sie an. Auf eine Weise, die in ihr … bestimmte Wünsche weckte, Wünsche, die sie in Bezug auf ihn nicht haben durfte.

Daran würde sie ganz offensichtlich arbeiten müssen.

Jake verzog das Gesicht zu einer Grimasse. „Du siehst übel zugerichtet aus. Lass uns gehen. Ich verarzte dich im Büro."

„Mir geht's gut", log Pru, Ihre Schürfwunden brannten wie Hölle. „Ich geh einfach nach Hause."

Jake warf Finn einen kurzen Blick zu, bevor er sich wieder ihr zuwandte. „Sicher, dass das eine gute Idee ist?"

Natürlich war es keine gute Idee. Aber sie war ja auch nicht gerade für ihre guten Ideen berühmt, oder? „Ja“, antwortete sie knapp.

„Du solltest nicht allein gehen. Vielleicht brauchst du Hilfe.“

„Ich kümmere mich um sie.“

Die beiden Männer sahen einander einen langen Moment an. Unter anderen Umständen hätte Pru vielleicht versucht, das hochexplosive Schweigen zwischen den beiden zu überwinden, aber ihr Gehirn hatte genug mit Finns Aussage zu tun.

Ich kümmere mich um sie …

In ihrer Fantasie hatte sie sich dieses „Kümmern“ bereits lang und breit ausgemalt … Sie griff nach Thor, um ihn auf den Arm zu nehmen, aber Jake schüttelte abwehrend den Kopf.

„Der kommt heute Abend mit zu mir zum Essen. Es gibt Steak.“

„Steak?“, hakte Pru nach, als ihr bewusst wurde, welchen Heißhunger sie hatte. „Aber nach unseren Spielen gibt es bei dir doch immer Hotdogs.“

Jake zuckte die Achseln. „Heute Abend gibt es Steak. Ich habe genug, dass du mitessen kannst – falls Thor einverstanden ist.“

Thor warf den Kopf in den Nacken wie ein Kojote und gab ein kurzes scharfes „Yip!“ von sich.

Ein paar Sekunden lang wog Pru diese zwei verlockenden Aussichten gegeneinander ab: auf der einen Seite das für sie zubereitete Steak, auf der anderen Seite die Chance, Finn noch eine Weile in dieser sexy, seinen Hintern perfekt präsentierenden und doch so lässig sitzenden Jeans anschauen zu können. Leicht fiel ihr die Entscheidung nicht, doch schließlich entschied sie sich für die Jeans. „Nein danke.“

Jake schüttelte nur wissend den Kopf und rollte davon.

„Hättest du mich eben fast für ein Steak eingetauscht?“, fragte Finn.

Sie tat so, als hätte sie die Frage nicht gehört, und ging los. Er hielt sie auf.

„Alles in Ordnung mit dir?"

„Ja klar, wir verlieren sowieso andauernd."

„Ich meine, weil du in der letzten Spielrunde mit dem Gesicht über den Boden geschlittert bist." Vorhin, als sie ihn überredet hatte mitzukommen und zu spielen, hatte er eine Sporttasche mitgenommen, in der er seinen Handschuh aufbewahrte. Jetzt zog er ein Handtuch aus dieser Tasche hervor und tupfte damit vorsichtig ihr Kinn ab.

„Auu!"

„Aber dir geht es prima, stimmt's?", fragte er trocken.

Sie zog das Handtuch von ihrem Kinn weg, entdeckte Blutspuren daran und drückte es seufzend wieder auf ihr Gesicht.

Finn nahm ihr die Sporttasche von der Schulter und hängte sie sich zusätzlich zu seiner eigenen um. „Ich rufe ein Taxi."

„Ich brauche keins." Damit marschierte sie los, und es dauerte nur einen Moment, bis er sich anschloss. Sie gab sich Mühe, sich abzulenken. Die Temperatur lag bei angenehmen vierundzwanzig Grad. Die Sonne stand bereits sehr tief am Horizont und zauberte ein goldenes Glühen, durchsetzt mit orangefarbenen Flammen über den Himmel im Westen, während der Rest in verschiedenen Blautönen erstrahlte.

„Also, was war das gerade eben?", brach Finn nach ein paar Minuten das Schweigen.

„Nichts. Wie schon gesagt: Manchmal verlieren wir eben. Das ist alles." Genau genommen, immer.

„Ich meine den Blick, den Jake dir zugeworfen hat."

„Nichts", wiederholte sie.

„Sah mir nicht nach *nichts* aus."

„So ist er nun mal!", erwiderte sie und kämpfte sich keuchend den Hügel hinauf. Verdammt noch mal! Warum hatte sie sich eigentlich gegen ein Taxi gewehrt? „Die meisten seiner Blicke sollte man einfach ignorieren."

„Aha, und was soll *So ist er nun mal!* bedeuten?"

„Er muss immer seine Nase in anderer Leute Angelegenheiten stecken.“ Ihre Schmerzen wurden nicht etwa besser, sondern immer schlimmer. Es kostete sie fast ihre ganze Selbstbeherrschung, nicht bei jedem Schritt zu wimmern.

„Bist du sicher, dass alles in Ordnung ist mit dir?“, fragte Finn.

„Hundertprozentig.“

Er musterte sie einmal von oben bis unten, wobei sein finsterer Blick kurz an den Löchern in ihren Knien hängen blieb. „Na schön, neunzig Prozent“, räumte sie ein. „Im schlechtesten Fall zehn“, gab sie nach kurzer Pause schließlich zu.

Finn blieb stehen und zog sein Handy aus der Tasche.

„Wir haben schon mehr als die Hälfte des Weges geschafft“, protestierte sie. „Ich gebe jetzt nicht auf.“

„Nur mal so aus Neugier: Gibst du überhaupt jemals auf?“

Darüber musste sie lachen. „Nein.“

Er schüttelte den Kopf, hakte aber nicht nach, ob sie sicher sei, und versuchte auch nicht, ihr klarzumachen, wie übel sie dran war. Ganz offensichtlich ging er davon aus, dass sie schließlich erwachsen war.

Er hatte ja keine Ahnung …

„Sean spielt auch Baseball“, erklärte Finn ein paar Minuten später unvermittelt. „Mies. Richtig mies.“

„Ja? So mies wie meine Mannschaft?“

„Nun wollen wir mal nicht übertreiben.“

Sie tat so, als wollte sie zuschlagen, und er wich lachend aus.

„In der Highschool schaffte er es bis in die Erstsemester-Mannschaft“, erläuterte er. „Aber nur, weil sie nicht genügend Spieler hatten, um jemanden rauszuwerfen. Richtig schwierig war nur, dafür zu sorgen, dass seine Noten gut genug ausfielen.“

Pru hatte noch nie ernstlich darüber nachgedacht, was es für Finn im Alltag bedeutet haben mochte, sich als Einundzwanzigjähriger darum kümmern zu müssen, dass der kleine Bruder die Highschool schaffte. Da waren die Hausaufgaben zu überwachen, die Einkäufe zu erledigen und eine Million kleiner Dinge zu tun, die normalerweise Eltern übernahmen.

Aber Finn hatte mit alldem allein fertigwerden müssen.

Ihr Magen verkrampfte sich schmerzhaft bei dem Gedanken daran, was er alles hinter sich hatte, aber er lächelte angesichts der Erinnerung. „In dem Jahr hatte die Hälfte der Spieler der Collegemannschaften die Grippe“, erzählte er, „und Sean wurde fürs Halbfinale aufgestellt. Er saß die meiste Zeit des Spiels auf der Ersatzbank, aber am Ende des achten Innings musste er First Base spielen, weil sich der bisher eingesetzte Spieler die Seele aus dem Leib kotzte.“

„Wie hat er sich geschlagen?“

Finn lächelte. „Er ließ einen Ball durch, als die Bases voll besetzt waren.“

Pru verzog schmerzlich das Gesicht. „Autsch.“

„Genau. Der Trainer nahm ihn ins Gebet und sagte ihm, wenn er noch einen Ball durchließe, würde er ihn an den Hoden am Flaggenmast aufhängen.“

Pru keuchte erschrocken. „Nicht wahr!“

„Oh doch. Und natürlich kam der nächste Ball direkt und in Kniehöhe auf Sean zugeflogen, ein tiefer, schneller Ball.“

„Hat er ihn gekriegt?“

„Er hechtete danach und schlitterte dabei mit dem Kinn über den Boden.“ Finn schenkte ihr ein Lächeln von der Seite. „Aber er hat den verdammten Ball erwischt.“

„Und er hat sich dabei auch so aufgeschürft?“, fragte Pru, der endlich klar wurde, warum Finn ihr das erzählte.

„Er hat mehr Haut auf dem Spielfeld gelassen als du“, antwortete Finn grinsend und schüttelte den Kopf. „Aber er hat’s überlebt. Irgendwie schafft er das jedes Mal.“

Ihr gefiel, dass die beiden noch immer zusammenhielten, nachdem sie so viel durchgemacht hatten. Sie wusste nichts über die Mutter der beiden, außer dass sie schon lange keine Rolle mehr spielte. Alles, was sie über die O’Rileys wusste, hatte sie

Stück für Stück im Internet zusammengeklaubt. Sie hatte sich größte Mühe gegeben, auf dem Laufenden zu bleiben, indem sie gelegentlich nach allen googelte, die bei dem Verkehrsunfall ihrer Eltern zu Schaden gekommen waren. Als sie entdeckte, dass Finn das „O'Riley's" keine Meile von ihrem Wohn- und Arbeitsplatz eröffnet hatte, hatte sie nicht widerstehen können, sich direkt dort umzusehen.

Und jetzt war es so weit, er war Teil ihres Lebens geworden. Ein wichtiger Teil, und der Gedanke ließ ihr Herz sich schmerzlich zusammenziehen, weil ihr klar war, dass dies nur von kurzer Dauer sein konnte. Am Ende musste sie ihm die Wahrheit sagen, und sie wusste: Sobald sie das tat, würde er nicht mehr Teil ihres Lebens sein.

„Der heutige Abend hat eine Menge Erinnerungen wachgerufen", sagte er, und etwas in seiner Stimme veranlasste sie, ihn anzusehen.

Bedauern.

Trauer.

„Du vermisst Baseball", sagte sie leise.

Er zog eine Schulter hoch. „Hätte ich nicht gedacht, aber ja, sieht ganz so aus."

„Ist das der Grund, warum du heute Abend nicht mitspielen wolltest?"

„Ich dachte, ich wäre noch nicht so weit, nicht einmal für Softball." Er schüttelte den Kopf. „Seit mein Dad gestorben ist, habe ich nicht mehr gespielt."

„Das tut mir so leid." Sie holte tief Luft, wohl wissend, dass sie sich nicht von ihm die Geschichte erzählen lassen konnte, bevor er von ihr ein paar Dinge erfahren hatte. „Finn …"

„Damals war Sean noch minderjährig. Er wäre in die Fänge des Jugendamtes geraten, also bin ich nach Hause gekommen."

Wieder durchzuckte sie das bereits vertraute Schuldgefühl und riss ihr Stücke aus dem Herzen und der Seele. „Was war mit deiner Mutter?"

Er zuckte die Achseln. „Ist abgehauen, als wir noch klein waren. Haben nie mehr von ihr gehört."

Pru brauchte einen Moment, um nur zu atmen. „Sean hatte Glück, dass du für ihn da warst", sagte sie schließlich. „So viel Glück. Ich finde es schrecklich, dass du das College hinschmeißen musstest …"

„Um ehrlich zu sein, ich habe die Schule gehasst", erwiderte er leise lachend. „Aber ich wollte wirklich auf gar keinen Fall nach Hause zurück. Zuhause – das war randvoll mit scheußlichen Erinnerungen."

In ihrem Kummer brauchte sie eine Weile, um zu begreifen, was er gerade gesagt hatte. „Finn, ich …" Sie stockte. Starrte ihn an. „Was?"

Er hatte einen Imbiss auf der anderen Straßenseite ins Auge gefasst. „Hast du Hunger?"

„Ich … ein bisschen."

„Hast du schon mal was von denen gegessen? Sie machen dort die fantastischsten Steak-Sandwiches." Ein Seitenblick auf sie. „Ich möchte nicht, dass du meinetwegen auf dein Steak verzichtest." Damit geleitete er sie in den Laden, wo er für beide bestellte.

Und das war auch gut so, denn sie konnte nicht klar denken.

Seine Erinnerungen an sein Zuhause waren übel? Was hatte das zu bedeuten?

Finn bezahlte, und sie gingen weiter. Er war still, behielt sie dabei aber im Auge. Sie jedoch wollte reden. „Was meinst du damit, dass du mit deinem Zuhause nur schlechte Erinnerungen verbindest?"

Er schwieg einen Moment. „Bist du mit Geschwistern aufgewachsen?", fragte er schließlich. „Und beiden Elternteilen?"

„Keine Geschwister, aber beide Elternteile." Kurz hielt sie den Atem an. „Bis sie starben. Da war ich neunzehn."

Die Verbindung entging ihm. Wie hätte er sie auch herstellen können? Nur ein Verrückter käme auf die Idee, dass die beiden

Unfälle – der seines Vaters und der ihrer Eltern – ein und derselbe Unfall waren.

„Das ist scheußlich“, sagte er. „Ganz scheußlich.“

Das war es, aber sie verdiente sein Mitgefühl nicht. „Davor war es ein schönes Leben“, sagte sie. „Nur wir drei.“

„Tja, du kannst glauben – Sean und ich haben diese Erfahrung nicht gemacht.“

Seine Körpersprache wirkte locker und ungezwungen, entspannt beim Gehen. Doch obwohl sie seine Augen hinter den dunklen Gläsern seiner Sonnenbrille nicht sehen konnte, spürte sie, dass in diesen nichts Lockeres und Ungezwungenes lag. „Euer Dad war kein netter Mensch?“

„Er war ein Arschloch. Es tut mir leid, dass er tot ist, aber weder mir noch Sean tat es leid, dass er uns nicht weiter großziehen konnte.“

Sie starrte ihn von der Seite an, während sie ihre Gedanken zu ordnen versuchte, aber diese wirbelten wild durcheinander. Die ganze Zeit über hatte sie sich seinen Dad als einen – nun ja – perfekten Dad vorgestellt. Den perfekten Dad, den ihr Dad ihm und Sean genommen hatte. Zittrig atmete sie aus und wusste nicht recht, was sie empfinden sollte.

„Hey.“ Finn legte ihr seine Hand auf den Arm, sodass sie stehen bleiben musste, und zog sie zu sich herum. Er nahm seine Sonnenbrille ab und schob sie sich ins Haar, um sie genauer ansehen zu können. „Du siehst so aus, als wäre dir nicht gut. Deine Schürfwunden oder zu viel Sonne?“, fragte er, strich ihr sanft das Haar aus dem Gesicht und legte seine Handfläche auf ihre Stirn. „Du bist plötzlich kreidebleich.“

Sie schüttelte den Kopf und schluckte den Kloß in ihrem Hals hinunter. Ihr Mitleid wollte er ganz sicher nicht, also brachte sie mühsam ein Lächeln zustande. „Alles in Ordnung.“

Er sah nicht so aus, als ob er ihr glaubte, und bewies das, indem er die Tüte mit den Sandwiches in die andere Hand wechselte und sie fest an die jetzt freie Hand nahm. Inzwischen waren sie nur noch einen Block von ihrem Wohnhaus entfernt, aber bevor sie einen weiteren Schritt gehen konnten, erstarrte Finn und begann zu lachen.

Pru schaute auf und sah Spence auf sie zukommen.

Hochgewachsen, schlank und durchtrainiert, mit sonnengebleichtem, leicht gewelltem Haar, das hervorragend mit seinen hellbraunen Augen harmonierte, war er definitiv eine Augenweide. Er trug Cargoshorts und ein lose darübergeworfenes Hemd mit hochgekrempelten Ärmeln. Ein durch und durch attraktiver Kerl, der sich dessen offenbar gar nicht bewusst war.

Im Moment führte er zwei Golden Retriever und eine Katze aus. Alle drei spazierten völlig ruhig und gelassen nebeneinander an ihren Leinen einher, deren Geschirr mit dem Logo der South-Bark-Zoohandlung versehen war.

Auch Spence selbst wirkte ruhig und gelassen und bemerkte offensichtlich überhaupt nicht, dass zwei Frauen sich den Hals nach ihm verrenkten, um ihm auf den Hintern zu starren, als er an ihnen vorbeiging. Er war zu sehr damit beschäftigt, Finn den Stinkefinger zu zeigen, weil der ihn auslachte.

„Ich wusste gar nicht, dass du für Willa arbeitest", sagte Pru. *Oder dass man mit einer Katze an der Leine Gassi gehen kann …*

„Das tut er auch nicht direkt …", meinte Finn. Spence sagte nichts dazu, während Finn ihn ansah. „Du führst eine Katze spazieren. Man wird dir deinen Männerführerschein entziehen."

„Sag das der Besitzerin der Katze", meinte Spence. „Sie will heute Abend mit mir ausgehen."

„Du missbrauchst also diese hilflosen Tiere, um jemanden flachzulegen?"

„Ganz genau!", sagte Spence. „Und reiß dich ja zusammen, sonst lasse ich Professor PuddinPop hier deine Schuhe salben. Sei gewarnt: Er hatte Thunfisch zu Mittag, und das bekommt ihm anscheinend nicht."

„Katzen sind im Pub nicht erlaubt", sagte Finn.

„Professor PuddinPop ist der kleinere Retriever. Sein Bruder Colonel Snazzypants ist Fachmann für die Entleerung seiner Gedärme in weitem Umkreis. Nimm dich in Acht."

„Und wie heißt die Katze?", fragte Pru.

„Guter König Snugglewumps", erwiderte Spence mit völlig ernster Miene. „Er ist übrigens geschult in emotionaler Unterstützung, und du siehst so aus, als könntest du die im Moment gebrauchen. Was zum Teufel ist dir denn zugestoßen?"

„Ich bin über den Boden geschlittert – beim Versuch, einen Ball beim Softball zu fangen."

„Mit deinem hübschen Gesicht?"

„Nein, das ist nur ein Kollateralschaden. Aber den Ball habe ich erwischt."

„Gut gemacht", sagte er lächelnd und klatschte sie ab.

Finn hatte sich hingekauert, um mit den Tieren Kontakt aufzunehmen. Die Katze stand auf seinem gebeugten Bein und rieb sich an ihm, während beide Hunde sich auf den Rücken gerollt hatten, damit er ihnen die Bäuche kraulte.

„Der Tierflüsterer", meinte Spence. „Sie fühlen sich immer zu ihm hingezogen." Er schüttelte den Kopf über den Guten König Snugglewumps. „Mein lieber Mann!"

Der Gute König Snugglewumps tat, als hätte er ihn nicht gehört.

Finn grinste. „Ich bin der Tierflüsterer, und Pru ist die Spaßflüsterin."

Daraufhin wandte Spence sich an Pru. „Wie läuft's denn damit? Lernt er schon, Spaß zu haben?"

„Er ist nicht sonderlich kooperativ."

„Was du nicht sagst!" Ein Blick zu Finn. „Immer schön locker bleiben. Mehr sage ich dazu nicht."

Und dann schlenderte er weiter, die Hunde und die Katze zuckelten hinter ihm her.

Finn zog sein Smartphone hervor und schoss ein Foto von Spence von hinten.

Spence drehte sich nicht einmal um, zeigte ihm aber erneut den Stinkefinger.

Immer noch grinsend, schob Finn sein Telefon zurück in die Tasche und griff nach Prus Hand. „Wird Zeit, dass wir dich nach Hause bringen."

Gute Idee. Obwohl sie nur eine Minute stehen geblieben waren, um sich zu unterhalten, war sie steif geworden, aber sie gab sich größte Mühe, das zu verbergen. Sie betraten den Innenhof, und Pru warf dem Springbrunnen einen kurzen Blick zu. Natürlich hatte sie bemerkt, dass er so gut wie nichts getan hatte, um ihren Liebeswunsch für Finn zu erfüllen. Also ließ sie sich gerade weit genug hinter Finn zurückfallen, um auf den Brunnen und dann auf ihre Augen zu deuten, um ihm klarzumachen, dass sie ihn im Blick hatte.

Der Brunnen reagierte nicht.

Finn jedoch schien Augen im Hinterkopf zu haben, denn er lachte. „Baby, du hast dem Ding gerade einen Blick zugeworfen, als würdest du es am liebsten auf den Grill werfen und deinen ärgsten Feinden häppchenweise servieren."

Gut beobachtet. Das hätte sie auch am liebsten getan. In der Hoffnung, sie könnten das Thema wechseln, winkte sie dem Alten zu, der auf einer Bank saß.

„Eddie", grüßte Finn ihn mit einem männlichen Nicken. „Heute siehst du besser aus als gestern Abend."

Eddie nickte. „Ja, das war entweder eine Vierundzwanzigstunden-Grippe oder eine Lebensmittelvergiftung", sagte er.

„Du müsstest nur aufhören, alles zu essen, was man dir zusteckt", schlug Finn vor.

„Kommt gar nicht infrage! Ich kriege tolles Futter, Mann. Die niedliche Kleine da gibt mir richtig gute Restetüten. Chickenwings, Pizza …" Er schaute Pru an. „Weißt du, was wir in letzter Zeit nicht mehr hatten? Sushi …" Er unterbrach sich und verengte die Augen. „Was ist mit dir passiert, Darling? Ist dieser Typ etwa grob geworden? Wenn ja, sag nur ein Wort, und ich schick ihn zu Boden."

Eddie wog selbst klatschnass höchstens dreiundvierzig Kilo und sah ganz so aus, als könnte ihn schon ein kräftiger Windstoß umwerfen. Finn war mindestens fünfzehn Zentimeter größer als er und brachte nur schlanke, kräftige Muskeln auf die Waage. Abgesehen davon, bewegte er sich, als wüsste er ganz genau, was er mit all seinen durchtrainierten Muskeln anfangen konnte.

Pru ertappte ihn dabei, dass er sie mit hochgezogener Augenbraue fragend ansah. *Willst du wirklich dieses eine Wort sagen?*

„Das habe ich mir selbst zuzuschreiben", gab sie zu. „Softball." Sie begann in ihrer Hosentasche zu kramen, um ein paar Dollar für Eddie zu finden, aber Finn legte ihr eine Hand auf den Arm und hielt sie davon ab. Mit der anderen holte er etwas aus seiner Sporttasche.

Das dritte Sandwich, das er im Feinkostladen gekauft hatte.

Eddie grinste und schnappte es sich. „Siehst du? Ich kriege gutes Futter. Und du weißt, wie man sich ins Herz eines Mannes einschmeichelt, Junge. Mayo?"

„Würde ich die je vergessen? Und Extra-Pickles."

„Chips?"

Er hatte das Wort noch gar nicht ganz ausgesprochen, da warf Finn ihm schon einen Beutel Chips mit Salz und Essig zu.

Eddie presste sich eine Hand auf den Brustkorb. „Gott segne dich. Und sag der herrschsüchtigen Lady, dass ich den Beutel mit den Kleidungsstücken bekommen habe."

„Elle?"

Eddie nickte. „Sie meinte, ich würde mir den Tod holen in Unterhemd und Shorts. Ich musste diese Sachen von ihr annehmen." Damit deutete er auf seine Hose und den langarmigen Sweater. Er sah darin aus wie ein Surfer, der sich als Gangster verkleidet hat.

„Wie passen sie dir?", fragte Finn lächelnd. Offenbar genoss er das Unbehagen des alten Mannes.

Eddie verdrehte die Augen. „Wie ein altes Schloss – kein Ballsaal. Zu eng unten herum."

Finn lachte, fasste wieder nach Prus Hand und zog sie in Richtung Fahrstuhl.

Im selben Moment wurde Pru von ganz neuen Sorgen erfasst. Würde er mit in ihre Wohnung kommen?

Hatte sie sich rasiert?

Nein, rief sie sich mit Nachdruck zur Ordnung. *Es spielt keine Rolle, ob du dir die Beine rasiert hast. Er bekommt sie nicht zu sehen.*

An ihrer Wohnungstür angelangt, hielt er ihre Hand, während er in ihrer Tasche nach dem Wohnungsschlüssel kramte und schließlich die Tür aufschloss, als wäre es seine Wohnung.

Bevor er eintreten konnte, wurde die Tür gegenüber geöffnet, und Mrs. Winslow kam heraus.

Prus Nachbarin war so alt wie die Zeit selbst, und die Zeit war nicht besonders freundlich mit ihr umgegangen. Trotzdem war sie geistig immer noch voll auf der Höhe und hielt sich fit, indem sie alles und jeden im Gebäude aufmerksam überwachte.

„Hallo, meine Liebe", sagte sie zu Pru. „Du blutest."

Allmählich nutzte sich der Witz ab. „Skiunfall", sagte sie, auf eine neue Antwort bedacht.

Finn grinste sie anerkennend an.

Mrs. Winslow kicherte in sich hinein. „Selbst eine alte Dame weiß, welche Jahreszeit wir haben", sagte sie. „Es ist Hochsommer, und das bedeutet: Es ist beim Softball passiert."

Pru seufzte. „Ja."

„Habt ihr denn diesmal wenigstens gewonnen?"

„Nein."

„Ich glaube, eigentlich ist es so gedacht, dass man wenigstens ab und zu mal gewinnt."

Pru seufzte noch einmal. „Ja, wir arbeiten daran." Sie deutete auf Finn neben sich, der ruhig wie ein Fels in der Brandung dastand, aber ein bisschen verschwitzt und staubig wirkte. „Ich habe einen neuen Spieler angeworben."

„Gute Wahl", meinte Mrs. Winslow. „Er ist wirklich nett gebaut, nicht wahr?"

Erneut ließ Pru ihren Blick an Finn entlangwandern, einmal von oben nach unten und dann wieder nach oben. Nett … Nicht gerade die Beschreibung, die sie gewählt hätte. Heiß wie die Hölle, vielleicht. Umwerfend, entwaffnend, niederschmetternd vollkommen …

Angesichts ihrer genauen Musterung schlich sich ein Lächeln in seine Mundwinkel. Und noch ein ganz anderer Ausdruck in seine Augen.

Hunger.

„Mir wurde heute etwas geliefert", sagte Mrs. Winslow. „Deswegen habe ich auf dich gewartet."

„Auf mich?", fragte Pru.

„Ja, mein Paket wurde mit deinem Speiseaufzug raufgeschickt."

„Warum?"

„Weil der Speiseaufzug nur auf deiner Seite des Gebäudes verläuft, meine Liebe."

Oookay. Pru deutete auf ihre offene Wohnungstür. Mrs. Winslow trat ein, entriegelte die Klappe des Speiseaufzugs und holte einen … Teller voller Brownies heraus.

Pru lief das Wasser im Mund zusammen, während ihre Nachbarin sich lächelnd bedankte und sich wieder zum Gehen anschickte.

„Die sehen toll aus", meinte Pru in der Hoffnung, eins angeboten zu bekommen.

Oder zwei.

Oder so viele, wie sie auf einmal in den Mund stopfen konnte.

„Oh, es tut mir leid", sagte Mrs. Winslow und schüttelte verneinend den Kopf. „Das hier sind … besondere Brownies."

Pru blinzelte verdutzt und schaute Finn an, der ein Lächeln zu unterdrücken versuchte. „Besondere Brownies?", hakte sie nach, weil sie kaum glauben konnte, dass Mrs. Winslow wirklich meinte, was sie glaubte, dass sie meinte.

„Ja", sagte die ältere Dame. „Dafür bist du noch nicht alt genug. Sonst würde ich dir welche abgeben."

„Mrs. Winslow, ich bin sechsundzwanzig."

Mrs. Winslow lächelte. „Ich meinte, über fünfundsechzig."

Und damit entschwand sie in ihre eigene Wohnung.

Finn schob Pru sanft über die Türschwelle, was ihre unausgesprochene Frage beantwortete. Er kam mit rein. In ihre Wohnung.

Und wenn ihr Herz ein Wörtchen mitzureden hatte, auch in ihr Leben.

15. Kapitel

#Doh

Finn ließ beide Sporttaschen und die Einkaufstüte auf Prus Arbeitsplatte in der Küche fallen und wandte sich ihr zu. „Okay, jetzt wird Doktor gespielt."

Ihr ganzer Körper erbebte. Ja, bitte! lautete seine dringliche Botschaft an ihr Gehirn. Zum Glück unterschlug ihr Mund diese Botschaft. „Klar, wenn ich Doktor sein darf."

Sein Mund verzog sich zu einem Lächeln. „Wir können uns gern abwechseln, aber den Anfang mache ich."

Oh Mann. „Ehrlich, mir geht es gut. Ich glaube, ich brauche nur eine Dusche."

„Möchtest du etwas zu trinken haben? Ich könnte im Pub anrufen und …"

„Nein danke."

„Ich spreche nicht von Alkohol. Mir ist bereits bekannt, dass du nichts trinkst."

Nur wenige Menschen waren bereit, so etwas einfach zu akzeptieren, ohne nach den Gründen zu fragen. Die Leute erwarteten von anderen, dass sie sich beteiligten, wenn in geselliger Runde Alkohol floss. Normalerweise wurde unweigerlich gebohrt, wann immer sie höflich ablehnte. *Nicht einmal ein kleiner Drink?* Oder: *Warum das denn? Bist du Alkoholikerin?*

Pru wollte sich gar nicht vorstellen, wie man solch ein Verhör gelassen und würdevoll überstehen konnte, wenn man tatsächlich Alkoholiker war. In Wahrheit trank sie nicht, weil ihre Eltern getrunken hatten. Und zwar viel. In geselliger Runde floss bei ihnen der Alkohol in Strömen. Sie hatte keine Ahnung, ob sie tatsächlich ein Abhängigkeitsproblem gehabt hatten oder einfach nur gern feierten, aber eines wusste sie mit Sicherheit: Der Alkohol hatte sie umgebracht. Und das hatte ihr schon früh jedes Verlangen nach alkoholischen Getränken ausgetrieben.

Aber Finn hakte nicht nach. „Vielleicht etwas Warmes?“, fragte er. „Eine heiße Schokolade zum Beispiel?“

Sie spürte, wie sich ihr das Herz zusammenzog, weil er sie einfach akzeptierte, wie sie war. „Vielleicht, wenn ich geduscht habe.“

Er nickte und lehnte sich rücklings an die Arbeitsplatte, als hätte er vor, so lange zu warten. Da sie nicht wusste, wie sie darauf reagieren sollte, nickte sie zurück und ging ins Bad. Sie zog die Tür zu und verschloss sie hinter sich. Dann starrte sie gute sechzig Sekunden das Türschloss an und fragte sich, ob sie ihn wirklich aussperren wollte. Die Antwort lautete nein. Sie hätte es zu gern gehabt, wenn er mit ihr unter die Dusche gegangen wäre. Sie malte sich aus, wie der Dampf über ihre feuchten Körper waberte und stellte sich vor, wie Finn sie hochhob, gegen die Duschwand drückte und sich tief in ihr vergrub.

Ihre plötzlich weich gewordenen Knie ignorierend, schüttelte sie den Kopf über sich selbst und ließ die Tür verschlossen. Offensichtlich war ihr letzter Orgasmus mit einem Mann zu lange her, und obwohl sie es sich auch sehr gut allein besorgen konnte, empfand ihr Körper scheinbar so etwas wie Langeweile.

Um sich auszuziehen, musste sie einen Ärmel ihres T-Shirts von ihrem aufgeschürften Ellenbogen lösen – kein besonders angenehmes Unterfangen. Das Gleiche galt für ihre Knie und die Jeans. Nackt machte sie eine Bestandsaufnahme: zwei blutig geschlagene Knie, ein blutiger Ellenbogen und ein aufgeschürftes Kinn.

Als sie noch klein war, hatte ihre Mutter sie fest umarmt, wenn sie sich wehgetan hatte, vorsichtig auf jeden Schnitt und jede Schürfwunde gepustet und geflüstert: „Siehst du, ist doch gar nicht so schlimm …“

Das war lange her, aber auch heute noch gab es Augenblicke wie den jetzigen, in denen sie ihre gesamte Welt dafür gegeben hätte, um noch einmal so umarmt zu werden. Sie betrachtete ihren lädierten Körper im Spiegel und holte tief Luft. „Siehst du, ist doch gar nicht so schlimm", flüsterte sie und ging unter die Dusche.

Sie beeilte sich. Das lag zum Teil daran, dass ihre Erregung nur noch stieg, als sie ihren gesamten Leib einseifte. Vor allem aber lag es daran, dass ihre vielen Schürfwunden brannten wie Feuer. Eine nicht ganz unbeträchtliche Rolle spielte aber auch der Gedanke an Finn. Er stand, während sie sich wusch, in der Küche, die Arme lässig vor der Brust verschränkt und wartete scheinbar gelassen, doch innerlich war er alles andere als das.

Er wartete auf sie.

Ein wohliger Schauder überlief ihre empfindsamen Teile, also drehte sie das Wasser ab, und ihr überhitzter Körper wurde schlagartig abgekühlt. Ihre Verletzungen brannten, während es in ganz anderen Körperteilen pochte, als sie aus der Duschkabine trat.

Es klopfte an der Tür, und sie traf fast der Schlag.

„Wie schlimm ist es?", fragte Finn durch das Türblatt hindurch.

Sie riss ein Handtuch von der Handtuchstange und schlang es sich um, während ihr das Wasser aus den Haaren auf Schultern und Rücken tropfte. „Nicht schlimm." Ihre Stimme klang leise und rau und verdammt … einladend. Sie räusperte sich. „Gar nicht schlimm."

„Ich schau mir das an." Er drückte die Türklinke nieder. „Lass mich rein, Pru."

Ihre Hand meuterte und schloss die Tür auf, ging aber nicht so weit, sie ihm auch zu öffnen. Das konnte sie nicht, denn er war – um Himmels willen – schon längst drin. In ihrem Kopf, in ihren Adern, in all ihren verborgenen empfindsamen Körperteilen und, den Verdacht hegte sie jedenfalls, in ihrem Herzen.

Finn stieß die Tür auf und stand da, ließ den Blick langsam über sie gleiten und erstarrte, als er begriff, dass sie nur mit einem Handtuch bekleidet war.

Es sah so aus, als atmete er tief durch. Dann betrat er das Bad, ein Erste-Hilfe-Set in der Hand. „Das hatte ich in meiner Tasche“, sagte er und legte es auf die Ablage links vom Waschbecken. Dann drehte er sich zu ihr um, legte seine Hände um ihre Taille und hob sie hoch, um sie rechts neben dem Waschbecken abzusetzen.

Ihr überraschtes Quieken beachtete er nicht. Stattdessen öffnete er das Erste-Hilfe-Set und holte Verbandmull sowie ein Antiseptikum heraus. Als Erstes sprühte er damit ihren verletzten Ellenbogen ein und verband ihn, die Stirn vor Konzentration in Falten gelegt. Als er das erledigt hatte, kauerte er sich vor sie hin.

Wieder quietschte Pru überrascht auf, presste ihre Oberschenkel fest zusammen und zupfte am unteren Rand ihres Handtuchs in dem Versuch, ihren Intimbereich zu bedecken.

Dies trug ihr ein Beinahelächeln ein, während er sich daranmachte, ihre Knie zu verarzten. Wieder benutzte er das antiseptische Spray, den Blick fest auf sein Arbeitsfeld gerichtet, seine großen, kräftigen und geschickten Hände gingen schnell und effizient vor.

Pru lenkte sich und ihre Nerven ab, indem sie beobachtete, wie sich sein Hemd über seinen Schultern und seinem Rücken spannte und seine Muskeln bei jeder Bewegung spielten. Den Kopf hielt er gesenkt, seine Augen waren schmal vor Konzentration, seine langen dunklen Wimpern verbargen den Ausdruck darin und damit seine Gedanken.

Das war ihr recht, weil ihr schon genug Gedanken für sie beide durch den Kopf schossen. Der alles beherrschende beschäftigte sich damit, dass er direkt bis ins Gelobte Land schauen konnte, wenn sie ihre sehr stark angespannten Oberschenkel auch nur ein ganz klein wenig lockerte.

Diese Vorstellung machte sie schwindelig, aber sie redete sich ein, das antiseptische Spray wirke benebelnd auf sie.

Denn tatsächlich hatte ihre Situation etwas unglaublich Erotisches: sie nackt unter dem Handtuch und er voll bekleidet. Aber ihr war nur zu bewusst, dass sie nicht nur seelisch ein Wrack war, sondern zurzeit auch so aussah.

Seine Konzentration löste sich von dem, was er tat, und ihre Blicke trafen sich. Er hob eine Hand und strich mit den Fingern über ihre Wange. „Warum wirst du rot?“

„Werde ich nicht.“

Er zog eine Braue hoch.

„Ich sehe schrecklich aus“, sprudelte sie hervor.

Daraufhin stand er auf, strich mit den Händen von ihren Fußknöcheln über die Rückseite ihrer Waden, hielt in ihren Kniekehlen einen winzigen Moment inne, bevor er sie ein Stück nach vorn zog, zu sich hin.

Ihre Beine öffneten sich aus eigenem Antrieb, er trat dazwischen und neigte sich zugleich vor. Sein Körper wärmte sie. Er ließ die Arme um ihre Hüften gleiten, zog sie noch enger an sich und streifte ihre Lippen sanft mit den seinen. Dann ließ er eine Reihe winziger Küsse über ihren Unterkiefer bis kurz unterhalb ihres Ohrs gleiten und hinunter bis zu ihrem Hals.

„Du bist schön“, flüsterte er. „Wahnsinnig schön.“

Ihre Antwort war ein ersticktes Lachen.

„Doch, bist du“, bestätigte er, den Mund jetzt an ihre Schulter gedrückt. „So schön, dass es mir den Atem verschlägt.“ Dann hob er den Kopf, um ihr in die Augen zu sehen und ihr zu zeigen, dass er es ernst meinte. Völlig ernst.

Es war lange her, dass sie sich schön gefühlt hatte, aber sie spürte dennoch, dass sie es jetzt tat. Sehr sogar. Am liebsten hätte sie die Augen geschlossen und sich in dem Gefühl verloren. Sich in *ihm* verloren. Aber nach einem letzten Knabbern an dem empfindlichen Punkt, an dem ihr Hals in die Schulter überging, richtete er seine Aufmerksamkeit auf ihr Kinn.

Zischend zog sie die Luft ein, als er Verbandmull darauf presste, und hielt sie dann an, als er sich vorbeugte und sie auf diese Stelle küsste.

Dabei änderte er leicht seine Haltung, und der Stoff seiner Jeans rieb rau über die nackte Haut ihrer Oberschenkel, die sofort zu zittern und nach mehr zu schreien begannen. „Was tust du?", fragte sie und klang dabei ein wenig wie Minnie Maus unter Heliumeinfluss, als er mit dem Mund und seinem Stoppelkinn sanft über ihre Haut rieb.

„Ich küsse deine Wunden", erwiderte er unschuldig. Seine Stimme verriet seine ganz und gar nicht unschuldigen Gedanken bei dieser liebevollen Behandlung.

Ihr verräterischer Körper reagierte ganz unwillkürlich. Sie drängte sich enger an ihn und stieß mit den Hüften gegen seine, nur um des reinen erotischen Vergnügens willen, ihn stöhnen zu hören.

Mit dem Mund streifte er noch einmal ihr Kinn, bevor er sie wieder ansah. „Wo sonst noch?"

Völlig verwirrt schüttelte sie den Kopf. „Wie bitte?"

„Wo tut es sonst noch weh?"

Sie starrte zu ihm hoch. Wo tat es ihr sonst noch weh? Nirgends, denn jetzt, wo seine Hände und sein Mund sich so intensiv mit ihr befassten, hatten die Rezeptoren für angenehme Empfindungen jeden Schmerz verdrängt. Aber einem geschenkten Gaul schaut man nicht ins Maul, also zeigte sie auf ihre Schulter.

Finn widmete dieser seine volle Aufmerksamkeit und strich mit einem Finger über einen Bluterguss. Dann beugte er sich vor, küsste sie dort und ließ seine Lippen einen Moment verweilen.

Sie betrachtete seinen Mund auf ihrer Haut, diese bezaubernden Lippen, die sich auf ihre Schulter drückten, und erschauderte.

Wortlos murmelnd rückte Finn noch etwas näher an sie heran, umfasste sie mit seinen warmen kräftigen Armen, sodass sie die Hitze spürte, die in Wellen von ihm ausging. Seine langen dunklen Wimpern schienen seine Wangen zu streicheln, wenn er die Augen geschlossen hatte – so wie jetzt. An diesem Morgen hatte er sich nicht rasiert, am Morgen zuvor vermutlich auch nicht. Sie spürte, wie seine Bartstoppeln kratzig über ihre Haut glitten, als er den Kopf ein bisschen drehte und die Augen öffnete.

„Wo noch?", fragte er mit unglaublich sexy klingender Stimme.

Und an diesem Punkt beging sie ihren großen Fehler. Alles, was sie zu tun hatte, war stark bleiben, mehr nicht. Aber das Problem war, sie war es leid, stark zu sein. Und sie konnte sich kaum daran erinnern, warum sie das eigentlich musste.

„Pru?"

Sie schluckte und deutete auf ihren Mund.

Er rückte ein Stück ab, warf ihr einen so heißen Blick zu, dass sie regelrecht zerfloss, und arbeitete sich langsam mit heißen feuchten Küssen ihren Hals hinauf. Als er ihren Unterkiefer erreichte, packte er mit beiden Händen ihre Haare und brachte ihren Kopf in die Position, die er wollte. Sie spürte, wie er sich nur mit der Zungenspitze zu ihrem Mund vorarbeitete.

Sie schlang ihre Arme um seine breiten Schultern, stöhnte und klammerte sich an ihn, während er sie küsste, als wäre sie das Beste, was er je zu schmecken bekommen hatte. Oh Gott, wie er sich anfühlte, so ruhig, so zuverlässig, so stabil gebaut. Wie er das machte, war ihr ein Rätsel, aber selbst nach dem langen Spiel roch er immer noch umwerfend gut. Irgendein waldiger, absolut männlicher Duft …

Dann löste er sich von ihr.

Sie starrte zu ihm hoch, von Verlangen erfüllt. „Finn?"

„Ja?"

„Weißt du noch, wie du gesagt hast, der Ball liege jetzt in meinem Spielfeld?" Einen Moment legte er seine Stirn auf ihre, als kämpfe er um seine Selbstbeherrschung. Ihr war klar, dass sie das Gleiche tun sollte, aber sie wollte nicht, dass er ging. Wollte jetzt nicht allein bleiben. „Geh nicht fort“, flüsterte sie kaum hörbar.

Er öffnete die Augen, das Feuer darin ließ sie beinah in Flammen aufgehen. Nein, sie war nicht allein, Gott sei Dank, denn das wäre kaum zu ertragen gewesen. Ihr fehlten die Worte, und sie drängte sich enger an ihn.

„Pru“, stöhnte er.

Aus Angst, als Nächstes könnte er sich verabschieden, hielt sie ihn noch fester und drückte ihre Lippen in einem sanften Kuss gegen seinen Unterkiefer. Er öffnete den Mund, um etwas zu sagen, also knabberte sie leicht an ihm. Als er ihre Zähne spürte, erstarrte er und erbebte. Dann nahm er sie auch seinerseits noch fester in die Arme.

Ja. Genauso. Das war es, was sie brauchte, denn in diesem Augenblick, wo er sie so in den Armen hielt, machten all ihre Schuldgefühle, ihre Reue und ihre Ängste dem berauschenden, trägen Gefühl, begehrt zu werden, Platz, und sie wollte nicht, dass es endete.

Nichts davon sollte enden.

Er schaute sie innig und intensiv an, verlagerte sein Gewicht und stupste leicht die Stellen an, an denen ihre Hüften und Oberschenkel ineinander übergingen. Den Blick fest auf sie gerichtet, küsste er sie erneut, und feuriges Verlangen durchtoste sie. Dann ließ er seine Hände hinunter auf ihre Oberschenkel wandern, sodass seine Finger auf dem Frottee des Handtuchs landeten, die Daumen darunter.

„Willst du das?“, fragte er.

Sie schnappte nach Luft, als sie spürte, wie seine rauen Daumen über die Innenseiten ihrer Oberschenkel strichen, und er fing ihren Mund ein, küsste sie tief, heiß und feucht, schob beide Hände unter das Handtuch und umfasste ihren nackten Po.

Schließlich ging ihr die Luft aus, und sie löste sich aus seinem Kuss, ließ ihren Kopf in den Nacken fallen, während er mit dem Mund eine glühende Spur von Küssen an ihrer Kehle hinunter und über ihr Schlüsselbein zog. Ihr Körper fühlte sich an wie zum Zerreißen gespannt, als wäre ihre Haut ihr zu eng. Ungeduldig drängte sie sich erneut an ihn und entlockte ihm damit ein heiseres Stöhnen.

„Pru." Seine Stimme klang erregend rau, aber es lag auch ein warnender Unterton darin. Er hatte nicht vor, das hier ihrer Kontrolle entgleiten zu lassen. Sie würde entscheiden müssen, wie weit sie gingen.

„Ich will das", flüsterte sie, an ihn geklammert. „Ich will …"

Sein Mund lag an ihrem Ohr und ließ sie aufs Angenehmste erschauern. „Sprich es aus."

„Dich. Bitte, Finn, ich will dich."

Er hob den Kopf und starrte sie an, bevor er sie erneut küsste und mit seiner Zunge die ihre streichelte, in einem Rhythmus, der sie dazu brachte, ihre Hüften an seinen zu reiben. Der weiche Denimstoff seiner Jeans glitt rau über die empfindliche Haut zwischen ihren Oberschenkeln, und weil sie das ungeheuer erregte, schlang sie ihre Beine noch fester um ihn, zog ihn noch näher an sich, während ihr heißester und bedürftigster Körperteil verzweifelt nach Aufmerksamkeit verlangte.

Finn sagte etwas, leise, unhörbar, und dann lachte er nahezu lautlos auf, während er an ihrer Unterlippe knabberte, an ihrer Kehle, und dann … glitt ihr das Handtuch von der Brust.

Er hatte es mit den Zähnen gelöst.

Als er seinen heißen Mund auf ihre Brustwarze presste, brachte sie das fast um den Verstand. Er nahm ihre beiden Brüste in seine großen warmen Hände und beschäftigte sich abwechselnd mit ihnen, während seine kratzigen Bartstoppeln auf ihrer Haut sie jeder Kraft beraubten. Seine Bewegungen waren so sinnlich, langsam und erotisch, dass sie es kaum ertragen konnte. „Finn."

Er hob den Kopf und schaute ihr in die Augen, während er zugleich das Handtuch ganz von ihr löste und fallen ließ. Dann tastete er sich langsam südwärts voran, um in aller Seelenruhe jeden Quadratzentimeter ihres Körpers zu erforschen, als hätte er alle Zeit der Welt. Ein vergnügtes Summen begleitete die Entdeckung des kleinen auf ihrer Hüfte eintätowierten Kompasses. Er verbrachte viel Zeit damit, ihn genauestens zu erkunden – mit seiner Zunge.

Pru konnte sich nur hilflos mit beiden Händen an der Ablage links und rechts neben ihr festhalten, den Kopf in den Nacken gelegt, weil es viel zu anstrengend war, ihn hochzuhalten, während ihre Nervenenden bei jeder seiner Berührung Blitze mit gewaltigen Ladungen von Verlangen durch ihren Körper jagten.

Jetzt saß sie vollkommen nackt seinem völlig bekleideten Körper gegenüber. Offen, ausgesetzt, verletzlich in vielerlei Hinsicht. Auf jeden Fall in mehr, als sie das sehr lange Zeit zugelassen hatte, und dennoch spürte sie nicht einmal ansatzweise Unsicherheit oder Angst.

Sie fühlte nichts, außer dem scharfen Verlangen und Begehren, das sie auf Gleisen, die sein geschickter Mund und seine gierigen Hände über ihren Körper legten, durchtoste wie Schnellzüge. Wenn er an ihrem ganz besonderen Körperteil auch nur ausatmete, so fürchtete sie, würde sie hochgehen wie eine Silvesterrakete.

Und dann ließ er sich auf seine Knie fallen.

Er schob seine Hände an den Innenseiten ihrer Oberschenkel hoch und öffnete sie, damit seine Lippen Zugang fanden. Vor etwa dreißig Minuten hatte sie geglaubt, sie bräuchte unbedingt ein Steak, aber jetzt stellte sich heraus: Das stimmte nicht. Sie brauchte das hier, mit Finn.

Eins ihrer Telefone summte, entweder das in ihrer Hosentasche auf dem Fußboden oder seines. Wo immer es auch stecken mochte. Sie begann sich aufzurichten, aber dann streiften seine Finger ihr nasses Fleisch, und schon war das Telefon vergessen. Zum Teufel, sie vergaß sogar ihren eigenen Namen. „Oh Gott, hör nicht auf. Bitte, Finn, hör nicht auf …"

„Jetzt hab ich dich." Und mit diesen Worten tauschten seine tastenden Finger mit seiner Zunge die Plätze, und sie fuhr einmal langsam und zielstrebig über ihre empfindsamste Stelle. Pru wimmerte leise, während er dazu überging, an ihr zu schnuppern, sie dazu brachte, sich wieder zu entspannen – und dann schlossen sich seine Lippen und saugten heiß an ihr.

Damit war es um sie geschehen. Sie verlor den Boden unter den Füßen, explodierte, fühlte sich, als würde sie über die Erdumlaufbahn hinausschießen, war völlig schwerelos. Als sie schließlich wieder auf dem Planeten Erde landete, erkannte sie, dass sie sich in Finns Haaren festgekrallt hatte und ihre Oberschenkel seinen Kopf umklammerten. „Es tut mir so leid!", keuchte sie und zwang sich, ihn loszulassen. „Ich hätte dich fast skalpiert."

Die Worte blieben ihr in der Kehle stecken, als er den Kopf drehte, einen sanften Kuss auf ihren Oberschenkel drückte und ihr ein sehr männliches, sehr beschützendes, sehr besitzergreifendes und selbstzufriedenes Lächeln schenkte. „Das war es wert", sagte er und fuhr sich mit der Zunge über die Lippen.

Beinahe wäre sie noch einmal gekommen. „Bitte komm her."

Er stand auf; sie legte ihre Hände auf seinen Bauch und ließ sie unter sein T-Shirt gleiten, um die Hitze seiner harten Bauchmuskeln zu spüren. So viel gab es zu berühren, und es stellte sich die Frage, ob sie ihren Weg aufwärts oder abwärts nehmen sollte …

Seine Pupillen waren geweitet, sein Blick war heiß und intensiv. Belustigung tanzte darin, als er die Unentschlossenheit in ihrer Miene wahrnahm.

„Ich bin mir nicht ganz sicher, was ich mit dir anstellen soll", flüsterte sie.

„Ich könnte dir ein paar Vorschläge machen."

Sie lachte ein bisschen nervös, strich aber mit den Händen an seinem Oberkörper aufwärts und schob dabei sein T-Shirt hoch. Er war so fantastisch gebaut … „Ausziehen“, sagte sie leise.

Das Shirt war er in weniger als einer Sekunde los, und sie nahm den Anblick seiner breiten Schultern und seiner Brust in sich auf, während sie mit den Fingern am Bund seiner Jeans herumspielte. Sie saß so lose, dass sie die Finger hineinschieben konnte und …

„Oh“, entfuhr es ihr, und sie zog scharf die Luft ein, als sie auf viel mehr stieß, als sie erwartet hatte.

Sein intensiver – und immer noch amüsierter Blick – hielt sie fest. Oberflächlich wirkte er ruhig, gelassen und unbeirrbar wie immer, aber in seiner Haltung lag eine unterschwellige erotische Spannung, die erkennen ließ, dass er sich anstrengen musste, um seine große Erregung im Zaum zu halten.

Sie öffnete den obersten Knopf seiner Jeans.

Dann den zweiten.

Und dann hatte sie ihn ganz befreit, schob seine Boxershorts aus dem Weg, und umfasste seine ganze Pracht mit einer Hand. „Finn?“

Seine Stimme klang rau und belegt. „Ja?“

„Ich glaube, ich weiß jetzt, was ich mit dir anstellen möchte.“

Er musste das Kondom herauskramen, das er glücklicherweise in seiner Brieftasche hatte, und sie lehnte sich gegen die kalten Fliesen ihrer Badezimmerwand, aber sie schafften es.

Als er in sie hineinstieß, ihren Po in seine großen Hände nahm und sie näher an sich zog, sodass er noch tiefer in sie eindringen konnte, wölbte sie sich ihm entgegen, ließ den Kopf in den Nacken fallen und fühlte sich lebendiger als seit sehr, sehr langer Zeit. Gänsehaut überlief ihren ganzen Körper, und Finn richtete sie wortlos auf, sodass sie fest an seine warme Brust gepresst war. Er schlang seine Arme um sie, und sie klammerte sich fest an ihn und entlockte ihm ein Stöhnen. Sie wusste, dass sie ihm ihre Fingernägel in den Rücken bohrte, aber sie konnte nicht anders, konnte nicht einmal mehr Luft holen. „Finn …“

„Ich weiß." Seine Hände wanderten nach unten, umfassten erneut ihren Po, schoben sich zwischen sie und die kalten Fliesen, und als er irgendetwas Teuflisches mit seinen langen Fingern anstellte, kam sie – gewaltig und unerwartet.

Sie stand weit neben sich, als sie spürte, dass auch Finn die Kontrolle verlor. Sie endeten in fester Umklammerung, die Gesichter aneinandergedrückt und wie irre keuchend.

Ein paar Minuten verharrten sie so, bevor sie sich langsam voneinander lösten. Pru ließ sich gegen den Spiegel zurückfallen, und es war ihr egal, wie kalt er sich auf ihrer überhitzten Haut anfühlte.

Finn ließ sich gegen den Waschtisch sinken, als stände auch er auf nicht mehr allzu sicheren Beinen. Er bot einen umwerfenden Anblick – mit freiem Oberkörper, die Jeans offen und gefährlich tief hängend.

Unsagbar sexy. Sie hätte sie gern ganz heruntergezogen, aber im Moment war sie so kraftlos und schlaff wie eine Stoffpuppe.

Eine ungeheuer befriedigte Stoffpuppe. „Ich hoffe doch sehr, dass das dem antiseptischen Spray zuzuschreiben ist", brachte sie über die Lippen.

„Hoffentlich nicht!", erwiderte Finn.

Sie musste sich bewegen, hätte ihre Glieder aber nicht dazu überreden können, selbst wenn es um ihr Leben gegangen wäre. Finn schien dieses Problem nicht zu haben. Er stützte sich auf die Arme, um sich über sie zu beugen und sie zu küssen – mit offenen Augen, als müsste er Puls, Atmung, Blutdruck und Körpertemperatur prüfen.

Sie erbebte – ihr Körper schrie nach mehr. Großer Gott! Seit wann war sie süchtig nach Sex?

Finn entging der Ausdruck in ihren Augen nicht, und ein leises Lachen drang tief aus seiner Kehle. Ungeheuer erotisch. „Gib mir eine Minute", sagte er mit rauer Stimme.

Sie zog beeindruckt eine Braue hoch. „Nur eine?"

„Vielleicht auch anderthalb", erwiderte er und senkte den Blick auf ihre Lippen. „Maximal."

Ihre empfindsamen Teile pulsierten. Was war eigentlich los mit ihr?

„Wie geht's den Schürfwunden?", fragte er, half ihr von der Ablage und legte ihr das Handtuch wieder um.

Sie brauchte einen Moment, um einen klaren Gedanken fassen zu können und zu begreifen, wovon er redete. „Gut."

„Lügnerin." Seine Stimme klang leise und sehr, sehr sexy. Sie fragte sich, ob er jemals in Betracht gezogen hatte, als Nebenverdienst Telefonsex anzubieten. Das würde er umwerfend gut können. Vielleicht konnte er ihr aber auch einfach ein Buch vorlesen, ganz egal welches …

Sein Telefon summte schon wieder, und er seufzte. „Das ist das zweite Mal. Tut mir leid, ich muss nachsehen." Damit zog er sein Handy aus der Tasche und schaute aufs Display.

Seine Stirn legte sich in tiefe Falten, als er eine SMS aufrief.

Und dann war es um seine Lässigkeit geschehen. Er stand auf.

„Was ist los?", fragte sie.

Er wickelte das Handtuch fest um ihren Körper, steckte ein Ende zwischen ihren Brüsten ein und hielt kurz inne, um ihr einen süßen Kuss auf die Lippen zu hauchen. „Tut mir leid. Ich muss weg. Sean ist in Schwierigkeiten."

Ihr blieb das Herz stehen. „Brauchst du Hilfe?"

„Nein, ich komm schon klar. Das hatten wir schon öfter, viel öfter, als ich zählen kann."

„Aber …" Sie ließ den Blick über seinen Körper abwärts wandern und blieb an der unverkennbaren Ausbeulung hinter dem Reißverschluss seiner Hose hängen. „Jetzt?"

„Ja." Mit dem Daumen strich er ihr über den Unterkiefer und küsste sie noch einmal. „Danke, dass du mir eine Kostprobe von dir gegeben hast", murmelte er an ihren Lippen. „Ich möchte schon jetzt noch mehr davon."

Und damit war er fort, ließ sie stehen, mit offenem Mund, die Tür anblinzelnd, durch die er gerade entschwunden war. Sie fühlte sich wie ein Fisch auf dem Trockenen.

„Auch ich möchte eine Kostprobe von dir", sagte sie in die leere Stille hinein, die hinter ihm zurückgeblieben war. Sie schaute sich in ihrem dampfenden Badezimmer um. „Ich weiß nicht einmal, was gerade geschehen ist."

Dabei wusste sie es ganz genau. Sie hatte alles noch sehr viel komplizierter gemacht. Und das obendrein auf unwiderrufliche Art und Weise.

Verdammt, sie sollte doch eigentlich *seine* Spaßflüsterin sein, nicht umgekehrt.

16. Kapitel

#MyBad

Finn nahm die Treppe, statt auf den Fahrstuhl zu warten, und lief dann über den Innenhof zum Pub. In seinem Körper zirkulierte noch so viel Adrenalin, dass er förmlich vibrierte.

Immer noch hatte er Prus leises, rauchiges, wimmerndes Keuchen im Ohr. Unter seinen Berührungen hatte sie so stillgehalten, als hätte sie Angst, es könne zu schnell vorbei sein.

Sie hatte ihn sogar angefleht. *Bitte, Finn, hör nicht auf …*

Wenn Sean nicht angerufen hätte, wären sie beide inzwischen in ihrem Bett gelandet und würden mitten in der zweiten Runde stecken.

Nicht ein einziges Mal in den letzten acht Jahren, seit sich sein Leben so drastisch geändert hatte, hatte er sich einer so wahnsinnig heißen und verrückten Liebeseskapade hingegeben, wie die, zu der Pru ihn gebracht hatte. Es ließ sich nicht leugnen, aber er fühlte sich viel lebendiger, wenn er mit ihr zusammen war, als seit … oh verdammt.

Seit elend langer Zeit.

Es hatten sich wenige Gelegenheiten geboten, weil er rund um die Uhr sieben Tage die Woche arbeitete und sich gleichzeitig darum bemühte, Sean auf dem rechten Weg zu halten.

Aber Pru ging ihm unter die Haut, und genau wie sie sehnte er sich nach mehr. So viel mehr. Er wollte ihre Geheimnisse kennenlernen, die Geheimnisse, die ihren Blick mitunter umwölkten. Er wollte verstehen, warum sie ihm Spaß und Abenteuer zu bringen versuchte, aber anscheinend nicht glaubte, das auch selbst verdient zu haben. Er wollte wissen, was in ihr vorging. Und mehr als alles andere wollte er sie wieder schmecken.

Jeden einzelnen Quadratzentimeter ihres Körpers.

Er wollte sie besser kennenlernen, aber er hatte keine Ahnung, wie sie dazu stand. Zum ersten Mal seit Langem – wie lange, wusste er selbst nicht – dachte er an etwas anderes als daran, was der Pub ihnen unterm Strich eintrug.

Er dachte an eine Zukunft, in der eine abenteuerlustige, warme, aufregende Frau eine wichtige Rolle spielte, von der er anscheinend nicht genug bekommen konnte.

Auf kürzestem Weg schlängelte er sich durch den gedrängt vollen Schankraum des Pubs und betrat sein Büro, während er gleichzeitig die E-Mails auf seinem Handy durchging. „Also, was zum Teufel ist so wichtig, dass …?“ Er brach ab, als ihm klar wurde, was er hörte: das leise Seufzen einer Frau, der Vergnügen bereitet wurde.

Sexuelles Vergnügen.

Er blickte abrupt auf, sah, was sich auf seiner Couch abspielte, machte auf dem Absatz kehrt und knallte die Tür hinter sich zu. Wütend mit den Zähnen knirschend, öffnete er die Pubtür und ging direkt an die Bar.

Scott, der an diesem Abend hinter der Theke stand, wandte sich ihm zu, aber Finn winkte ab und griff sich ein Schnapsglas, um sich selbst einzuschenken.

Er versuchte, sich zu entspannen, indem er das fröhliche Lärmen der Gäste an sich heranließ, und goss sich einen Doppelten ein, als Sean auftauchte – ohne Hemd, ohne Schuhe und im Begriff, sich die Jeans zuzuknöpfen.

Ihm folgte eine hochgewachsene kurvige Blondine in einem kurzen Sommerkleid, die Haare zerwühlt, die hochhackigen Sandalen in der Hand. Sie schenkte Finn ein schiefes Lächeln, wandte sich dann an Sean, schob eine Hand über seine Brust bis in seinen Nacken und schmiegte sich an ihn, um ihn ausgiebig zu küssen. „Danke für das Vergnügen, Baby." Ein letzter zögernder Blick zu Finn hinüber, dann tapste sie nach draußen.

„Fuck", sagte Finn.

„Genau", erwiderte Sean befriedigt grinsend.

Finn schüttelte den Kopf und eilte durch den Flur in sein Büro.

Sean folgte ihm.

„Was zum Teufel ist los mit dir?", fragte Finn.

„Gar nichts."

„Ich muss mich mächtig zusammenreißen, um dir nicht das Schnapsglas an den Kopf zu werfen", erklärte Finn. „Lass dir also etwas Besseres einfallen, und zwar schnell."

Sean blinzelte überrascht. „Wo liegt dein Problem? Warum willst du mir partout die Stimmung verderben?"

„Wo *mein* Problem liegt?" Finn holte tief Luft, um sich zu beruhigen. Es funktionierte nicht. „Du hast mir eine SMS geschickt, dass es einen Notfall gebe. Ich habe alles stehen und liegen gelassen und bin hierhergerast, nur um dich dabei zu erwischen, dass du es mit irgendeinem Mädchen auf der Couch in *meinem* Büro treibst."

„Ich hab dir doch gesagt, dein Büro ist besser als meins." Finn starrte ihn an, und offensichtlich begann jetzt auch Sean zu begreifen, dass sein Bruder wirklich wütend war und der Situation absolut nichts Komisches abgewinnen konnte. Beschwichtigend hob er die Hände. „Sieh mal, du bist schneller gekommen, als ich dachte, verstehst du? Und Ashley ist zufällig gerade vorbeigekommen und … nun ja, eins führte zum anderen."

Finn kippte den weichsten Scotch, der im Pub ausgeschenkt wurde, herunter und merkte kaum, wie stark er war. „Du hast von einem Notfall geschrieben. Davon, dass du mich brauchst. Was hast du denn geglaubt, wie viel Zeit ich mir lasse, um hierherzukommen?"

„Mehr als sechzig Sekunden. Ich meine, ich bin zwar gut,

aber sogar ich brauche mindestens fünf Minuten." Er ließ ein Grinsen aufblitzen.

Finn widerstand mit Mühe dem Drang, ihn zu erwürgen. „Notfall – das impliziert Tod, Zerstörung und Chaos", sagte er. „So wie zum Beispiel unser letzter Notfall. Als Dad starb."

Das unbekümmerte Lächeln auf Seans Gesicht verschwand und machte Überraschung, dann Schuldbewusstsein und schließlich Scham Platz. „Oh verdammt", sagte er. „Ich habe nicht gedacht …"

„Und genau das ist unser Problem, Sean", fiel Finn ihm ins Wort. „Das tust du nie."

Sean presste die Lippen zusammen. „Nein, das ist nicht das eigentliche Problem. Wollen wir das noch mal durchkauen? Du bist der Erwachsene. Ich bin nur das dumme Problemkind."

„Du bist nun wirklich kein Kind mehr."

„Aber immer noch ein Problem. Das war ich schon immer für dich."

„Blödsinn. Hör auf, permanent um dich selbst zu kreisen und dich in Selbstmitleid zu baden. Und jetzt Klartext. Was für ein Notfall ist es, verdammt noch mal?"

Sean zögerte. „Hatte was mit dem Pub zu tun", meinte er vage und wich Finns Blick aus.

Finn beschlich ein sehr ungutes Gefühl. „Was hast du getan?"

„Es geht eher um etwas, was ich nicht getan habe …"

„Nun spuck's schon aus, Sean."

„Okay, okay. Aber bevor du an die Decke gehst, musst du eins wissen. Es ist nicht so schlimm wie damals, als ich versehentlich fast den Laden abgefackelt hätte. Also betrachten wir es bitte nüchtern, ja?"

„Versehentlich? Du hast den Laden nach der Sperrstunde geöffnet, um mit deinen dämlichen Freunden eine Party zu feiern, wolltest flambierte Jello Shots servieren und hast dabei die Küche in Brand gesetzt. Was zum Teufel soll daran versehentlich passiert sein?"

„Nun, woher sollte ich denn wissen, dass die Dinger so explosiv sind?"

Finn starrte ihn absolut fassungslos an. „Das Ganze ist einfach nur ein Witz für dich. Alles ein Witz."

„Nein, ist es nicht."

„Doch, das ist es. Du hältst mich für ein dämliches Arschloch, das dafür sorgt, dass du spurst. Ich versuche dir hier eine Lebensgrundlage zu schaffen, Sean. Einen Weg, deinen Lebensunterhalt zu verdienen und allein zurechtzukommen, falls mir etwas zustößt."

Sean lachte. *Lachte*. Ein schroffer Laut in dem stillen Büro. „Du bist nicht Dad, Finn. Ich brauche deine Fürsorge nicht. Ich kann mir selbst ein Leben aufbauen. Im Gegensatz zur gängigen Ansicht komme ich gut allein zurecht."

„Das hat bisher ja auch so wunderbar funktioniert."

„Leck mich", fauchte Sean und ging.

„Was für ein Notfall, Teufel noch mal?", brüllte Finn ihm nach.

Aber Sean war fort.

Also musste Finn sich an diesem Abend um den Pub kümmern, statt zurück ins Apartment 3 C zu eilen, wo er seinen Verstand – und womöglich auch ein großes Stück seines Herzens – verloren hatte.

Der nächste Tag war ein Sonntag, doch trotzdem war Finn schon morgens wieder im Pub. Er kämpfte sich durch einen scheinbar ständig wachsenden Stapel an Papieren, als Sean aufkreuzte.

„Wo hast du gesteckt?", fragte Finn und hasste sich selbst dafür, dass er klang wie eine nörgelnde Großmutter.

Sean strich sich durch das noch vom Schlaf zerwühlte Haar. „Auf dem Dach geschlafen."

Finn schüttelte den Kopf. „Möchte wetten, dass du dir die Eier abgefroren hast."

„So ungefähr.“ Sean zögerte. „Ich hätte gestern Abend nicht abhauen sollen. Tut mir leid.“

„Sag mir einfach endlich, was für ein verdammter Notfall vorliegt.“

Seans Kiefer spannten sich an, ein Muskel zuckte. Das war ein äußerst ungewöhnlicher Anblick und ein sicheres Zeichen, dass er tatsächlich unter Stress stand. Finn hatte nicht mal gewusst, dass sein Bruder Stress empfinden konnte.

Sean zog zwei Umschläge aus seiner Gesäßtasche. „Weißt du noch, wie ich gesagt habe, ich würde dir gern beim Geschäftlichen helfen, und du sagtest, ich müsste ganz unten anfangen, und ich sagte, wie zum Beispiel in der Poststelle? Und du sagtest, wir hätten zwar keine Poststelle, aber ja, in etwa so?“

„Das war ein Scherz“, erwiderte Finn. „Du glaubst, du kannst einfach einsteigen, aber da gibt es einiges zu lernen. Also habe ich vorgeschlagen, dass du anfängst, dich um unsere Korrespondenz zu kümmern und um unsere Verbindlichkeiten. Und du warst einverstanden, solange ich dir dabei nicht ständig auf die Finger schaue.“

„Ich konnte keinen Dad gebrauchen, der mich dabei permanent kontrolliert“, erwiderte Sean.

„Offen gesagt, wenn ich Dad wäre, hätte ich meine Fäuste gebraucht – oder was immer mir gerade in die Hände gefallen wäre – und hätte dich windelweich geprügelt. Hast du das schon vergessen?“

Zorn flammte in Seans Augen auf. Zorn und noch etwas, das er in den Griff bekam, bevor Finn es identifizieren konnte. Einen Moment schwieg er, ein seltenes Ereignis bei Sean. Er stand einfach nur da, die Fäuste geballt, und seine Kiefer mahlten. „Scheiß drauf. Scheiß auf all das hier“, sagte er schließlich und begann, sich abzuwenden, hielt aber inne. „Nein, weißt du was? Scheiß auf dich. Du kannst mich mal. Kreuzweise.“

„Sehr reif.“

Aber Sean meinte es ernst. Er stach mit dem Finger nach

Finns Gesicht. „Du glaubst, ich hätte vergessen, wer alles abbekommen hat, wenn Dad ausgerastet ist? Du glaubst, ich muss nicht nachts, wenn ich meine Augen schließe, daran denken, dass du dein Kreuz für mich hingehalten hast? Jedes verdammte Mal? Dass ich nicht weiß, dass du dafür gesorgt hast, dass du zwischen mir und ihm stehst und ich in Sicherheit bin? Dass ich nur deinetwegen überlebt habe? Dass ich immer noch nur deinetwegen überlebe? Du glaubst, ich weiß nicht, dass ich ein Haufen Scheiße bin, der nur deshalb so etwas wie ein normales Leben führen kann, weil du dafür gesorgt hast?"

Okay, das andere in Seans Augen war also Trauer gewesen und die Erinnerung an durchlebten Schrecken. Finn hätte dieses Thema nicht so leichthin anschneiden dürfen, denn an ihrer Kindheit war nichts leicht gewesen. „Tut mir leid, das wollte ich nicht", sagte er leise. „Du bist kein …"

„Ich habe vergessen, für unsere Schanklizenz zu bezahlen." Seans Miene war starr. Leer. „Ich hab's vergessen. Die Zahlung war heute fällig."

Finn starrte ihn an. „An diese eine Sache habe ich dich vor zwei Monaten ausdrücklich erinnert, als du die Aufgabe übernommen hast, dich um die Rechnungen zu kümmern."

„Der Umschlag ist hinter meinen Schreibtisch gerutscht und verloren gegangen. Und es war nicht der einzige. Die Grundsteuer für das Haus lag auch da, und sie ist inzwischen überfällig."

„Machst du Witze?"

„Sehe ich so aus?" Sean holte tief Luft, breitete die Arme aus und schüttelte den Kopf. „Siehst du? Du hattest recht. Ich bin wirklich nur ein Haufen Scheiße. Du solltest mich degradieren zum …"

„Zu was? Zum Putzen?" Jetzt wurde auch Finn wütend. Und er war nicht geneigt, Sean so reagieren zu lassen, wie er es immer tat – nämlich mit Selbstzerstörung, weil das einfacher war, als erwachsen zu werden. „Du wolltest diese Aufgabe übernehmen, Sean. Du wolltest Verantwortung übernehmen. Und jetzt erzählst du mir was? Dass das alles zu schwer ist, dass du zu viel damit zu tun hast, Spaß zu haben, um aufzuhören, um dich selbst zu kreisen und erwachsen zu werden?"

Seans Augen wurden schmal. „Ich schätze, ja."

Finn starrte ihn an, wartete auf ein Zeichen des Bedauerns, eine Entschuldigung, irgendetwas, aber nichts kam. Sean schaute ihn nur an, mit verschleiertem Blick, streitsüchtig und voller Trotz. Finn schüttelte den Kopf. „Na schön, du hast gewonnen."

„Was soll das heißen?"

„Das soll heißen, ich brauche frische Luft", antwortete Finn und ging zur Tür hinaus und auf den Innenhof.

Mittlerweile war es später Morgen und ungewöhnlich warm. Sie hatten Hochsommer, was in San Francisco üblicherweise bedeutete, dass man ein Sweatshirt brauchte, weil die Temperatur auf etwa achtzehn Grad klettern würde und man allerhöchstens auf vierundzwanzig Grad hoffen konnte – wenn man sehr optimistisch war.

Aber jetzt, ganz und gar ungewöhnlich, war es sonnig und warm, und das passte nicht im Geringsten zu seiner Stimmung.

Wohin er eigentlich wollte, wusste Finn nicht, nur, dass er irgendwohin musste, um Dampf abzulassen. Das Böse abzureagieren, das sein Dad ihm hinterlassen hatte.

Ins Fitnessstudio vielleicht. Dort würde er einen Boxsack nach Strich und Faden vermöbeln.

Aber um das in die Tat umzusetzen, musste er an Pru vorbei. Sie stand plötzlich da, sah ihn an, und ihre Miene verriet, dass sie jedes Wort gehört hatte.

17. Kapitel

#ThereAren'tEnoughCookiesForThis

Pru starrte Finn ins Gesicht und wünschte sich nichts so sehr, wie die Zeit zurückdrehen und verschwinden zu können, bevor er sie entdeckte, oder doch wenigstens etwas tun zu können, um den Schmerz und die Wut in seinen Augen zu lindern.

„Hast du alles mitbekommen, oder soll ich irgendetwas für dich wiederholen?“, fragte er.

„Ich wollte nichts davon hören“, erwiderte sie. „Ich habe es unabsichtlich mitbekommen.“

Er stieß einen Seufzer aus, schüttelte den Kopf und starrte über ihren Kopf hinweg auf den Springbrunnen.

Bedauern durchzuckte sie. Sie war schon oft dabei erwischt worden, etwas belauscht zu haben. Immer waren es Zufälle gewesen. Einmal, als sie noch klein war, hatte sie ihre Eltern dabei ertappt, es mit Begeisterung auf dem Esszimmertisch zu treiben. Es war zehn Uhr abends gewesen, und sie hatte tief und fest geschlafen, war aber aufgewacht, weil sie Durst hatte. Weil sie ihre Eltern nicht hatte wecken wollen, war sie selbst in die Küche getappt.

Im ersten Moment hatte sie gelächelt, weil sie geglaubt hatte, ihr Dad kitzelte ihre Mom durch. Ihr Mom mochte das sehr, und sie berührten sich oft.

Aber sie hatte noch nie gesehen, dass die beiden dabei nackt waren …

Später, als Teenager, kam sie von der Schule heim und entdeckte ihre Eltern, die sich am Tisch mit ihrem Nachbarn Mr. Snyder unterhielten, der zugleich ihr Steuerberater war. Sie redeten über etwas, das sich Bankrott nannte. Ihre Mom weinte, und ihr Dad wirkte völlig verstört.

Und dann war da die Nacht, in der ihr Großvater bei der Freundin auftauchte, bei der sie eigentlich hatte übernachten wollen. Seltsam, da sie bei ihren Eltern angerufen hatte, sie sollten sie abholen, nicht bei ihrem Großvater. Sie wollte nach Hause, weil ihre Freundinnen ein paar Jungs dazugeholt hatten und ihr die Aufmerksamkeit, die einer der Jungs ihr zuteilwerden ließ, unangenehm geworden war. In Mathe saß er in derselben Klasse und beugte sich ständig über ihre Schulter, angeblich, um von ihr abzuschreiben, in Wirklichkeit aber, um ihr auf die Brüste zu starren.

Seltsam auch, weil sie ihren Großvater seit Jahren nicht gesehen hatte, genauer gesagt, seit einem Zerwürfnis zwischen ihrem Dad und ihm, für das sie die Gründe nie erfahren hatte. Und dass ihr Dad und ihr Großvater sich überworfen hatten, bedeutete, dass auch Pru keinen Kontakt zu ihm hatte.

Warum also tauchte er am Haus ihrer Freundin auf?

Jener Abend entwickelte sich zu einem Albtraum der Sorte, aus dem man nie wieder erwachte. Sie hörte zu, wie ihr Großvater der Mutter ihrer Freundin erklärte, er sei gekommen, um seiner Enkeltochter mitzuteilen, dass ihre Eltern tot seien. Dass ihr Vater betrunken Auto gefahren sei. Dass er über die Mittellinie geraten und frontal mit einem anderen Auto zusammengestoßen sei, dabei noch einen weiteren Wagen gerammt und einige Leute auf dem Gehweg überfahren habe.

Pru gab sich Mühe, nicht mehr an diesen Moment zu denken, aber der Gedanke daran überfiel sie immer wieder völlig unerwartet. Zum Beispiel, wenn sie im Einkaufszentrum an einem Parfümeriestand vorbeikam und ihr ein Hauch des Dufts in die Nase stieg, den ihre Mutter am liebsten getragen hatte. Oder manchmal auch spät in der Nacht, wenn draußen ein Unwetter tobte und sie sich zu ängstigen begann und sich wünschte, dass ihr Dad ins Zimmer kam, wie er das früher immer getan hatte.

Er hatte sich auf ihr Bett gesetzt, sie in die Arme genommen und aus voller Kehle alberne, selbst ausgedachte Lieder gesungen, um den Sturm draußen zu übertönen.

Nein … Gespräche zu belauschen war für sie noch nie gut ausgegangen. Und als sie durch das offene Bürofenster mitbekommen hatte, wie Finn und Sean sich gegenseitig anschrien, hatte sie ganz ehrlich nicht zuhören wollen. Denn all das, ihr Streit, der Umstand, dass sie keine Eltern mehr hatten, dass Finn seinen Bruder großziehen musste, all das war die Schuld ihrer Eltern. Sie schluckte heftig. „Es tut mir leid, Finn."

Er schüttelte nur den Kopf, sichtlich verärgert. „Ist doch nicht deine Schuld."

Vielleicht nicht direkt, aber sie fühlte sich dennoch schuldig. Ihm jetzt die Wahrheit zu sagen, wo er sowieso schon auf hundertachtzig war, würde ihm jedoch nicht helfen. Es würde ihn nur verletzen.

Und das wollte sie unter keinen Umständen.

Da sie schwieg, richtete er seine Aufmerksamkeit auf sie. „Wie geht es dir? Ist alles …?"

„In jeder Hinsicht gut", erwiderte sie. „Die Schürfwunden heilen schon."

In seinen Augen blitzte so etwas wie Belustigung auf. „Schön, aber diesmal meinte ich wegen vorhin, als wir …"

„Auch das ist okay", warf sie hastig ein und stieß einen Seufzer aus, als er lachte. Sie sah sich nach einer Ablenkung um und entdeckte ein paar Frauen, die sich darüber unterhielten, ob sie Münzen in den Springbrunnen werfen sollten. Pru nickte zu ihnen hinüber. „Du weißt, was man sich über den Brunnen erzählt?"

„Natürlich. Dieser Mythos bringt uns mehr Laufkundschaft als unsere Spezialangebote."

„Hast du je …?"

„Nein, natürlich nicht!", sagte er mit Nachdruck.

Mühsam brachte sie ein Lächeln zustande. „Was ist los? Glaubst du nicht an die große Liebe?"

Er sah ihr einen Moment in die Augen. „Ich versuche, nicht mit Dingen herumzuspielen, die mir nicht bestimmt sind."

Sie konnte sich nicht vorstellen, wie seine Kindheit verlaufen sein oder welche Hölle er durchlebt haben mochte, aber sie schaffte es dennoch, ein wenig zu lächeln. „Vielleicht solltest du nichts von vornherein verwerfen, bevor du es ausprobiert hast."

„Hast du es denn ausprobiert?"

„Oh …" Sie lachte leise auf. „Nicht direkt. Ich bin mir ziemlich sicher, dass so etwas auch mir nicht bestimmt ist."

Sein Blick wurde wieder ernst, und bevor er das Thema vertiefen konnte, über das sie nicht reden wollte, sprach sie rasch weiter. „Ich wollte deinen Streit mit Sean wirklich nicht belauschen, aber offensichtlich gab es irgendein schwerwiegendes Problem. Da dachte ich, ich könnte vielleicht helfen, bevor ich zur Arbeit gehe."

„Das schwerwiegende Problem besteht darin, dass er ein Idiot ist."

„Vielleicht hilft es dir ja, wenn ich sage: Meiner Meinung nach hat er ein sehr schlechtes Gewissen."

„Wie immer."

Seine Anspannung war unübersehbar, und er tat ihr leid. „Tut ihr beiden das oft?", fragte sie. „So heftig streiten?"

Er schob seine Hände in die Hosentaschen. „Manchmal. Wir sind beide nicht gut darin, uns zusammenzureißen. Und die Kunst, uns mit Schweigen zu strafen, haben wir beide nie gelernt."

„Genauso wenig wie meine Familie", meinte sie. „Schweigen im Haus hätte nur eines bedeuten können: Irgendjemand hat aufgehört zu atmen – weil man ihm ein Kissen aufs Gesicht gedrückt hat."

Finn schenkte ihr ein kaum wahrnehmbares Lächeln, dem es gänzlich an seinem üblichen Strahlen mangelte. „Gab es viel Streit?", fragte er.

„Meine Eltern kannten sich schon aus der Highschool. Sie

waren zwanzig Jahre zusammen, die meiste Zeit in einem winzigen, aber sehr gemütlichen Bungalow in Santa Cruz, wo wir einander praktisch gar nicht aus dem Weg gehen konnten." Sie seufzte voller Wehmut – wie sehr sie sich doch nach diesem Haus zurücksehnte. „Ein tolles Haus. Aber im Ernst, die halbe Zeit verhielten meine Mom und mein Dad sich wie Geschwister, die sich wegen jeder Kleinigkeit in die Haare bekamen. Davon abgesehen, verliebten sie sich jeden Tag ein bisschen mehr ineinander." Der Schmerz, sie verloren zu haben, war im Alltag etwas verblasst, doch er konnte sie noch immer völlig unerwartet weiß glühend durchfahren, wenn sie am wenigsten damit rechnete. So wie jetzt.

„Das klingt richtig schön", sagte er.

„Das war es." *Er hätte dich windelweich geprügelt …* Diese Worte gingen ihr nicht aus dem Kopf, und sie ließ den Blick über Finns harte raue Züge wandern. Es tat weh, ihn sich als hilfloses Kind vorzustellen, das sich zwischen einen erwachsenen Mann und seinen kleinen Bruder stellte, um jede Strafe, die Sean zugedacht war, auf sich zu nehmen, um ihm den Schmerz zu ersparen. Sie musste die Augen vor den Bildern verschließen, die diese Vorstellung mit sich brachte.

Eine Hand schloss sich um ihre. Pru öffnete die Augen, als Finn sie an sich drückte. Er strich ihr das Haar aus dem Gesicht und schaute ihr tief in die Augen. „Bist du sicher, dass es dir gut geht?"

Da hatte er gerade erst eine gewaltige Auseinandersetzung mit Sean gehabt und fragte danach, wie es *ihr* ging. Sie schluckte heftig und nickte. „Aber du …"

Er legte ihr einen Finger auf die Lippen. „Mir geht es gut."

Die beiden Frauen am Brunnen lachten und plauderten miteinander. „Glaubst du, dass es stimmt?", fragte die eine. „Wenn wir uns die große Liebe wünschen, wird dieser Wunsch erfüllt?"

„Nun ja, bestimmt nicht mit einem Penny", meinte die andere und musterte kritisch die Münzen, die ihre Freundin in den Springbrunnen werfen wollte. „Wie oft habe ich dir schon gesagt, du sollst nicht knausern, wenn es um wichtige Dinge geht?"

Ihre Freundin verdrehte die Augen und kramte in ihrer Geldbörse herum. „Ich habe auch einen Vierteldollar. Meinst, das ist besser?"

„Es geht um Liebe, Izzy. Die Liebe! Würdest du zu einem Typen im Schlussverkauf greifen? Nein, das würdest du nicht."

„Ähm, ich würde mir überhaupt keinen Typen kaufen."

„Das war ein Sinnbild! Du möchtest einen, der neu ist, glänzend und *teuer*!"

Izzy begann wieder in ihrer Geldbörse zu kramen. „Eins fünfzig in Münzen", murmelte sie. „Mehr habe ich nicht. Das muss reichen." Sie schloss die Augen, runzelte konzentriert die Stirn, öffnete die Augen wieder und warf das Geld ins Wasser.

Beide Frauen blieben einen Moment still stehen.

„Nichts", sagte Izzy enttäuscht. „Habe ich dir doch gesagt." Sie wandte sich von ihrer Freundin ab, um davonzuschleichen, und prallte heftig mit Sean zusammen, der gerade aus dem Pub gekommen war.

Mit den Händen umfasste er ihre Arme, um sie aufzufangen und zu verhindern, dass sie stürzte. Dann schaute er besorgt in ihr Gesicht hinunter. „Alles in Ordnung, Schätzchen?"

Izzy blinzelte verwirrt. „Ähm …"

Ihre Freundin mischte sich ein. „Ja", erklärte sie Sean. „Alles in Ordnung mit ihr. Sie verliert nur ihre Stimme, wenn sie vor einem heißen Typen steht. Vor allem, wenn sie ihn sich gewünscht hat."

Er lächelte, wenn auch leicht gezwungen. „Du arbeitest im Blumenladen, richtig?", fragte er Izzy.

Sie nickte mit Nachdruck.

„Du kannst ja mal im Pub vorbeischauen. Ich spendiere dir einen Drink."

Izzy nickte noch einmal sehr nachdrücklich.

„Das heißt ja“, übersetzte ihre Freundin, „und danke.“ Damit zog sie Izzy fort. „Oh, mein Gott, das mit dem Springbrunnen funktioniert ja wirklich!“

Pru sah ihnen nach. Sie musste lachen. Sein Glück musste man sich selbst erarbeiten, das wusste sie. Sie hatte sich Liebe für Finn gewünscht und wünschte ihm das immer noch, aber allmählich wurde ihr klar, was das für sie bedeutete: Sie musste ihn loslassen.

Sie musste ihn gehen lassen.

Sean sah Finn an. „Ich muss mit dir reden“, sagte er.

Finn nickte mit ausdrucksloser Miene.

„Ich warte drinnen auf dich“, fuhr Sean fort.

Finn nickte erneut.

Als Sean sich umdrehte und ging, wandte Finn sich wieder Pru zu.

„Die Arbeit ruft“, meinte sie mit schwachem Lächeln.

„Das Event meines Lebens“, erwiderte er. „Was gestern Abend angeht.“

Ihr Herz setzte einen Schlag aus.

„Das war etwas Besonderes zwischen uns.“

Ihre Brustwarzen richteten sich auf. „War es das?“

„Ja. Dir hat es auch gefallen.“

Sie spürte, wie sie leicht errötete. „Vielleicht ein bisschen.“

„Nur ein bisschen, hmm? Ich habe noch die Kratzer von deinen Fingernägeln auf meiner Kopfhaut.“ Jetzt lächelte er aus vollem Herzen, ein unanständiges Lächeln, das ihre Oberschenkel zittrig werden ließ. „Ich war noch nicht fertig mit dir, Pru“, fuhr er leise fort. „Ich hatte Pläne.“

Oje. „Vielleicht hatte ich auch Pläne.“

„Ja?“ Er trat ganz nah an sie heran, legte ihr eine Hand auf die Hüfte und ließ die andere ihren Rücken hinauf gleiten, um sie sicher in den Griff zu bekommen. „Erzähl mir davon. Langsam und in allen Einzelheiten.“

Sie lachte und krallte ihre Hände in sein T-Shirt, aber als ihre Lippen sich schon fast berührten, räusperte sich jemand hinter ihnen.

„Verdammt", flüsterte sie, ihre Lippen streiften dabei Finns. „Warum werden wir andauernd unterbrochen?"

„Gute Frage", murmelte er.

Seufzend löste sie sich von ihm und drehte sich um. „Jake", sagte sie überrascht. „Was tust du denn hier?"

Auf Jakes Schoß stand ein Karton, und darauf saß Thor, ein Ohr gespitzt, das andere hing herunter. Sein ungepflegtes Fell wirkte noch dünner und ungepflegter als sonst und stand ihm am Kopf zu Berge.

„Ich bringe dir deinen letzten Karton", antwortete Jake. „Ich habe noch nie erlebt, dass jemand einen Umzug so in die Länge zieht."

„Tja, nun, für ein Umzugsunternehmen reichte mein Budget nicht." Pru nahm Thor auf den Arm und küsste ihn mitten auf die Nase. Er hechelte fröhlich, zappelte, um näher an sie heranzukommen, und paddelte dabei mit den Vorderpfoten durch die Luft. Sie musste lachen und drückte ihn an sich.

„Ich bringe ihn zur Fellpflege ins South Bark", erklärte Jake. „Allerhöchste Zeit."

„Auch dafür reichte das Budget nicht", sagte Pru, tauschte aber Thor gegen den Karton aus. „Danke."

„Wenn er fertig ist, nehme ich ihn mit ins Büro", erklärte Jake.

Aber dann rollte er nicht davon.

Pru warf ihm einen langen Blick zu, doch Jakes Foto diente im Wörterbuch als Illustration für den Begriff „dickköpfig", und dementsprechend rührte er sich nicht. „Du kommst zu spät zur Arbeit", kehrte er den Chef heraus.

Seufzend wandte sie sich Finn zu. „Ich habe für heute eine Sonderschicht übernommen und muss los. Hoffentlich hast du einen guten Tag."

„Du meinst, für den Fall, dass es unser letzter ist?"

„Meinst du nicht, dass Sean die Schanklizenz morgen bezahlen wird?“

„Wenn er am Leben bleiben will, wird er das.“ Aber Finns Aufmerksamkeit galt Jake.

Pru zwang sich zu einem Lächeln. „Okay, dann gehen wir jetzt alle unserer Wege, richtig?“

„Geh zur Arbeit, Pru“, sagte Jake.

„Ähm …“

„Ist schon gut.“ Finn drückte noch einmal ihre Hand. „Mach sie alle fertig.“

Oh, verdammt. Da ihr nichts Besseres einfiel, nahm sie den Karton mit ihren Sachen und entfernte sich von den beiden einzigen Männern, die je einen Platz in ihrem Herzen erobert hatten. Sie konnte nur hoffen, dass die beiden sich nicht gegenseitig an die Gurgel gingen.

18. Kapitel

#BeamMeUpScotty

Finn sah Pru nach, wie sie mit ihrem Karton unterm Arm zum Fahrstuhl marschierte. Dann wandte er sich wieder Jake zu.

Sowohl dieser als auch Thor hatten beobachtet, wie Finn Pru nachsah.

Jake hatte die Brauen hochgezogen und gab sich betont lässig. „Was läuft?"

„Nicht viel", sagte Finn.

Jake ließ die Antwort auf sich wirken und nickte. „Du bist ein toller Spieler. Neulich Abend hast du uns fast den Arsch gerettet – nicht dass irgendwer uns wirklich hätte den Arsch retten können."

Finn zuckte die Achseln. „Ich habe am College gespielt."

„Wirst du weiter für uns spielen?"

„Kommt drauf an."

„Worauf?"

„Darauf, ob dieses plötzliche Interesse an meinen Spielerfertigkeiten in irgendeiner Weise etwas mit der Frau zu tun hat, der wir beide gerade nachgesehen haben."

„Zu etwa neunundneunzig Prozent, ja."

Okay, der Typ war immerhin ehrlich. „Warum sagst du mir nicht, was du wirklich wissen willst?", fragte Finn.

„Ich will nichts wissen", erwiderte Jake. „Ich möchte dich etwas wissen lassen. Wenn sie deinetwegen auch nur eine einzige Träne vergießt, dann breche ich dir jeden Knochen im Leib und verfüttere deine Organe anschließend an die Tauben. Ich meine, klar, dafür müsste ich jemanden anheuern, aber ich habe

Beziehungen. Glaub also nicht, dass ich meine Drohung nicht wahr machen würde."

Finn starrte ihn an. „Hast du vergessen, deine Medikamente zu nehmen, oder so was?"

„Nein."

„Okay, dann danke für die Information." Damit wandte Finn sich ab.

Jake rollte sich ihm in den Weg. „Ich meine das ernst."

„Gut zu wissen." Finn legte den Kopf schräg. „Ich lehne mich mal ganz weit aus dem Fenster und sage: Du hattest vermutlich bereits deine Chance bei ihr und hast es vermasselt."

„Wie kommst du darauf?"

„Weil du mir drohst, mich zu töten und zu zerlegen. Dafür kann es nur einen Grund geben. Du hast es irgendwie verbockt."

Jake starrte ihn etwa eine Minute unverwandt an. Auch wenn er im Rollstuhl saß, gewann Finn durchaus den Eindruck, es mit einem ernst zu nehmenden Gegner zu tun zu haben.

„Da könnte etwas dran sein", sagte der Typ schließlich.

Einen Moment kämpfte Finn mit seinem Gewissen. „Ich würde ja gern etwas Hilfreiches sagen. Zum Beispiel: Es ist nie zu spät. Oder: Du kannst jeden Fehler wiedergutmachen, denn ganz ehrlich: Ich mag dich. Aber …"

„Aber du magst auch *sie*."

„Aber ich mag auch sie", bestätigte Finn fest. Er war nicht bereit nachzugeben. Im Moment fühlte er sich ein bisschen wie Thor, wenn es um seine heiß geliebten Hundekuchen ging. „Und zwar viel mehr, als ich dich mag."

„Das ist eine ganz schlechte Idee", erklärte Jake. „Du und sie."

„Die Entscheidung darüber können nur Pru und ich treffen."

Thor hüpfte von Jakes Schoß herunter, tappte zu Finn hinüber und richtete sich mit den Vorderpfoten an seinen Schienbeinen auf. Er wollte eindeutig hochgenommen werden. Und Finn tat ihm den Gefallen.

Jetzt war es offenbar an Jake, mit seinem Gewissen zu kämpfen. „Was zum Geier ist das denn? Der verdammte Köter mag dich?"

Finn zuckte die Achseln, knuddelte den Hund ein wenig und setzte ihn dann wieder auf Jakes Schoß.

Der grummelte etwas in sich hinein, was so ähnlich klang wie: „Diesmal hat sie den Mund zu voll genommen." Dann wendete er seinen Rollstuhl, um davonzufahren.

„Ja", sagte Finn zu seinem Rücken.

„Ja was?"

„Ja, ich spiele weiter in eurer Mannschaft. Aber ich möchte neue Trikots anschaffen."

Jake wendete den Rollstuhl, um ihn anzusehen. „Warum?"

Weil es Pru glücklich machen würde. „Hättest du ein Problem damit, wenn *SF Tours* in fetten Buchstaben auf jedem Rücken stünde?"

„Absolut nicht." Jake zögerte. „Ich nehme an, du hättest auch gern irgendwo die Aufschrift *O'Riley's*."

„Das würde mir gefallen."

Einen Moment starrte Jake ihn an. Dann nickte er. „Unser nächstes Spiel findet morgen Abend statt", sagte er und machte erneut Anstalten aufzubrechen, tat es aber nicht. „Was Pru und mich angeht – es hat aus einem einfachen Grund nicht funktioniert."

„Und der wäre?"

Jake warf einen Blick hinter sich, um sich zu vergewissern, dass Pru nicht dort stand. Normalerweise hätte das Finn zum Lächeln gebracht, aber er wollte die Antwort auf diese Frage wissen, und zwar schockierend dringlich.

„Ich habe einen Fehler bei ihr gemacht", sagte Jake. Dann verzog er das Gesicht zu einer Grimasse. „Na schön, mehr als einen, aber es gibt nur einen, über den du Bescheid wissen musst: Sie ist stark, belastbar und klug, und zwar so sehr, dass ich geglaubt habe, sie brauche niemanden, schon gar nicht mich. Das muss ziemlich offensichtlich gewesen sein, denn sie hat mich deswegen zur Rede gestellt. Meinte, wir könnten nicht mehr miteinander schlafen, weil ich sie nicht liebe und sie mich auch nicht liebe, jedenfalls nicht so. Zu meiner Schande war mir nicht klar, dass ich ihr wehgetan habe, als ich so schnell zustimmte. Ich habe kaum darüber nachgedacht, was eine Trennung wirklich für sie bedeutete." Er zögerte. „Pru ist nicht für Gelegenheitsgeschichten geschaffen. Sie kann das einfach nicht. Dafür hat sie ein viel zu großes Herz."

„Versuchst du, mir Angst zu machen, damit ich sie in Ruhe lasse?"

„Ja", erwiderte Jake unverblümt. „Ich habe ihr wehgetan. Tu du ihr nicht das Gleiche an. Denk nicht einmal dran."

„Sonst ereilen mich der bereits erwähnte Tod und die Zerstückelung?", fragte Finn, nur halb im Scherz.

Jake ließ nicht den Hauch eines Lächeln aufblitzen.

Am Montagmorgen wartete Pru vor dem Amtsgerichtsgebäude in der Hoffnung, zur richtigen Zeit am richtigen Ort zu sein. Als sie Sean auf die Treppe zugehen sah, löste sie sich erleichtert von der Wand, an der sie gelehnt hatte.

Bei ihrem Anblick blieb er überrascht stehen. „Hey, Trouble. Was tust du denn hier?"

„Ich helfe dir aus dem Schlamassel." Angesichts seiner Verwirrung musste sie lächeln. „Du bist doch hier, um die Schanklizenz zu verlängern, richtig?"

Sichtlich verärgert, stieß er einen Seufzer aus. „Finn hat dir erzählt, dass ich Scheiße gebaut habe."

„Nein", widersprach Pru gelassen. „Das würde er nie tun. Ich … habe zufällig euren Streit mit angehört."

„Verstehe." Sean verzog gequält das Gesicht und strich sich mit der Hand darüber. „Tut mir leid. Ich hasse es, ihn zu enttäuschen."

„Wenn dem so ist, warum machst du es ihm dann so schwer?"

Sean zuckte die Achseln. „Das ist unsere Art, einander Zuneigung zu zeigen."

Pru schüttelte leise lachend den Kopf. „Jungs sind schon merkwürdig."

„Hey, wenigstens treten und kratzen wir einander nicht und ziehen uns nicht an den Haaren, wenn wir streiten."

„Wenn du glaubst, dass Mädchen so streiten, dann bist du mit den falschen Mädchen zusammen."

Er grinste. „Weißt du was, Pru, ich mag dich. Ich mag dich für Finn. Du stehst für ihn ein. Er würde sagen, dass er das nicht braucht, aber er irrt sich. Wir alle brauchen das. Weiß er, dass du hier bist?"

„Nein, und er muss es auch nicht erfahren. Zumal ich ja dir den Arsch retten werde."

„Wie meinst du das?"

„Komm mit." Sie führte ihn in das Gebäude, an der Anmeldung vorbei und winkte durch die Glasabsperrung einem Mann an einem Schreibtisch zu.

Der Mann war Kyle, Jakes Bruder.

Kyle nickte ihr kurz zu, drückte einen Knopf, und dann verkündete der Summer der Tür, dass sie geöffnet wurde.

„Hey, Süße", begrüßte er sie mit einem Blick auf Sean. „Was führt dich hierher?"

„Ich habe einen Freund, der die Rechnung für seine Schanklizenz nicht rechtzeitig bezahlt hat. Kannst du da etwas für mich tun?"

„Erstens, sag deinem Freund, dass er ein Trottel ist."

Sie schaute in Seans angespanntes Gesicht. „Ich glaube, das ist ihm bewusst", meinte sie mit schwachem Lächeln.

„Zweitens, nehmt Platz. Dafür schuldest du mir etwas. Karamellschokolade von Ghirardelli. Du weißt, welche ich meine."

„So gut wie erledigt", antwortete sie. Zehn Minuten später standen sie wieder draußen auf der Treppe des Amtsgerichts.

„Du hast mir das Leben gerettet", staunte Sean. „Und bist meine Superheldin."

„Ich werde beides in meinen Lebenslauf aufnehmen. Vielleicht bekomme ich dann eine Gehaltserhöhung."

Sean lachte und umarmte sie. „Lass meinen Bruder sausen ... und heirate mich."

Sie lachte. Schließlich wussten sie beide, dass er nicht der Typ zum Heiraten war, zumindest jetzt noch nicht.

Es hatte mal eine Zeit gegeben, da hätte sie das Gleiche auch von sich behauptet, aber jetzt war ihr bewusst, dass sich das gerade änderte. Ein Teil von ihr wollte wieder die Liebe in ihr Leben einziehen lassen. Und vielleicht eines Tages sogar eine Familie haben.

Was für ein furchterregender Gedanke!

Finn sah zu, dass er lange vor Spielbeginn das Spielfeld erreichte.

Er hatte keine Ahnung, warum er sich darauf freute, schließlich gab es eine Million anderer Dinge, die zu erledigen dringlicher gewesen wären. Aber er nahm seine Sonnenbrille ab und sah sich nach Pru um.

„Sie ist noch nicht hier", sagte Jake und rollte neben ihn.

„Wer?", fragte Finn beiläufig.

Nicht beiläufig genug. Jake schnaubte abfällig.

Also schluckte Finn seinen Stolz hinunter und stellte die Frage. „Wird sie kommen?"

„Ich kenne ihren Terminkalender nicht."

„Blödsinn."

Jake lächelte. „Eifersüchtig, O'Riley?"

„Hätte ich denn Grund dazu?"

Jakes Lächeln wurde breiter.

Mist!

„Ich habe die neuen Trikots bekommen", wechselte Jake das Thema. „Schnelle Arbeit."

Finn zuckte die Achseln, als wäre das keine große Sache gewesen. Es hatte ihn ja auch nur eine Unsumme gekostet, sie innerhalb eines Tages anfertigen zu lassen.

„Mir gefällt das *SF Tours* auf dem Rücken", sagte Jake.

„Schön."

„Auf das *O'Riley's* auf der Brust hätte ich verzichten können."

Finn lächelte und verkniff sich eine Antwort. Er freute sich darauf, seinen Namen auf Prus Brust zu sehen.

„Was läuft zwischen euch beiden?", wollte Jake wissen.

„Hast du sie gefragt?"

„Teufel, nein. Ich hänge an meinem Leben."

Das verschaffte Finn einige Befriedigung – dass sie für sich behalten hatte, was zwischen ihnen beiden war. Andererseits konnte das natürlich auch bedeuten, dass sie nicht glaubte, zwischen ihnen sei überhaupt irgendetwas.

„Ich meinte das ernst, was ich gestern gesagt habe", sagte Jake.

„Tod und Zerstückelung?"

„Dass das mit euch beiden eine schlechte Idee ist."

In dem Moment spürte Finn es: Ein schwacher elektrischer Strom durchfloss ihn. Er drehte sich um, sein Blick fand Pru, und er konnte sehen, wie sie ihn von der anderen Seite des Spielfeldes aus entdeckte und prompt über ihre eigenen Füße stolperte.

Er las ihr von den Lippen ab und lächelte, denn sie fluchte in sich hinein und begann gleichzeitig, sich zu beeilen.

„Tut mir leid, dass ich zu spät komme", rief sie atemlos. Es schien, als sei sie schnellstmöglich zu ihnen hinübergerannt, nachdem sie gesehen hatte, dass die beiden miteinander redeten. Eine Hand auf die Brust gedrückt, in der anderen Thors Leine, ließ sie ihren Blick zwischen beiden hin- und herzucken. „Also … was läuft?"

Finn öffnete den Mund, aber Jake war einen Sekundenbruchteil schneller. „Das Spiel fängt gleich an. Kopf oder Zahl für den Heimvorteil?"

Pru warf erst ihm einen langen Blick zu, dann Finn, der sich alle Mühe gab, unschuldig zu gucken. Dabei war er sich ziemlich sicher, auch tatsächlich unschuldig zu sein, da er genauso wenig wusste, was hier vor sich ging, wie sie.

„Zahl", entschied sie schließlich. „Zahl gewinnt immer."

Diesmal nicht.

Und ... genau wie beim letzten Mal wurden sie vernichtend geschlagen. Aber Kasey erzielte einen Two-Base-Hit, Abby erwischte einen Flugball, und Pru erzielte zwei Base-Hits.

Und wieder einmal amüsierte Finn sich köstlich.

Hinterher marschierten sie alle zurück ins „O'Riley's". Sean zog ihn sofort an die Seite.

„Deine Freundin trägt deinen Namen auf ihrer Brust. Gut gemacht. Du bist schneller, als ich dir zugetraut hätte, Grandpa."

„Die ganze Mannschaft trägt unser Logo, nicht nur Pru."

„Interessant."

„Was?"

„Du hast nicht geleugnet, dass sie deine Freundin ist."

Finn schluckte den Köder nicht, und Sean seufzte. „Jaja, du bist immer noch sauer auf mich. Eilmeldung, ich bin auch sauer."

„Ich habe dir nichts getan."

„Ich weiß. Ich meine, ich bin sauer auf mich. Weil ich dich enttäuscht habe."

Finn erstarrte. Dann schüttelte er den Kopf. „Ich weiß, dass du mich nicht enttäuschen wolltest."

„Ich habe es aber getan. Und nicht nur das. Ich habe dich auch im Stich gelassen. Uns beide." Sean schwieg einen Moment. „Heute Morgen habe ich mit Prus Hilfe unser Problem mit der Schanklizenz aus dem Weg geräumt."

Und dann erzählte Sean ihm die ganze Geschichte: wie Pru auf ihn gewartet und ihm mit spielerischer Leichtigkeit den Weg geebnet hatte.

Während Finn diese Informationen noch verarbeitete und sich darüber wunderte, welche Mühen sie auf sich genommen hatte, um zu helfen, ohne ein Wort darüber zu verlieren oder Dank zu erwarten, fuhr Sean fort: „Danach bin ich losgegangen, um die Grundsteuer zu bezahlen. Ich war da, als das Finanzamt um zehn geöffnet hat."

„Wow, ich wusste gar nicht, dass du diese Uhrzeit überhaupt kennst."

Sean schob ein wenig verlegen die Hände in die Hosentaschen. „Ja, ich weiß. Das war eine Premiere, und glaub mir, es war keine schöne. Obendrein viel schlimmer als der Termin wegen der Schanklizenz. Ich war absolut pünktlich da und musste eine Nummer ziehen. Neunundsechzig." Ein schwaches Lächeln huschte über sein Gesicht. „Ich hielt meine Nummer hoch, aber niemand fand das witzig. Die alte Dame, die Nummer siebzig gezogen hatte, zeigte mir sogar den Stinkefinger. Sie sah aus wie eine typische niedliche, kleine, alte Oma – und sagt mir, ich sei ein blödes Arschloch."

Unwillkürlich lachte Finn. „Recht hat sie. Du bist eins."

Seans Lächeln erlosch. „Ich weiß."

Reue durchzuckte Finn. „So habe ich es nicht gemeint."

„Doch, hast du. Und ich habe es verdient. Ich bin ein Versager, richtig?"

„Okay, hiermit nehme ich ganz offiziell zurück, was ich gesagt habe."

Einen Moment bröckelte die sorgsam gehütete Fassade von Gleichmut auf Seans Gesicht, und es zeigte sich Erleichterung – Finn fühlte sich noch schuldiger. Manchmal, genauer gesagt, sehr oft wünschte er sich nur eines: die Hände um Seans Hals zu legen und zuzudrücken.

Aber noch viel mehr wünschte er sich, nie wie sein Dad zu sein. Niemals im Leben. „Also … wie hoch sind die Säumniszuschläge auf die Grundsteuer?"

Sean zog eine Grimasse. „Erinnerst du dich noch an Jacklyn?"

„Die Stripperin, mit der du letztes Jahr ein ganzes Wochenende verbracht hast?"

„Exotic-Dance-Künstlerin. Und das macht sie inzwischen nicht mehr."

Ach du Schande. „Sean, bitte sag mir, sie arbeitet jetzt nicht im Finanzamt."

Wieder eine gequälte Grimasse. „Nun, ich könnte dir den Gefallen tun, aber das wäre gelogen."

Sean hatte sie umgarnt, war mit ihr ins Bett gestiegen und hatte ihr dann die kalte Schulter gezeigt. Oder vielleicht auch gesagt, es liege nicht an ihr, sondern an ihm. Wie auch immer, jedenfalls hatte er sie abserviert. Finn erinnerte sich nur deshalb daran, weil Jacklyn daraufhin ausgetickt war.

Sie hatte Sean gestalkt. Das war nicht mal besonders schwer gewesen, denn Sean hielt nichts von Heimlichtuerei und stand sehr gern im Rampenlicht. Wahrscheinlich hatte es sie nicht die geringste Mühe gekostet, den Pub zu finden.

Sie kam herein, stieg auf einen der Tische, legte weinend einen Striptease hin und erzählte den versammelten Gästen, was für ein Mistkerl Sean sei.

Das war ein gewaltiges Spektakel gewesen.

„Was ist passiert?", wollte Finn wissen. „Hat sie dir die Nachzahlung verweigert?"

„Nicht direkt."

„Was dann?"

Sean wirkte … peinlich berührt? Unmöglich. Ihm war noch nie etwas peinlich gewesen. „Sie hat mir eine Bedingung gestellt, unter der sie die Nachzahlung akzeptieren würde. Ich sollte auf ihren Schreibtisch steigen und einen Striptease hinlegen wie den, den sie an *meinem* Arbeitsplatz aufgeführt hat."

„Tja, eins musst du ihr lassen. Das ist genial."

„Teuflisch, meinst du."

„Egal. Aber als Nächstes sagst du mir hoffentlich: Also bin ich selbstverständlich auf den Schreibtisch geklettert und habe einen Striptease für sie aufgeführt."

„Habe ich erwähnt, dass das Büro voll war?", fragte Sean. „Und dass alte Damen anwesend waren? *Alte Damen,* Finn. Ich habe nur einen Blick auf sie geworfen und meine Juwelen sind … förmlich verschrumpelt."

„Und?"

„Und ich wollte mich nicht ausziehen, damit alle das sehen können!"

Finn drückte sich die Handballen gegen die Augen, aber es half nicht. Sein Kopf drohte immer noch zu platzen. Der Druck wuchs langsam und schmerzhaft. „Na schön, ich gehe hin, rede mit ihr und bringe das Ganze in Ordnung."

„Weil es das ist, was du immer tust", sagte Sean. „Du bringst Dinge in Ordnung. Ich richte Chaos an, und du räumst hinter mir auf und bringst alles wieder in Ordnung, richtig?"

„Sean …"

„Nein. Das reicht mir jetzt mit diesem Mist, Finn", fiel Sean ihm ins Wort. „Ich habe genug davon, der dämliche kleine Bruder zu sein, der ständig gerettet werden muss. Einmal, ein einziges verdammtes Mal, will ich etwas richtig machen. Ich will dich retten." Er schüttelte den Kopf. „Nein, ich bin nicht auf den Schreibtisch geklettert. Aber ich habe sie dafür um Entschuldigung gebeten, mich ihr gegenüber wie ein Arschloch verhalten zu haben. Und dann habe ich die Säumniszuschläge bezahlt. Von meinem privaten Konto. Unsere Grundsteuer ist beglichen und wird auch künftig pünktlich bezahlt. So etwas passiert nie wieder."

„Wow", sagte Finn. „Das ist großartig. Danke." Er schwieg einen Moment. „Von deinem Privatkonto, hmm?"

„Ja, und das hat wehgetan, Mann." Sean rieb sich die Brust, als hätte er echte Schmerzen. „Das hat richtig übel wehgetan."

Finn lächelte. „Gut so."

„Und nun zu deinem Mädchen", fuhr Sean fort.

Finn zog eine Augenbraue in die Höhe. Er wusste, dass Sean ihn zu ködern versuchte und so lange von „deinem Mädchen" reden würde, bis Finn anbiss und entsprechend reagierte.

Da konnte er lange warten.

„Ich mag sie", fuhr Sean leise fort.

Wieder eine unerwartete Wendung, mit der Finn nicht gerechnet hatte. Er würde nahezu alles für Sean tun und hatte das auch schon getan. Aber auf Pru verzichten?

Niemals, nicht einmal für seinen Bruder.

Sean schüttelte den Kopf. „Nein, Mann, so meine ich das nicht. Ich mag sie *für dich*."

Jetzt bekam Finn es mit der Angst zu tun, denn sie waren ausnahmsweise einer Meinung. Auch er mochte Pru für sich. So sehr, dass er nach Feierabend – also um drei Uhr morgens – vor ihrer Wohnungstür gestanden hatte. Da er sie um diese Uhrzeit nicht zu Tode erschrecken wollte, hatte er ihr eine SMS geschickt.

Bist du wach?

Sie brauchte keine Minute, um zu antworten.

Soll das eine Verabredung zum Sex werden?

Er starrte auf die Frage hinunter und kam sich vor wie das größte Arschloch auf dem ganzen Planeten. Hastig tippte er eine Entschuldigung und hatte sie schon halb geschrieben, als die nächste SMS eintrudelte.

Das wünsche ich mir nämlich …

Er lächelte immer noch selig, als wieder eine SMS eintraf.

Auf dem Türpfosten liegt ein Schlüssel.

Er ließ sich selbst in die Wohnung, kroch zu ihr unter die Bettdecke und zog ihren warmen, verschlafenen Körper fest an sich.

„Finn?", murmelte sie schläfrig, ohne die Augen aufzuschlagen.

Wer denn sonst, verdammt noch mal? „Schhh", sagte er und streifte mit den Lippen ihre Schläfe. „Schlaf weiter."

„Aber da ist ein Mann in meinem Bett.“ Immer noch hielt sie die Augen geschlossen, aber sie schlang ihre Arme fest um ihn, drückte ihre hinreißend weichen Kurven an seinen Körper, schob ein Bein zwischen seine Beine. „Mmmm“, sagte sie. „Ein harter Mann …“

Der rasch noch härter wurde. „Das sollte keine Verabredung zum Sex werden …“

„Finn?“

„Ja?“

„Halt die Klappe.“ Sie stieß mit dem Unterkörper gegen ihn, sodass sein Oberschenkel über die feuchte Hitze zwischen ihren Beinen rieb, und sie bekam, was sie von ihm wollte.

Offenbar hatte sie herausgefunden, dass ihr Selbstvertrauen und ihr Glaube an sich genauso sexy auf ihn wirkten wie ihr wunderschöner Körper, und das gefiel ihm.

„Mmm“, murmelte sie vergnügt und stieß weiter gegen ihn, sodass er noch steifer wurde. „Ich frage mich, was wir da tun können …“

Er rollte sich herum, sodass er auf ihr zu liegen kam, und vergrub sich tief in ihr. „Lass es mich dir zeigen.“

19. Kapitel

#JustLikeThat

Es war wie jedes Jahr im Sommer: Je wärmer es wurde und je mehr Touristen in San Francisco einfielen, desto mehr versank Pru in Arbeit. Sie machte jede Menge Überstunden, während sich ihre Tagträume hauptsächlich um einen gewissen äußerst aufregenden Finn O'Riley drehten und darum, wie er in ihrem Bett aussah.

Und was er darin mit ihr anstellte …

„Woran denkst du eigentlich?", fragte Jake sie eines Tages am Ende ihrer Schicht, als sie ihren Papierkram erledigte. „Du seufzt andauernd."

„Ähm …" Fieberhaft überlegte sie sich eine möglichst jugendfreie Antwort. „Ich denke darüber nach, was für ein Sklaventreiber du bist."

„Äh-äh", gab er zurück. So leicht ließ er sich nicht täuschen. „Hast du es Finn inzwischen gesagt?"

„Ich arbeite daran." Ihr Magen verkrampfte sich in panischer Angst bei dem Gedanken.

„Pru …"

„Ich weiß, ich weiß!" Sie stieß heftig den Atem aus. „Du brauchst es nicht auszusprechen. Ich schiebe es hinaus. Auf die *gaaanz* lange Bank."

Er sprach mit leiser, beinahe sanfter Stimme. „Du hast dich wirklich in ihn verliebt."

Sie schloss die Augen und nickte.

Er griff nach ihrer Hand und drückte ihre Finger. „Du wünschst dir eine Chance mit ihm."

Wieder nickte sie.

„Chica, diese Chance bekommst du nur, wenn du ihm die Wahrheit sagst. Bevor die letzte Gelegenheit verstrichen ist und ihr zu weit gegangen seid.“ Er wartete, bis sie ihn anschaute. „Bevor du mit ihm schläfst oder …“

Oh Mann.

„Ich hab’s im Griff“, fiel sie ihm ins Wort. „Ich weiß, was ich tue.“

Dabei wussten sie beide, dass sie keine Ahnung hatte, was sie tat.

An diesem Abend wurde Pru von Elle und Willa zu einem Mädelsabend entführt.

Zu ihrer Überraschung landeten sie in einem entzückenden Spa, wo sie kleine Sandwiches und Tee serviert bekamen, bevor sie sich entschieden, was sie sich Gutes tun lassen wollten.

Pru starrte auf die Karte des Spas, ein bisschen in Panik angesichts der Luxusbehandlungen, die sie sich nicht wirklich leisten konnte.

„Das hier geht auf meine Rechnung“, erklärte Elle und deckte die Preise mit der Hand ab. „Das Ganze war schließlich meine Idee. Ich schulde Willa noch ein Geburtstagsgeschenk.“

Willa lächelte. „Ich kann mir das nämlich auch nicht leisten.“

„Aber ich habe doch gar nicht Geburtstag“, warf Pru ein.

„Tu einfach so“, meinte Elle. „Ich will eine Mani- und Pediküre und ein Brazilian Waxing – und hasse es, mich allein verwöhnen zu lassen.“

Und so kam Pru ebenfalls zu einer Mani- und Pediküre sowie zu ihrem allerersten Waxing.

Am nächsten Tag herrschte Dauerregen. Pru meinte scherzhaft zu Jake, nach acht langen Stunden auf dem Wasser – im Regen – käme sie sich vor wie Noah.

Jake zeigte kein bisschen Mitleid. „Mach jetzt dein Geld, Chica. Im kommenden Winter wirst du winseln wie Thor nach dem kleinen Chow-Chow auf der anderen Straßenseite, der fast fünfundzwanzig Kilo mehr wiegt als er und ihn zerquetschen würde wie eine Laus, wenn er die Chance dazu bekäme."

Also arbeitete sie.

Am Ende eines weiteren verrückten Tages tauschte sie ihre Uniform gegen ein Sommerkleid und verließ Pier 39 – ohne Thor. Nach einer ganz besonderen Showeinlage, bei der er sich aus nur ihm verständlichen Gründen in Taubendreck gewälzt hatte, brachte Jake ihn wieder einmal zum Hundefriseur.

Pru hatte nur noch einen Wunsch: nach Hause zu gehen und ins Bett zu fallen. Ausnahmsweise war sie sogar zu müde, auch nur davon zu träumen, das Bett mit Finn zu teilen. Sie war nicht mehr in der Lage, einen Finger zu rühren. Oder die Zunge.

Wobei es ihr nichts ausgemacht hätte, hätte er darauf bestanden, die Arbeit allein zu machen …

Aber diese Fantasie musste warten. Bevor sie nach Hause gehen konnte, hatte sie noch etwas zu erledigen. Deshalb das Sommerkleid. Sie wollte hübsch aussehen bei ihrem allwöchentlichen Besuch.

Und so erklomm sie die Stufen zu dem Pflegeheim, in dem ihr Großvater lebte, und meldete sich an, um ihn zu besuchen.

Michelle am Empfang winkte ihr zu. Michelle arbeitete schon ewig hier, daher waren sie inzwischen schon alte Bekannte.

„Wie geht es ihm heute?", fragte Pru.

Michelles unbeschwertes Lächeln erstarb. „Ich will dir nichts vormachen. Er ist schwierig heute. Aufgewühlt, verwirrt. Sein Mittagessen mochte er nicht, das Wetter gefällt ihm nicht, seine Hose will er nicht anhaben, und so geht das ellenlang weiter. Er ist so giftig wie eine gereizte Klapperschlange. Vielleicht möchtest du ihn lieber an einem anderen Tag besuchen?"

Sie wussten beide, dass es mittlerweile wesentlich mehr schlechte Tage als gute gab. Auf bessere Zeiten zu warten war also sinnlos, dann hätte sie ihn womöglich nie mehr besuchen können. „Wird schon schiefgehen."

Michelle nickte mit Wärme im Blick und Sorgenfältchen um den Mund. „Ruf einfach, wenn irgendetwas ist."

Pru holte tief Luft, winkte im Flur Paul, dem Krankenpfleger, zu und betrat das Zimmer ihres Großvaters.

Im Fernsehen lief *Jeopardy*, und er brüllte das Gerät an. „‚Wer ist Königin Victoria?', du Schwachkopf!" Dann griff er nach seinem Stock und schwang ihn drohend. „Wer ist Königin Victoria!"

„Hi, Grandpa", sagte Pru.

„Nie hört jemand auf mich", rief er, ließ seinen Stock fallen und drohte dem Fernseher mit der Faust. „Nie hört jemand auf mich."

Pru trat in sein Sichtfeld und hob seinen Stock auf, in Gedanken bei der Frage, ob er sie heute erkennen würde. „Ich bin es, Pru …"

„Du", fauchte er sie an. Seine Augen wurden schmal, und er riss ihr den Stock aus den Händen. „Du hast vielleicht Nerven, Missy, hierherzukommen. In mein Haus."

„Es ist schön, dich zu sehen, Grandpa. Du klingst gut. Deine Erkältung von letzter Woche hast du überstanden, hmm? Wie geht es dir?"

„Dir sage ich gar nichts. Du hattest einen grässlichen Einfluss auf meinen Sohn. Du hast ihn dazu angestiftet, sich zu verlustieren und zu feiern, obwohl du wusstest …" Er stieß mit dem Stock nach ihr, um seinen Worten Nachdruck zu verleihen. „Es ist deine Schuld, dass er tot ist. Du solltest dich schämen."

Das traf sie hart, aber sie gab sich größte Mühe, die gemeinen Worte zu ignorieren. „Grandpa, ich bin es, Prudence." Bewusst sprach sie leise und ruhig, damit er vielleicht auch ruhiger wurde.

Keine Chance.

„Oh, ich wusste, wer du bist. Ich wusste es schon vom ersten Moment an, als ich dich sah", sagte er, „als Steven dich zum ersten Mal nach Hause gebracht hat. Er sagte: ‚Das ist Vicky, und ich liebe sie.‘ Nur ein Blick in deine lachenden Augen, und ich wusste Bescheid. Du wolltest immer nur deinen Spaß, und es war dir egal, wer oder was dabei auf der Strecke blieb. Und ich sag dir etwas: Unser Geschäft ist dabei auf der Strecke geblieben, weil er Zeit mit dir verbringen wollte, und du hast es nicht einmal bemerkt. Unser Geschäft ist deinetwegen pleitegegangen, weil es dir egal war, ob er arbeiten musste …“

„Dad hat gearbeitet“, widersprach Pru. „Er hat viel gearbeitet. Mom hat nur versucht, ihn dazu zu bringen, auch das Leben zu genießen, eben weil er so hart gearbeitet hat …“

„Du hast nichts als Ärger gemacht. Du warst Trouble, schon immer – und bist es immer noch“, keifte er sie an. „Ich habe es dir damals gesagt, und ich sage es dir heute. Du bist Trouble – durch und durch.“

Sie erstarrte. Sie hatte keine Ahnung gehabt, dass ihr Großvater ihre Mutter Trouble genannt hatte. Dass er geglaubt hatte, sie habe einen schlechten Einfluss auf ihren Dad ausgeübt, nur weil sie wollte, dass sein Leben nicht nur aus Arbeit bestand.

Die Ironie des Ganzen entging ihr nicht.

Was ihr entging, war, wie lange sie so dagestanden hatte, mit offenem Mund und fassungslosem Blick, während alte Wunden aufgerissen wurden und zu schmerzen begannen. Irgendwann schnappte sich ihr Großvater etwas von dem Tablett neben seinem Bett und schleuderte es nach ihr.

Sie duckte sich, und eine Gabel schlitterte über den Boden.

„Na schön“, sagte sie und hob die Hände. „Das war nicht nett. Grandpa, ich bin nicht meine Mom. Ich bin nicht Vicky. Ich bin deine Enkelin Pru …“

„Ich habe keine Enkelin!“ Eine Scheibe Toast flog ihr entgegen, und wieder wich sie aus. „Du hast ihn umgebracht, Vicky. Du hast ihn getötet, also verschwinde – und verrotte in der Hölle.“

Die Worte, die er ihr grausam und hart entgegenschleuderte,

ließen sie erstarren, und beim nächsten Mal duckte sie sich nicht schnell genug weg.

Sein Becher traf sie an der Wange.

„Autsch, verdammt noch mal!“, sagte sie und richtete sich auf, die Hand auf die schmerzende Stelle gedrückt. „Du musst mir zuhören – ich bin nicht Vicky!“ Sie stemmte die Hände in die Hüften. „Grandpa, du bist kein Zweijähriger mehr, du kannst dir solche Wutanfälle nicht leisten!“

„Das stimmt“, kreischte er. „Ich bin nicht zwei, ich bin eine Million und zwei. Ich bin alt und allein, und das ist alles deine Schuld!“

Bis zu diesem Moment war es ihr irgendwie gelungen, das, was er sagte, nicht an sich heranzulassen, aber plötzlich konnte sie das nicht mehr. Plötzlich fühlte sie sich nicht mehr stark und verantwortlich und glaubte, ihr Leben im Griff zu haben. Plötzlich war sie nur noch ein Mädchen, das seine Eltern verloren hatte und deren dementer Großvater sie nicht einmal mehr erkannte. Sie tat, was sie konnte, gab alles, was sie hatte, aber es reichte einfach nicht.

Sie war dem Leben nicht gewachsen. Das bewies schon der Umstand, dass noch nie jemand sie genug geliebt hatte, um bei ihr zu bleiben. Und was ihr wirklich Angst machte, war, dass sie nicht wusste, wie sie es anstellen sollte, stark genug zu werden.

„Raus hier!“, brüllte er sie an.

Paul erschien in der Tür. Er wirkte erschrocken. „Was ist hier los, Marvin?“

„Was los ist? Du hast *sie* hier reingelassen!“ Und um auch die letzten Zweifel auszuräumen, wen er mit *sie* meinte, stach er mit einem Löffel nach Pru.

„Na schön, jetzt wollen wir uns mal wieder ein bisschen beruhigen“, sagte Paul, schlüpfte in seine Pflegerrolle und schob sich zwischen Pru und ihren Großvater. „Leg das Ding weg, Marvin. Wir werfen hier nicht mit Gegenständen, weißt du noch?“

Aber Marvin ließ sich nicht beirren. „Es ist ihre Schuld! Raus mit dir“, schrie er Pru an. „Raus hier, und komm ja nie wieder, du Landstreicherin! Du Diebin, die mir meinen Sohn gestohlen hat! Du nichtsnutziges, schmarotzendes Luder!“

Michelle schaute zur Tür herein, die Augen weit aufgerissen. „Brauchst du Hilfe, Paul?“

„Alles in Ordnung“, sagte Paul gelassen. „Nicht wahr, Marvin?“

„Nein, nichts ist in Ordnung! Siehst du sie etwa nicht? Sie steht direkt hinter dir, das feige Flittchen. Raus hier!“, brüllte er Pru an. „Mach, dass du verschwindest!“

Michelle betrat das Zimmer und fasste nach Prus Hand. „Komm, Kindchen. Wir lassen ihn besser eine Weile allein.“

Pru ließ sich aus dem Zimmer führen, zutiefst betroffen und einsamer als jemals zuvor. Ihr Großvater war noch nie der beste Gesellschafter gewesen, aber wenigstens war er ein Verwandter, ein Teil ihrer Vergangenheit … und jetzt erinnerte er sich überhaupt nicht mehr daran, und ihre Besuche verstörten und beunruhigten ihn nur. Vielleicht würde sie sie sogar ganz einstellen müssen. Dann wäre sie endgültig allein.

Das bist du schon …

Langsam ging sie nach Hause, obwohl es nieselte und sie nur das Sommerkleid und Sandalen trug. Ihr Herz war schwer. Sie rieb mit der Hand über die Stelle, an der es pochte, doch das vermochte den tiefen Schmerz darin nicht zu lindern, weil er nicht körperlicher, sondern seelischer Natur war. Sie sehnte sich nach ihrer Mom. Ihrem Dad. Und, verdammt noch mal, auch danach, Teil eines Ganzen zu sein.

Sie sehnte sich danach, gebraucht zu werden. Gewollt. Zu spüren, dass sie wichtig, ja, entscheidend für jemanden war. Ein Teil im Puzzle seines Lebens.

Stattdessen wirbelte sie haltlos durch die Gegend wie Blätter im Wind, ohne Wurzeln schlagen zu können. Ohne zu jemandem zu gehören.

Da sie den Kopf hängen ließ und ihre Gedanken sich in Düsternis verloren, wäre sie beim Gehen fast mit jemandem zusammengestoßen. Genauer gesagt, mit zwei Fremden, die sich in den Armen lagen und sich küssten, als würden sie einander nie wiedersehen. Der Mann hatte seine Arme fest um die Frau geschlungen, in seiner Miene lagen unendlich viel Liebe und Verlangen, als er sich von ihr löste, aber immer noch ihre Hände festhielt.

Hatte jemals jemand Pru so angesehen? Wenn ja, dann hatte sie es vergessen, und sie glaubte nicht, dass man wahre Liebe jemals vergessen konnte. Alles, was sie wollte, alles, was sie sich seit dem Tag, an dem sie ihre Eltern verlor, jemals gewünscht hatte, war jemand, dem sie wichtig genug war, um Teil seines Lebens zu werden und zu bleiben.

Ihr schnürte sich die Brust zusammen, und in ihrer Kehle brannte es, aber sie weigerte sich, dem nachzugeben. Weinen half nicht. Weinen hatte noch nie geholfen. Wenn sie weinte, verlief nur ihre Mascara, und da sie gerade heute eine besonders teure benutzt hatte, in dem sinnlosen Bemühen, ihre Wimpern voluminöser wirken zu lassen, war sie nicht gewillt, sie zu ruinieren. *Reiß dich zusammen, und komm damit klar. Es geht dir gut. Es geht dir wirklich gut …*

Aber die aufmunternden Worte halfen auch nicht. Immer noch saß die Einsamkeit in ihrer Kehle und schnürte ihr die Luft ab.

Der Mann lächelte die Frau neben sich an, mit so viel Liebe im Blick, wie Pru sie sich heimlich erträumte. Er nahm sein Mädchen bei der Hand, und gemeinsam schlenderten sie in dem Regen davon, Schulter an Schulter folgten ihre Körper demselben Rhythmus.

Es brach ihr das Herz schlimmer, als es das hätte tun sollen. Die beiden waren doch völlig Fremde für sie, zum Teufel noch mal! Aber ihr Anblick sorgte dafür, dass sie sich innerlich kalt fühlte. Und leer.

Ein Blitz durchzuckte den Himmel. Erschrocken fuhr sie zusammen und dann gleich noch einmal, als praktisch sofort der Donner folgte – ein scharfer Knall, viel zu nahe für ihren Geschmack. Also wählte sie nicht den Weg durch das schmiedeeiserne Tor zum Innenhof, sondern rannte direkt in den Pub.

Kaum drinnen, wanderte ihr Blick sofort zur Bar.

Finn stand dahinter, gemeinsam mit Sean, der gerade eine Ansprache an alle Anwesenden hielt. Sämtliche Augen waren auf ihn gerichtet.

Nur Pru beobachtete stattdessen Finn, der mit ausdrucksloser Miene neben Sean stand. Da sie ihn inzwischen schon recht gut kannte beziehungsweise auf dem besten Weg dahin war, konnte sie seiner angespannten Mundpartie und dem umwölkten Blick ansehen, dass es in ihm brodelte.

„Also hebt eure Gläser“, näherte Sean sich dem Ende seiner Ansprache und hob sein eigenes. „Denn heute, Leute, feiern wir den ersten Jahrestag der Eröffnung des ‚O’Riley’s, für das uns der ehemalige Pub unseres lieben verstorbenen Dads Modell gestanden hat: das ursprüngliche ‚O’Riley’s‘. Dad hätte der Laden hier gefallen.“ Sean presste eine Hand auf sein Herz. „Würde er noch unter uns weilen – Gott sei seiner Seele gnädig –, säße er jeden Abend mit uns allen hier an der Bar.“

Normalerweise hätte die Erwähnung dieses Verlustes dafür gesorgt, dass es Pru noch schlechter ging, weil ihre Familie dabei eine unrühmliche Rolle gespielt hatte. Auch jetzt war da wieder ein gewisses Schuldgefühl, aber sie hatte Finn nicht aus den Augen gelassen und erkannt: Er war nicht traurig. Er war sauer. Und sie glaubte, den Grund dafür zu kennen.

Sein Dad war ihrem Dad kein bisschen ähnlich gewesen. Er hatte seine Söhne nicht tröstend in den Arm genommen, wenn sie sich die Knie aufgeschlagen hatten. Er hatte sie weder geliebt noch angehimmelt. Hatte sie nicht auf den Schultern getragen und stolz bei jeder Gelegenheit herumgezeigt.

Aber aus irgendeinem Grund erzählte Sean eine ganz andere Geschichte. Sie hatte keine Ahnung, warum er das tat, aber was Finn dabei empfand, war klar.

Er hasste diese Ansprache.

„Wir vermissen ihn jeden einzelnen Tag", fuhr Sean fort. „Sláinte!"

„Sláinte!", scholl es von den versammelten Gästen im Chor zurück, und alle kippten ihre Drinks.

Sean grinste und wandte sich Finn zu. Er sagte etwas zu ihm, aber Finn reagierte nicht, denn er hatte den Kopf gedreht und, als hätte er Prus Eintreten gespürt, seinen Blick direkt auf sie gerichtet.

Hatte sie eben noch geglaubt, das hereinbrechende Gewitter draußen sei verrückt, so stellte sie jetzt fest: Es war nichts, verglichen mit dem, was sich jedes Mal zwischen ihr und Finn abspielte, wenn sie einander auch nur ansahen.

Du hast nichts als Ärger gemacht. Du warst Trouble, schon immer und bist es immer noch.

Die Worte ihres Großvaters gingen ihr durch den Kopf und richteten dort und in ihrem Herzen das totale Chaos an.

Nur ein Blick in deine lachenden Augen, und ich wusste Bescheid. Du wolltest immer nur deinen Spaß haben, und es war dir egal, wer oder was dabei auf der Strecke blieb.

Das konnte sie nicht tun. Sie hatte geglaubt, das Richtige zu tun, wenn sie Finn half, ein bisschen Spaß und Abenteuer in sein Leben zu bringen, aber jetzt wusste sie: Es war falsch. Schlimmer noch, sie fühlte sich viel zu zerbrechlich, viel zu sehr kurz vor einem völligen Nervenzusammenbruch, um überhaupt hier zu sein. Und doch wurde sie zugleich so angezogen, so schrecklich, schmerzlich angezogen von der Kraft in Finns Blick, von der Wärme in seinen Augen. Sie wusste, wenn er sie jetzt auch nur berührte, verlor sie die ohnehin schon brüchige Kontrolle über ihre Gefühle.

Geh. Verschwinde.

Das war der einzige klare Gedanke, den sie fassen konnte, und sie wirbelte herum, um genau das zu tun. Aber da schlossen sich auch schon Finns warme starke Arme um sie, und er drehte sie zu sich.

Eingefangen.

„Ich bin ganz nass“, flüsterte sie.

Sein Blick ließ ihr Gesicht keinen Moment los. „Das sehe ich.“

„Ich bin …“ *Völlig durch den Wind.* Das hätte sie beinahe gesagt, aber der Gefühlssturm in ihr schnürte ihr die Kehle zu und hinderte sie am Sprechen. Obendrein schossen ihr Tränen in die Augen, und sie schüttelte entsetzt den Kopf und versuchte, sich aus Finns Griff zu befreien.

„Pru“, sagte er leise, die Hand in ihrem Nacken, die Finger in ihren durchnässten Haaren. Sie waren zerzaust und verknotet, aber ihn schien das nicht zu stören. Langsam und unerbittlich zog er sie an sich und streifte mit den Lippen ihre Stirn. Sie fühlte seinen Mund an ihrem Haaransatz, hörte ihn beruhigende Worte flüstern, die sie nicht verstehen konnte.

Und sie zerfloss in seinen Armen. Anders ließ sich das nicht ausdrücken. Er war real. Unverrückbar und heil. Er war alles, was sie sich wünschte und nicht haben konnte, sosehr sie sich auch nach ihm verzehrte. Sie war bereits von dem Pfad abgewichen, den sie für sich festgelegt hatte, und dieser Umstand würde sich nun ganz übel rächen, denn …

Denn sie hatte sich hoffnungslos in ihn verliebt.

Und was alles nur noch schlimmer machte – den Tag, ihr Leben, diese Situation –, war der Umstand, dass sie ihn nicht nur in ihrem Leben haben *wollte*. Nein, sie fürchtete voller Verzweiflung und mit wachsender Gewissheit, dass sie ihn *brauchte*.

Bei diesem Gedanken wäre sie fast zusammengebrochen.

Großer Gott, sie konnte ihn anscheinend nicht gehen lassen.

Finn nahm sie fester in die Arme und drückte seine Wange auf ihren Kopf. „Es ist okay", flüsterte er. „Was immer sein mag, es wird okay sein."

Aber das stimmte nicht. Und sie wusste nicht, ob es jemals wieder okay sein würde, also schmiegte sie ihr Gesicht an seinen Hals und erlaubte sich eine weitere Minute. Oder zwei.

Oder wie viele auch immer er ihr geben würde.

20. Kapitel

#HowYouDoin

Finn drückte Pru fest an sich, erschrocken darüber, wie bleich sie war und dass sie in seinen Armen zitterte. Dieses leichte Zittern, das erkennen ließ, wie sie sich gegen ihren Gefühlssturm wehrte und zu verlieren drohte. Ihr Kleid klebte an ihren aufregenden Kurven, ihre langen, nassen Haare klebten an ihrem Gesicht und ihren Schultern.

Er löste sich sanft von ihr, nahm sie bei der Hand und führte sie an die Bar, um ein sauberes Handtuch zu holen. Damit trocknete er ihr das nasse Gesicht ab und stellte fest, dass es nass von Tränen war, nicht vom Regen. „Pru."

„Nein, es ist nichts, wirklich", sagte sie leise mit hängendem Kopf – seine furchtlose Spaßflüsterin …

„Von wegen *nichts*", erwiderte er.

„Ich … ich muss fort."

Ganz sicher nicht. Und wenn, dann nicht allein. Finn drehte sich um und bedeutete seinem Bruder wortlos, dass dieser sich jetzt allein um die Bar kümmern müsse.

Sean nickte, und Finn nahm Pru bei der Hand und führte sie aus dem Pub. Es tat ihm kein bisschen leid, dass er Sean allein ließ. Nach der Ansprache, die Sean gerade gehalten hatte, rettete Finn seinem Bruder das Leben, indem er ging.

„Finn, wirklich", protestierte Pru. „Ganz ehrlich, mir geht es gut. Wirklich."

„Vielleicht glaube ich dir, wenn du jetzt noch einmal ‚wirklich' sagst."

Sie seufzte. „Aber mir geht es gut."

Es ging ihr nicht gut, aber das würde sich gleich ändern. Dafür würde er schon sorgen. Er nahm sie mit in sein Büro.

Thor sprang von der Couch, auf der er geschlafen hatte, und lieferte seine Version eines Kaninchens ab: Er hüpfte permanent auf und ab und bellte dabei ununterbrochen so schrill und laut, dass es in den Ohren wehtat. „Thor", sagte er, „hör auf."

Thor gehorchte auf der Stelle und ließ sich auf seinen kleinen Po fallen, der mit jedem Schwanzwedeln hin- und herzuckte, und das in Lichtgeschwindigkeit. So sah er aus wie ein batteriebetriebener Spielzeughund. Ein gedopter batteriebetriebener Spielzeughund.

Pru brachte ein schluchzendes Lachen hervor und nahm ihn hoch. „Was machst du denn hier, mein Kleiner?"

„Im Schönheitssalon waren sie fertig mit ihm, und Willa musste weg, bevor Jake ihn abholen konnte. Also habe ich angeboten, ihn zu mir zu nehmen."

„Das ist kein Schönheitssalon", widersprach sie, das Gesicht in Thors Fell gedrückt und heldenhaft bemüht, immer noch so zu tun, als ginge es ihr gut.

„Na klar ist das ein Schönheitssalon", sagte er. „Als ich den Laden betrat, um Thor abzuholen, führte Willa gerade eine Trauung zwischen zwei Riesenpudeln durch, einem weißen und einem schwarzen. Der schwarze trug ein Hochzeitskleid aus Seide, besetzt mit Kristallen."

Sie warf ihm einen Blick zu. Keine Tränen mehr, Gott sei Dank, aber der Blick aus ihren Augen war gequält, obwohl sie sich große Mühe gab zu lächeln. „Wow", sagte sie.

„Beeindruckt, was Willa zu tun bereit ist, um Geld zu verdienen?", fragte er.

„Nein, beeindruckt, dass du weißt, was Seide und Kristalle sind."

„Hey, ich bin trotz allem ein ganzer Mann." Er nahm ihr Thor ab und klemmte sich den Hund unter den Arm. Den anderen Arm legte er ihr um die Taille. „Gehen wir."

„Wohin?"

„Ich bringe dich nach Hause. Du siehst fix und fertig aus."

„Diesen Zustand habe ich schon vor etwa einer Stunde überschritten", gab sie zu.

Auf ihrem Weg über den Innenhof redeten sie nicht mehr. Thor hingegen umso mehr. Er begann ein Taubenpärchen anzubellen, und als Finn ihm einen langen missbilligenden Blick zuwarf, verlegte er sich darauf, leise tief aus der Kehle heraus zu knurren.

„Die wiegen mehr als du", warnte Finn ihn. „Reiß dich zusammen, Mann."

Im Fahrstuhl schwieg der Hund, aber nur, weil Max, der in Archers Büro im zweiten Stock arbeitete, mitfuhr. Und seinen Dobermann Carl dabeihatte.

Als Max und Carl ausstiegen, stieß Thor einen Seufzer aus, der sehr erleichtert klang. Unter anderen Umständen hätte das Finn zum Lachen gebracht. „Du weißt, dass deine Rasse dazu gezüchtet wurde, Dobermänner abzumurksen, oder?", fragte er den Hund.

Thor blinzelte ihn an.

„Das stimmt", beharrte Finn. „Ihr bleibt ihnen genau hier im Hals stecken …" Damit deutete er auf seine Kehle.

Pru lachte erstickt auf. „Finn, das ist eine grässliche Geschichte!"

Er lächelte und zog ihr ganz leicht an einer Haarsträhne. „Aber du hast gelacht."

„Ich habe gelacht, weil es so eine grässliche Geschichte ist", erwiderte sie, lächelte aber immer noch.

Und weil sie das tat, beugte er sich zu ihr und küsste sie. Ganz sacht. „Hey", sagte er.

„Hey", gab sie flüsternd zurück.

Er wusste zwar nicht, was genau mit ihr los war, aber er hatte mit einem Blick in ihr offenes, ausdrucksstarkes Gesicht erkennen können, dass sie heute am Boden zerstört war, aus welchem Grund auch immer.

Und die Schnittwunde über ihrem Wangenknochen verriet, dass sie außerdem verletzt worden war.

Beides machte ihn wütend.

Die Fahrstuhltür glitt auf. Er nahm Thors Leine in die eine Hand und führte Pru mit der anderen zu ihrer Wohnung. Sie standen gerade im Flur vor ihrer Tür, als Mrs. Winslows Wohnungstür aufging.

„Wieder eine spezielle Lieferung?", fragte Pru ihre Nachbarin.

„Nicht für mich", antwortete Mrs. Winslow. „Für dich."

„Ähm, ich esse eigentlich keine speziellen Brownies", wehrte Pru ab. „Nichts für ungut."

Mrs. Winslow lächelte. „Aber woher denn, Süße! Ich soll dir nur ausrichten, dass eine Kleinigkeit im Speiseaufzug auf dich wartet."

„Auf mich? Warum?"

„Weil du heute einen schlechten Tag hattest."

Pru blinzelte überrascht. „Woher wissen Sie, dass ich einen schlechten Tag hatte?"

„Ach, sagen wir einfach, ein kleiner Vogel, der über uns alle wacht, hat mir das gezwitschert. Und er hat mich gebeten, dir zu sagen, dass du nicht allein bist."

„Wer?"

Aber Mrs. Winslow war schon wieder in ihrer Wohnung verschwunden.

Also öffneten sie Prus Wohnungstür und traten ein. Finn bückte sich, löste die Leine von Thors Geschirr, und der Hund tapste sofort zu seinem Napf.

Pru schüttete eine Tasse Trockenfutter hinein, tätschelte dem Hund den Kopf und ging dann zum Speiseaufzug, während Finn sich ihrem Gefrierschrank zuwandte. Einen Eisbeutel fand er darin nicht, aber immerhin einen kleinen

Beutel mit tiefgekühltem Zuckermais. Der würde es auch tun.

Als er sie nach Luft schnappen hörte, drehte er sich zu ihr um. Sie hielt einen Korb voller Muffins aus der Coffeebar hoch. Tinas Muffins, die besten, die es gab.

Finn wickelte die Tüte Mais in ein Küchentuch, drückte den provisorischen Eisbeutel sanft an ihre Wange und dann ihre Hand darauf. „Halt das ein paar Minuten so fest", sagte er.

Dann trug er den Korb mit Muffins zum Küchentisch, und sie stürzten sich beide sofort darauf.

„Es ist gut, solche Freunde zu haben", sagte er, obwohl er sie lieber nach der Verletzung in ihrem Gesicht gefragt hätte. Als sie sich sichtlich entspannte, wusste er, er hatte das Richtige getan.

Was nicht bedeutete, dass er nicht am liebsten jemanden dafür gehörig vermöbelt hätte, denn genau das wollte er. Sehr sogar.

„Noch schöner wäre, wenn ich wüsste, wer diese Freunde sind", erwiderte sie. Ganz offensichtlich waren ihr seine mörderischen Gedanken nicht aufgefallen. Sie begegnete seinem Blick. „Weißt du es?"

Einen Verdacht, wer es gewesen sein könnte, hatte er, aber da er nicht sicher war, schüttelte er den Kopf.

Sie nahm sich noch einen Muffin – mit Schokoladensplittern, so wie er aussah. „Seans kleine Ansprache im Pub hat dich geärgert", stellte sie fest.

Ihr gegenüber am Tisch sitzend, Thor auf dem Schoß und gerade dabei, einen ganz ausgezeichneten Blaubeer-Bananen-Muffin zu verspeisen, hatte er keine Lust, sich über Seans Ansprache zu unterhalten. Viel lieber hätte er erfahren, was *ihr* zugestoßen war. Aber er wusste, dass sie sich nicht öffnen würde.

Nicht, solange er es nicht tat.

Das Problem war, er öffnete sich gar nicht gern. Niemandem gegenüber.

„Es tut mir leid, dass dein Dad die Bar und den Erfolg, den ihr damit habt, nie erleben konnte", sagte sie leise.

Er legte seinen Muffin weg. „Meinem Dad hätte es kaum gleichgültiger sein können, was wir taten, als wir noch Kinder waren. Und es wäre ihm auch jetzt völlig egal."

„Aber Sean sagte …"

„Sean hat so viel Scheiße im Hirn, dass seine Augen braun sind", fiel er ihr ins Wort. „Mein Dad hatte nie einen Pub. Zur Hölle, er hat nicht einmal dazu gestanden, irischer Abstammung zu sein. Mein Bruder pflegt diese Lüge, weil er glaubt, irische Pubs liefen gut, und damit liegt er auch nicht falsch. Wir haben eine Menge erreicht, aber nicht, weil wir irischer Abstammung sind, sondern weil wir uns dafür abrackern."

„Du meinst, *du* rackerst dich ab", entgegnete sie.

Er wich ihrem wissenden Blick nicht aus. „Ich mag einfach diese Heuchelei nicht. Das ist Betrug."

„Es ist kein Betrug, wenn es wahr ist. Selbst wenn nur ein Körnchen Wahrheit darin steckt." Sie langte über den Tisch und schob ihre Hand unter seine. „Hör auf, dich für etwas schuldig zu fühlen, was du nicht zu verantworten hast und was niemandem schadet. Lass es ruhen, und genieß den Erfolg, zu dem du den Pub geführt hast – *trotz* deines Vaters."

Er starrte sie an. „Wie kommt es nur, dass du süß, unglaublich sexy und obendrein klüger bist als jeder Mensch, den ich sonst so kenne?"

Sie schenkte ihm ein schwaches Lächeln. „Das ist ein Gottesgeschenk."

Er beugte sich über den Tisch, umfasste mit den Fingern ihr Handgelenk und nahm ihr den Beutel Mais ab. Sacht berührte er ihren Wangenknochen. „Geht's dir gut?"

„Das wird es."

Ihre Unverwüstlichkeit entlockte ihm ein Lächeln. „Ja?", fragte er. „Und wie soll das gehen?"

Sie zuckte mit den Schultern. „Nun ja, es regnet, und ich liebe den Regen. Jemand hat mir einen Korb voller Muffins geschickt, und ich liebe Muffins. Thor ist tatsächlich mal sauber und wird mindestens noch die nächsten paar Minuten sauber bleiben. Ich muss morgen nicht vor Mittag arbeiten. Und ich habe Gesellschaft." Sie lächelte. „Gute Gesellschaft." Erneut zog sie die Schultern hoch. „Alles ist gut."

Sie konzentrierte sich stets auf das Positive, und meist hatte sie damit Erfolg. So ging sie mit Schwierigkeiten um. Das hatte er jetzt verstanden. Und noch etwas begann er zu begreifen, nämlich, dass er verdammt viel von ihr lernen konnte.

Sie stand von ihrem Stuhl auf, kam um den Tisch herum, hob Thor von seinen Beinen und setzte den Hund auf den Fußboden. Dann schwang sie sich selbst auf seinen Schoß und nahm sein Gesicht in beide Hände.

Finns Arme schlossen sich wie von selbst um sie, und ein Gedanke setzte sich in seinem Kopf fest. *Das fühlt sich richtig an.*

Sie fühlt sich richtig an.

21. Kapitel

#UpShitCreekWithoutAPaddle

Pru schaute Finn in die Augen und stellte erstaunt fest, wie intensiv sein Blick plötzlich war. Dieser Blick sagte mehr als tausend Worte. *Du bist nicht allein. Und du bedeutest mir etwas. Sehr viel.*

Wenigstens bist du nicht die Einzige, die ihr Herz verloren hat …

Dieser Gedanke war wie ein kühler Longdrink aus Erleichterung, gefolgt von einem hochprozentigen Kurzen aus Angst.

Denn das hatte sie nicht beabsichtigt. Nichts davon hatte sie gewollt: nicht seine Aufmerksamkeit, seine Zuneigung, seine emotionale Bindung … Und doch war das alles wie ein geheimer Traum, der gerade Wirklichkeit wurde.

Zugleich aber auch ein Albtraum, denn wie um alles in der Welt sollte sie das wieder aufgeben? Ihn aufgeben?

Dabei lautete die bittere Wahrheit, dass sie das gar nicht würde tun müssen. Es würde schon reichen, ihm alles zu erzählen, denn dann würde *er sie* aufgeben.

Sie hatte gewusst, dass es dazu kommen würde. Ihr war nicht entgangen, dass er ihre Wange betrachtet hatte, auch nicht, wie Zorn in ihm aufgeflammt war, als er die Verletzung sah. „Es ist …"

„Nicht *nichts*. Hör auf zu sagen, es sei nichts." Seine Stimme klang sanft, aber zugleich kompromisslos und stahlhart.

„Mein Großvater lebt in einem Pflegeheim", erzählte sie. „Schon seit Jahren. Ich besuche ihn jede Woche, aber er erkennt mich nicht immer."

„Er hat dich geschlagen?“, fragte er. Seine Stimme klang immer noch ruhig, sein Blick war es definitiv nicht.

„Nein.“ Sie schüttelte den Kopf. „Jedenfalls nicht direkt.“

„Was hat er dann getan?“

„Er wollte mich vertreiben“, sagte sie. „Er warf mit Gegenständen nach mir, die auf seinem Essenstablett standen.“

Finn zog die Stirn kraus. „Warum zum Teufel?“

„Manchmal hält er mich für meine Mom. Er mochte sie nicht.“

Finn ließ seine Finger durch ihr Haar gleiten, besänftigend, beruhigend, beschützend, und sie spürte, wie sie sich unter seiner Berührung ein bisschen entspannte.

„Warum nicht?“, fragte er leise.

„Sie …“ Pru schloss die Augen und drückte ihr Gesicht an seine Schulter. „Sie liebte es auszugehen und zu feiern. Sie hatte gern Spaß. Und mein Dad war froh, sie glücklich zu sehen. Wir verbrachten viel Zeit draußen auf dem Meer und bei Spielen der Giants. Das waren seine Lieblingsbeschäftigungen.“

Er lächelte. „Und du fährst immer noch raus aufs Wasser.“

Sie nickte. „Dort fühle ich mich ihnen näher. Ich habe meinem Dad immer gesagt, eines Tages würde ich Kapitän. Das muss lächerlich geklungen haben, aber er meinte immer, ich könnte alles tun, was ich wollte.“ Sie schwieg einen Moment. „Ich habe sie sehr, sehr geliebt, aber in mancher Hinsicht hatte mein Großvater recht. Meine Mom ermunterte meinen Dad dazu, ebenfalls Spaß zu haben. Tatsache ist, dass sie Partylöwen waren und bei diesen Gelegenheiten sehr viel getrunken haben …“

„Ist das der Grund, warum du nicht trinkst?“

„Der Hauptgrund“, gab sie zum ersten Mal in ihrem Leben zu. „Ist es eigentlich merkwürdig für dich, mit jemandem zusammen zu sein, der keinen Alkohol trinkt?“

Er schob ihr seine offene Hand in den Nacken und wartete, bis sie ihn ansah. „Nicht im Geringsten.“

Sie lächelte. „Mein Dad pflegte zu sagen, meine Mom sei das Licht in seinem Dunkel. Das liebte er an ihr. Er hat sie geliebt“, sagte sie, und die Erinnerung daran, wie ihre Mom ihn zum Lachen gebracht hatte, schnürte ihr das Herz ab. „Sie haben sich beide geliebt.“

In Finns Augen stand Mitgefühl, und dasselbe spürte sie in seinen Berührungen. Mitgefühl, Zuneigung und düsteres Verständnis. Auch er hatte Verluste erlitten. Viel zu viele.

„Ich freue mich, dass du solche Erinnerungen an deinen Dad und deine Mom hast“, sagte er. „Ich weiß, wie hart es ist, dass sie nicht mehr da sind, aber zumindest kannst du lächeln, wenn du an sie denkst.“

Meistens. Aber nicht immer. Zum Beispiel nicht, wenn sie daran dachte, wie sie ums Leben gekommen waren.

Und wen sie mit sich in den Tod gerissen hatten …

„Es tut mir leid, dass du solche Erinnerungen nicht hast“, meinte sie leise.

„Das muss es nicht. Ich habe nämlich nie kennengelernt, was mir entgangen ist.“ Ihre Blicke trafen sich. „Dich hat es schlimmer erwischt. Dein Leben war das komplette Gegenteil von meinem, und du weißt genau, was du verloren hast.“

Und wieder traf sie der Schmerz wie ein Stich in den Unterleib. „Finn …“

„Es ist nicht deine Schuld, Pru. Nichts ist deine Schuld. Vergiss es.“

Als ob sie das jemals könnte.

Sein Griff wurde fester. „Du betrittst das Zimmer deines Großvaters nie mehr allein. Du lässt dich von einem Pfleger begleiten. Oder von sonst irgendwem. Mir. Ich werde mitkommen. Oder wer immer du willst, aber ich will nicht, dass du noch einmal allein mit ihm bist.“

„Er ist nicht immer so …“

„Versprich es mir.“ Er nahm ihr Gesicht in beide Hände, wobei er sehr auf die Verletzung an ihrer Wange achtete. „Zwischen uns beiden herrscht völlige Aufrichtigkeit, ja? Wir haben keinen Grund, nicht aufrichtig zueinander zu sein. Also schau mir in die Augen, und versprich es mir, Pru."

Sie holte tief Luft und fühlte sich dabei wie die größte Lügnerin auf der ganzen Welt. „Ich verspreche es", flüsterte sie und hasste sich zugleich dafür. „Finn?"

„Ja?"

Den Blick fest auf seine Augen gerichtet, schmiegte sie sich eng an ihn. „Weißt du noch, wie du meine Schmerzen weggeküsst hast?"

„Nach dem ersten Softballspiel", antwortete er lächelnd. „Ja, ich weiß noch. Das war ein Highlight für mich." Glut glomm in seinen Augen auf. „Möchtest du, dass ich es wieder tue?"

„Nein, diesmal bist du dran", sagte sie. „Ich werde deine Schmerzen wegküssen."

Er erstarrte. „Das willst du tun?"

„Ja." *Bitte sag, dass ich es tun soll, dass du es brauchst, dass ich es tue …*

Ein schroffer Laut entrang sich ihm, voller Bedauern und Mitgefühl, und sie begriff, dass sie das laut ausgesprochen hatte. Sie schloss die Augen, wollte sich abwenden, aber er hielt sie fest, und als er sprach, klang seine Stimme leise und heiser. „Das tue ich", sagte er grimmig. „Ich werde dir zeigen, wie sehr ich dich brauche. Die ganze Nacht."

Sie starrte ihm in die Augen und ließ sich von der Kraft in seinen Worten, seinem Körper und seinem Blick davon überzeugen, dass er jedes einzelne Wort ernst meinte. „Die ganze Nacht?", wiederholte sie, weil sie diese Klärung brauchte.

„So lange, wie du willst."

Darüber nachzudenken überforderte sie im Moment, also schob sie das vorerst beiseite. Stattdessen fuhr sie mit ihren Fingern durch sein Haar, während er sie fest an sich zog und rhythmisch an den Körperteil drückte, der ihr an ihm am liebsten war. Sie ließ ihre Hüften wippen, überwältigt und erregt von dem Stöhnen, das er daraufhin ausstieß.

Finn reagierte wie gewünscht, strich mit den Händen über ihre Arme nach oben und ließ die Spaghettiträger ihres Sommerkleids von ihren Schultern gleiten. Das Oberteil des Kleidchens war aus leichtem Stretchstoff und immer noch feucht vom Regen. Es kostete ihn also nur sehr wenig Mühe, es bis auf ihre Taille herunterzuziehen und ihre Brüste freizulegen.

Ein rauer, sehr männlicher Laut der Anerkennung drang aus den Tiefen seiner Kehle hervor. Er schob die Hände unter ihr Kleid, legte sie um ihren Po, zog sie noch fester an sich und brachte damit ihre Brustwarzen in bequem erreichbare Höhe.

Als er eine in den Mund nahm, setzte ihr Denken komplett aus. Das war vermutlich das Beste, was geschehen konnte, denn sie war drauf und dran, Dinge mit ihm zu tun, von denen sie sich geschworen hatte, sie nie wieder zu tun. „Finn …"

Erneut stöhnte er. Es klang fast wie ein Knurren. „Ich liebe es, meinen Namen aus deinem Mund zu hören", brummte er, saugte heftig an ihrer Brustwarze und begann zugleich, sie weiter aus dem Kleid zu schälen.

„Oh nein", wehrte sie ab, und er hielt inne – die Zähne noch ganz sanft an ihre Brustwarze gelegt, die Hände unter ihr Kleid geschoben.

„Nein?"

„Nein. Diesmal werde ich nicht die Erste sein, die nackt ist", stellte sie klar. „Warum bin ich immer als Erste nackt?"

„Weil du nackt umwerfend aussiehst. Hier, lass mich zeigen …"

„Nein, halt, warte", widersprach sie leise lachend. Ihr war schwindelig vor Verlangen. „Großer Gott, bist du stark." Sie schob ihm das T-Shirt über die Brust nach oben und stieß ein erregtes, begeistertes Summen aus, als sie seinen nackten Oberkörper sah. „Ausziehen!"

Er löste eine Hand von ihrer Taille, packte den Stoff seines T-Shirts zwischen den Schulterblättern und zog es sich schwungvoll über den Kopf, ohne auch nur einen Moment seinen Blick von ihr abzuwenden oder sich darin beirren zu lassen, sie zum Wahnsinn zu treiben.

Mit beiden Händen strich sie über seine Brust- und Bauchmuskulatur, die sich fest und hart anfühlte. Obwohl er saß, zeigte sich nicht das kleinste Speckröllchen. Wenn sie ihn nicht so heftig begehrt hätte, hätte sie ihn dafür gehasst. Sie knöpfte seine Jeans auf und gab so den Blick auf seine äußerst beeindruckende Erektion frei.

Er trug keine Unterwäsche.

„Waschtag", meinte er trocken.

Sie starrte ihn an, und dann lachte sie. Da lag er prall und hart in ihren Händen, sie war heiß auf ihn, längst feucht und sehnte sich schmerzlich nach ihm – und lachte.

„Es ist nicht nett, über einen nackten Mann zu lachen", sagte er lächelnd und kein bisschen peinlich berührt, der eingebildete Kerl, und sie musste nur noch mehr lachen.

„Es tut mir leid", brachte sie schließlich prustend über die Lippen.

Er richtete sich auf, sodass seine aufregenden Bauchmuskeln sich anspannten, und biss ihr sanft ins Kinn. „Du siehst nicht aus, als täte es dir leid."

Sie umfasste seinen harten Penis und streichelte ihn. Dabei vibrierte ihr Körper vor Verlangen. „Ich werde daran arbeiten", sagte sie heiser, während er den Saum ihres Kleides hochschob.

Ihre Belustigung blieb ihr im Halse stecken.

Jetzt strich die Luft über ihre Oberschenkel. Ihr Slip war ein hauchzartes winziges Etwas, sodass Finn ihre nackten Pobacken in den Händen hielt, als er ihr Gesäß umfasste.

„Mmm", grummelte er anerkennend tief in seiner Kehle. Er bohrte die Fingerspitzen ein wenig in das Gewebe, tastete, drückte, schob sie dann unter den Spitzenstoff und ließ sie erbeben. „Halt das fest", sagte er.

Automatisch griff sie nach ihrem Kleid und hielt es auf Taillenhöhe fest. Sie fühlte sich glühend heiß. Schmerzlich – verzweifelt erregt. Zwar saß sie bereits rittlings auf seinen Oberschenkeln, aber mit seinen großen Händen schob er ihre Beine so zurecht, dass er und sie zusammenpassten wie zwei Puzzleteile.

„Ja", meinte er. „Genauso." Dann schob er den winzigen Slip beiseite und erstarrte, als er klar sehen konnte, was er freigelegt hatte.

Und in diesem Augenblick fiel ihr das Waxing wieder ein. „Elle ist schuld", sprudelte sie hervor.

„Herr im Himmel, Pru!" Andächtig strich er mit dem Finger über ihr entblößtes Fleisch.

Entblößt und nackt. „Sie hat mich und Willa mitgenommen ins Spa und …"

Finn stöhnte auf, als er den Finger zurückzog. Die Spitze war nass.

„… bevor ich mich's versah …" Die Worte verklangen, als er, den Blick fest auf sie gerichtet, den Finger in den Mund steckte und ablutschte. „Also … gefällt es dir?", flüsterte sie.

„Und wie!" Er umfasste ihre Hüften, hob sie auf den Tisch und setzte sie auf der hölzernen Tischplatte ab. Dann schob er in aller Seelenruhe seinen Stuhl ganz nah heran, legte sich ihre Beine über die Schultern, senkte den Kopf und …

Oh. Oh. Ihr letzter klarer Gedanke galt Elle. Womöglich hatte sie eine hervorragende Idee gehabt …

„Ich habe deinen Geschmack vermisst", murmelte Finn ein paar Minuten später, nachdem er sie vollkommen willenlos gemacht hatte. Genauer gesagt, sehr wenige Minuten später. Er rückte ein Stück ab, und da sie Angst hatte, er könnte gehen, protestierte sie, wenn auch kaum hörbar, und klammerte sich an ihn.

Lächelnd griff er nach hinten und zog seine Brieftasche aus der Gesäßtasche.

„Ein bisschen spät, um Visitenkarten auszutauschen, oder nicht?“, fragte sie. Ein Versuch, die kompromittierende Situation herunterzuspielen, weil ihr Mundwerk – wie bereits hinlänglich bewiesen – nie wusste, wann es still zu sein hatte.

Er zog ein Kondom hervor.

„Ach ja“, sagte sie. Verdammt, daran hätte sie denken müssen. Das Problem war, dass sie im Moment einfach nicht denken konnte. Schließlich lag ihr das Kleid im Prinzip wie ein Gürtel um die Taille, ansonsten war sie völlig nackt.

„Du bist atemberaubend“, erklärte er, den Blick keinen Moment von ihr abwendend. Mit den Zähnen riss er das Folienpäckchen auf, dann streifte er sich das Kondom über.

Noch nie in ihrem ganzen Leben hatte sie etwas so Erregendes gesehen.

Scheinbar mühelos hob er sie vom Tisch und setzte sie auf sich, wobei er das Tempo, in dem das geschah, absolut im Griff hatte: Ganz langsam ließ er sie auf sich herabsinken. Offenbar mochte Finn diese langsame, sie zum Wahnsinn treibende Reibung, und sie gab einen Laut der Ungeduld von sich, auf den er erneut mit einem Lächeln reagierte.

„Hältst du das für witzig?“, fragte sie.

„Dass du meinen Namen keuchst und mehr wimmerst und meinetwegen zitterst?“ Sanft strich er mit seinen Bartstoppeln über ihre Brustwarze und jagte ihr damit eine Gänsehaut über den ganzen Körper. „Eher für wahnsinnig sexy.“

Es überraschte sie nicht mehr, als ihr klar wurde, dass sie sich genauso fühlte: wahnsinnig sexy. Das war eine absolut neue Erfahrung für sie, und sie wusste nicht recht, wie sie sich beherrschen sollte. Daher probierte sie es gar nicht erst. Stattdessen versuchte sie jeden Quadratzentimeter seines Körpers zu erhaschen, den sie erreichen konnte, folgte jeder Berührung ihrer Finger mit den Lippen. Seine Schultern, sein Schlüsselbein, sein Hals … Himmel, wie sehr sie seinen Hals liebte! Und doch gab es etwas, was sie noch mehr liebte: die rauen, extrem erotischen Laute, die sie ihm entlockte.

„Komm hoch", flüsterte er ihr heiß ins Ohr, und statt zu warten, dass sie seiner Aufforderung nachkam, half er mit den Händen auf ihren Hüften nach, zeigte ihr, wie sie sich auf den Knien erheben sollte, bis er fast aus ihr herausrutschte, und dann wieder auf ihn herabsenken und ihn in ganzer Länge in sich aufnehmen sollte.

Beide keuchten sie auf, als sie begann, sich so zu bewegen. Mit den Händen drängte er sie weiterzumachen, während sie sich ununterbrochen küssten, intensiv und leidenschaftlich. Sobald ihnen die Luft zu knapp wurde, griff er in ihre Haare, wickelte sie sich um die Hand und zwang ihren Kopf nach hinten, saugte an ihrer ungeschützten Kehle, die andere Hand besitzergreifend auf ihrem Po.

Dann ließ er diese Hand in ihren Schritt wandern, spreizte die Finger, sodass er seinen Daumen über den derzeitigen Mittelpunkt ihres Universums reiben konnte. Sie packte sein Handgelenk und hielt seine Hand dort fest.

„Gefällt dir das?", fragte er heiß an ihrem Ohr.

„Hör nicht auf." *Niemals …*

Er gehorchte. Zog mit seinem rauen Daumen zielstrebige Kreise in genau dem Rhythmus, den sie brauchte, und brachte sie so dazu, dass sie aufschrie und mit Macht kam.

Als sie schließlich die Augen wieder öffnete, lag in seinen ein heißes triumphierendes Feuer, und sie schlang ihm die Arme um den Nacken. „Diesmal hättest du zuerst kommen sollen."

„Nein, zuerst kommst immer du", widersprach er ihr, und ihr Herz schmolz dahin.

„Ich weiß nicht, ob das fair ist."

„Oh ja, das ist es. Ich sehe dir gern zu, wenn du für mich kommst." Er knabberte an ihrem Kinn. „Du sagst meinen Namen mit total belegter Stimme und bohrst mir deine Fingernägel in die Haut. Das ist so wahnsinnig erregend, Pru."

Leise lachend barg sie ihr Gesicht an seinem Hals.

„Das sollte dir nicht peinlich sein", sagte er. „Dir zuzusehen bedeutet mir alles."

Bei dem Gedanken zog sie sich um ihn zusammen, und er stöhnte auf.

„Jetzt bist du dran", flüsterte sie und tat das Gleiche noch einmal.

„Ja?"

„Ja." Damit versetzte sie ihm einen leichten Stoß, damit er sich im Stuhl zurücklehnte. „Du sitzt jetzt einfach nur da und siehst gut aus", sagte sie. „Jetzt übernehme ich die Arbeit."

Er schenkte ihr ein so aufreizendes Lächeln, dass sie beinahe noch einmal gekommen wäre, bevor er sich zurücklehnte. Ganz offensichtlich hatte er kein Problem damit, ihr die Kontrolle zu überlassen und es auf ihre Weise mit ihm zu treiben.

Sie gab ihm alles, und als er schließlich seine Arme um sie schlang, den Kopf in den Nacken fallen ließ, sein Gesicht zu einer Grimasse höchster Erfüllung verzog und sich in sie ergoss, spürte sie, wie sie selbst noch einmal kam. Mit ihm. In ihn hinein …

Das erschütterte sie. Ein gemeinsamer Orgasmus. Mühelos erreicht. Sie hatte bis jetzt nicht gewusst, dass es so etwas wirklich gab. Es ganz ehrlich für einen Mythos gehalten, so wie Einhörner und gute Bonitätsbewertungen.

Als sie wieder zu Atem kam und die Welt aufhörte, sich wie wild um sie zu drehen, sah sie ihn an – hingestreckt unter ihr, die Augen geschlossen, ein seliges Lächeln im Gesicht.

„Verdammt", sagte er. „Das wird immer besser."

Benommen und auf zitternden Beinen stand sie auf und begann, ihr Kleid wieder richtig anzuziehen. „Das ist etwas ganz anderes, als ich erwartet habe."

Sein Lachen klang sexy. „Lügnerin."

Vor Schreck erstarrt, schaute sie ihn an.

„Gib's schon zu", fuhr er fort. „Du hast mich vom ersten Tag an gewollt. Für mich gilt das jedenfalls – todsicher."

Lachend über ihren Gesichtsausdruck, zog er sie wieder auf seinen Schoß, liebkoste sie und küsste sie auf den Kopf. „Du grübelst zu viel, Pru."

Auch das entsprach unbestreitbar der Wahrheit. Sie ließ den Kopf an seine Brust sinken und lauschte seinem kräftigen gleichmäßigen Herzschlag.

„Ich muss dir etwas sagen", murmelte er und ließ dabei die Hände nach unten wandern, um ihren Po zu umfassen und zu drücken.

Sie wand sich ein wenig, weil sie sein leises Knurren hören und spüren wollte, wie seine Finger fester zupackten. Aber die Botschaft, die ihr sein Körper vermittelte, deckte sich nicht mit seinen Worten.

„Du hast Sean aus der Patsche geholfen, und das bedeutet mir viel", sagte er.

Sie erstarrte und hob den Kopf, um ihn anzusehen. „Er hat es dir erzählt? Das hätte er nicht tun müssen."

„Ich bin froh, dass er es getan hat. Ich wusste ja schon, dass du warmherzig und sexy bist, witzig und klug, aber was du getan hast, Pru, dass du ihm so zur Seite gestanden hast – und damit auch mir –, das hat mir alles gesagt, was ich über dich wissen muss."

Sie schüttelte den Kopf. „Jeder hätte …"

„Nein", widersprach er. „Das hätte nicht jeder getan. Ich habe meinen Bruder und einen kleinen engen Freundeskreis, von denen jeder alles für mich tun würde, und das ist es dann auch schon. Aber jetzt habe ich auch noch dich. Das bedeutet mir viel, Pru. Du bedeutest mir viel."

Oh Gott. „Ich empfinde genauso", flüsterte sie. „Aber Finn, du weißt längst nicht alles über mich."

„Ich weiß, was ich wissen muss."

Wenn das doch nur der Wahrheit entspräche! „Finn …" Aber bevor sie aussprechen konnte, was sie wollte, bevor sie ihm die Wahrheit sagen konnte, die mit Sicherheit alles ändern und ihre Freundschaft, ihr gegenseitiges Vertrauen, überhaupt alles, was zwischen ihnen war, zerstören würde, klopfte es an der Wohnungstür.

„Einfach ignorieren", sagte Finn.

„Pru", meldete sich eine tiefe männliche Stimme von der anderen Seite der Tür.

Jake.

Oh Gott. *Jake!*

Das war übel. Sehr, sehr übel. Wenn Jake hier auf Finn stieß und diesen Gesichtsausdruck zu sehen bekam, dann konnte nichts mehr das Unwetter aufhalten. Jake hatte ihr gesagt, sie solle Finn informieren, bevor sie zu weit gingen, und wenn Jake Leuten etwas sagte, dann hörten sie für gewöhnlich auch auf ihn.

Sie jedoch hatte das nicht getan.

Und sie war weit gegangen mit Finn. Genauso weit, wie ein Mann und eine Frau überhaupt miteinander gehen können …

Sie steckte in Schwierigkeiten, ganz tief. Eins der Probleme, wenn der beste Freund ein versehrter Exsoldat war, bestand darin, dass er jedes Problem als Konflikt ansah, der gelöst werden musste. Sie zweifelte nicht daran, dass er nur einen Blick auf sie werfen würde, um sich dann ungefragt in ihre Angelegenheiten einzumischen und Finn höchstpersönlich aufzuklären.

Und das wäre das Letzte, was sie jetzt gebrauchen konnte. Sie sprang auf und richtete ihr Kleid, bevor sie zu Finn herumwirbelte. Er hatte sich die Jeans hochgezogen, aber noch nicht geschlossen. Auch sein T-Shirt hatte er nicht wieder angezogen. Mit anderen Worten, er saß da in nichts außer seinen Jeans, die Haare komplett zerwühlt von ihren Fingern – böse schmutzige Finger! –, und mit einem unmissverständlichen Ausdruck gerade erfolgter Befriedigung im Gesicht.

Und rührte sich nicht.

Sie wedelte mit den Händen vor seinem Gesicht herum. „Was tust du denn? Zieh dich an!"

„Bin schon dabei." Damit reckte er sich träge und langsam, als hätte er alle Zeit der Welt.

Jake klopfte noch einmal, und diesmal konnte man hören, dass er ungeduldig und gereizt war. Jake hatte viele gute Charakterzüge, aber Geduld zählte nicht dazu. „Pru, was zum Teufel treibst du da drin? Das hat hoffentlich nichts mit Finn zu tun", polterte er.

Sie hatte Finn gerade ihre Hände auf die Brust gelegt, um ihm mit einem kleinen Stoß zu verstehen zu geben, er solle sich beeilen. Deshalb sah sie nur zu deutlich, wie seine Brauen fragend in die Höhe schnellten.

Mist, auch das noch!

Dann rasselte vor ihrer Tür unüberhörbar ein Schlüsselbund, was sie an den unglückseligen Umstand erinnerte, dass sie bei ihrem Auszug Jake einen verdammten Schlüssel zu ihrer Wohnung in die Hand gedrückt hatte. Was hatte sie sich nur dabei gedacht? „Du musst dich verstecken", flüsterte sie Finn verzweifelt zu.

„Warum, zum Teufel?"

Sie gab einen Laut der Verzweiflung von sich, wirbelte herum und suchte nach Versteckmöglichkeiten.

Sie hatte viel zu wenig Möbel, nichts, wohinter Finn hätte in Deckung gehen können.

„Verdammt!" Ihr Blick fiel auf den Speiseaufzug. Perfekt. „Hier", sagte sie, öffnete ihn und schob Finn in die Richtung. „Du musst da rein, nur für eine Minute …"

Finn, kräftig und unverrückbar, rührte sich nicht, obwohl sie schob. Wieso geriet sie nur immer an große harte Alphatypen, die man nur bewegen konnte, wenn sie selbst es wollten?

Er schaute ihr ins Gesicht und schien endlich zu begreifen, dass sie völlig in Panik war, denn er schüttelte leicht den Kopf. „Du hast sie ja nicht mehr alle."

„Ja, jetzt verstehst du es endlich! Ich habe sie nicht mehr alle – aber, um offen zu sein, schon seit sehr langer Zeit!"

„Ich spreche von mir, Baby", erwiderte er. „Ich habe sie nicht mehr alle. Denn wenn du mich anschaust – mit diesen Augen, dann bin ich bereit, so gut wie alles für dich zu tun."

„Gut", gab sie rasch zurück. „Tu das. Bitte, ich kann es dir jetzt nicht erklären, aber du musst dich verstecken. Nur eine Minute, versprochen!"

Erneut schüttelte er den Kopf, murmelte etwas in sich hinein, was verdächtig nach „Du bist ein Volltrottel, O'Riley" klang, aber dann quetschte er sich Gott sei Dank trotz seiner Größe in den Speiseaufzug.

„Nur eine Minute", wiederholte sie, knallte die Tür vor seinem umwerfenden, aber doch verärgerten Gesicht zu und eilte zurück in die Küche – wo Finns Hemd und Schuhe auf dem Fußboden lagen. Mist! Hastig raffte sie alles zusammen, rannte zurück zum Speiseaufzug, riss die Tür auf, stopfte alles Finn in die Arme und knallte die Tür erneut zu.

Gerade rechtzeitig, denn in dem Moment rollte Jake in ihre Küche.

Finn hockte derweil im Speiseaufzug und wusste nicht, ob er eigentlich verärgert oder eher belustigt war. Womöglich war er auch ein bisschen erregt, was nur zu deutlich zeigte, wie es um seinen Geisteszustand bestellt war.

Niemand war jemals so mit ihm umgegangen. Noch nie. Und doch hatte Pru es gerade getan, als wäre sie ein Profi.

Mit dem Ergebnis, dass er jetzt nur in seiner noch nicht zugeknöpften Jeans in der drangvollen Enge des Speiseaufzugs kauerte, sein T-Shirt in der einen Hand, die Schuhe in der anderen, und sich fragte, was zum Teufel er da tat.

Er versuchte, sich auch nur einen einzigen Grund einfallen zu lassen, warum er ein schmutziges kleines Geheimnis bleiben musste, wenn zwischen Pru und Jake nichts lief. Aber das gelang ihm nicht.

Und seine Belustigung schwand.

Denn genau das war er im Moment: Prus schmutziges kleines Geheimnis. Und während der Gedanke ihm in seiner Fantasie vielleicht hätte gefallen können, tat er das in der Realität überhaupt nicht.

Nicht einmal ansatzweise.

Er presste das Ohr an die Tür und versuchte zu belauschen, was in Prus Küche vorging.

„Warum keuchst du wie eine Irre?“, fragte Jake. „Und du bist puterrot. Bist du krank?“

Sosehr er sich auch bemühte, Finn konnte Prus Antwort nicht verstehen.

Ganz im Gegensatz zu Jacks nächster Frage. „Warum liegt ein Paar Männersocken auf deinem Fußboden?“

Im selben Moment ging ein Ruck durch den Speiseaufzug, er setzte sich in Bewegung und entführte Finn nach unten.

22. Kapitel

#SillyRabbit

„Mist!“ Finn blieb nichts anderes übrig, als sich festzuhalten, als der Speiseaufzug sich in Bewegung setzte, ihn am ersten Stock vorbeisinken ließ, dann am Erdgeschoss … bis ganz nach unten in den Keller. Das erinnerte ihn böse an das letzte Mal, als ihm das passiert war.

Bevor er sich wieder fangen konnte, wurde die Tür der kleinen Kabine geöffnet. Und Publikum hatte er auch. Luis, der Hausmeister. Trudy, die Chefin der Reinigungstruppe. Eddie, der Alte. Elle, Spence und zwei Freunde von Spence, Joe und Caleb. Sie alle saßen um einen Pokertisch, rauchten Zigarren und spielten Stud Poker, so wie es aussah.

Mehr oder weniger überrascht und schockiert starrten sie Finn an, der immer noch nur mit seiner Jeans bekleidet war und T-Shirt und Schuhe in den Händen hielt.

Nur Luis zuckte nicht mal mit der Wimper, aber der Mann hatte ein Bein in Vietnam verloren, den konnte nicht mehr viel aus der Ruhe bringen. Er schüttelte nur den Kopf. „Manche Leute lernen's nie.“

Trudy war mit Luis verheiratet gewesen – drei Mal. Vor Kurzem hatten sie ihre dritte Scheidung gefeiert, was bedeutete, dass sie bereits wieder miteinander schliefen und vermutlich über ihre vierte Hochzeit nachdachten. Als Trudy Finns Ankleidezustand wahrnahm – beziehungsweise in diesem Fall seinen Entkleidungszustand –, fiel ihr die Zigarre aus dem Mund.

„Da brat mir einer einen Storch“, ließ sie mit ihrer in dreißigjähriger Raucherkarriere rau gefeilten Stimme vernehmen.

„Ich habe nicht einmal gewusst, dass es echte Männer gibt, die so aussehen!"

Joe, mit vierundzwanzig der Jüngste in der Runde, hatte sein Collegestudium als Profi-MMA-Sportler finanziert. Er schob sein Shirt hoch, um sich seinen Waschbrettbauch anzusehen. „Hey, ich sehe auch so aus."

Spence schnaubte spöttisch.

„Du sabberst", wandte Elle sich an Trudy und warf Geld in den Pott, ohne Finn eines zweiten Blicks zu würdigen.

Finn nahm das nicht persönlich. Jeder wusste, dass Elle sich in Archer verguckt hatte. Na ja, fast jeder bis auf Elle. Und Archer …

Eddie sah Finn an und nahm seine Zigarre aus dem Mund. „Hast du eine Geldbörse bei dir, Junge?"

„Ja", sagte Finn. Um sein Notfallkondom erleichtert …

„Dann komm schon her. In der nächsten Runde mischst du mit."

Finn sah an sich herunter. Er dachte an die Nacht, die er hinter sich hatte. Sie hatte so umwerfend begonnen, wie eine Nacht nur beginnen konnte, doch dann war es abwärts gegangen.

Im doppelten Sinne des Wortes.

„Ich erhöhe um dreißig", sagte Elle, in Gedanken beim Spiel. Nichts konnte Elle so schnell von Poker ablenken.

„Bist du sicher?", hakte Spence nach.

Sie verengte die Augen. „Warum sollte ich nicht sicher sein?"

Spence schaute sie einfach nur an. Er verschwendete nicht gern Worte, aber als einer der klügsten Männer, die Finn je begegnet waren, musste er das auch nicht oft.

Caleb hingegen machte es nichts aus, zu reden. „Weißt du noch, wie wir das letzte Mal gespielt haben?"

Elle seufzte. „Jaja, als ich das letzte Mal erhöht habe, musste ich zum Schluss mein Erstgeborenes an Spence verpfänden. Nur gut, dass ich keine Kinder plane." Sie atmete heftig aus und legte ihr Blatt zusammen. „Du hast recht."

„Wie bitte?“, fragte Spence, eine Hand um ein Ohr gelegt.

„Ich sagte, du hast recht!“, zischte Elle.

Auf Spencers Gesicht breitete sich langsam ein Lächeln aus. „Ich habe dich verstanden. Ich wollte es nur noch einmal hören. Kann ich das schriftlich haben, um es der Nachwelt zu überliefern?“

Elle zeigte ihm den Stinkefinger.

Das entlockte Spence nur ein Grinsen. „Stock und Stein …“

„Und wie wäre es mit einem dicken fetten Verlust“, maulte Elle. „Würde der Pein bringen?“ Sie sah sich um. „Was zum Teufel muss ein Mädchen anstellen, damit es noch einen Drink bekommt und das Spiel weitergeht?“

Joe, verliebten Blickes, beeilte sich, ihr nachzuschenken. Geistesabwesend tätschelte Elle ihm den Kopf und wandte sich wieder den Karten zu. „Kommst du jetzt oder nicht?“, fragte sie Finn.

Typisch Elle, immer in Eile. Achselzuckend warf er sein T-Shirt und seine Schuhe zur Seite. Jetzt war sowieso alles egal. „Ich bin dabei.“

Erst gegen drei Uhr morgens taumelte Finn nach Hause und fiel ins Bett – nur um an die Decke zu starren.

Beim Poker hatte er verloren – verfluchte Elle mit ihren Nerven aus Stahl –, und hinterher hatte er sich zum Pub geschleppt, um sich dort wenigstens noch einmal blicken zu lassen und bis zum Schließen zu helfen. Es war viel los gewesen an diesem Abend, zu viel, um die Tür im Auge zu behalten und nach einer bestimmten braunäugigen Schönheit Ausschau zu halten.

Nicht dass sie sich hätte blicken lassen.

Genauso wenig wie Jake.

Und deshalb hatte Finn mit den Zähnen geknirscht, während er sich fragte, ob er nur ausgenutzt worden war. Oder vielleicht überreagierte. Oder ein kompletter Idiot war …

Er konnte einfach nicht aufhören, daran zu denken, wie er empfunden hatte, als er tief in Pru vergraben war, so tief, dass er weder Bedauern noch Schmerz fühlen konnte. Er hatte nichts gespürt außer ihrem weichen Körper, der ihn von allen Seiten umgab, ihrer feuchten Hitze, die ihn molk bis auf den letzten Tropfen, ihren Mund, der an seinem hing, als hätte sie noch nie jemanden gehabt wie ihn. In ihrem ganzen Leben nicht.

„Mist", murmelte er und wälzte sich im Bett herum. Sie hatte also verbergen wollen, was sie getan hatten. Na und? Er hatte eine unglaublich wahnsinnige Zeit mit ihr gehabt, und das war alles, was zählte.

Jetzt war er zurück in der realen Welt.

Gerade hatte er sich halbwegs überredet, selbst daran zu glauben, da klopfte es an der Tür.

Nach Finns Erfahrungen bedeutete es nie etwas Gutes, wenn mitten in der Nacht an die Tür geklopft wurde. Das war geschehen, als sein Dad gestorben war. Oder als Sean Geld für eine Kaution gebraucht hatte. Oder als die Küche im Pub in Flammen stand.

Er schleuderte seine Decke von sich und zog sich die Jeans an, die noch auf dem Boden lag. Auf dem Weg zur Tür warf er sich ein Hemd über, wappnete sich und schaute durch den Türspion.

Mit dem, was er sah, hatte er nicht gerechnet.

Statt eines Polizisten stand eine Frau vor der Tür. Die eine Frau, die ihn auf den Kopf stellen und komplett von innen nach außen krempeln konnte. Jetzt trug sie Jeans und ein T-Shirt und sah beunruhigt und ängstlich aus. Verdammt! Er trat einen Schritt zurück und starrte die Tür an.

„Bitte, lass mich nicht betteln", sagte Pru durch das Holz hindurch.

Mühsam dem Drang widerstehend, die Stirn gegen die Tür zu knallen, schloss er auf und öffnete.

Pru starrte zu ihm hoch und blinzelte zwischen den langen

Locken hindurch, die ihr ungebändigt ins Gesicht hingen. „Du bist gegangen“, sagte sie.

„Du hast mich in den Speiseaufzug geschubst.“

„Du bist gegangen“, wiederholte sie.

Er verschränkte die Arme vor seiner Brust. Warum sollte er sich wiederholen? Sie hatte ihn in den Speiseaufzug gedrängt, damit sie vor Jake nicht zugeben musste, was sie auf ihrem Küchentisch getrieben hatten. Er hatte sich dazu überredet, das im Geiste zu den Akten zu legen, in eine Schublade mit der Aufschrift „Miese Erfahrungen“. Den Schlüssel hatte er weggeworfen.

Aber offenbar hatte er vergessen, die Schublade abzuschließen.

Sie schloss die Augen. „Darf ich reinkommen?“

„Wozu?“

Die Augen wieder öffnend, machte sie ihn mit ihrem warmen Blick ganz willenlos. „Ich wollte um Entschuldigung bitten.“

„In Ordnung. Noch was?“

„Ja.“ Sie seufzte. „Ich weiß, wie mies das ausgesehen hat, Finn, aber es ist nicht so, wie du denkst.“

Er lehnte sich gegen den Türrahmen. „Und was denke ich, Pru?“

Sie legte ihre Hände auf seine Brust und gab ihm einen leichten Stoß. Weichei, das er war, ließ er zu, dass sie sich an ihm vorbeidrängte, und genoss auf etwas perverse Weise, dass sie noch nach ihm roch.

Sie ging geradewegs in sein Schlafzimmer, und er folgte ihr, ein pawlowscher Reflex.

Sie nahm sein Zimmer unter die Lupe, das ungemachte Bett, das Mondlicht, das durchs Fenster hereinfiel und die Matratze in Grau- und Blautöne tauchte. Als er hinter ihr eintrat, drehte sie sich zu ihm um und streifte sich die Schuhe ab.

„Wir wissen beide, was du gedacht hast“, sagte sie. „Aber

Jake und ich sind nicht zusammen. Ich habe dich nicht vor ihm versteckt. Jedenfalls nicht so."

„Wie denn dann?"

Einen langen Moment hielt sie seinem Blick stand. „Ich handele nicht immer mit meinem Verstand. Manchmal handele ich mit dem Herzen, ohne über mögliche Folgen nachzudenken. Jake ist mein Boss und mein Freund, und er passt auf mich auf."

„Er glaubt also, ich würde dir wehtun?"

„Nein", antwortete sie und wandte den Blick ab. „Tatsächlich glaubt er, ich würde dir wehtun. Und damit hat er vermutlich recht."

„Du wirst mir das Herz brechen, Pru?", fragte Finn leise. Das war nur halb im Scherz gesagt, denn er wusste etwas, was sie nicht wusste, nämlich dass sie das durchaus konnte, wenn sie nur wollte. Sie konnte ihn ins Unglück stürzen.

„Tatsächlich", erwiderte sie kaum hörbar, „bin ich mir ziemlich sicher, dass es genau umgekehrt laufen wird." Sie streckte die Arme nach ihm aus, schob ihm das offen stehende Hemd von den Schultern und ließ es zu Boden gleiten.

„Was tust du?", fragte er.

„Wonach sieht es denn aus?" Ihre Finger glitten an seiner Brust hinunter über seine Bauchmuskeln und begannen, mit dem Bundknopf seiner Jeans zu spielen.

„Du versuchst, mich auszuziehen."

„Ja", sagte sie. „Hilfst du mir dabei?"

Gute Frage. Aber eins nach dem anderen. Mit einer Hand umfasste er ihre Hände, die andere legte er ihr ans Gesicht und sorgte dafür, dass sie ihn ansah. „Du und Jake, ihr seid …"

„Nein", antwortete sie ohne Zögern mit klarem Blick.

Möglich, dass er das später bereuen würde, aber er glaubte ihr. „Kein Versteckspiel mehr, Pru. Ich will niemandes schmutziges Geheimnis sein, nicht einmal deines."

„Ich weiß.“ Damit befreite sie ihre Hände aus seinem Griff und liebkoste seine Brust. „Wir waren noch nicht fertig miteinander.“

„Nicht?“

Leichtes Kopfschütteln, während sie ihre Finger weiter nach unten wandern ließ. „Es sei denn … du bist fertig mit mir?“

Noch lange nicht. „Du hast zu viel an“, sagte er und machte sich daran, das zu ändern. Er zerrte ihr T-Shirt aus dem Bund ihrer Jeans und zog es ihr über den Kopf. Als Nächstes folgte ihr BH. Ihre Brüste lagen nun warm und weich in seiner Hand und entlockten ihm ein Stöhnen aus tiefster Kehle.

Pru blieb dabei nicht untätig, sondern erforschte mit Händen und Lippen jedes Stückchen seines Körpers, an das sie herankommen konnte. Im Augenblick knabberte sie an seinem Schlüsselbein, während sie gleichzeitig seine Jeans aufknöpfte.

Um seine Selbstbeherrschung war es geschehen. Finn kniete vor ihr nieder, zerrte ihre Jeans und ihr Höschen mit einem harten Ruck nach unten, packte ihre Hüften mit beiden Händen und zog sie einen Schritt näher an sich heran.

„Oh“, keuchte sie, aus dem Gleichgewicht gebracht, und krallte ihre Finger in seine Haare, um sich zu fangen.

Aber er hatte sie. Er hatte sie und würde sie nicht stürzen lassen. Er selbst hatte nicht solches Glück. Er hatte seinen Sturz bereits hinter sich, doch er war ihr absolut verfallen. Das Herz wurde ihm eng bei diesem Gedanken, er beugte sich vor und liebkoste sie mit dem Mund.

Erneut keuchte sie auf, und ihre Finger krallten sich noch fester. „Finn …“

Er leckte, atmete ihren Duft ein, saugte an ihr. Und die ganze Zeit hatte er ihr leises Keuchen, ihr hilfloses Stöhnen und ihr wortloses Flehen im Ohr, spürte es mit jeder Faser seines Körpers, bis er nicht mehr wusste, wo er aufhörte und sie begann.

Als sie kam, kam sie heftig und mit seinem Namen auf den Lippen. In dem Moment empfand er höchste Befriedigung und größten Triumph. Als ihr die Knie weich wurden, stand er auf, nahm sie auf seine Arme und warf sie auf sein Bett.

Einmal federte sie leicht von der weichen Matratze hoch, dann war er über ihr. Vielleicht ging er ein bisschen gröber vor, als sie erwartet hatte, denn sie blinzelte überrascht zu ihm hoch, als er sie auf die Matratze drückte.

„Was tust du?“, fragte sie ein wenig heiser, und er wusste, dass er allein der Grund dafür war.

„Ich gebe dir, wofür du gekommen bist.“

„Und wenn ich hinterm Steuer sitzen möchte?“

„Speiseaufzug.“

„Das ist also … deine Vergeltung?“

Er packte ihre Handgelenke und drückte sie links und rechts neben ihrem Kopf auf das Kissen. „Ja.“ Dann drängte er sich zwischen ihre Oberschenkel und machte es sich dort bequem. „Aber du kannst zum Ausgleich mit mir tun, was du willst. Später.“ Er beugte den Kopf und zog mit seiner Zunge eine feuchte Spur ihren Hals hinunter. Großer Gott, sie schmeckte fantastisch! „Viel später.“

Eigentlich hatte er es langsam angehen lassen wollen. Hatte ihre nackte Haut auf seiner genießen wollen, aber als sie sich unter ihm entspannte und ihre Beine um seine Taille schlang, verging ihm jeder Funken Geduld. Er konnte sie fühlen, heiß und feucht und bereit. Als er sich tief in sie hineingleiten ließ, keuchten sie beide auf, und mit seinem ersten harten Stoß war es um sie beide geschehen.

23. Kapitel

#CaffeineRequired

Am Tag danach ging Pru gerade ihren Terminplan durch, als Nick in der Bürotür erschien. „Hey“, sagte er, „hast du eine Minute Zeit?“

Sie hatte ihm den Job hier bei Jake besorgt, aber sie hatten beide immer so viel zu tun, dass es kaum Gelegenheit gab, sich zu unterhalten. „Ganz genau eine Minute“, antwortete sie mit einem Blick auf die Uhr und lächelte Nick an. „Was gibt’s? Wie geht es deiner Mom? Tim? Ich habe vor einer Woche oder so mit ihm gesprochen.“

„Mom geht es gut“, erwiderte Nick. „Und Tim hat die Wohnung bekommen.“ Er lächelte. „Dank dir. Weiß Jake eigentlich, dass eine Heilige für ihn arbeitet?“

„Glaub mir“, wiegelte sie ein wenig unbehaglich lachend ab, „ich bin keine Heilige. Und Jake braucht man nichts dergleichen zu erzählen.“

„Warum nicht? Vielleicht würde er dir das Gehalt erhöhen.“

„Weil ich eine Heilige bin? Nein. Wenn ich hingegen einen Weg fände, mich selbst zu klonen, würde er sich das vielleicht überlegen.“

Nick umarmte sie rasch und heftig.

„Wofür das denn?“, fragte sie.

„Für alles.“

Als er wieder gegangen war, bekam sie eine SMS von Elle, die sie veranlasste, mit offenem Mund auf das Display ihres Smartphones zu starren.

Ich weiß nicht, wie oder warum, aber danke, dass du den gestrigen Pokerabend mit dieser komischen Einlage aufgelockert hast.

Entsetzt starrte sie auf den Text. Sie konnte immer noch nicht glauben, dass sie Finn das angetan hatte.

Und das ist noch nicht alles, was du ihm angetan hast …

Sie hatte zugelassen, dass ihre Gefühle die Oberhand gewannen. Das war ein Fehler gewesen, aber großer Gott, was für ein herrlicher, aufregender, fesselnder, wundervoller Fehler!

Ihre Antwort an Elle bestand nur aus einem Fragezeichen für den Fall, dass sie voreilige Schlüsse zog, doch Elle war nur zu bereit, ihr die Geschichte in einer weiteren SMS zu erklären.

Die alle zwei Wochen stattfindende Pokerrunde wandelte sich zur Peepshow, als Finn halb nackt im Speiseaufzug auftauchte. Das musst du mir unbedingt erklären.

Ihr Magen krampfte sich schmerzhaft zusammen. Ihr Plan, ein bisschen Spaß und Abenteuer in Finns Leben zu bringen, während sie darauf wartete, dass der Springbrunnen ihm Liebe schenkte, war ihr so einfach erschienen. Spaß und Abenteuer, nichts weiter. Sie hatte ehrlich nicht vorgehabt, ihm beides im Bett zu schenken.

Oder auf ihrem Küchentisch.

Oder in ihrem Bad …

Oh Gott. Die Sache war übel. Richtig gewaltig übel. Und doch hatte sie alles als so aufregend gut erlebt, dass sie sich immer wieder dabei ertappte, plötzlich wie erstarrt irgendwo zu stehen und die hocherotischen Erinnerungen wie einen Film vor ihrem geistigen Auge abzuspielen. Finn, wie er sie über die Bettkante beugte, sein Mund an ihrem Ohr, sein heißes Liebesgeflüster, während er sie reizte und ihr ihre Hemmungen nahm, sein Körper hart an ihren gedrückt.

In ihr …

Zittrig atmete sie aus. Das waren gefährliche Gedanken, denn sie war selbstsüchtig gewesen, und sie würde das nicht wiederholen.

Auf keinen Fall.

Das hieß eigentlich, so oft, wie sie nur konnte.

Verdammt! Sie schlug sich die Hand vor die Stirn. Halte dich an deinen Plan, befahl sie sich und gab ihrem inneren Schweinehund keine Chance, ihr zu widersprechen. Keine sexuellen Abenteuer mehr, ganz gleich wie wunderbar fordernd Finn im Bett war. Und diesmal meinte sie es ernst. Hundertprozentig ernst. Oder doch wenigsten fünfundsiebzigprozentig.

Auf keinen Fall weniger als fünfzigprozentig …

Zum Glück hatte sie wahnsinnig viel zu tun, und das half ihr, jeden Gedanken an Finn zu verbannen. Das Wetter war schön, es war warm, und das hatte zur Folge, dass alle rauswollten. Sie wollten aufs Wasser, Alcatraz sehen, Treasure Island, die Seelöwen von Pier 39 …

Sie befand sich auf ihrer zweiten Tour des Tages, als ein junger Mann seiner Freundin einen Heiratsantrag machte. Zu seinem Unglück hatte er nicht auf ihrer Pinterest-Seite nachgeschaut, auf der sie Bilder von akzeptablen Ringen angeheftet hatte. Alles lief bestens, bis sie die kleine schwarze Schachtel öffnete. Es endete nicht gut, vor allem, weil der junge Mann schon in den ersten fünf Minuten der zweistündigen Tour seinen Antrag vorbrachte und für den Rest der Fahrt ihr frostiges Schweigen ertragen musste.

Auf ihrer letzten Tour schipperte Pru eine Gruppe dummer Jungs, die permanent Witze rissen, grinsten und, einander in die Rippen boxend, wissen wollten, ob sie auch unter Deck ihr Kapitän wäre und ob sie auch mal Pirat mit ihren Passagieren spielte, sie hätten nämlich absolut nichts gegen Plündern und Rauben. An diesem Punkt holte sie ihren Baseballschläger hervor, den sie unter ihrem Kapitänssitz liegen hatte, und fragte, ob sie Bekanntschaft damit machen oder sich lieber hinsetzen und für den Rest der Tour die Klappe halten wollten.

Die Jungs entschieden sich für Zweiteres.

Kaum hatten am Ende der Tour die letzten Passagiere ihr Boot verlassen, bekam sie einen Anruf von Jake.

„Wenn du Probleme mit Passagieren hast, überlass es mir, sie zurechtzustutzen. Du hast es nicht nötig, das selbst zu tun“, erklärte er. „Du bist da draußen nicht allein, ich bin immer ganz Ohr.“

Das war wörtlich zu nehmen. Wenn sie auf dem Wasser war, war die Funkverbindung ständig offen. „Vielleicht möchte ich manchmal selbst jemanden zurechtstutzen“, sagte sie.

„Worauf ich hinauswill: Du *musst* das nicht tun.“

„Es hilft, Stress abzubauen“, erwiderte sie.

„Aha. Ebenso, wie mit dem Typen zu schlafen, dem gegenüber du nicht ehrlich bist, und ihn dann halb nackt in deinen Speiseaufzug zu schubsen, damit dein Ex, dein Boss und dein bester Freund ihn nicht sieht?“

Die Luft entwich ihrer Lunge in einem mächtigen Stoß. „Wer hat dir das erzählt?“

„Eddie würde für Essen oder Geld seine eigene Mutter verpfeifen. Das weißt du doch.“

„Und woher weiß Eddie das?“, hakte sie nach. „Ich habe niemandem davon erzählt!“

„Musstest du auch nicht. Eddie war im Keller, zusammen mit einer kleinen Schar auserwählter Teilnehmer einer heißen Pokerrunde, als sich der Speiseaufzug öffnete und dein Kerl herausstolperte, die Hose in der Hand.“

„Das Hemd!“, brüllte sie. „Er hatte sein Hemd in der Hand. Seine Hose hatte er an!“

„Sag mir einfach, dass du es ihm gesagt hast.“

„Ich arbeite daran.“

„Verdammt noch mal, Pru, *willst* du eigentlich, dass dein Glück wie eine Seifenblase zerplatzt? Du benimmst dich jedenfalls so. Versprich mir, dass du keine weiteren Dummheiten begehst, bevor du es ihm sagst."

Sie schloss die Augen, wohl wissend, dass er recht hatte. Und sie verfluchte ihn dafür, dass es so war.

„Pru …"

„Ich höre dich."

„Versprich es mir. Ich weiß, dass du niemals ein Versprechen brechen würdest, also versprich mir jetzt und hier, dass du …"

„Ich verspreche es. Ich hatte immer vor, es ihm zu sagen, und ich werde es tun. Mir ist klar, dass jetzt schon zwei Wochen um sind, aber ich arbeite daran, in Ordnung? Ich werde es ihm sagen, sowie der richtige Zeitpunkt gekommen ist."

„Sieh einfach nur zu, dass du deine Gelegenheit nicht verpasst, Chica. Mehr sage ich nicht."

„Ich habe dich verstanden."

Sie unterbrachen die Verbindung, und Pru schloss die Augen. Es war schwer, so zu tun, als wäre etwas Bestimmtes nicht geschehen, wenn buchstäblich jeder bereits davon wusste.

Nach der Arbeit hing sie nicht wie normalerweise noch ein wenig im Büro herum, sondern sah zu, dass sie wegkam. Um den Kopf freizubekommen, gingen sie und Thor zu Fuß. Das hieß natürlich, sie ging. Thor wurde auf halbem Wege müde und blieb sitzen. Er pflanzte seinen kleinen Hintern fest auf den Bürgersteig und weigerte sich beharrlich, auch nur noch einen Schritt weiterzugehen.

„Du wirst fett werden", warnte sie ihn.

Thor wandte nur den Kopf ab.

„Komm schon", lockte sie. „Ich möchte auf den Aquatic-Park-Pier mir die zauberhaften Farben des Sonnenuntergangs ansehen."

Thor nieste, und sie hätte schwören können, das Wort „Blödsinn" in dem Laut zu hören. Das Traurige an der Sache war, dass ihr Hund über mehr Verstand verfügte als sie selbst, denn er hatte recht.

Sie versuchte, Zeit zu schinden, um noch nicht nach Hause gehen zu müssen. Es war einfach so, dass sie inzwischen Finns Gesellschaft brauchte. Viel zu sehr brauchte. Er brachte sie zum Lachen. Er brachte sie zum Weinen. Er brachte sie dazu, sich Dinge zu wünschen, die zu wünschen sie immer Angst gehabt hatte. Gefühle zu haben … viel zu große Gefühle.

Da Thor sich nicht rührte, nahm sie ihn auf den Arm und trug ihn bis ans Ende des langen, sich in einem Bogen aufs Wasser hinaus schwingenden Piers. Sie schaute aufs Wasser hinaus und dachte, dass vielleicht alles gar nicht so schlimm war. Ja, sie hatte einen Fehler gemacht. Sie hatte ein paar Mal mit Finn geschlafen.

Na und?

Andere Leute, normale Leute, schliefen andauernd mit irgendwelchen Typen, und sie sah niemanden, der deswegen in Panik geriet. Soweit sie das beurteilen konnte, hatte Finn keinen zweiten Gedanken daran verschwendet und würde über ihre Sorgen wahrscheinlich nur lachen.

Aber jetzt hast du mit ihm geschlafen. Richtig geschlafen, dich die ganze Nacht in seine Arme gekuschelt … Und das war intimer gewesen als alles andere und hatte für sie alles verändert. „Vielleicht bin ich einfach nur albern", meinte sie hoffnungsvoll zu Thor.

Thor leckte ihr träge, aber durch und durch loyal übers Kinn.

Sie drückte ihn an sich. „Ich habe immer noch dich", murmelte sie. „Du wirst mich nie im Stich lassen …"

Kaum hatte sie das gesagt, wand er sich heftig auf ihrem Arm, weil er heruntergelassen werden wollte. Pru setzte ihn ab. „Was ist denn in dich gefahren?" Sie fragte nicht weiter, als er zu einem anderen Hund wenige Meter entfernt lief.

Es war ein kleiner, gezierter, perfekt frisierter Shih Tzu. Die Hündin blieb still stehen, als Thor sich näherte, und gestattete ihm, an ihrem Hinterteil zu schnuppern. Dann beschnupperte sie ihn im Gegenzug, während Pru der Hundehalterin einen entschuldigenden Blick zuwarf.

Die Frau war etwa Mitte dreißig, trug Laufhosen und einen winzig kleinen Lauf-BH einer Sportartikelmarke, von der Pru es sich nicht einmal leisten konnte, sie im Katalog zu bewundern.

„Baby“, sagte die Frau. „Wie oft habe ich es dir schon gesagt? Du bist ein Rassehund, keine widerliche Promenadenmischung.“

„Hey, er ist nicht widerlich, er ist nur …“ Pru unterbrach sich, als Thor sein Bein hob und Baby markierte.

Als Pru schließlich zu Hause ankam, war Thor auf ihren Armen, die inzwischen fast völlig taub waren, eingeschlafen. Offenbar konnte ihn nichts davon abhalten, seinen Schönheitsschlaf zu pflegen, keine hochnäsigen kleinen Hunde mit hochnäsigen kleinen Haltern, und schon gar nicht das hysterische Geschrei ebendieser hochnäsigen Halter kleiner Hunde über die Kosten des Hundefriseurs und die Unverschämtheit Prus, die ihrem Köter gestattet hatte, „Baby“ zu ruinieren.

Bodennebel wallte hoch und verstärkte die Dämmerung, als sie durch den Innenhof kam und dicht an der Rückwand entlangschlich, um möglichst von niemandem gesehen zu werden.

Es war kühl geworden, weshalb es sie nicht überraschte, dass ein Feuer in der Feuergrube brannte. Was sie überraschte, war Eddie, der über das Feuer wachte. Er winkte sie zu sich heran.

Auf halbem Wege bemerkte sie, dass der ganze Innenhof von einem widerlichen Gestank erfüllt war. Als sie Eddie erreichte, holte sie das nur zur Hälfte verzehrte Sushi-Lunchpaket aus ihrer Tasche und gab es ihm.

„Danke, Kumpeline.“ Er stopfte das Sushi in die Tasche seines Sweatshirts und stocherte mit einem langen Stock in den Flammen herum.

„Es geht aus“, sagte sie.

„Ich weiß. Ich hatte es nur angefacht, um Zeugs loszuwerden.“

„Zeugs? Kommt der Gestank davon?“

Er lächelte nur.

Ein paar Minuten vergingen, und Pru wurde bewusst, dass sie immer noch dastand und breit grinste. „Ich habe einen Bärenhunger.“

„Ich auch“, meinte Willa direkt neben Pru.

Pru blinzelte überrascht. „Seit wann stehst du da?“

„Schon eine Weile.“ Willa schaute ihr ins Gesicht und grinste ebenfalls. „Du bist total bekifft.“

„Was? Natürlich nicht“, protestierte Pru.

„Hast es eingeatmet.“ Willa schaute Eddie an, der so viel Anstand besaß, kleinlaut dreinzuschauen.

„Ich hatte ein paar tote Setzlinge, die ich loswerden musste“, bekannte er. „Geht am schnellsten, wenn man sie einfach verbrennt.“

„Aber du kannst sie nicht einfach hier draußen verbrennen!“, sagte Willa. „Richtig, Pru?“

Aber Pru war abgelenkt. „Ich brauche etwas zu essen“, sagte sie. „Pommes, Cookies, Kuchen und Torten.“

„Und Pizza“, ergänzte Willa. „Und Pommes.“

„Pommes habe ich schon erwähnt.“

„Eine doppelte Portion Pommes!“, krähte Willa in den Hof hinaus, als gäbe sie eine Bestellung bei einer unsichtbaren Serviererin auf.

Pru lachte über sie. „Ich bin nicht bekifft. Du bist es.“

„Nein, du.“

„Nein“, widersprach Pru und stupste Willa gegen den Arm. „Du.“

„Ihr alle beide.“ Das kam von Archer, der plötzlich vor ihnen stand.

„Hoppla“, meinte Willa. „Die Polizei ist da. Lauf!“

Archer griff nach ihrer Hand und hielt sie fest. Er schaute mit gerunzelter Stirn auf sie hinunter, dann drehte er sich um und musterte Pru.

Sie gab sich größte Mühe, unschuldig dreinzuschauen, obwohl sie sich sehr schuldig fühlte. Warum, wusste sie selbst nicht.

„Mist“, wandte er sich angewidert an Eddie. „Du hast dafür gesorgt, dass die beiden vollkommen high sind. Was zum Teufel habe ich dir vor einer Stunde gesagt?“

„Du hast gesagt, du nimmst mich fest, wenn ich das Feuer nicht lösche. Aber ich arbeite dran. Es ist schon fast aus, Mann.“

Ein Muskel in Archers Unterkiefer spannte sich sichtbar an. Willa legte ihren Kopf an seine Schulter und schaute verträumt lächelnd zu ihm hoch. „Elle hat recht“, murmelte sie und klimperte mit den Wimpern. „Du siehst wirklich heiß aus, wenn du dich aufregst.“

„Ich rege mich nicht auf …“ Er unterbrach sich und musterte sie nachdenklich. „Elle findet, ich sehe heiß aus?“

„Wenn du dich aufregst. Wenn nicht, hält sie dich für einen Langweiler.“

Archer schüttelte den Kopf und zog sein Handy hervor. „Elle, deine Mädels brauchen dich im Innenhof. Sofort.“ Er warf Pru und Willa einen langen Blick zu. „Du wirst ihnen was zu essen geben wollen. Oh, und Elle? Erinnere mich daran, dass wir über etwas reden müssen.“

Willa schlug spielerisch nach ihm. „Du darfst ihr nicht sagen, dass ich dir erzählt habe, dass sie dich für heiß hält!“, zischte sie.

Archer hob einen Finger, um sie zum Schweigen zu bringen, und hörte zu, was Elle sagte. Ein seltenes Lächeln huschte über sein Gesicht. „Ja, das war Willa.“

Willa schlug sich die Hand vor die Stirn. „Sie wird mich umbringen.“

Archer beendete das Gespräch mit Elle und deutete auf sie beide. „Keine von euch rührt sich, bis sie kommt und euch abholt. Verstanden?“

„Verstanden", sagte Pru, den Blick fest auf den Pub gerichtet. Die Türen zur Straße und zum Innenhof standen offen. Der Laden war voll, und man konnte Musik und Lachen hören.

Hinter der Bar standen Sean und Finn Seite an Seite und arbeiteten hart. Finn schüttelte einen Cocktailshaker und lachte über etwas, das eine Frau an der Bar zu ihm sagte.

Elle tauchte in einem leuchtend roten Etuikleid auf, das eindeutig zeigte, dass sie geschäftlich unterwegs war. Ihre hochhackigen schwarzen Pumps unterstrichen die Aussage. „Was ist hier los?", fragte sie, die Hände in die Hüften gestemmt. „Archer hat mich aus einer Besprechung mit der Gebäudeverwaltung geholt ..."

„War der Eigentümer da?", fragte Willa. Sie schaute Pru an. „Keiner von uns hat je den Eigentümer kennengelernt. Er ist wie ein Phänomen."

„Ein Phantom", korrigierte Elle, verengte die Augen zu Schlitzen und schaute sie nacheinander an, zuletzt Eddie.

Der, anders als zuvor mit Archer, nun tatsächlich ein wenig schuldbewusst in sich zusammensackte und kleinlaut wurde. „Das wollte ich nicht", sagte er.

„Oh, Mann." Elle holte tief Luft und wirkte gleich etwas weniger angespannt. Sie atmete noch einmal tief durch und seufzte. „Ich brauche eine Pizza."

„Nicht wahr?", meinte Willa grinsend.

„Bin dabei." Das war Haley, die in ihrer weißen Arztkleidung aus dem Fahrstuhl trat und dabei ausgesprochen amtlich wirkte.

„Du arbeitest noch", sagte Willa.

„Nichts da", erklärte Haley und zog ihren Laborkittel aus. „Der Qualm und der Lärm hier unten haben mich angezogen, aber glücklicherweise war's das für heute. Das war ein arbeitsreicher Tag."

„War Spence da wegen der Brille?", fragte Elle.

Haley biss sich auf die Unterlippe. „Ich habe ihn gesehen, ja."

„Und?“, fragte Elle. „Er sieht schlecht, nicht wahr?“

„Tut mir leid, ich darf nichts sagen. Ärztliche Schweigepflicht. Dafür kann ich im Knast landen. Er wird es dir schon selbst sagen müssen.“

Elle starrte ihr in die Augen. Dann lächelte sie. „Ja, er bekommt eine Brille.“

„Verdammt“, sagte Haley. „Ich hasse es, wenn du das tust.“

„Sie kann Gedanken lesen“, wandte Willa sich an Pru.

„Durch Magie?“, fragte Pru beeindruckt.

„Quatsch Magie“, erwiderte Elle. „Ihr seid nur alle wahnsinnig leicht zu durchschauen.“

„Oh, schau dich nur an“, rief Mrs. Winslow und eilte mit breitem Lächeln auf Pru zu. „Du siehst umwerfend aus.“

„Ähm …“ Pru schaute an sich hinab. Sie steckte immer noch in ihrer Arbeitsuniform – weißes Stretchhemd, dunkelblaue Hose, Stiefel. „Danke?“

„Das liegt bestimmt an dem vielen Sex mit Finn“, fuhr die ältere Frau fort. „Geschlechtsverkehr wirkt wunderbar auf die Haut.“

Sichtlich schockiert und sprachlos drehte Willa sich zu Elle um. Die zuckte nur mit den Achseln.

„Du *wusstest* das?“, fragte Willa.

„Wann begreifst du das endlich? Ich weiß *immer* alles.“

Pru bewunderte Frauen, die immer Antworten hatten. Sie hoffte wirklich, dass Elle ihr ein paar geben könnte, denn gerade jetzt konnte sie welche brauchen.

„Burger, Hotdogs!“ Ein Mann wanderte über den Innenhof und pries seine Waren an, Jay, der Eigner des Imbisswagens, der normalerweise draußen vor dem Hof stand. Aber jetzt hatte er sich ein Tablett vor den Bauch geschnallt und verkaufte seine Waren, als wanderte er durch die Zuschauerränge eines Baseballstadions. „Ich habe hier Beefburger und allerfeinste fünfzehn Zentimeter lange Würstchen! Greift zu, solange sie heiß sind!“

„Fünfzehn Zentimeter wären genau richtig für mich", meinte Mrs. Winslow wehmütig. „Ich wüsste gar nicht, was ich mit achtzehn oder zwanzig anfangen sollte."

Wie wäre es mit dreiundzwanzig? dachte Pru und schlug sich die Hand vor den Mund, damit sie es nicht laut aussprach.

„Wolltest du uns etwas mitteilen?", fragte Haley.

Auf gar keinen Fall, aber jetzt hatten die Geier Beute gerochen und begannen zu kreisen.

„Oh, sie wird reden", meinte Elle und starrte Pru in die Augen. „Sie wird reden, wenn sie erst vor einem vollen Teller und einer Flasche Wein sitzt. Auf, Mädels, ran an den Speck."

Damit ging sie.

„Sie ist so ein harter Typ", flüsterte Willa und starrte ihr hinterher. „Seht euch nur das Kleid an. Knallhart, umwerfende Figur, toller Hintern. Das ist einfach nicht fair."

„Ich kann dich hören", rief Elle über ihre Schulter zurück, ohne sich umzudrehen. Sie schnippte ungeduldig mit den Fingern. „Nun, setzt euch endlich in Bewegung."

Und Pru, Haley und Willa folgten ihr wie treue Hunde.

24. Kapitel

#SuitUp

Pru hatte keine Ahnung, wie Elle das angestellt hatte, aber als sie die Straße erreichten, wartete bereits ein Taxi auf sie.

„‚Lefty's Pizza'", sagte Elle zum Fahrer.

„Ich dachte, du machst Diät", meinte Haley, als sie in den Wagen stieg.

„An manchen Tagen isst man Salat und geht ins Fitnessstudio", erwiderte Elle, „und an manchen Tagen isst man Pizza und trägt Yogahosen. Das nennt man Balance."

„Ich esse immer Pizza und trage Yogahosen", erklärte Willa. Sie schnappte nach Luft. „Bin ich deshalb nicht in Balance?"

„Nein, du bist nur klüger als ich", erwiderte Elle leicht lächelnd.

Willa seufzte. „Vielleicht habe ich auch nur aufgegeben, nach Männern Ausschau zu halten."

„Das liegt nur daran, dass du mehrere Frösche geküsst hast."

„Was für eine ausnehmend nette Art, mir zu sagen, dass ich Verlierertypen magisch anziehe. Und den einen Frosch bin ich nicht einmal selbst losgeworden. Ich bin Archer immer noch etwas schuldig, weil er eingesprungen ist und meinen neuen Freund gespielt hat, damit der Typ sich verzieht."

„Das ist nicht der Grund, warum er sich verzogen hat", erwiderte Elle. „Er hat sich verzogen, weil Archer ihm gedroht hat, ihn zu kastrieren, wenn er dich noch einmal belästigt."

Willa starrte sie mit offenem Mund an. „Das hat er getan? Ich habe mich schon gefragt, warum es so leicht zu gehen schien."

„Du kannst es auch ganz leicht haben“, erklärte Elle. „Wenn du das nächste Mal einen Typen abwimmeln willst, sag ihm einfach: Ich liebe dich, ich will dich heiraten, und ich will sofort Kinder. Dann wird er so schnell Fersengeld geben, dass die Reifen quietschen.“

Willa prustete abfällig. „Das merke ich mir.“

Eine halbe Stunde später saßen sie in einer gemütlichen Nische beim Italiener, die erste Flasche Wein war bereits geleert und die nächste hatten sie schon in Angriff genommen. Daneben waren sie eifrig dabei, eine riesige Pizza zu vernichten. Pru schmerzte der Magen, aber das hinderte sie nicht im Geringsten am Essen.

Willa zog ein Buch aus ihrer Handtasche. „War eine von euch schon in dem neuen Antiquariat in der Straße?“

„Ich lade meine Bücher direkt auf mein Smartphone“, antwortete Elle. „So kann ich lesen, während ich so tue, als würde ich bei Besprechungen zuhören.“

„Deinen Boss stört das nicht?“, fragte Pru.

„Mein Boss weiß alles. Und er weiß unter anderem auch: Wenn er mich in Ruhe lässt, lasse ich ihn in Ruhe.“

Das ergab Sinn.

„Außerdem weiß ich, wo er seine Leichen im Keller hat“, fügte Elle hinzu.

Wahrscheinlich machte sie Witze.

„Nun, ich halte lieber ein richtiges Buch in der Hand“, sagte Willa und schaute Pru an.

„Ich kann mich nicht entscheiden. Beide Ufer sind schön“, sagte Pru und wurde rot, als die anderen lachten. „Ihr wisst genau, was ich meine.“

„Stimmt“, sagte Willa und reichte ihr das Buch. „Deswegen habe ich das hier für dich gekauft.“

Pru warf einen Blick auf den Titel und verschluckte sich an einem Bissen Pizza. Willa musste ihr auf den Rücken klopfen, während Pru mit Wein versuchte, das Brennen in ihrer Kehle zu lindern. Keine Chance. „Orgasmen für eine Person?“, quetschte sie schließlich mühsam hervor.

Willa nickte.

„Ähm … danke?“

„Ich hab das Buch gekauft, nachdem du uns erzählt hast, dass du schon lang nicht mehr mit einem Typen gegangen bist. Bevor ich die Geschichte mit dem Speiseaufzug gehört habe. Also …“

Pru seufzte. „Das mit dem Speiseaufzug weiß also jeder.“

„Ansatzweise“, erwiderte Haley. „Was wir nicht wissen, sind die Details.“

Elle deutete auf Pru. „Du. Finn. Leg los.“

„Das ist … eine lange Geschichte.“

„Ich liebe lange Geschichten“, erklärte Willa.

Elle zog eine Augenbraue in die Höhe. Sie mochte es nicht, wenn man sie warten ließ.

„Du kannst ebenso gut einfach anfangen zu reden“, meinte Haley. „Am Ende kriegt sie doch ihren Willen. Wie immer. Ich habe festgestellt, dass es besser ist, eher früher nachzugeben als später. Außerdem bin ich müde.“ Sie unterstrich diese Aussage mit einem ausgiebigen Gähnen.

Pru rieb sich den schmerzenden Magen. Übelkeit stieg in ihr auf. „Vielleicht sollten wir das auf einen anderen Tag verschieben. Wenn ich nicht so viel Pizza gegessen habe, wie ich wiege.“

Elle löste den Blick nicht von ihr. Kein Muskel rührte sich in ihrem Gesicht, ja, sie zuckte nicht einmal mit der Wimper.

Pru seufzte. „Na schön. Vielleicht ist etwas zwischen mir und Finn gelaufen, aber das wird nicht so bleiben.“

Willa grinste. „Du hast also wirklich mit ihm geschlafen.“

„Vergangenheit“, sagte Pru, immer noch im Fokus von Elles Blick. „Auch wenn ich mir wünschte, es wäre anders.“ Verdammt. „Woher hast du diese Superkräfte? Die brauche ich auch.“

Elle lächelte. „Ich würde es dir ja sagen, aber …“

„… aber dann müsste sie dich töten", brachte Willa lachend den Satz zu Ende. „Ich liebe es, wenn du das sagst."

„Obwohl du es mich nie sagen lässt."

Pru drehte es fast den Magen um, und sie presste ihre Hand darauf. „Mir ist wirklich nicht gut."

„Weil du deinen neuen besten Freundinnen etwas vorenthältst", tadelte Willa.

„Ich finde, du passt zu Finn", sagte Elle zu Pru. „Er hat schon lange keine Freundin mehr gehabt. Ich bin froh, dass du es bist."

„Oh nein. Das ist es ja", protestierte sie. „Ich bin es nicht. Ich meine, es war toll. Er war toll. Und als ich mit ihm zusammen war, fühlte ich mich …" Sie schloss die Augen, von Erinnerungen überwältigt. „… wirklich toll." Immer noch hörte sie seine leise, sexy klingende Stimme in ihrem Ohr, wie er ihr erzählte, was er mit ihr anstellen wollte. Und dann spürte sie seinen aufregenden Körper und wie er genau das Richtige tat; wie er ihren Körper an Orte entführte, an denen dieser so lang nicht mehr gewesen war. So lange, dass sie beinahe schon vergessen hatte, wie es war, in den Armen eines Mannes zu liegen und sich gehen zu lassen.

„Und warum ist es dann vorbei?", fragte Haley. „Ist dir klar, wie selten *wirklich toll* ist? Ich habe schon so lange kein *wirklich toll* mehr erlebt, dass ich nicht mal weiß, ob ich es erkennen würde."

„Das wirst du", antwortete Elle, den Blick immer noch auf Pru gerichtet und auf eine Antwort wartend.

Aber Pru antwortete nicht. Sie konnte nicht. Und sie hasste den Grund dafür. „Es ist … kompliziert."

„Schätzchen", sagte Elle überraschend verwundbar und wehmütig, „das sind die besten Dinge immer." Sie schwieg einen Moment. „Du wärst wirklich gut für ihn."

Elle war keine Frau, die so etwas sagte, wenn sie es nicht auch meinte, und Pru wurde ein wenig warm ums Herz. Auch wenn

Elle sich irrte. Sie war nicht gut für Finn. Und wenn er hinter die Wahrheit kam, wenn er herausfand, wer sie war, dann würde sie ganz im Gegenteil sehr schlecht für ihn sein.

„Seit Mellie ist er nicht mehr mit einer Frau zusammen gewesen“, meinte Willa nachdenklich, „und sie hat sich als …“

„Willa“, meinte Elle leise. Warnend.

„Tut mir leid“, fuhr Willa fort, aber sie klang nicht so. „Ich habe sie nun mal gehasst wegen dem, was sie ihm angetan hat. Ihm und Sean.“

„Das ist lange her“, sagte Elle fest.

„Ein Jahr. Er mochte sie. Sehr. Und sie hat ihn verletzt“, beharrte Willa. „Und gib’s ruhig zu: Auch du hast sie deswegen gehasst.“

Elle nickte kaum merklich. „Am liebsten hätte ich sie umgebracht“, meinte sie lässig, im gleichen Tonfall, in dem andere Leute übers Wetter redeten.

„Und es hat ihn verändert.“ Damit wandte Willa sich wieder an Pru. „Mellie hatte hier im Gebäude eine Boutique. Die hat sie später verkauft. Sie war wild und witzig und gesellig, und sie tat Finn gut. Zuerst. Bis …“

„Willa.“ Elle musterte sie warnend. „Du kommst ins Plaudern. Er wird dich umbringen.“

„Nur, wenn du es ihm erzählst“, erwiderte Willa. „Pru muss wissen, womit sie es zu tun hat.“

„Womit ich es zu tun habe?“, flüsterte Pru gegen ihren Willen. Sie musste es tatsächlich wissen.

„Mellie und Sean haben sich eines Abends betrunken. Und sie …“ Willa zog eine Grimasse.

Pru schnappte nach Luft. „Nein“, entfuhr es ihr. „Sie hat mit seinem Bruder geschlafen?“

„Nun, offenbar waren sie noch nicht ganz so weit, als Finn sie dabei überraschte, aber sie waren sehr nahe dran.“

„Finn hat sie überrascht?“, hakte Pru entsetzt nach und versuchte, sich das vorzustellen. Sie hatte keine Geschwister, aber in ihrer Fantasie würden Geschwister immer zu ihr halten, wenn sie denn welche hätte. „Wie schrecklich!"

Willa nickte. „Es kam zu einem heftigen Streit, aber sie stritten eigentlich immer. Sean hatte an diesem Abend viel zu viel getrunken. Er war völlig blau, und später sagte er immer wieder, er hätte sie niemals angebaggert, wenn er bei klarem Verstand gewesen wäre. Aber Mellie war nicht betrunken. Sie wusste genau, was sie tat."

„Aber warum wollte sie Finn das antun?", fragte Pru.

„Weil sie auf eine feste Beziehung aus war. Damals stand er kurz vor seinem Abschluss als Diplomkaufmann. Sie mochte es gar nicht, dass er früh am Morgen zum Unterricht ging, danach noch für sich lernte, sich dann um das Geschäftliche im ‚O'Riley's' kümmerte und dann obendrein oft bis spät in die Nacht im Pub arbeiten musste. Wenn er sich nicht gerade den Arsch aufriss, um all das zu bewältigen, dann schlief er tief und fest. Er brachte sich bei allem hundertprozentig ein, auch bei ihr, aber ihr reichte das nicht. Sie war gelangweilt und einsam, und beides gefiel ihr nicht."

Elle warf Willa einen Seitenblick zu. „Glaubst du, dass er dir danken wird, wenn er dahinterkommt, dass du hier seine schmutzige Wäsche ausbreitest?"

„Nein, ich glaube, er setzt ein Kopfgeld auf mich aus. Aber er wird nicht dahinterkommen. Ich tue diesem Mädchen hier einen Gefallen, indem ich ihr ein paar Dinge über ihren Typen erkläre, die er ihr mit Sicherheit nicht erzählen wird."

„Er ist nicht mein Typ", widersprach Pru.

„Er wird es nicht erzählen", fuhr Willa an Elle gerichtet fort, als hätte Pru kein Wort gesagt. „Weil er glaubt, Vergangenes solle man ruhen lassen."

„Er ist nicht mein Typ", wiederholte Pru, die Hände fest auf ihren Magen gedrückt, der mittlerweile völlig in Aufruhr war.

„Und er hat recht. Vergangenes sollte man ruhen lassen",

sagte Elle zu Willa, und der Ton ihrer Stimme verriet, dass sie wirklich aus tiefster Seele daran glaubte.

Willa schloss kurz die Augen und legte eine Hand auf die von Elle. Zwischen den beiden spielte sich etwas ab, in das Pru keinen Einblick hatte. Sie hatten eine gemeinsame Geschichte. Das begriff sie. Sie waren enge Freundinnen, und ganz offensichtlich gab es da vieles, was sie nicht wusste. Zum Beispiel, dass Elle etwas zugestoßen war, weshalb sie die Vergangenheit ruhen lassen wollte.

In Prus Leben gab es nicht viele Menschen. Das war ihre eigene Schuld. Sie hatte nicht viele an sich herangelassen. Es bedurfte keines Psychologen, um den Grund dafür zu erkennen. Sie hatte schon früh ihre Eltern verloren, und ihr einziger verbliebener Verwandter hielt sie oft genug für Satansbrut. Es gab noch ein paar Schulfreundinnen, mit denen sie in losem Kontakt stand, und sie hatte ihre Kollegen. Und Jake.

Aber Willa und Elle auch zu haben, das wäre wirklich schön gewesen.

Wieder verkrampfte sich schmerzhaft ihr Magen. Sie ignorierte das, als Willa ihre Hand ergriff.

„Ich vertraue dir in dieser Sache, Pru", erklärte sie. „Weißt du, warum?"

Da sie es sich nicht vorstellen konnte, schüttelte Pru den Kopf.

„Weil du jetzt zu uns gehörst", sagte sie und schaute Elle an. „Richtig?"

Elle wandte den Kopf, begegnete Prus Blick, musterte sie einen langen Moment feierlich, und dann nickte sie langsam.

Willa lächelte. „Schau dir das an." Sie wandte sich wieder Pru zu. „Es gibt da etwas, was du vielleicht noch nicht weißt. Elle mag nicht sehr viele Menschen."

Elle schnaubte.

„Weil sie den Leuten höllische Angst macht", meinte Haley und trank den Rest ihres Weins aus.

„Hallo, ich bin anwesend", meinte Elle seelenruhig und betrachtete ihre Fingernägel.

Die natürlich perfekt gepflegt waren.

Kein bisschen verängstigt, lächelte Willa nur. „Aber da ist noch etwas: Sie sagt nie etwas, was sie nicht so meint. Und wenn du erst einmal ihre Freundin bist, dann bist du es dein Leben lang." Sie hielt inne und schaute Elle mit hochgezogenen Brauen an.

Elle zuckte die Achseln.

Willa warf ihr einen langen Blick zu.

Elle verdrehte die Augen, aber dann lächelte sie. „Freunde fürs Leben", sagte sie. „Oder bis du mich verärgerst. Also ärger mich nicht."

Wieder wurde es Pru warm ums Herz, und ihre Kehle schnürte sich zu. „Danke", flüsterte sie.

Elles Augen wurden schmal. „Du fängst jetzt aber nicht an zu weinen, oder? An einem Pizzaabend wird nicht geweint."

„Ich habe nur etwas ins Auge bekommen", sagte Pru schniefend und wischte sich die Tränen weg, die überzulaufen drohten.

Elle seufzte und reichte ihr eine Serviette. „Schau, ich weiß, dass ich ein kaltherziges Biest bin, aber Willa hat recht. Du gehörst jetzt zu uns. Und wir zu dir. Deshalb vertrauen wir dir, was Finn angeht. Denn er gehört auch zu uns und bedeutet uns sehr viel."

„Oh nein, ihr könnt mir nicht vertrauen, was ihn angeht", widersprach sie. „Ich meine …" Sie schüttelte den Kopf. „Es ist nur so, dass ich nicht … das zwischen uns ist nicht echt."

„Süß, dass du das denkst." Willa tätschelte ihr die Hand. „Aber ich habe euch beide zusammen gesehen."

Pru öffnete den Mund, um zu protestieren, aber in dem Moment wurde das bestellte Dessert serviert: ein pfannengroßes Cookie mit Eiskrem. Und dann herrschte gefräßiges Schweigen am Tisch.

Als Pru fertig war, traf es sie ganz plötzlich. Ihr Magen rebellierte erneut, diesmal gepaart mit Übelkeit.

Oh, oh.

Die gute Nachricht war, dass sie das Problem rechtzeitig erkannte. Die schlechte, dass sie kurz davorstand, sich zu übergeben. Sie grübelte, was sie eventuell Falsches gegessen haben könnte, und schnappte nach Luft.

Sushi zum Mittagessen.

Was bedeutete, dass es auch Eddie erwischt haben musste. „Ich muss los", stieß sie hervor. Bei ihrer letzten Lebensmittelvergiftung hatte sie zwei Tage lang auf dem Badezimmerfußboden gelegen. Für solche Dinge musste man ungestört sein, absolut ungestört. Sie erhob sich auf zittrigen Beinen, holte etwas Geld aus ihrer Börse und ließ es auf den Tisch fallen. „Es tut mir leid …" Eine Hand auf ihren in Aufruhr befindlichen Magen gepresst, schüttelte sie den Kopf. „Bis später."

Sie erwischte ein Taxi, aber der dichte Verkehr und das ständige Stop-and-go brachten sie beinahe um. Einen Block vor ihrem Ziel kapitulierte sie, verließ fluchtartig das Taxi und eilte nach Hause, so schnell sie konnte. Auf dem Weg über den Innenhof warf sie einen schnellen angstvollen Blick zum Pub hinüber. *Bitte, sei nicht da, bitte, sei nicht da …*

Aber das Schicksal oder ihr Karma, was auch immer dafür zuständig war, sie vor Peinlichkeiten zu bewahren, hatte wohl gerade Pause, denn die Pubtüren waren noch weit geöffnet. Finn stand in der Nähe des Eingangs zum Innenhof und unterhielt sich mit ein paar Gästen. Und natürlich fiel sein Blick augenblicklich auf sie.

Sie eilte weiter, die Hand auf den Mund gepresst, als könnte sie damit verhindern, sich in aller Öffentlichkeit zu übergeben. Wenn sie in diesem Augenblick ihre Seele an den Teufel hätte verkaufen können, um das sicherzustellen, dann hätte sie es getan.

Aber nicht einmal der Teufel selbst hatte genug Macht, um den Kurs zu ändern, auf dem das Leben sie steuerte. Sie fühlte sich sterbenselend. Kurze heftige Krämpfe schossen durch ihre Eingeweide, ihr ganzer Körper war ein einziger Schmerz, und sie wimmerte bei jedem Schritt in sich hinein. Es kostete sie so viel Mühe, ihr Abendessen bei sich zu behalten, dass sie schweißgebadet war.

„Pru", hörte sie Finns unerträglich vertraute Stimme – direkt hinter ihr.

„Es tut mir leid", presste sie mühsam hervor, ohne langsamer zu werden. „Ich kann nicht …"

„Wir müssen reden."

Klar doch, ausgerechnet der kurze Satz, der sie am ehesten in Panik versetzen konnte. Reden? Er wollte reden? Vielleicht, wenn sie wirklich im Sterben lag. Das würde vermutlich nicht mehr lange dauern, wenn man von dem Schmerz ausging, der sie mit tausend glühenden Nadeln stach. Dennoch bewegte sie sich vorsichtshalber schneller.

„Pru."

Am liebsten hätte sie gesagt: „Schau, ich kotze mir gleich eine halbe Pizza mitsamt meiner Eingeweide aus, und ich mag dich so sehr, dass ich mich umbringen muss, wenn du mich dabei siehst."

Wobei das nicht einmal nötig werden würde, da sie ohnehin bereits tausend Tode starb.

„Pru, bleib doch mal stehen." Er bekam ihre Hand zu fassen.

Aber je mehr sie das mittlerweile Unausweichliche hinausschob, desto schlimmer würde es werden. „Fühl mich nicht gut", presste sie hervor und entwand sich seinem Griff. „Muss weiter."

„Was ist denn los?" Sein Tonfall änderte sich sofort. War er eben noch scherzhaft gewesen, so klang er jetzt schlagartig ernst. „Brauchst du irgendetwas?"

Das Einzige, was sie brauchte, war ihr eigenes Badezimmer,

und zwar ungestört und allein. Sie öffnete den Mund, um genau das zu sagen, brachte aber nur ein klägliches Stöhnen hervor.

„Brauchst du einen Arzt?"

Oh ja, sie brauchte einen Arzt. Damit der eine Lobotomie durchführte.

Schweißüberströmt rannte sie auf kürzestem Weg zum Fahrstuhl, darum betend, dass die Kabine im Erdgeschoss wartete und niemand außer ihr damit fahren wollte.

Natürlich stand sie nicht im Erdgeschoss.

Erneut kläglich aufstöhnend, wandte sie sich zur Treppe und rannte hinauf, so schnell sie konnte, obwohl ihr Magen ihrem Gehirn einen Großbrand mit heftigen Explosionen meldete und ihre Beine zu Gummi wurden, weil der Brechreiz überhandzunehmen drohte.

Und was für eine Freude: Finn hielt mit ihr Schritt und wich nicht von ihrer Seite.

Das versetzte sie nur noch mehr in Panik, denn jetzt lief endgültig der Countdown. Mit sehr viel Glück blieben ihr noch sechzig Sekunden bis zum Abheben. Allerhöchstens. Und der Start würde weder verschoben noch abgebrochen werden. „Mir geht es gut", sagte sie schwach. „Lass mich bitte einfach allein!" Mit der Hand versuchte sie ihn wegzustoßen, damit sie Platz hatte, falls sie spontan implodierte.

Eine sehr reale Möglichkeit.

Aber der Mann, der ihren Körper besser kannte als sie selbst, hatte offensichtlich noch nicht gelernt, Gedanken zu lesen. „Ich lass dich in diesem Zustand nicht allein", erklärte er.

Sie schubste ihn noch einmal weg. Die Kraftreserve dafür verlieh ihr die nackte Angst, weil sie kurz davorstand, zur privaten Horrorshow zu werden, und dabei keine Zeugen wollte. „Du musst jetzt gehen!", sagte sie. Oder vielleicht schrie sie es auch, als sie endlich im dritten Stock anlangten.

Mrs. Winslow steckte den Kopf zu ihrer Tür heraus und warf Pru einen missbilligenden Blick zu. „Vielleicht läuft es ja gerade gut bei dir, aber das wird nicht so bleiben, wenn du so mit deinem Freund sprichst. Schon gar nicht, nachdem du ihn neulich Abend in den Speiseaufzug geschubst hast.“

Um Himmels willen!

Wieso wusste eigentlich jeder von dieser Sache?

Fragen konnte sie jetzt nicht.

Teufel, nein! Stattdessen blieb sie stehen und kramte fahrig in ihrer Handtasche nach dem Wohnungsschlüssel. Natürlich fiel er ihr mitsamt der ganzen Tasche hin, und in ihrer Panik begann sie an der Tür zu kratzen und zu scharren, als wäre sie entführt und gefoltert worden.

Finn ging in die Hocke, um ihre Handtasche aufzuheben und alles wieder hineinzustopfen, was herausgefallen war. In der einen Hand hielt er einen Tampon, in der anderen Willas Buch *Orgasmen für eine Person*. Eigentlich hätte er damit absolut lächerlich aussehen müssen. Stattdessen wirkte er durch und durch vollkommen.

„Pru, willst du mir nicht sagen, was los ist?“

„Ich glaube, sie hat einen Anfall“, meinte Mrs. Winslow hilfsbereit. „Schätzchen, du siehst ein bisschen verstopft aus. Ich schlage vor, ordentlich einen fahren zu lassen. Mir hilft das immer.“

Pru wusste nicht, wie sie ihr sagen sollte, dass sie tatsächlich gleich etwas fahren lassen würde, allerdings etwas, das nicht annähernd so sauber wie ein Furz enden würde. Wie durch ein Wunder schaffte sie es in ihre Wohnung. Der Schweiß lief ihr in Strömen, als sie taumelnd zum Bad rannte, ohne den Wohnungsschlüssel aus dem Schloss zu ziehen, und die Tür hinter sich zuknallte.

Kaum hatte sie sich hingekniet, ging es auch schon los.

Und dann hörte sie ihn. Wie aus einem engen langen Tunnel, durch den dicken Nebel in ihrem Kopf.

„Pru“, sagte er leise und besorgt.

Direkt.
Vor.
Ihrer.
Badezimmertür.

„Ich komme rein“, kündigte er an, und sie konnte ihm nicht einmal sagen, er solle laufen und sich in Sicherheit bringen, weil sie sich ohne Unterlass so heftig übergab.

25. Kapitel

#BadDayAtTheOffice

Pru spürte, wie Finn ihr mit einer Hand die Haare aus dem Gesicht strich und sie festhielt, während er sie mit der anderen umfasste und stützte, die Finger gespreizt auf ihrem Bauch. Er kniete hinter ihr und gab ihr mit seinem Körper Halt.

„Ich bin bei dir", sagte er.

Das hatte noch niemand zu ihr gesagt, und sie hätte es liebend gern auf sich wirken lassen oder sich vielleicht auch den Kopf darüber zerbrochen, warum es ihr so viel bedeutete, aber ihr Magen hatte anderes vor. Also schloss sie die Augen und stellte sich vor, mit ihrem voll aufgeladenen Kindle allein auf einer verlassenen Insel zu sein. Und vielleicht noch mit Netflix. Als sie endlich wieder zu Atem kam, legte sie eine zittrige Hand an ihren Kopf, in dem es hämmerte, als würde der Teufel selbst mit einem Presslufthammer darin arbeiten und alles abreißen, was von ihrem Gehirn noch übrig war.

Finn bewahrte sie davor, in sich zusammenzusinken und auf den Boden zu gleiten, indem er sie in beide Arme schloss, sanft stützte und gegen seinen Körper lehnte.

„Es tut mir leid", stammelte sie, entsetzt, sich vor den Augen des begehrenswertesten Mannes übergeben zu haben, mit dem zu schlafen ihr jemals vergönnt gewesen war.

„Einfach nur atmen, Pru. Das wird wieder."

„Lass mich bitte einfach hier liegen und in Frieden sterben", stieß sie krächzend hervor, als sie endlich wieder reden konnte, und riss sich von ihm los. „Geh raus – und tu so, als wäre das nie geschehen. Wir werden niemals darüber sprechen."

Und dann gab sie den Versuch auf, stark zu sein, und glitt haltlos zu Boden. Ihr Körper glühte, und sie war schweißnass. Unfähig, die Energie aufzubringen, um sich aufrechtzuhalten, presste sie ihre heiße Wange auf die kühlen Bodenfliesen und schloss die Augen.

Sie hörte Wasser laufen und kniff die Augen fest zu, aber dadurch wurde ihr nur noch schwindeliger. Ein herrlich kühler nasser Waschlappen wurde ihr gegen die Stirn gedrückt. Mühsam blinzelte sie mit einem Auge und entdeckte Finn. „Verdammt, nie hörst du mir zu!“

„Ich höre dir immer zu“, erwiderte er. „Ich teile nur nicht immer deine Meinung.“

Mit der Hand rieb er ihr beruhigend den Rücken, und sie dachte, wie schön es wäre, wenn er das bis ans Ende aller Tage durchhielte. Dann würde sie sich nie mehr bewegen. „Warum gehst du nicht endlich?“

Als er darauf nicht antwortete, schlug sie erneut ein Auge auf. Er schaute sie immer noch besorgt an, allerdings nicht so, als stünde sie auf der Schwelle des Todes. Wenn sie aber nicht im Sterben lag, musste sie damit leben, dass er sie so auf dem Boden liegen sah wie ein überfahrenes Tier.

„Glaubst du, du kannst dich bewegen?“, fragte er.

„Negativ.“ Sie wollte sich nicht bewegen. Niemals mehr. Dann hörte sie, wie er telefonierte und jemandem sagte, er brauche etwas Flüssiges mit Elektrolyten.

„Ich werde auch nichts trinken“, warnte sie ihn. Schon der bloße Gedanke daran drehte ihr den Magen um.

Er stand auf und ließ sie allein, wofür sie dankbar war. Als er einen Moment später zurückkam, betete sie schon wieder den Porzellanthron an und rang nach Luft.

„Etwas besser jetzt?“, fragte er, als es vorbei war.

Sie konnte nicht sprechen. Nichts tun.

Vorsichtig hob er sie von der Kloschüssel weg und nahm sie auf den Schoß. Ihren Kopf lehnte er gegen seine Schulter und schlang die Arme um sie. „Tief atmen. Langsam."

Das versuchte sie, aber sie zitterte so heftig, dass sie befürchtete, ihre Zähne müssten sich davon lockern. Finn strich ihr das schweißverklebte Haar aus dem Gesicht und drückte ihr dann den kühlen Waschlappen in den Nacken.

Das war himmlisch.

Er öffnete eine Flasche mit Zitrone aromatisiertes Mineralwasser mit Elektrolyten.

„Woher hast du die?", fragte sie.

„Willa. Sie führt das in ihrem Laden. Sagt, dass sie es nervösen Hunden gibt, wenn die sich übergeben haben."

„Du hast Willa gesagt, dass ich mich übergeben habe?"

„Sie ist in der Küche und bereitet dir für morgen eine Suppe zu. Damit du etwas hast, wenn es dir besser geht. Elle bringt noch ein paar Zutaten, die sie nicht hatte."

Pru stieß einen Klagelaut aus. „Ich will nicht, dass mich jemand so sieht."

„Dir ist hoffentlich klar, dass es Freunden egal ist, wie du aussiehst", sagte er. „Nimm einen Schluck, Pru."

Sie schüttelte den Kopf. Jetzt etwas schlucken? Unmöglich.

„Nur einen Schluck. Vertrau mir, das wird helfen."

Sie vertraute ihm. Aber jetzt etwas zu trinken würde eine Katastrophe größeren Ausmaßes auslösen.

Er verlagerte sie und stützte ihren Kopf so mit seiner Schulter ab, dass sie nicht ausweichen konnte. Sie hatte keine Wahl: einen Schluck nehmen oder ertrinken.

Also nahm sie einen Schluck.

„Braves Mädchen", flüsterte er und ließ sie wieder gegen sich sinken. Schweigend blieben sie so sitzen, scheinbar eine Ewigkeit. Und langsam, ganz langsam hörte ihr Magen auf, Saltos zu schlagen.

„Wie fühlst du dich jetzt?", fragte er nach einer Weile.

Sie hatte keine Ahnung.

Als sie nichts antwortete, nahm er den Waschlappen aus ihrem Nacken, faltete ihn neu und legte ihn auf ihre Stirn.

„Eddie“, krächzte sie. „Ihn könnte es auch erwischt haben …“

„Ich habe mich darum gekümmert. Spence ist bei ihm, aber der Alte hat einen Magen aus Eisen. Er scheint ungeschoren davonzukommen.“

Mühsam nickte sie, die Augen immer noch geschlossen. Danach musste sie wohl eingeschlafen sein, denn als sie die Augen wieder aufschlug, war das Licht im Bad verändert, so, als wäre einige Zeit vergangen.

Finn saß immer noch mit ihr auf dem Boden, hatte aber sein Hemd ausgezogen und trug nur noch seine Jeans.

Ach ja. Jetzt fiel es ihr wieder ein. Sie hatte sich noch mehrfach übergeben müssen. Hatte die Hände um seinen Nacken gelegt und sich an ihn geklammert, als wäre er ihre einzige Rettung.

Und das war er. Sie starrte auf seine Brust. Sie konnte nicht anders. Ganz gleich, wie oft sie seinen Bauch sah, sie hatte immer den Wunsch, daran zu lecken.

Und keineswegs an dieser Stelle aufzuhören.

Oh nein, sie wollte sich an ihm hochlecken bis zu seinem Hals und dann wieder nach unten. Sie wollte auf ihre Knie fallen, ihm langsam die Jeans von den Hüften streifen und …

„Alles in Ordnung?“, fragte er. „Du hast gerade gestöhnt.“

Nanu. Vielleicht würde sie das Ganze ja doch überleben. Sie stemmte sich so weit hoch, dass sie sich an ihn lehnen konnte. Seine Haare waren zerzaust, sein Kinn zierte mehr als nur ein leichter Bartschatten, trotzdem sah er zum Anbeißen aus.

Sie hasste ihn. „Du solltest gehen“, sagte sie, weil sie wusste, dass er entweder arbeiten oder schlafen musste.

Er schüttelte den Kopf und streifte mit den Lippen ihre Stirn knapp unterm Haaransatz. „Es ist schon ein paar Stunden her, dass du dich das letzte Mal übergeben hast“, sagte er. „Nimm noch einen Schluck Wasser.“

Ihr Magen hatte sich weitgehend beruhigt, aber in ihrem Kopf dröhnte ein pulsierender Trommelschlag.

„Du bist dehydriert“, fuhr er fort. „Du brauchst Wasser, um das Fieber und die Kopfschmerzen loszuwerden.“

Viel zu fertig, um sich mit ihm zu streiten, nickte sie. Es gelang ihr, ein paar kleine Schlucke zu trinken. Dann übernahm ihr Körper die Kontrolle und verlangte vehement nach mehr.

„Vorsicht“, mahnte Finn und nahm ihr die Flasche weg, als sie begann, in hastigen Zügen zu trinken. „Erst mal sehen, ob das drinbleibt.“

„Thor?“

„Ist hier bei uns. Er schläft auf meinen Füßen. Möchtest du ihn haben?“

Ja. Aber sie war so angeschlagen, dass sie ihn womöglich zu fest drückte. Beim letzten Mal hatte ihm das solche Angst gemacht, dass er sie gebissen hatte. Also begnügte sie sich fürs Erste nur mit Finn. Sie war sich ziemlich sicher, dass Finn nur biss, wenn er nackt war. Oder bei wirklich ganz besonderen Gelegenheiten.

Erneut schlummerte sie in seinen Armen ein, um viel später in ihrem eigenen Bett aufzuwachen. Willa half ihr, sich umzuziehen.

„Der Mann ist völlig verrückt nach dir“, murmelte Willa und deckte Pru wieder zu.

„Das liegt nur an dem verdammten Springbrunnen.“ Pru hielt sich den Kopf, die Augen fest zugekniffen, als Willa erstarrte.

„Springbrunnen?“, fragte sie.

Vielleicht hätte Pru nicht geantwortet, wenn sie nicht im Sterben gelegen hätte. „Ich habe es gewünscht“, sagte sie. „Ich habe mir für Finn gewünscht, dass er Liebe findet, aber der Springbrunnen hat alles durcheinandergebracht und stattdessen mir Liebe geschenkt. Blöder Brunnen. *Er* hat Liebe verdient.“

„Schätzchen", meinte Willa sanft, „wir alle verdienen Liebe."

Pru wünschte sich, das wäre wahr. Oh, wie sehr sie sich das wünschte!

„Und woher willst du wissen, ob der Brunnen nicht genau das Richtige getan hat?", fuhr Willa fort. „Vielleicht bist du ja seine große Liebe."

Ein erschreckender Gedanke, über den Pru erneut einschlief.

„Du möchtest ganz bestimmt einen Schluck hiervon nehmen."

Elle. Sie saß neben Pru auf der Bettkante und hielt ihr einen Becher hin.

„Was ist das?"

„Nur der beste Tee auf dem ganzen Planeten. Probier ihn."

„Ich habe keinen Durst …"

„Probier ihn", wiederholte Elle in einem Tonfall, der keine Widerrede zuließ. „Du bist schon fast durchsichtig. Du brauchst Flüssigkeit."

Also nahm Pru einen Schluck.

„Und jetzt", fuhr Elle gelassen fort. „Was hat es mit dem Brunnen und der irregehenden Wunscherfüllung auf sich?"

Pru verschluckte sich heftig.

Elle verdrehte die Augen, beugte sich vor und klopfte ihr auf den Rücken.

„Willa hat dir davon erzählt", seufzte Pru.

„Ja. Sie ist süß, aber sie kann nichts für sich behalten. Sie meint es nicht böse, das kannst du mir glauben. Sie hat keinen Funken Boshaftigkeit am Leibe. Vor allem aber macht sie sich Sorgen um dich und dachte, ich könnte dir vielleicht ein bisschen Vernunft einbläuen."

Pru blinzelte.

„Im übertragenen Sinne gesprochen", erläuterte Elle. „Darüber hinaus wollte sie sich ein paar Münzen leihen, um sich selbst am Brunnen etwas zu wünschen, da das bei dir so gut funktioniert hat."

„Mein Wunsch war für Finn!“

„Ah ja.“

„Wirklich!“

„Na dann. Ich würde sagen, du hast zwei Fliegen mit einer Klappe geschlagen.“

26. Kapitel

#WaxOnWaxOff

Als Pru das nächste Mal die Augen aufschlug, erkannte sie im Schein der Flurbeleuchtung, dass jemand ausgestreckt auf dem Stuhl neben ihrem Bett saß. Dieser Jemand stand auf, als sie sich bewegte, und setzte sich neben sie auf die Bettkante.

„Wie geht es dir?", fragte Finn.

Sie blinzelte in das frühe Morgenlicht, das zwischen den Lamellen ihrer Jalousie hindurchdrang und das Zimmer in einen dunstigen goldenen Schimmer tauchte. Draußen vor dem Fenster lärmten bereits die ersten Vögel, grausam laut und munter. Sie stöhnte. „Ich habe nie herausgefunden, ob sie sich freuen, dass endlich Morgen ist, oder ob sie gegen den Tagesanbruch protestieren."

Finn lächelte. „Ich bin für protestieren."

Sie auch. Er hatte sich umgezogen, wie sie nicht umhinkonnte zu bemerken. Eine andere Jeans, ein zerknittertes schwarzes T-Shirt. Die Haare waren immer noch zerzaust, sein Kinn war nach wie vor stoppelig, die Augenlider waren schwer. Insgesamt war er zweifellos der attraktivste Mann, den sie je gesehen hatte. Womit eine Sache immerhin geklärt war: Sie war nicht gestorben.

Er half ihr, sich hinzusetzen, band ihre wild gewordenen Haare nach hinten und brachte ihr Toast. Die Scheiben diagonal durchgeschnitten. Sie starrte nur zu ihm hoch. War er etwa ein Fiebertraum? „Sag mir die Wahrheit", murmelte sie heiser und mitgenommen. „Du bist Teil eines Fieberdeliriums, richtig?"

Er runzelte die Stirn und beugte sich über sie, mit einer Hand stützte er sich auf die Matratze, mit der anderen befühlte er ihre Stirn. Seine Stirn legte sich noch tiefer in Falten, und er beugte sich noch näher an sie heran, sodass sie ihn riechen konnte.

Er roch wie der Himmel auf Erden.

Sie roch nicht wie der Himmel auf Erden und, schlimmer noch, fühlte sich wie ein überfahrenes Tier. Ein mehrfach platt gewalztes Tier.

Aber nicht Finn. Sie drängte sich an ihn und presste ihr Gesicht im selben Moment an seine Kehle, in dem er ihr die Lippen auf die Stirn drückte.

„Du fühlst dich nicht an, als hättest du Fieber", murmelte er.

„Nein, so ist das, wenn man Trugbildern aufsitzt. Die ganze letzte Nacht hat es nie wirklich gegeben."

Er rückte von ihr ab und schaute ihr in die Augen. „Du erinnerst dich also an nichts."

„Gar nichts", erwiderte sie rasch. „Wie sollte ich? Es ist nichts geschehen."

Um seine Lippen zuckte es. „Gut gemacht."

„Danke."

Er lächelte. Und dann ließ er die Bombe platzen. „Erzähl mir von dem Brunnen."

„Bei näherer Betrachtung", sagte sie, „bin ich vielleicht wirklich gestorben. Tot und begraben ..."

„Versuch's noch mal."

Sie schaute ihm in die Augen und versuchte zu ergründen, ob er die Wahrheit über ihren Wunsch wusste – in dem Fall würde sie Willa und Elle womöglich erwürgen müssen – oder ob er nur im Trüben fischte. „Nun ja", meinte sie leichthin. „Er wurde errichtet, als es in Cow Hollow noch jede Menge Kühe gab. Und ..."

„Nicht die Geschichte des Brunnens, du Klugscheißer", unterbrach er sie. „Ich meine, warum du in deinen Fieberträumen von ihm gefaselt hast."

Ah. Also musste sie Elle und Willa vielleicht doch nicht erwürgen. „Ich hatte Fieber und Wahnvorstellungen“, sagte sie. „Du musst vergessen, was du gehört hast. Und gesehen.“

„Du hast dem Brunnen einen Liebeswunsch anvertraut?“, fragte er ein wenig ungläubig.

„Spielt das eine Rolle? Du glaubst doch sowieso nicht an die Legende, weißt du noch?“

„Das ist keine Antwort.“

„Ich glaube auch nicht daran“, erklärte sie, und er verstummte und ließ ihr das durchgehen.

Anstatt sie zu bedrängen, schob er ihr den Toast hin. „Iss. Und trink. Du musst deinen Flüssigkeitsverlust ausgleichen.“

„Du klingst wie eine Mutter.“

„Solange du mich nicht wieder Grandpa nennst.“ Er stand auf, um zu gehen, aber sie fasste nach seiner Hand.

„Hey. Du hast letzte Nacht unglaublich viel für mich getan. Das hättest du nicht tun müssen.“

„Ich weiß.“

Es fiel ihr schwer, seinem Blick standzuhalten. „Danke, dass du dich um mich gekümmert hast.“

Er schaute sie nur lange an. „Jederzeit.“

Am nächsten Tag hatte Pru sich vollständig von der Lebensmittelvergiftung erholt und arbeitete wieder, was gleich aus mehreren Gründen von Vorteil war. Zum einen brauchte Jake sie dringend.

Zum anderen musste sie darüber hinwegkommen, dass sie sich vor Finns Augen übergeben hatte, und da eine Gehirnwäsche nicht möglich war, blieb ihr nur ein Weg, das zu erreichen: sich so tief in ihre Arbeit zu vergraben, dass sie alles andere darüber vergaß, jeden Gedanken an Finn beiseiteschieben und ihre Immunität gegen seine sexuelle Anziehungskraft stärken konnte.

Das funktionierte zwei Tage lang, aber dann wurden ihre Bemühungen unterzutauchen zunichtegemacht, als er im Lagerhaus aufkreuzte.

Sie kam gerade von einer Tour zurück und war schon im Begriff, die nächste in Angriff zu nehmen, und dann stand er da, an einen Pfeiler im Wartebereich gelehnt, wo die Passagiere herumhingen, bevor sie an Bord gingen.

„Was tust du denn hier?", fragte sie überrascht.

„Ich muss dich kurz sprechen." Damit nahm Finn sie bei der Hand und zog sie nach draußen. Er trug eine tief auf der Hüfte sitzende Jeans und ein dunkelgrünes Henley-Shirt in der Farbe seiner Augen. Die Haare hatte er sich höchstens mit den Fingern gekämmt, wenn überhaupt, und er hatte sich nicht rasiert. Mindestens einen Tag alt waren die Bartstoppeln an seinem Kinn, von denen sie inzwischen ganz genau wusste, wie aufregend sie sich auf ihrer Haut anfühlten.

„Du gehst mir aus dem Weg", stellte er fest.

„Nein, ich …"

Er legte ihr einen Finger auf die Lippen. Sein Körper war ihr inzwischen so nah, dass sie seine Wärme spüren konnte und ihr eigener Körper sich näher an ihn drängte.

Böser eigenwilliger Körper.

„Vorsicht", mahnte er leise und senkte den Kopf, sodass seine Lippen ganz knapp über ihren schwebten. „Du bist drauf und dran, mich zu beschwindeln, und wenn du das tust, ändern sich die Dinge."

Sie dachte einen Moment darüber nach, legte ihre Finger um sein Handgelenk und zog seine Hand von ihren Lippen fort. „Welche Dinge?"

Keine Sekunde wandte er den Blick ab. „Gefühle."

Was sie noch an Belustigung gespürt haben mochte, löste sich in nichts auf, denn ihr war nur zu klar, was er damit sagen wollte. Er hielt nichts von Lügen. Oder Halbwahrheiten. Oder Schwindeleien … Und wenn er zu dem Schluss kam, dass sie dazu neigte, nicht die Wahrheit zu sagen, dann würden sich seine Gefühle für sie verändern.

Natürlich hatte sie das gewusst, als sie sich auf ihn eingelassen hatte. Was sie nicht gewusst hatte, war, wie sehr sich das auf ihre Beziehung auswirken würde.

Er wusste nämlich etwas sehr Wichtiges nicht.

Von Anfang an hatte sie ihn belogen. Sie hatte das Netz, in dem sie sich verfangen hatte, selbst gesponnen, die Mauer um sich herum selbst errichtet, dieses albtraumhafte Problem selbst erschaffen und nicht die geringste Ahnung, was sie jetzt tun sollte.

„Na schön, ich bin dir also ein wenig aus dem Weg gegangen", gab sie zu, um den Anfang mit der einen Sache zu machen, von der sie wusste, dass sie sie zu tun hatte.

„Warum?"

Sie starrte ihn an. Die Wahrheit schoss aus ihrem Herzen auf ihre Zungenspitze. Zu gern hätte sie es ihm gesagt. Nur zu gern hätte sie ihre Karten offen auf den Tisch gelegt. Ihm die Wahrheit zu verschweigen bereitete ihr Schuldgefühle, die ihr Bauchschmerzen machten. Aber sie kannten einander doch erst wenige Wochen. Sie brauchte einfach noch ein bisschen mehr Zeit. Um ihn zu bezaubern. Um ihn irgendwie dazu zu bringen, etwas zu tun, was noch keiner getan hatte – sich so sehr in sie zu verlieben, dass er sie festhalten wollte.

Obwohl sie einen gewaltigen Fehler gemacht hatte. Sie musste ihn dazu bringen, ganz langsam. „Ich bin nicht gut im Umgang mit so etwas", sagte sie leise. Hallo? Das war die Untertreibung des Jahres.

„Das musst du schon etwas genauer erläutern."

„Ich bin nicht gut im Umgang mit … der Sache danach." Und mit so vielen anderen Dingen …

„Die Sache danach", wiederholte er. „Du meinst nach einem verdorbenen Magen? Pru, wer ist schon gut im Umgang damit?"

„Nein. Ich meine, ja. Ach, ich weiß nicht. Aber ich rede von etwas anderem: Von der Sache, nachdem man mit jemandem geschlafen hat."

Er wirkte ausgesprochen verdattert und irgendwie auch leicht belustigt. „Mit jemandem zu schlafen ist also kein Problem", sagte er, „aber hinterher der Umstand, dass wir es tatsächlich getan haben."

Ihr war klar, wie lächerlich das klang, und sie nickte.

Eigentlich hatte sie erwartet, dass er das mit einem Scherz abzutun versuchen würde, aber das tat er nicht. Stattdessen legte er ihre Hände um seine große Hand und bedachte sie mit einem schiefen Lächeln. „Ich schätze, dann führen zwei Blinde einander. Ich schlafe mich nicht durch die Betten, Pru."

„Aber du hattest schon mal eine längere Beziehung", sagte sie. „Mit Mellie."

Er schwieg einen Moment. „Da hat jemand geplaudert."

„Aber es stimmt doch, oder?", fragte sie.

„Was genau willst du eigentlich wissen, Pru?"

Okay, er wollte also nicht über Mellie reden. Das hatte sie kapiert. Und verstand es. Schließlich gab es auch für sie eine Menge Dinge, über die sie nicht reden wollte. „Ich versuche, dir zu sagen, dass ich mich nicht nur nicht durch die Betten schlafe. Ich … habe das noch nie getan." Sie biss sich auf die Lippen. Verdammt. Das klang so mitleiderregend. Sie versuchte es noch einmal. „Es ist eher so, dass du *der eine und Einzige* bist …" Halt, nein, sie machte alles nur noch schlimmer. „Okay, weißt du was? Vergiss es." Sie wollte sich abwenden. „Ich muss wieder an die Arbeit."

Er hielt sie fest und drehte sie zu sich um. „Moment mal."

„Geht nicht. Ich muss …"

„Pru", sagte er erschreckend einfühlsam, während er sie gleichzeitig mit seiner beharrlichen Entschlossenheit in die Enge trieb. Er nahm ihr Gesicht in beide Hände. „Willst du damit sagen, dass du noch nie …?"

„Nein, natürlich habe ich schon." Sie schloss die Augen. „Es ist nur so, dass die Sache mit Jake schon eine Weile zurückliegt – und er war kein One-Night-Stand. Auch kein Two-Nights-

Stand. Das hat eine Woche gedauert …“ Erschrocken legte sie sich die Hand auf den Mund. „Oh Gott, bitte sag mir, ich soll den Mund halten!“

Sanft zog er ihre Hand weg. „Du und Jake, ihr wart nur für eine Woche zusammen?“

„Ja.“

„Und davor – du bist mit niemandem gegangen?“

„In der Highschool hatte ich einen Freund.“

„Aber …“

„Aber er hat mich sitzen lassen, nachdem meine Eltern starben“, gab sie zu. „Ich war völlig durch den Wind und …“

„Das hätte dir nicht passieren dürfen“, sagte er leise und streichelte ihre Oberarme. Seine warmen Hände schienen irgendwie tief in sie hineinzugreifen und etwas in ihr zu wärmen, von dem sie nicht einmal bemerkt hatte, dass es kalt war. „So etwas sollte niemandem passieren“, fügte er sanft hinzu. „Also, außer dem Arschloch von einem Highschool-Freund und der einen Woche mit Jake hat es niemanden gegeben?“

Wenn sie sich jemals verletzlicher oder ungeschützter gefühlt hatte, dann konnte sie sich nicht daran erinnern. Es war ihr grässlich peinlich, ihre sexuellen Erfahrungen – beziehungsweise ihren Mangel daran – so vor ihm auszubreiten. Ihre Unsicherheit wurde immer größer und drohte, sie unter sich zu begraben. Sie schüttelte den Kopf und starrte auf seinen Hals, statt ihm in die Augen zu sehen, das war deutlich einfacher. Außerdem hatte er einen sehr attraktiven Hals und …

„Pru, Baby, schau mich an.“

Zögernd hob sie den Blick.

„Ich glaube, ich fange an, besser zu begreifen, was los ist.“

Oh gut. Vielleicht konnte er es ihr ja erklären. Das wäre äußerst hilfreich.

„Was zwischen uns passiert ist …“, fuhr er fort. „Mir ist nie der Gedanke gekommen, du könntest das für einen One-Night-Stand gehalten haben.“

Verdutzt starrte sie ihn an. „Nicht?"

„Natürlich nicht! Nicht bei der Chemie zwischen uns. Ich wusste von Anfang an, dass eine Nacht niemals ausreichen würde. Auch nicht zwei Nächte. Oder zehn. Ich dachte, du wüsstest das auch."

Sie schluckte schwer. Natürlich wusste sie das. Darin lag ja auch nicht das Problem. Nein, das Problem war, dass die Zeit, die sie schon miteinander verbracht hatten … ausreichen musste. Das war alles, was sie sich gestatten würde. Gestatten konnte. „Ich habe mir nicht erlaubt, so weit zu denken. Finn …"

„Schau, ich weiß, dass wir das Pferd von hinten aufgezäumt haben, aber ich möchte das in Ordnung bringen." Lächelnd schaute er sie an. „Geh heute Abend mit mir aus."

Sie starrte ihn an. „Du meinst so etwas wie … eine Verabredung?"

„Ich meine genau das: eine Verabredung."

„Aber …"

Sein Mund streifte ihr Kinn und wanderte hoch bis zu ihrem Ohr. „Sag: Ja, Finn", flüsterte er, und sein Atem streifte sie heiß.

„Ja, Finn", entfuhr es ihr, ohne dass sie es wollte. Verdammt. Wenigstens ab und zu sollte ihr Mund sich mit ihrem Gehirn absprechen. Die Wahrheit war jedoch, dass sie das brauchte. Dass sie ihn brauchte. Sie wollte diesen Augenblick, und sie wollte ihn genießen. So selbstsüchtig das auch war, sie wollte wenigstens einmal an sich selbst denken, nur heute Abend. Außerdem wurde Denken sowieso überbewertet. „Du machst es mir schwer zu denken", sagte sie.

Sie spürte, wie er wissend lächelte. „Pru, ich werde heute Abend so gut zu dir sein, dass du nicht zu denken brauchst."

Nur gut, dass Denken überbewertet wurde.

Um sechs holte er sie ab. Sie war höllisch nervös, was natürlich albern war. Schließlich war es Finn. Und nur eine Verabredung.

An einer roten Ampel warf er ihr einen Blick zu und ließ ein Grinsen aufblitzen. „Du siehst hübsch aus."

Sie trug ein schlichtes Sommerkleid und flache Sandalen. Ihre Haare waren offen. „Das Kleid kennst du schon", sagte sie.

Glut glomm in seinen Augen auf. Ganz offensichtlich erinnerte er sich daran, dass sie dieses Kleid getragen hatte, als er es ihr zum Festhalten in Taillenhöhe in die Hände gedrückt hatte, während er es ihr besorgte. „Ich weiß", murmelte er. „Ich liebe dieses Kleid."

Sie wurde rot, und er lachte leise.

„Wohin fahren wir?", fragte sie, um das Thema zu wechseln.

„Nervös?"

Ja. „Nein."

Ein wissender Seitenblick. „Es soll eine Überraschung werden."

Das versetzte sie in Unruhe. Doch der Ort, wo sie schließlich landeten, entlockte ihr ein breites Lächeln. Sie starrte ihn an. „Ein Spiel der Giants?"

„Ja." Er parkte beim Stadion und zog sie aus dem Auto, um ihr einen schmatzenden Kuss aufzudrücken. „Einverstanden?"

Machte er Witze? Für einen Moment verflüchtigten sich all ihre Bedenken, und sie grinste ihn nur an. „Sehr einverstanden."

Er drückte ihre Hand an seine Lippen und lächelte sie über ihre verschränkten Finger hinweg an.

Und sie zerschmolz.

Während des Spiels gab er ihr, was immer sie wollte – also Hotdogs und Bier –, und sie beide schrien und jubelten nach Herzenslust.

Neben ihnen saß ein Pärchen, offenbar eingefleischte Giants-Fans – er nur in Shorts, sie trug zusätzlich noch ein Bikinioberteil –, die jeden Quadratzentimeter ihrer bloßen Haut in der roten Farbe der Giants bemalt hatten.

Zwischen der zweiten und der dritten Runde machte er ihr einen Heiratsantrag, und der verlief vollkommen anders als der Heiratsantrag kürzlich auf Prus Boot. Als diese beiden sich in die Arme fielen und küssten, lag Liebe in jeder Berührung, obwohl sie dabei ihre so sorgsam gemalten Giants-Logos verschmierten. Rote und weiße Farbe vermischte sich zu Rosa, sodass sie aussahen wie eine wandelnde Reklame für Pepto-Bismol.

Am Ende der vierten Runde schwenkte die KISS-Kamera über die Menge, und das Publikum geriet außer sich. Sie stoppte auf einem älteren Paar, das sich ein zärtliches Küsschen gab. Als Nächstes fokussierte sie auf zwei Männer, die breit grinsend ihre Eheringe in die Kamera hielten, bevor sie dem Publikum einen Kuss gönnten.

Der Jubel hielt noch an, als sich die KISS-Kamera auf Pru und Finn richtete. Pru wandte sich lachend ihm zu, er zog sie an sich und küsste sie, dass ihr Hören und Sehen verging und ihr Gehirn seine Funktion einstellte. Es brauchte eine ganze weitere Spielrunde, bis es wieder zu arbeiten begann.

Das war womöglich das spaßigste Rendezvous, das sie jemals erlebt hatte.

Nach dem Spiel brachte Finn sie bis an ihre Tür. Sie war leicht beschwipst, also hielt er ihr die Hand und hörte lächelnd zu, wie sie ein Lied mitsang, das nur sie in ihrem Kopf hören konnte.

An ihrer rechten Seite trug sie rote Farbspuren von der Frau, die neben ihr auf der Zuschauertribüne gesessen hatte. Während der achten Spielrunde hatte es ein paar Minuten genieselt, ihre Haare waren feucht geworden und hatten sich wild gekräuselt.

Am liebsten hätte er seine Finger darin vergraben, sie rücklings an ihre Tür gedrückt und sie besinnungslos geküsst – um sie dann auf seine Arme zu heben, damit sie ihre langen Beine um ihn schlang.

Er wollte sie. Hart und schnell. Langsam und sanft. Auf der Couch. Unter der Dusche. In ihrem Bett.

Wo immer er sie nehmen konnte.

Und das war ihm nicht nur ein körperliches Verlangen. Zwar hatte er ihr erzählt, dass er glaube, es gebe keine Liebe für ihn, aber er hatte sich geirrt. Zumindest wenn er danach ging, wie sein Herz sich jedes Mal auf den Rücken warf und den weichen Unterbauch präsentierte, wenn sie ihn auch nur anschaute. Er wollte seinen Anspruch auf sie geltend machen, ihr seinen Stempel aufdrücken. In ihrem Inneren. Auf ihrem Herzen und in ihrer Seele.

Aber sie war noch nicht bereit dafür. In dieser Hinsicht hinkte sie ihm weit hinterher, und das wusste er. Was zwischen ihnen lief, machte ihr Angst – riesige Angst. Sie brauchte Zeit, und die konnte er ihr geben. Die *würde* er ihr geben.

Auch wenn das bedeutete, dass er sie heute Abend verlassen musste, obwohl sie zu ihm hochlächelte – mit glänzenden Augen, geröteten Wangen, glücklich. Warm.

Willig.

„Gute Nacht", sagte er leise. „Und schließ deine Tür ab."

„Warte." Sie blinzelte – einmal und langsam wie eine Eule. Eine beschwipste Eule. „Du … gehst?"

„Ja."

„Aber …" Sie trat näher und strich mit den Händen über seine Brust. „Wollen wir nicht …?"

Er zog die Brauen hoch, zwang sie, deutlich zu werden.

„Ich dachte, du kommst mit rein, und wir würden … du weißt schon", flüsterte sie und spielte mit den Fingern an seinem Kinn.

Er fasste nach ihrer Hand, führte sie an seine Lippen und hauchte einen Kuss in ihre Handfläche. „Nein", sagte er sanft. „Nicht heute Abend."

„Aber … wann?"

„Wenn du bereit bist, ‚du weißt schon' durch konkrete Wörter zu ersetzen."

Sie stand da – mit leicht geöffnetem Mund, eine steile Falte zwischen ihren Brauen, verwirrt, erregt und mehr als nur ein bisschen neben sich stehend.

Vielleicht hinkte sie ihm doch nicht so weit hinterher.

„Gute Nacht", wiederholte er, legte seine Hände an ihr Gesicht und küsste sie zart. Sie jetzt zu verlassen war so ziemlich das Schwerste, das er jemals getan hatte.

Als Prus Tür sich hinter ihm schloss, wurde eine andere geöffnet, und Mrs. Winslow schaute heraus. „Bist du sicher, dass du weißt, was du tust?", fragte sie.

Herrgott, nein, er wusste nicht, was er tat.

Sie schüttelte missbilligend den Kopf. „Du weißt wirklich nicht viel über Frauen, nicht wahr? Du darfst sie nicht allein lassen, damit sie darüber nachdenken, ob sie dich brauchen. Und weißt du auch, warum?"

Er schüttelte den Kopf.

„Weil Frauen nur in diesem einen Moment impulsiv handeln. Das liegt an all dem Testosteron und den Pheromonen, die euch Männer umschwirren, weißt du. Wenn du nicht direkt vor ihr stehst, verflüchtigt sich das magische Zeug, und ihr fällt ganz schnell wieder ein, dass sie dich nicht in ihrem Leben braucht."

„Ich werde einfach hoffen, dass das nicht stimmt", erwiderte er.

„Du kannst hoffen, so viel du willst, aber du wirst allein hoffen, in einem leeren Bett."

27. Kapitel

#SmarterThanTheAverageBear

Spät am nächsten Nachmittag war Pru arbeiten und wünschte sich stattdessen sonst wohin. Sie steckte mitten in einer Auseinandersetzung mit einem Typen, der in der Woche zuvor eine Ausfahrt für sich und seinen Sohn gebucht und bezahlt hatte. Sie waren aber beide nicht aufgetaucht. Und jetzt wollte er sein Geld zurück.

Dabei stand sie nur am Fahrkartenschalter, weil einer der Fahrkartenverkäufer früher Schluss gemacht hatte. Dieser Kerl war der Letzte, den sie abfertigen musste, bevor sie nach Hause gehen konnte. Sie schaute gerade im Computer nach einer Möglichkeit, ihm einen Gutschein auszustellen, als er zu dem Schluss kam, sie wolle ihn verarschen.

„Hör gut zu", presste er hervor. „Ich gebe mich nicht mit einer gemeingefährlichen hormongesteuerten, unterbezahlten Zicke mit PMS ab, der alles scheißegal ist. Ich will jemanden sprechen, der was zu sagen hat. Hol ihn her."

„Tatsächlich steht jemand, der was zu sagen hat, direkt vor Ihnen. Und keine Sorge, gemeingefährlich hormongesteuert war ich letzte Woche. In dieser Woche bin ich gut drauf. Sogar nett, wenn ich das so sagen darf."

Er lächelte nicht und hatte die Hände in die Hüften gestemmt. „Ich will mein Geld zurück."

Prus Blick wanderte zu der Person, die gerade hinter ihm hereingekommen war. Finn. Er stand schweigend da, ruhig, aber nicht passiv, und beobachtete die Situation. Pru wandte sich wieder dem wütenden Kunden zu und deutete auf das große Schild über ihrem Kopf.

Keine Erstattungen stand darauf.

Der Typ beugte sich vor und kam ihr damit viel zu nahe. „Hast du auch nur die leiseste Ahnung, wer ich bin?"

Ein Arschloch? Sie behielt diesen Gedanken für sich, denn ihr war aufgefallen, dass auch Finn sich bewegt hatte. Er stand jetzt links von ihr, deutlich näher neben dem Typen, und seine Körpersprache machte klar, dass er zwar entspannt war, aber dennoch bereit, ihm in den Arsch zu treten, wenn das nötig sein sollte.

Sie hatte den ganzen Tag an ihn gedacht. Viel. Gestern Abend hätte sie ihn etwa ein Dutzend Mal beinahe angerufen, nachdem er gegangen war. Er wollte Worte, sie hatte sie. Sie wollte ihm sagen: „Komm bitte wieder her – und liebe mich."

Denn eines wusste sie sicher: Was sie beide miteinander gehabt hatten, war nicht nur Sex gewesen.

Verdammt!

Aber im Moment hatte sie noch immer den verärgerten Kunden vor sich, dem die Streitlust aus den Augen funkelte. „Ich verwalte das Budget der Promotions- und Werbeabteilung der Stadt", informierte er sie. „Wir sorgen dafür, dass all diese Unternehmen hier in den Stadtführern von San Francisco zu finden sind. Ohne mich dürftest du Toiletten putzen."

Okay, das ging jetzt ein bisschen zu weit. „Hören Sie, auch wenn Sie der Präsident der Vereinigten Staaten wären, würde das nichts ändern. Es gibt keine Erstattungen. Ich kann Ihnen einen Gutschein für eine andere Tour anbieten, aber Sie müssen sich einen Moment gedulden, während ich …"

Er schlug mit der Hand wütend auf den Tresen, aber sie zuckte nicht mal zusammen. Schließlich war sie schon mit weit größeren Arschlöchern als ihm fertiggeworden. Bevor sie ihn aber auffordern konnte zu gehen, mischte Finn sich ein.

Er hatte sich so schnell bewegt, dass sie es erst bemerkte, als er zwischen sie und den Kerl trat. „Sie sagte, es gibt keine Erstattungen, und hat Ihnen einen Gutschein angeboten", erklärte er. „Nehmen Sie den oder nicht?"

„Nein", knurrte der Typ.

„Ganz wie Sie wollen. Wenn Sie dann sonst nichts mehr sagen möchten – und ich muss Sie warnen, etwas anderes als ‚Schönen Tag noch!' ist keine gute Idee –, dann sollten Sie jetzt gehen."

Der Typ versuchte einen Sekundenbruchteil lang, Finn durch Anstarren einzuschüchtern, kam dann aber vermutlich zu dem Schluss, dass ihm sein Gesicht so gefiel, wie es war, und stolzierte wortlos hinaus.

„Was sollte das?", wandte Pru sich an Finn.

Er schob die Hände in die Hosentaschen. „Was?"

„Ich hatte alles im Griff."

Er warf ihr einen schiefen Blick zu. „Gern geschehen."

Sie lachte kurz auf. „Ich wäre gut damit klargekommen." Wie immer. Da sie schon so lange auf sich gestellt war, wusste sie gar nicht, was sie sonst hätte tun können.

Und doch war er für sie da gewesen. Als sie sich einsam fühlte. Als sie traurig war. Als es ihr richtig dreckig ging.

Wann immer sie es brauchte.

„Pru", sagte er. „Der Typ war die personifizierte Streitlust. Wo zum Teufel steckt Jake?"

„Hat sich heute freigenommen. Und ich brauchte ihn auch nicht. Es war ja nicht so, dass er eine Keule geschwungen hätte. Bis auf verbale Ausfälle und einen kleinen Schwanz hat er gar nichts geschwungen."

Um seine Mundwinkel zuckte es. „Okay, da lag ich wohl falsch."

„Und?"

„Und was?"

„Und tut es dir leid, dass du dich eingemischt und mich davon abgehalten hast, meinen Streit allein auszufechten?"

Er sah sie nur an.

Oh nein, es tat ihm nicht leid. Gut zu wissen. Sie betrachtete seine Miene etwas genauer, und ihr wurde klar, dass es ihm nicht nur nicht leidtat. Im Gegenteil, er wirkte ziemlich aufgebracht. Sie hatte ihn schon ein paar Mal wütend gesehen, deshalb kannte sie den aufgewühlten Blick, die zusammengepressten Lippen und die Anspannung in seiner Körpersprache. „Und wie war dein Tag?"

Er zuckte mit einer Schulter.

Na schön. Sie legte ihre Hand auf seinen spürbar angespannten Unterarm. „Alles in Ordnung mit dir?", fragte sie leise. „Es fühlt sich nämlich nicht so an."

„Mir geht es gut."

Skeptisch zog sie eine Braue hoch.

Er zuckte die Achseln. „Ich kann einfach nur penetrante Arschlöcher nicht ausstehen, die glauben, sie können andere Leute fertigmachen, um zu kriegen, was sie wollen."

Sie starrte zu ihm hoch, und erneut fiel ihr ein, dass sie in dieser Beziehung, zu der es nie kommen würde, nicht die Einzige war, die von Dämonen gequält wurde. „Wegen deines Dads?"

„Vielleicht", gab er zu. „Vielleicht auch, weil ich einen Großteil meiner Jugend darauf verwandt habe, Sean zu beschützen. Er war ein kleines kränkliches Kind mit einem verdammt großen Mundwerk. Es war nicht leicht, ihn zu beschützen, denn er übte eine magische Anziehungskraft auf Arschlöcher und Schulhofschläger aus." Mit der Hand strich er sich übers Gesicht. „Ich schätze, das hängt mir immer noch nach. Ich habe gesehen, wie dieser Typ dich aggressiv angegangen ist, und ich wollte …"

„Mich beschützen", brachte sie den Satz leise zu Ende.

„Ja", gestand er halb lächelnd, halb das Gesicht zu einer Grimasse verzogen. „Nicht, dass du das nicht selbst könntest, aber Gefühle folgen nicht immer dem Verstand."

Die Hände immer noch in sein Hemd gekrallt, zog sie ihn sanft näher, bis er sich so weit zu ihr herunterbeugte, dass sie ihn leicht küssen konnte. Und dann noch einmal, nicht ganz so leicht. „Ich weiß", flüsterte sie. Und küsste ihn ein weiteres Mal.

„Wofür war das?", fragte er, als sie sich von ihm löste. Seine Stimme hatte einen aufregend leisen und schroffen Tonfall angenommen.

„Dafür, dass du jemand bist, der seine Gefühle eingestehen kann."

Er legte seine Hände um ihr Gesicht. „Das müssen wir aber niemandem auf die Nase binden, richtig?"

Sie lächelte. „Das bleibt unser Geheimnis." Aber dann erstarb ihr Lächeln, denn mit Geheimnissen konnte sie nicht gut umgehen.

Vielleicht aber auch zu gut … „Ich bin nicht hilflos", erklärte sie. „Ich will, dass du das weißt."

„Ich weiß das." Er schwieg einen Moment und wirkte jetzt wieder ein wenig verärgert. „Meistens."

„Gut", sagte sie. „Nachdem wir das geklärt haben, solltest du wissen, dass mich diese Höhlenmenschen-Nummer, die du da gerade abgezogen hast, ein bisschen angemacht hat."

Er musterte sie von der Seite. „Tatsächlich?"

„Tatsächlich."

Jetzt wirkte er nicht mehr ganz so streitlustig. Er legte seine Hände um ihre Hüften und zog sie fester an sich.

Was zum Teufel tat sie da? Ganz offensichtlich konnte sie einfach nicht stark bleiben. Wie sollte sie auch? Der Typ war einfach viel zu präsent. Wirkte zu sehr auf ihre Instinkte. Testosteron und Pheromone umschwirrten ihn. Sie ließ ihren Kopf gegen seine Brust fallen. „Oh Mann. Du bist einfach … du."

„Soll heißen?"

„Das ist alles deine Schuld."

„Seltsame Übersetzung."

„Du bist einfach durch und durch heiß und sexy, verdammt noch mal", sagte sie und schlug mit der Stirn ein paarmal gegen seine Brust. „Und anscheinend kann ich einfach nicht umhin … zu bemerken, wie heiß und sexy du bist."

Er lächelte. „Du willst mich wieder."

Wieder. Immer noch ... Sie warf die Hände hoch. „Es ist nicht zu übersehen, wie verdammt attraktiv du bist, und du merkst das nicht mal."

Sein Lächeln wurde breiter. „Du musst einfach nur das Wort sagen, Süße. Oder noch besser die Wörter. Vorzugsweise schmutzige."

Als sie einen Seufzer ausstieß, lachte er.

„Du kannst es wirklich nicht aussprechen, richtig", meinte er und klang viel zu amüsiert darüber, der dämliche Esel. Er legte ihr einen Arm um die Taille. „Süß."

Süß? Das löste bei ihr gemischte Gefühle aus. Einerseits hätte sie es lieber gehabt, wenn er sie unfassbar erotisch gefunden hätte. Aber andererseits war er jetzt schon zu viel für sie. Vielleicht war *süß* ja gar nicht so verkehrt.

Sie versetzte ihm einen Stoß und machte sich daran, alles abzuschließen.

Er folgte ihr, noch immer verdammt selbstzufrieden aussehend, und wartete geduldig.

„Wohin möchtest du gehen?", fragte er.

„Wer sagt, dass ich irgendwohin mit dir gehe?"

„Dein Körper."

Ihr wurde bewusst, dass sie sich schon wieder an ihn geschmiegt hatte. „Arbeitest du heute Abend nicht?"

„Später. Ich habe den ganzen Tag gearbeitet und im Moment eine volle Besatzung. Ein paar Stunden kommen sie allein zurecht."

Oh Gott. Wie sollte sie dem widerstehen? „Gehst du wieder mit mir aus, um mich nachher vor meiner Tür abzusetzen?"

„Kommt drauf an."

„Worauf?"

Er lächelte nur geheimnisvoll, fuhr ihr mit den Fingern durchs Haar und strich ihr mit dem Daumen einmal über die Unterlippe, sodass sie nach einem Kuss zitterte.

Nach seinem Kuss.

Er wollte, dass sie die Worte sagte, und sie wusste auch welche Worte. *Schlaf mit mir …*

„Du hast die Wahl“, sagte er. „Such dir ein Ziel aus, oder lass dich überraschen.“

Sein Bett. Ihre Wahl fiel auf sein Bett.

Sie holte Thor von seinem Schlafplatz in Jakes Büro, und dann chauffierte Finn sie fort von ihrem Arbeitsplatz. Seine Hände lagen so sicher auf dem Lenkrad wie sonst auf ihrem Körper.

Hör auf, seine Hände anzuschmachten!

Sie nahmen einen Drink in einem netten Lokal am Jachthafen, wo sie an einem kleinen Tisch auf dem Gehsteig saßen und Thor zu ihren Füßen fröhlich beobachtete, wie die Welt an ihm vorüberzog.

Finn bezahlte. Er bezahlte immer. Und er ging dabei ziemlich geschickt vor. Sie bekam nicht einmal die Rechnung zu sehen, da war sie auch schon beglichen.

Hinterher fuhren sie nach Lands End raus, einem Park, nahe der windumtosten Küste an der Zufahrt zur Golden Gate Bridge.

Dort folgten sie alle drei einem Pfad, der von einer ehemaligen Gleisanlage zu den felsigen Klippen führte. Von dort aus hatte man einen atemberaubenden Rundumblick über die Bucht. Auf dem wilden blauen Meer unter ihnen tanzten Schaumkronen, denn jetzt am frühen Abend herrschte starker Wellengang.

„Wow“, flüsterte sie. „Hier erkennt man, dass die Welt sich nicht um die eigenen Hoffnungen und Träume dreht.“

Er wandte sich dem Ausblick zu. „Was für Hoffnungen und Träume hast du denn?“

Überrascht warf sie ihm einen Blick zu.

„Ich weiß, dass du gern als Kapitän eines Ausflugsbootes arbeitest“, fuhr er fort. „Aber was wünschst du dir für dich? Ein eigenes Charterunternehmen? Eine Familie?“

Er meinte es ernst, und das gab ihr den Mut, ihm die Wahrheit zu sagen. „Ich liebe meinen Job, will aber kein eigenes Reich beherrschen oder so etwas. Ich bin glücklich mit dem, was ich tue. Und …“ Ihr Herz klopfte plötzlich stark. „Ich möchte eine Familie.“ Seine Augen schienen ihre Seele zu spiegeln, also wandte sie sich wieder dem Wasser zu. „Eines Tages“, flüsterte sie.

Seine Hand schob sich in ihre, warm und kräftig.

Sie fasste zu und atmete eine Weile schweigend. „Und du?“

„Auch ich liebe meinen Job“, sagte er. „Und ich möchte den Pub behalten, solange er gut läuft. Aber ich will nicht für immer in der Stadt leben. Ich möchte auch eine Familie, und dann hätte ich lieber einen Hof und eine Straße, wo die Kinder mit dem Rad fahren können und Spielgefährten in der Nähe finden …“

Sie lächelte. „Mit einem weißen Holzzaun, Finn?“

„Weiß muss er nicht unbedingt sein“, sagte er und brachte sie damit zum Lachen.

Und weckte Sehnsucht in ihr …

Thor hatte seinen Spaß. Er jagte hinter Eichhörnchen her, bis eines den Spieß umdrehte und ihn direkt in Prus Arme zurückscheuchte.

Finn schüttelte den Kopf. „Irgendetwas fehlt ihm.“

„Das Killergen“, gab sie zu und drückte die Promenadenmischung liebevoll an sich.

„Ich meinte eigentlich Eier …“ Aber dann nahm er Thor auf den Arm, trug ihn für sie und ließ den Hund an seiner Halsbeuge schnuppern.

Pru verdrehte die Augen, aber innerlich, ganz heimlich, hätte sie am liebsten selbst dort geschnuppert.

„Sieh nur“, sagte Finn, griff mit seiner freien Hand nach ihrer und deutete mit ihren verschränkten Fingern auf die Hügelkette unter ihnen, die mit Zypressen und Wildblumen in allen nur denkbaren Farben bewachsen war.

„Wow“, flüsterte sie, „umwerfend schön.“

„Ja“, bestätigte er und schaute dabei sie an.

Sie lachte. „Das war frech."

Er grinste. „Es hat dir gefallen."

„Nein, hat es nicht."

Er spähte über den Rand seiner Sonnenbrille und ließ seinen Blick von ihrem Gesicht abwärts wandern.

Sie folgte diesem Blick und stellte fest, dass ihre Brustwarzen sich deutlich unter der dünnen weißen Baumwolle ihrer Bluse abzeichneten. „Das liegt daran, dass mir kalt ist", sagte sie und verschränkte die Arme vor der Brust.

Er lachte. „Wir haben vierundzwanzig Grad."

„Ausgesprochen kühl", erklärte sie hochnäsig.

Grinsend zog er sie an sich, und während Thor zwischen ihnen protestierte, küsste er sie bis fast zur Besinnungslosigkeit.

Dann zog er sie hinter sich her den Pfad hinunter, der zu den eindrucksvollen Ruinen von Sutro Baths führte.

Hier war sie noch nie gewesen. Und was noch besser war: Sie waren allein hier. Pru hatte keine Ahnung, warum. Vielleicht lag es daran, dass es mitten in der Woche war. Oder einfach schon spät am Tag. Jedenfalls hatten sie den Ort für sich allein.

Sie streiften durch die Ruinen, und Finn zeigte ihr eine kleine Felshöhle. Darin war es kühl. Still.

Durch eine kleine Öffnung konnte man hinaus auf den felsigen Strand schauen. Hier, in dieser Höhle, umgeben von Felsen und in unmittelbarer Nähe eines viel zu attraktiven Mannes, konnte sie das Wasser nicht nur sehen. Sie konnte es auch fühlen in dem kühlen Nebel, der in die Höhle geweht wurde und mit den Haaren an ihren Schläfen spielte.

Thor wand sich. Er wollte auf den Boden gesetzt werden, und Finn tat ihm den Gefallen. Der Hund tapste sofort zu einem Haufen Steine, um alles zu untersuchen.

Endlich hatte Finn die Hände frei und konnte Pru an sich ziehen. „Ich sollte vielleicht zugeben", sagte er, den Mund an ihrem Ohr, „dass ich hier so allein mit dir auf etliche Gedanken komme."

Sie biss sich auf die Unterlippe. Ihr ging es genauso.

Leise lachend über ihren Gesichtsausdruck packte er mit der einen Hand ihre Haare, ließ die andere Hand an ihr hinuntergleiten und drückte kräftig ihren Po. „Du etwa auch?“

Na schön, ja, vielleicht hegte sie ja heimliche Fantasien, es an einem Ort zu treiben, an dem sie womöglich überrascht werden konnten, aber sagen würde sie ihm das nicht. Auf keinen Fall. „Ich hege die heimliche Fantasie, es irgendwo zu treiben, wo man uns vielleicht überraschen könnte“, sagte sie. Verfluchtes Mundwerk! Er grinste, schnell und unanständig, und gab ihr damit die Gewissheit, dass er dieser Herausforderung nicht ausweichen würde. Sie lachte erneut, jetzt allerdings nervös. „Aber ich bin mir ziemlich sicher, dass das nur eine Fantasie ist“, fügte sie hastig hinzu und legte ihm die Hände auf die Brust, um ihn auf Armeslänge von sich zu halten.

Oder ihn festzuhalten. So ganz hatte sie sich noch nicht entschieden.

Die Hand auf ihrem Po glitt ein wenig höher und dann wieder abwärts, jetzt in ihrer Hose. „Wie sicher ist ziemlich sicher?“, fragte er und strich mit seinen Fingern am Bund ihres Strings entlang. Bevor er sie darunterschieben konnte, lachte sie erneut und riss sich von ihm los.

„Ziemlich *ziemlich* sicher“, erwiderte sie zittrig.

Sein Blick glitt erneut über ihren Oberkörper. „Mir scheint, dir ist schon wieder kalt.“

Da ihr nur zu bewusst war, dass ihre gierigen Brustwarzen immer noch drohten, den Stoff ihrer Bluse zu durchbohren, schnappte sie sich Thor und drückte ihn sich an die Brust.

Der Hund warf ihr einen langen Blick zu, als wollte er sagen: Bitte, lass mich nicht warten, während ihr beiden scheußliche Sachen miteinander treibt. „Keine Sorge“, murmelte sie ihm zu. „Jetzt habe ich alles im Griff.“

„Ich hätte da etwas, das du in den Griff kriegen könntest“, meinte Finn.

Sie verdrehte die Augen. „Ganz schwach."

„Er ist nicht schwach."

„Ich erinnere mich", lachte sie.

„Schön. Wenn wir unsere Fantasien nicht ausleben wollen, wie wäre es dann mit einem Abendessen?", fragte er.

Dilemma. Sie konnte ihn nicht mit nach Hause nehmen, denn dann würde sie wieder mit ihm schlafen. „Pizza", schlug sie vor. Bei einem voll besetzten Italiener wähnte sie sich in Sicherheit.

„Einverstanden."

Sie verließen die Höhle und wanderten ein paar Minuten am felsigen Strand entlang. Es herrschte Ebbe, und das Wasser hatte sich mindestens hundert Meter zurückgezogen. Pru schaffte es, erst über einen Stein und dann über ihre eigenen Füße zu stolpern, und ließ Thors Leine los, um sich abzufangen. Natürlich schoss Thor sofort in Lichtgeschwindigkeit auf die Wellen zu und bellte dabei ausgelassen.

„Thor!", schrie sie und wandte sich an Finn. „Er kann nicht schwimmen. Er sinkt wie ein Stein."

„Vertrau mir, er wird schwimmen, wenn ihm nichts anderes übrig bleibt."

Aber sie konnte nicht so entspannt bleiben. Ihr Kleiner rannte direkt auf die Wellen zu. Sie eilte ihm nach, allerdings wesentlich langsamer, um auf den Felsen nicht auszurutschen.

„Keine Sorge", rief Finn. „Er kehrt um, sowie er nasse Pfoten kriegt."

Aber Thor erreichte das Wasser und rannte weiter, direkt in eine Welle hinein, und dann wurde ihre schlimmste Befürchtung wahr.

Er verschwand.

„Oh, mein Gott." Pru war nicht mehr zu halten. Sie rannte in vollem Tempo über den felsigen Strand direkt auf den Punkt zu, an dem Thor verschwunden war. Hastig schleuderte sie ihre Sandalen von sich und stürzte sich ins Wasser.

Die nächste Welle brach über ihrem Kopf und drückte ihr

Gesicht in den Sand. Keuchend richtete sie sich wieder auf, wischte sich den Sand aus dem Gesicht und sah …

Thor. Der Hund saß am Strand, starrte sie an, wedelte wie wild mit dem Schwanz und zeigte ein stolzes Hundegrinsen. Tropfnass bellte er zwei Mal kurz, und sie hätte schwören können, er sagte: „Macht Spaß, nicht wahr?"

Finn lachte und nahm den Hund hoch. Thor wand sich heftig, um sich wieder zu befreien, aber Finn klemmte sich den klatschnassen und wahnsinnig stolzen Hund unter einen Arm und streckte Pru die andere Hand entgegen. Er lächelte breit.

Pru stemmte ihre Hände in die nassen Hüften. „Lachst du etwa über mich? Wag es ja nicht, mich auszulachen."

„Das fiele mir im Traum nicht ein."

Sie musterte ihn aus zusammengekniffenen Augen.

Finn gab sich alle Mühe, sein Lächeln zu unterdrücken – vergebens. „Ich hab dir doch gesagt, er kommt zurecht."

„Mm-hmm."

Erneut lachte er. „Ich schätze, diesmal ist dir wirklich kalt, und du tust nicht nur so."

Sie schaute an sich hinunter. Richtig, ihre Bluse klebte ihr am Körper und erwies sich nass als ziemlich durchsichtig, sodass sie sich nackter fühlte, als wenn sie gar nichts am Leib gehabt hätte. Wieder sah sie Finn böse an, aber er lächelte unbeirrt weiter. Also musste sie sich irgendwie anders rächen. Sie tat einen Schritt auf ihn zu, um ihn – klatschnass, wie sie war – zu umarmen, damit auch er nass wurde.

Aber er wich aus und hob abwehrend eine Hand. „Jetzt bitte nicht durchdrehen …"

Also nahm sie einen Schritt Anlauf und warf sich einfach auf ihn.

Immerhin war er geschickt genug, sie aufzufangen, und obwohl er dabei von Meerwasser durchnässt wurde, zog er sie an sich und hielt sie fest.

„Ich halte dich", sagte er, und ihr Ärger löste sich in Luft auf. Offenbar hielt er sie immer, ob er sie nun tröstete, weil *sie ihn* mit einem Dartpfeil getroffen hatte oder weil sie wegen ihres Großvaters völlig aufgelöst war oder weil sie sich wegen einer Lebensmittelvergiftung die Seele aus dem Leib kotzte … Er hielt sie. Immer.

So einfach war das. Und so erschreckend.

28. Kapitel

#SliceOfHumblePie

Finn verstaute den nassen Hund und die noch nassere Frau in seinem Wagen. Dann holte er eine Wärmedecke aus seinem Notfallkoffer und wickelte beide darin ein.

„Mir geht es p…prima“, protestierte Pru mit klappernden Zähnen und blauen Lippen.

Oh, oh. Mit anderen Worten … *Lass mich in Ruhe, Finn.* Keine Chance. Es überraschte ihn allerdings nicht, dass sie es versuchte. Jedes Mal, wenn sie einander zunahekamen, schien sie es zu bereuen, Zeit mit ihm verbracht zu haben.

Er hingegen bereute nichts. Nicht, wie sie sich in seinen Armen angefühlt hatte – nicht, wie er sich in ihren Armen gefühlt hatte. Von Anfang an hatte zwischen ihnen eine schockierende Intimität bestanden, die ihn zunächst für einen Moment aus der Fassung gebracht hatte. Das hatte er jedoch schnell überwunden.

Er wollte noch viel mehr, war aber klug genug, eine zurückhaltende Frau als solche zu erkennen, wenn er einer begegnete. Noch war sie unsicher. Sie brauchte mehr Zeit.

Und er hatte bereits entschieden, dass er ihr diese Zeit lassen wollte. „Du klapperst dermaßen mit den Zähnen – ein Wunder, wenn sie dabei nicht locker werden“, sagte er, drehte die Autoheizung voll auf und richtete den warmen Luftstrahl auf Pru.

Sie beschwerte sich nicht. Ganz offensichtlich fror sie heftig. Und fürchtete offenbar, dass sie die versprochene Pizza nicht bekommen würde. „Um warm zu bleiben, braucht man

Kalorien“, sagte sie. „Peperoni- und Käse-Kalorien. Sehr viel davon.“

„Ich lasse Pizza kommen, während du duschst“, versuchte er sie zu beruhigen.

„Nein!“ Sie stockte, offensichtlich fieberhaft auf der Suche nach einer Ausrede, ihn loszuwerden. „‚Lefty’s‘ hat keinen Lieferservice.“

„Dann rufe ich eben bei ‚Mozza‘ an.“

Obwohl sie zitterte wie Espenlaub, gelang ihr ein abfälliges Schnauben. „‚Mozza‘ kann keine echte Pizza.“

„In Ordnung.“ Damit fuhr er auf den Parkplatz hinter dem ‚Lefty’s‘. „Bleib sitzen. Ich springe schnell rein und bin sofort zurück.“

Aber sie blieb ihm auf den Fersen, die Mylar-Decke um sich gewickelt und klatschnass.

Während sie in der Schlange standen, warf er ihr einen Seitenblick zu. „Du traust mir also nicht mal zu, die richtige Pizza auszuwählen.“

„Absolut nicht.“

Lefty nahm die Bestellungen selbst entgegen. Er mochte Menschen ganz generell. „Hey, Süße, was ist passiert? Über Bord geworfen worden? Kein guter Tag, um schwimmen zu gehen. Ziemlich frisch da draußen“, sagte er breit lächelnd zu Pru.

„Was du nicht sagst“, gab sie zurück. „Ich musste Thor retten. Es ging um Leben und Tod.“

Finn grinste, und Pru warf ihm einen langen warnenden Blick zu, ihr ja nicht zu widersprechen.

Ergeben hob er beide Hände, und Leftys Brauen schossen in die Höhe. „Ich rieche eine gute Story. Wer von euch beiden erzählt sie mir?“

„Würde ich ja gern tun“, meinte Pru. „Aber hinter uns bildet sich eine lange Schlange, also …“

„Die warten gern.“ Lefty stützte sich mit den Ellenbogen auf den Tresen und beugte sich vor. „Ist sie so gut wie dein Mordversuch mit einem Dartpfeil an dem Kerl hier?“

Sie wirbelte zu Finn herum. „Du weißt, dass das ein Unfall war! Hast du den Leuten erzählt, ich hätte versucht, dich umzubringen?“

Lefty lachte. „Nein, *er* hat kein Wort gesagt. Das tut er nie. Willa hat’s mir erzählt. Ach ja, die Jungs von Archer auch – Max und der Furchterregende mit dem Tattoo auf dem Schädel.“

Pru schlug sich mit der Hand vor die Stirn. „Wie ist es nur möglich, dass die Leute bei uns im Haus heftiger tratschen als ein Haufen Männer in einer Feuerwache?“

„Meinst du nicht eher als eine Schar Weiber im Treppenhaus?“, fragte Lefty.

„Nein“, erwiderte sie finster. „Frauen sind nichts gegen Männer, wenn es um Klatsch und Tratsch geht.“ Und wehe, du wagst es zu widersprechen, warnte der Blick, den sie Finn zuwarf.

„Absolut richtig“, bestätigte er und bezahlte ihre Bestellung. Und dann, weil sie offenbar Bedenken hatte, in ihre Wohnung zurückzukehren, nahm er sie und Thor mit zu sich nach Hause.

Als sie aus dem Wagen ausstiegen, murmelte Pru etwas in sich hinein, das verdächtig nach „Wenn du einfach deine Kleidung anbehältst, wird es schon gut gehen“ klang.

Finn verkniff sich sein Grinsen. „Gibt es ein Problem?“, fragte er.

Sie funkelte ihn an. „Ich habe Hunger, das ist alles.“

Er schloss auf. Im selben Moment meldete sich sein Handy: Sean. „Geh unter die Dusche, und wärm dich auf“, wandte Finn sich an Pru.

Als sie sich in seinem Badezimmer eingeschlossen hatte, nahm er das Gespräch an.

„Wir sind proppenvoll“, meldete sich Sean.

„Großartig. Und?“

„Und“, antwortete Sean hörbar verärgert, „wir brauchen dich.“

„Ihr arbeitet mit voller Besetzung. Der Pub braucht mich nicht."

Schweigen am anderen Ende, nur untermalt von einem leichten Geräusch, das Finn als Seans Zähneknirschen identifizierte. „Na schön, ich brauche dich", kam es schließlich durch die Leitung. Glücklich klang er nicht, das zugeben zu müssen. „Hier läuft eine Junggesellinnen-Abschiedsparty, und die Brautjungfern sind völlig durchgeknallt, Mann. Sie haben mich schon zwei Mal in den Hintern gekniffen. Außerdem habe ich eine Geburtstagsfeier für einen Typen, der um die hundert sein muss: ein Haufen alter Knacker, die einen Kurzen nach dem anderen kippen. Was, wenn uns einer dabei abnibbelt? Hinzu kommt, dass Rosa sich krank fühlt und früher nach Hause gehen will. Das heißt, ihr Freund muss heute Abend nicht arbeiten, und sie will zu ihm."

Finn hörte, wie am Ende des Flurs die Dusche aufgedreht wurde. Er hatte keine Frau in diesem Haus gehabt seit … Noch nie. Nicht ein einziges Mal. Alle seine Beziehungen waren nur von kurzer Dauer gewesen und hatten sich nie bei ihm zu Hause abgespielt. Er neigte dazu, sein Privatleben aus seinem Sexleben herauszuhalten.

Und sein Privatleben hatte nie Vorrang gehabt. Seine ganze Welt hatte sich lange Zeit nur um seinen Bruder und den Pub gedreht. Pru hatte also recht gehabt, als sie ihm an jenem ersten Abend in der Bar sagte, er habe sein Leben nicht gelebt. Stattdessen hatte es ihn gelebt.

Das wollte er ändern. Er wollte haben, was ihm bisher entgangen war. Er wollte eine Beziehung.

Und zwar mit Pru.

„Hörst du mir überhaupt zu?", fragte Sean, jetzt unverkennbar sauer. „Du musst deinen Arsch hierherbewegen und mir bei diesem Mist helfen."

„Nein", sagte Finn. „Du hast die Leitung."

„Aber …"

„Sieh zu, wie du klarkommst, Sean", sagte Finn und legte auf. Dann füllte er eine Schüssel mit Wasser für Thor, und da der kleine Kerl immer noch durchnässt war, wickelte er ihn in eine Decke und bereitete ihm auf der Couch ein gemütliches Plätzchen.

Thor leckte ihm übers Kinn, schloss die Augen und war binnen dreißig Sekunden eingeschlafen.

„Wenn deine Herrin nur genauso leicht zufriedenzustellen wäre ...", seufzte Finn.

Thor verzog die Lefzen zu einem Lächeln – und ließ einen fahren.

Pru genoss die himmlische Wärme der Dusche, bis sie aufgetaut war. Dann wickelte sie sich in eins von Finns großen flauschigen Badetüchern und machte sich auf die Suche nach ihm. Hoffentlich hatte er eine Trainingshose, die sie anziehen konnte, während ihre Kleider trockneten.

Thor lag schlafend mitten auf Finns bequem aussehender Couch. Die Glasschiebetür nach draußen stand offen, also ließ sie den Hund schlafen und schaute hinaus. Der Balkon war klein, gemütlich und verschwiegen. Gipswände links und rechts schirmten sie völlig ab.

Es gab einen winzigen Tisch, zwei Stühle und einen unglaublichen Ausblick auf Cow Hollow sowie die Golden Gate Bridge und die Bucht.

Finn kam nach draußen. Sie hörte, wie er die Pizza und die Getränke auf den Tisch stellte. Dann trat er von hinten an sie heran, dorthin, wo sie mit auf das Geländer gestützten Händen stand und den Ausblick genoss. Seine Hände legten sich auf ihre. Sie spürte die Wärme seines Körpers, die sich auf sie übertrug. Und noch etwas anderes. Hunger. Begehren. Immer weckte er diese Gefühle in ihr, und wenn sie ehrlich war, noch viele andere. „Ich hoffe, du kannst mir etwas zum Anziehen borgen", brachte sie mühsam hervor.

„Was immer du willst."

Er hatte sie mit seinem Körper eingesperrt, und ihr gefiel das. Als er den Kopf senkte, um an ihrem Hals zu schnuppern, hätte sie sich fast in ein glückliches kleines Kätzchen verwandelt und angefangen zu schnurren.

„So mag ich dich", raunte er. „Als warme, weiche, sinnliche, nackte Frau, eingewickelt in mein Badetuch."

„Woher weißt du, dass ich darunter nackt bin?", hörte sie sich herausfordernd fragen.

Er nahm die Herausforderung an, ließ eine Hand über ihren Oberschenkel nach oben gleiten und stieß ein leises, aufregendes und wissendes Lachen aus, als sie quiekte.

„Etwas *zum Anziehen*!", verlangte sie.

„Natürlich." Aber anstatt sie in Ruhe zu lassen, hob er eine Hand und deutete hinüber nach Fisherman's Wharf, wo sie so gerade eben noch Jakes Lagerhaus ausmachen konnte, wenn sie die Augen zusammenkniff. „Manchmal stehe ich hier und halte nach dir Ausschau", sagte er.

Sie schloss die Augen und ließ ihrem Körper seinen Willen, das hieß, sie ließ den Kopf nach hinten an seine Brust sinken.

Finn schob die Haare aus ihrem Nacken, strich mit dem Mund über die sehr empfindliche Haut dort und sorgte so dafür, dass wohlige Schauer sie überliefen.

„Du riechst so verdammt gut", murmelte er, die Lippen jetzt an ihrem Unterkiefer, während er die Hände über ihren Körper gleiten ließ und sie auf Touren brachte. „Und jetzt riechst du nach mir. Das gefällt mir. Du machst mir Appetit, Pru."

„Gut, dass wir Pizza haben", stieß sie atemlos hervor.

„Ich habe dabei nicht an Pizza gedacht." Mit den Händen streifte er ihre frotteebedeckten Brüste, wich aber ihren Brustwarzen aus, die nach seiner Aufmerksamkeit schrien.

Sie stieß ein leises protestierendes Wimmern aus und spürte, wie er an ihrem Hals seine Lippen zu einem Lächeln verzog.

„Du machst mich an", beklagte sie sich.

„Nein, wenn ich dich anmachen wollte, täte ich so etwas …" Damit zog er eine Spur heißer Küsse mit offenem Mund über ihre Kehle, während er sie weiter mit den Fingern reizte, bis sie frustriert wimmerte. „Finn."

„Sprich es aus."

Bleib stark, Pru. „Ich brauche dich", flüsterte sie. „Ich brauche dich so sehr."

„Ich dich auch, Pru." Und damit drehte er sie schwungvoll zu sich herum und hob sie auf das Geländer. „Halt dich gut fest", sagte er an ihrer Kehle.

Da sie nicht vorhatte zu sterben, schlang sie ihm die Arme um den Hals. Dadurch löste sich das Handtuch von ihrem Körper. Vor die Wahl gestellt, das Tuch festzuhalten oder sich weiter an Finn zu klammern, tat sie, was jede Frau aus Fleisch und Blut, die nach Sex gierte, getan hätte: Sie ließ das Tuch zu Boden rutschen.

Finn küsste sie und rückte dann gerade weit genug von ihr ab, um sie gut betrachten zu können. Er stöhnte heiser auf. „Du nimmst mir den Atem, Pru. Jedes verdammte Mal. Du bist so wunderschön." Sie öffnete den Mund, um das Kompliment zu erwidern, aber seine Lippen pressten sich auf ihre, bevor sie sprechen konnte, und seine Hände starteten einen Großangriff auf ihren jetzt nackten Körper. Er brauchte nur wenige Augenblicke, und sie wand sich unter seiner Zuwendung, gierte nach mehr. Sein heißer Blick wanderte über ihren Körper und wärmte sie von innen. „Ist dir nicht kalt?"

Diesmal meinte er die Frage ernst, und sie schaffte es tatsächlich, den Kopf zu schütteln. „Kein bisschen."

Lächelnd arbeitete er sich mit dem Mund an ihr nach unten, während Pru sich wie ein Äffchen an ihn klammerte und den Kopf in den Nacken fallen ließ. „Oh Gott", flüsterte sie. „Wir sind im Freien."

„Soll ich aufhören?" Sie spürte sein Lächeln an ihrer nackten Schulter.

„Wage es ja nicht …“ Sie brach ab und zog scharf die Luft ein, als er mit den Zähnen zärtlich eine ihrer Brustwarzen fasste.

Um ihren Verstand gebracht, hob sie sich ruckartig ihm entgegen. „Lass mich bitte nicht los.“

„Niemals.“ Er saugte sie in seinen heißen Mund, sodass sie aufstöhnte und sich an ihn klammerte. Mit einer Hand stützte und hielt er ihren Rücken, mit der anderen tastete er sich an der Innenseite ihrer Oberschenkel aufwärts. Das Geländer, auf dem sie balancierte, war nicht breit genug als Sitzfläche, aber er hielt sie. Sie hatte behauptet, ihm nicht weit genug zu vertrauen, um ihr Pizza zu bestellen. Doch wenn sie ehrlich war, vertraute sie ihm hundertprozentig und blind, ob es nun um Pizza, ihren Körper oder ihr Herz ging.

Der Gedanke hatte etwas Furchteinflößendes, aber im Moment fehlte es ihr an Denkvermögen, um ihn genauer zu analysieren. Sie war viel zu sehr damit beschäftigt, von Finns Fingern in den Wahnsinn getrieben zu werden, die sie so wissend an genau den richtigen Stellen streichelten. Im hintersten Winkel ihres Verstandes jedoch war ihr bewusst, dass sie, wenn sie ihm völlig vertraute, ihm auch anvertrauen musste, wer sie war.

Und das würde sie auch tun. Es war nur so, dass sich die Dinge zwischen ihnen so unglaublich schnell und unerwartet entwickelt hatten, obwohl sie erst so kurz zusammen waren, und zugleich war alles so unerwartet kompliziert geworden. Sie wollte ihm alles sagen, und zwar bald. Aber noch war das Ganze ja so frisch – erst zwei Wochen alt –, und sie brauchte noch ein bisschen mehr Zeit, um sich selbst über alles klar zu werden.

Die spätnachmittägliche Brise strich über ihren bloßen Körper, genau wie Finns heißer Blick. Jeder Quadratzentimeter ihres Seins schrie nach seiner Berührung, verlangte stärker nach ihm, als sie je in ihrem ganzen Leben nach etwas verlangt hatte. „Finn.“

„Halt mich fest“, sagte er und entlockte ihr ein Keuchen, als das, was er mit den Fingern tat, alles Spielerische verlor und sie fast bis zur Besinnungslosigkeit trieb, im selben Rhythmus wie ihr Herzschlag. Plötzlich war es ihr völlig egal, dass sie riskierte, tödlich abzustürzen, weil sie viel zu sehr damit beschäftigt war, sich aufzulösen.

Als das Rauschen ihres Blutes in ihren Ohren so weit abgeklungen war, dass sie wieder etwas von ihrer Umwelt wahrnahm, hoffte sie inbrünstig, dass seine Nachbarn ihre Schreie nicht hatten hören können. „Waren wir laut?“, flüsterte sie.

Er grinste. „Wir?“, fragte er zurück und lachte, als sie gegen seine Brust boxte.

Er fing ihre Hand, küsste ihre Handfläche, und dann riss er ein Kondompäckchen auf und streifte sich den Schutz über, bevor er in sie hineinstieß und sein Mund erneut ihren fand.

Großer Gott! Sie würde nicht zu Tode stürzen. Sie würde vor Lust und Vergnügen sterben, gleich hier und auf der Stelle …

29. Kapitel

#HoustonWeHaveAProblem

Die Woche war so hektisch, dass Pru keinen klaren Gedanken fassen konnte. Zum zweiten Mal in diesem Monat hatten sie Vollmond, und SF Tours veranstaltete nächtliche Mondscheinfahrten.

Infolgedessen arbeiten Pru und die anderen Bootskapitäne tagsüber, gönnten sich dann ein paar Stunden Schlaf auf irgendeinem ebenen Plätzchen in der Firma und fuhren nachts wieder raus aufs Wasser.

Das ging ganze drei Tage so.

Am vierten Tag schleppte sich Pru nach Hause und fiel ins Bett, nachdem sie eine Kleinigkeit gegessen hatte: trockene Frosties. Etwas später erwachte sie in ihrem dunklen Schlafzimmer, weil jemand im Zimmer war. Dieser Jemand zog sich das Hemd über den Kopf und entledigte sich seiner Jeans.

Seinen schlanken, muskulösen Körper hätte sie überall erkannt. Sie musste schlucken, als sie die prachtvolle nackte Silhouette im Mondlicht sah. Es spielte keine Rolle, wie oft sie ihn nackt sah, er raubte ihr unweigerlich immer wieder den Atem. Während sie noch blinzelnd versuchte, jeden sexy Quadratzentimeter seiner Haut zu sehen, schlüpfte er zu ihr unter die Decke.

Splitterfasernackt.

„Chris Pratt?", fragte sie. „Bist du das?"

„Was willst du mit Chris Pratt?", fragte Finn und zog sie in eine heiße Umarmung.

Feucht und kalt fühlte er sich an. „Hey!", beschwerte sie sich.

„Es regnet Bindfäden“, erklärte er und wickelte sich förmlich um sie. „Ein widerliches Unwetter. Dein Bett war näher als meines. Und in meinem fehlt etwas.“

„Was?“

„Du.“

Oh. Verdammt. „Wie bist du hereingekommen?“, fragte sie. „Du hast zwar magische Hände, aber so magisch sind sie nun auch wieder nicht.“

„Dein versteckter Schlüssel.“ Mit seinen magischen Händen begann er sie zu streicheln, während er gleichzeitig heiße Küsse in ihren Nacken drückte. „Schlimm?“

Es war schön, in seinen Armen zu liegen. Schön, von ihm so wissend und selbstsicher berührt zu werden, und da er jetzt obendrein begonnen hatte, an ihr zu lecken, konnte sie sich auf nichts konzentrieren außer auf seine Zunge. Fand sie es schlimm? „Nur, wenn du aufhörst.“

Seine Berührungen hatten eine hypnotisierende Wirkung, seine Handflächen fühlten sich ein wenig rau und schwielig an, seine langen Finger glitten über ihre Brüste und reizten ihre Brustwarzen.

Wenn sie etwas über ihn gelernt hatte, dann dass er unglaublich körperlich war. Immer wenn sie so zusammen waren wie jetzt, wollte er berühren, schmecken und sehen – und zwar alles. Verbergen konnte sie nichts, jedenfalls soweit sie sich erinnern konnte. Er war ein unglaublich fordernder Liebhaber, zugleich aber endlos geduldig und erfinderisch. Nie wusste sie, was sie von ihm zu erwarten hatte, aber immer schaffte er es, dass sie nach mehr keuchte. „Bist du gar nicht müde?“, fragte sie.

„Schlafen kann ich, wenn ich tot bin.“ Er schob seine Finger in ihren Slip, um ihren Po zu umfassen und zu drücken, und drängte sie dann zwischen ihre Oberschenkel.

Damit war sie geliefert.

„Das hat mir gefehlt“, murmelte er ihr ins Ohr.

Sie hatte auf Schlaf gehofft. Jetzt hoffte sie, das hier würde niemals enden. „So lange ist es doch noch gar nicht her", presste sie hervor. „Nur ein paar Tage."

„Vier. Viel zu lange." Ihr T-Shirt und ihr Slip verschwanden wie von Geisterhand, und dann spürte sie, wie er sich erneut daranmachte, sie mit der Hand in ungeahnte Höhen zu treiben. In kürzester Zeit stieß sie rhythmisch gegen seine Finger, bis sie mit solcher Macht kam, dass sich alles um sie drehte.

„Gott, wie ich es liebe, dich kommen zu sehen", sagte er und fuhr fort, ihr zu zeigen, was eine echte Naturgewalt erreichen konnte.

Später lag Pru in Finns Armen, den Kopf auf seine Schulter gebettet, das Gesicht an seinen Hals gedrückt. Seinem Atemrhythmus konnte sie entnehmen, dass er tief und fest schlief. Der Ärmste, ein Sex-Fanatiker zu sein war ausgesprochen anstrengend!

Er war von der Arbeit direkt hierhergekommen, zu ihr. Sie lächelte im Dunkeln, körperlich befriedigt und das Herz so übervoll, dass sie fast nicht wusste, was sie mit sich anfangen sollte.

Hatte sie jemals so empfunden? Als würde sie am liebsten in den Mann neben ihr hineinkriechen und für immer dortbleiben?

Ihre Zeit mit Jake war gut gewesen. Sie hatte keinen Grund zur Klage, aber sie waren nicht füreinander bestimmt gewesen. Nachdem sie sich getrennt hatten, hatte er sich mit erschreckender Leichtigkeit neuen Zielen zugewandt.

Genauso wie sie, wenn sie ehrlich war.

Aber dennoch hatte sie sich danach ein bisschen … zerbrochen gefühlt – und mehr als nur ein bisschen unsicher, was die Liebe im Allgemeinen anging.

Und dann war Finn O'Riley in ihr Leben getreten. Sie wusste, dass sie nicht das Recht hatte, irgendetwas für ihn zu empfinden. Aber offenbar passierten manche Dinge – Herzensangelegenheiten zum Beispiel – nicht nur von einem Augenblick auf den anderen, sondern obendrein völlig unkontrollierbar.

Sie spürte, wie ihr allein schon bei dem Gedanken warm ums Herz wurde, und bevor sie sich's versah, flüsterte sie an seinem Hals: „Ich liebe dich, Finn."

Im selben Moment erstarrte sie vor Schreck, denn sie hatte nicht etwa lautlos geflüstert, sondern die Worte tatsächlich ausgesprochen.

Laut.

Einen Moment blieb sie völlig erstarrt liegen, aber Finn zuckte nicht einmal.

Nach einer Weile begann sie sich wieder zu entspannen, schmiegte sich an ihn und sagte sich im Dunkeln, dass alles in Ordnung war. Er wusste es nicht.

Er wusste vieles nicht …

Die Panik, die dieser Tage ständig im Hintergrund lauerte, hatte sie mit voller Wucht überfallen. Sie hatte sich immer wieder eingeredet, sie habe nur deshalb so lange gewartet, ihm die Wahrheit zu sagen, weil sie hoffte, er würde sie besser verstehen, wenn er sie erst einmal gut genug kannte. Aber tief in ihrem Inneren war sie sich ganz und gar nicht sicher, ob sie das Richtige getan hatte. Ihm jetzt die Wahrheit zu sagen würde schwerer werden, nicht leichter.

Und was dabei herauskommen würde, war ungewisser denn je.

Wie immer wachte Pru auf, unmittelbar bevor ihr Wecker zu schockierend früher Stunde von *viel zu dunkel Uhr dreißig* klingelte. Aber diesmal weckten sie nicht die Gedanken an den bevorstehenden Tag oder die nagende Furcht, die sich in ihrer Brust einquartiert hatte. Nein, es war der Umstand, dass sie sich an einen großen, starken, warmen Körper schmiegte.

Finn hatte eine Hand in ihr Haar geschoben, und die andere umfasste besitzergreifend ihren nackten Po. Als sie sich bewegte, um sich vorsichtig von ihm zu lösen, ohne ihn zu wecken, fasste er fester zu und ließ ein leises Knurren hören.

Hin- und hergerissen zwischen Lachen und unerträglich angemacht zu sein – also wirklich, dieses Knurren! –, hob sie den Kopf.

Und entdeckte, dass nicht nur sie sich eng an Finn gekuschelt hatte.

Thor lag auf seiner anderen Seite, den Kopf auf Finns Schulter, und musterte sie aus schmalen Augen.

Und jetzt lachte sie doch, denn wer da geknurrt hatte, war Thor, nicht Finn. „Machst du Witze?", flüsterte sie ihrem Hund zu. „Er gehört mir."

Nein, tut er nicht, flüsterte eine leise Stimme tief in ihrem Inneren. *Er weiß es zwar noch nicht, aber du hast das hier längst kaputtgemacht, lange, bevor es angefangen hat.*

Pru befahl der leisen Stimme, still zu sein, und konzentrierte sich auf Thor. „Ich habe ihn zuerst entdeckt", flüsterte sie.

Thor knurrte noch einmal, offenbar völlig unbeeindruckt von ihren Argumenten. Sie öffnete den Mund, um noch etwas hinzuzufügen, aber Finn kam ihr zuvor. „Ich reiche problemlos für euch beide", mischte er sich leise und ein wenig verschlafen ein.

Pru spürte, wie ihr die Röte in die Wangen schoss, und sie schaute zu Finn hinüber.

Ja, er war wach, beobachtete sie und war, soweit sie das erkennen konnte, mehr als nur ein bisschen belustigt darüber, dass sie bereit war, sich mit ihrem eigenen Hund um ihn zu streiten.

„Er gehört mir?", fragte Finn.

„Das ist nur eine Redewendung." Sie verzog das Gesicht über ihre lahme Ausrede, aber er lächelte.

„Gefällt mir", sagte er. „Das hier gefällt mir. Aber vor allem gefällt mir, in welche Richtung unsere Reise geht."

Wenn sie in der Lage gewesen wäre, klar zu denken, hätte sie diesen Gedanken aufgegriffen, aber sie konnte nicht klar denken, denn in jedem Augenblick des Tages war sie sich schmerzlich der Tatsache bewusst, ein Glashaus errichtet zu haben, das dem aufziehenden Unwetter kaum standhalten konnte …

„Bin mir ziemlich sicher, dass du eben meilenweit weg warst", sagte Finn leise. Seine Augen schauten jetzt ernst, wirkten dunkel und warm und sehr intensiv, während er mit einem Finger ihrer Unterkieferlinie folgte. „Lag es an dem, was ich gesagt habe? Dass mir gefällt, wohin unsere Reise geht?"

Im Versuch, das herunterzuspielen, flüchtete Pru sich in ihren üblichen selbstironischen Humor. „Da unsere Reise immer direkt ins Bett führt, kann ich mich darüber ja wohl kaum beklagen", meinte sie neckend und hoffte insgeheim nur eines, nämlich die Unterhaltung in seichtere Gewässer steuern zu können. Denn eines stand fest: Sie konnte das fällige Gespräch mit ihm nicht führen, wenn sie nackt in seinen Armen lag.

Doch sie hätte es besser wissen müssen. Finn ließ sich niemals so leicht vom Kurs abbringen.

„Das hier ist mehr als eine Bettgeschichte", sagte er leise, aber sicher. So sicher, dass sie sich wenigstens einen Bruchteil seines ungezwungenen Selbstvertrauens wünschte. „Sehr viel mehr."

Sein Blick hielt sie fest, forderte sie heraus, ihm zu widersprechen, und sie schluckte. „Es sind doch erst ein paar Wochen", sagte sie vorsichtig.

„Drei."

„Ich habe einfach das Gefühl, dass alles wahnsinnig schnell geht."

„Zu schnell?"

Sie nagte an ihrer Unterlippe, wusste nicht, wie sie die Frage beantworten sollte. Tatsache war, dass sie sich längst selbst eingestanden hatte, was sie für ihn empfand. Und Tatsache war auch, dass es ihr recht gewesen wäre, wenn alles noch schneller gegangen wäre. Sie wollte in seine Arme springen, ihr Gesicht an seinen Hals drücken, ihn einatmen und zu ihrem Eigentum erklären.

Für immer.

Aber sie war die Sache völlig falsch angegangen, und deshalb hatte sie kein Anrecht auf ihn. Überhaupt keins.

Sanft strich er mit den Fingern an ihrer Schläfe entlang. „Baby, du grübelst zu viel."

Sie nickte. Wie recht er doch hatte.

„Du hast Angst", fuhr er fort.

Eine Scheißangst, vielen Dank auch. Sie nickte erneut.

„Vor mir?"

„Nein. *Nein*", wiederholte sie fest und nahm sein Gesicht in beide Hände. „Mir macht Angst, was für Gefühle du in mir weckst."

Ihre Verschlossenheit schien ihn weder zu ärgern, noch seine Geduld zu strapazieren. Er ließ seine Hände auf ihr und redete leise weiter. „Ich sage nicht, dass ich weiß, wohin die Reise geht. Das weiß ich nämlich nicht. Aber ich weiß, dass das, was hier zwischen uns läuft, gut ist. Richtig gut."

Sie nickte zustimmend – und schüttelte dann langsam den Kopf. „Aus Gutem kann Schlechtes werden. Schnell." Wie sie nur zu gut wusste.

„Das Leben kann scheußlich sein, das wissen wir beide", sagte er. „Besser als die meisten anderen. Aber was auch immer das hier ist, ich kann nicht aufhören, darüber nachzudenken. Ich kann nicht aufhören, mir mehr davon zu wünschen. Ich glaube, wir haben einen Glückstreffer gelandet, und das passiert nicht jeden Tag, Pru. Auch das wissen wir beide." Er stockte. „Ich möchte, dass wir die Gelegenheit beim Schopf packen."

Schweren Herzens schloss sie die Augen.

Einen Moment blieb er still, aber sie spürte, wie er sie musterte. „Pru, sieh mich an."

Sie hob den Blick und begegnete seinem, immer noch warm, aber sehr konzentriert. „Sag es", kam es sehr ernst über seine Lippen. „Sag mir, dass du es nicht so erlebst, dass du nicht so empfindest, und ich lasse dich in Ruhe."

Sie öffnete den Mund.

Schloss ihn wieder.

Seine Finger lagen an ihrem Unterkiefer, mit dem Daumen

strich er über ihre Unterlippe. „Du bist die selbst ernannte Spaßflüsterin“, sagte er. „Du bist diejenige, die predigt, ich solle hinausgehen und leben. Also, warum redest du nur und handelst nicht danach, Pru? Was entgeht mir hier?“

Sie rang sich ein Lachen ab, weil er sie so gut durchschaute, und ließ den Kopf gegen seine Brust sinken.

„Sag mir, wovor du Angst hast“, fuhr er fort.

Ihre Worte waren nur gedämpft zu hören. „Es ist schwer, das in Worte zu fassen.“

Das ließ er ihr nicht durchgehen, fuhr mit seinen Händen durch ihr Haar und hob ihr Gesicht an. „Kämpf dich hindurch“, meinte er schlicht. „Kämpfe für mich.“

Natürlich sagte er das. Das war sein Lebensmotto, seine Vorgehensweise. *Du willst etwas? Hol es dir. Mach es dir zu eigen. Nichts wie ran! Gib alles.*

Und das machte ihr eines schonungslos klar: Sie musste diese Philosophie übernehmen und tun, was er gesagt hatte, nämlich um das kämpfen, was sie wollte. Um ihn kämpfen.

Am Abend zuvor hatte sie ihr Handy in der Küche liegen lassen, und jetzt klingelte es. Sie ignorierte das Klingeln, aber kaum war es verstummt, begann es sofort wieder von Neuem. Kein gutes Zeichen, also schlüpfte sie aus dem Bett. Als ihr bewusst wurde, dass sie sehr, sehr nackt war, bückte sie sich, um eins der Kleidungsstücke aufzuheben, die auf dem Fußboden gelandet waren, und hörte einen erstickten Laut aus dem Bett hinter sich.

Als sie sich umdrehte, stellte sie fest, dass Finn jede ihrer Bewegungen verfolgt hatte. Seine Lider wirkten schwer, aber nicht, weil er schläfrig war.

Er krümmte einen Finger und winkte sie zu sich heran.

„Oh nein“, sagte sie und deutete mit ihrem eigenen Zeigefinger auf ihn. „Denk nicht mal daran, deinen Zauberstab zu schwingen und …“ Mist. „Mit ‚Zauberstab‘ habe ich nicht gemeint …“ Ihr Blick wanderte von seiner Brust abwärts über seinen Waschbrettbauch zu dem Körperteil, der sich immer freute, sie zu sehen. „Du weißt schon.“

Er prustete los vor Lachen. „Baby, wenn mein Zauberstab wirklich einer wäre, dann wärst du jetzt schon hier.“

Sie spürte, wie sie über und über rot wurde, was ihn anscheinend nur noch mehr amüsierte. Tatsächlich machte sie einen Schritt auf ihn zu, aber dann klingelte ihr Handy zum dritten Mal. Seufzend zog sie sich sein Hemd über den Kopf und tapste aus dem Zimmer.

Drei verpasste Anrufe, alle von Jake. Sie tippte auf die Voicemail, die er gerade hinterlassen hatte, und stellte auf Lautsprecher, um sich einen dringend benötigten Kaffee aufzubrühen, während sie zuhörte.

„Entweder schläfst du noch, oder, verdammt noch mal, du spielst wieder mal gute Fee vor der Arbeit“, sagte er hörbar missgelaunt. „Mir hat ein Vögelchen gezwitschert, dass du Tim eine Wohnung besorgt hast.“

Verdammt. Von wegen Vögelchen. Nick hatte gepetzt. Schon wieder.

„Ich weiß nicht, wie lange du noch vorhast, Unrecht wiedergutzumachen, für das du nicht verantwortlich bist. Aber irgendwann wirst du loslassen müssen. Das weißt du, nicht wahr? Du kannst nicht ewig jeden von dem Unfall Betroffenen überwachen und seine Welt in Ordnung bringen. Das Startkapital für … wie heißt sie gleich …?“

„Shelby“, sagte sie, als könnte Jake sie hören.

„Und dann die Wohnung für Tim. Der Job für Nick. Und was das angeht, was du für F…“

Ein Geräusch hinter ihr ließ Pru in Lichtgeschwindigkeit auf Löschen drücken.

Denn den Rest von Jakes Satz kannte sie.

Der Piepton, der die Löschung von Jakes Nachricht begleitete, hallte noch durch den Raum, als sie sich umdrehte. Hinter ihr stand Finn, nur in seiner Jeans, die noch nicht zugeknöpft war.

„Worum ging es da?“, fragte er.

„Oh …“ Wegwerfend wedelte sie mit der Hand. „Du kennst doch Jake. Muss überall seine Nase reinstecken.“

„Klingt aber, als wäre er der Meinung, dass du überall deine Nase reinsteckst.“

Sie holte tief Luft. *Vorsicht jetzt. Ganz vorsichtig, es sei denn, du bist bereit, deinen Traum jetzt und auf der Stelle aufzugeben.* Es musste getan werden. Das wusste sie jetzt noch sicherer als je zuvor. Heute Abend nach der Arbeit. Wenn sie Zeit hatten, in Ruhe darüber zu reden. *Und nachdem du dir überlegt hast, wie du ihm klarmachen kannst, dass du nur helfen wolltest.*

Aber natürlich wusste sie in ihrem Herzen, dass sie ihm das niemals würde verständlich machen können. Er war intelligent, scharfsinnig und wusste sich zu helfen. Und jetzt stand er da, unverrückbar wie ein Fels in der Brandung.

Ihr Fels in der Brandung.

Und wartete auf Antworten.

„Ich neige tatsächlich dazu, meine Nase in Dinge zu stecken“, meinte sie so leichthin wie nur möglich. „Ich muss jetzt zur Arbeit …“

„Oder das Thema wechseln.“

Ihr Lächeln schwand. „Oder das.“

„Weißt du …“ Er trat an sie heran, legte seine Hände auf ihre Hüften und den Kopf schief, um ihren Blick einzufangen. „Du hast mir mal gesagt, ich müsse Dinge loslassen.“

Sie rang sich ein leises Lachen ab und starrte seinen Adamsapfel an. „Hast du noch nie gehört, wie schwer es ist, seine eigene Medizin zu schlucken?“

Er wickelte ihren Pferdeschwanz um seine Faust und zog sanft daran, bis sie zu ihm aufblickte. „Was ist los, Pru?“

„Was los ist? Ich muss mich fertig machen für die Arbeit …“

„Hier drin.“ Er hob die freie Hand und tippte ihr mit dem Zeigefinger auf die Schläfe.

Erneut gelang es ihr zu lächeln. „Du wärst überrascht, wie wenig da drin vorgeht …"

„Tu das nicht", sagte er leise. „Wenn du das hier nicht willst, musst du es nur sagen."

Sie zögerte, und er trat einen Schritt zurück.

„Wow!"

Jetzt wirkte er, als hätte sie ihm einen Tiefschlag versetzt.

„Nein", sagte sie. „Ich …"

Er hatte sich bereits abgewandt und eilte zurück in ihr Schlafzimmer. Sie wollte ihm folgen, aber er kam bereits zurück, die Schuhe in den Händen. Ein Hemd hatte er nicht an, denn sie trug immer noch seines. „Finn."

Er wandte sich zur Tür.

„Finn."

Er blieb stehen und drehte sich zu ihr um. Sein Blick war umwölkt.

„Können wir heute Abend darüber reden?"

„Sicher. Meinetwegen." Damit wandte er sich erneut zum Gehen, blieb aber stehen und grummelte etwas in sich hinein. Dann kam er zu ihr zurück, zog sie in seine Arme und küsste sie. Als seine Zunge besitzergreifend über ihre strich, gaben ihre Knie nach, aber er ließ sie viel zu früh wieder los.

Einen Moment starrte er auf sie hinab. Dann drehte er sich um und ging. Die Tür zog er leise hinter sich zu.

Sie lief zur Tür und legte die Hände darauf, als könnte sie ihn damit zurückholen.

Aber dafür war es viel zu spät.

30. Kapitel

#JustTheFactsMa'am

Draußen vor Prus Wohnungstür blieb Finn kopfschüttelnd stehen. Sie hielt sich ihm gegenüber zurück, und zwar mächtig. Aber er wusste noch etwas.

Ihm ging es genauso.

Denn solange sie sich nicht hundertprozentig für ihn entschied, gab ihm das ein Gefühl von … Sicherheit. Das Verrückte daran war, er wollte, dass sie sich hundertprozentig für ihn entschied. Und er wollte selbst das Gleiche tun.

Aber darum anbetteln würde er sie nicht. Er wollte, dass sie aus freien Stücken und eigener Entscheidung zu ihm kam. Bis sie das tat, konnte er das letzte Stückchen seines Herzens und seiner Seele zurückhalten und vor der völligen Vernichtung bewahren.

Darin war er gut.

Er ließ seine Schuhe zu Boden fallen und schlüpfte hinein. Gerade hatte er sich gebückt, um sie zuzubinden, da öffnete Mrs. Winslow ihre Wohnungstür.

„Hoppla, nur gut, dass meine Eierstöcke längst verschrumpelt sind", sagte sie. „Oder du hättest mich gerade allein durch deinen Anblick geschwängert."

Finn richtete sich auf und warf ihr einen Blick zu, der sie zum Lachen brachte.

„Tut mir leid, Junge", meinte sie. „Aber du machst mir keine Angst."

Mit aller Würde, die er aufbringen konnte, ging er in die Hocke und machte sich erneut daran, seine Schuhe zuzubinden.

Erschwert wurde das dadurch, dass er dabei bemüht war, seinen Hintern komplett versteckt zu halten.

Als er fertig war und sich wieder zu voller Größe aufgerichtet hatte, stellte er fest, dass sie ihn immer noch beobachtete. „Du bist schon ein Prachtstück“, stellte sie fest, „aber ich bevorzuge die etwas reifere Variante. Männer taugen nichts, bevor sie nicht mindestens fünfundvierzig sind.“

„Gut zu wissen“, murmelte er und machte sich auf den Weg durch den Flur.

„Bis dahin“, fuhr sie an seinen Rücken gewandt fort, „haben sie nämlich keine Ahnung von den wichtigen Dingen. Vergebung zum Beispiel. Und Verständnis.“

Er atmete heftig aus und wandte sich zu ihr um. „Sie versuchen wieder, mir etwas zu sagen.“

„Jetzt fängst du an zu denken, du Genie“, sagte sie. „Wenn du schon fünfundvierzig oder älter wärst, hättest du längst begriffen.“

Er stemmte die Hände in die Hüften. „Ich habe einen anstrengenden Tag vor mir, Mrs. Winslow. Vielleicht könnten Sie mir einfach sagen, was Sie mich wissen lassen wollen.“

„Pah, das wäre viel zu einfach“, gab sie zurück, verschwand wieder in ihrer Wohnung und schloss die Tür.

Finn ließ den Blick zwischen ihrer und Prus Wohnungstür hin- und herwandern. Dann warf er resignierend die Hände hoch und entschied, einfach keine Ahnung von Frauen zu haben.

Finn betrat die Bar. Seine morgendliche Putzkolonne, bestehend aus Marie, Rosa und Felipe, blickte geschlossen von verschiedenen Tätigkeiten wie Wischen und Schrubben auf und blinzelte verdutzt.

Mist. Er hatte vergessen, dass er einen unrühmlichen Morgenspaziergang machte.

Ohne Hemd.

Felipe erholte sich als Erster von dem Schock und pfiff leise durch die Zähne. „Nett", sagte er, ließ die Lider flattern und fächelte sich mit der Hand Luft zu.

Finn verdrehte die Augen, während alle anfingen zu lachen. Was sollte es! Er ging weiter in sein Büro und entdeckte – als zusätzliches Ärgernis – Sean dort schlafend auf seiner verdammten Couch.

Bekleidet mit Finns verdammtem Ersatzhemd.

Er stieß gegen die Füße seines Bruders und sah mit grimmiger Zufriedenheit zu, wie Sean grunzte, hochschreckte, von der Couch rollte und hart auf dem Boden landete.

„Was soll das, Mann?", fragte Sean und gähnte ausgiebig.

„Ich brauche mein Hemd."

„Das habe ich an", erwiderte Sean. Als ob er das noch nicht bemerkt hätte.

Na schön. Auch egal. Finn klopfte seine Hosentaschen ab auf der Suche nach seinen Schlüsseln. Dann würde er eben schnell nach Hause fahren und …

Seine Schlüssel waren nicht in seinen Taschen. Bei seinem Glück lagen sie vermutlich auf dem Fußboden von Prus Schlafzimmer. Er verließ das Büro und marschierte durch den Pub.

„Von hinten genauso nett", rief Felipe ihm nach.

Finn zeigte ihm den Mittelfinger, ignorierte das aufbrandende Gelächter, rannte die Treppen hoch und klopfte an Prus Tür.

Hinter sich hörte er ein leises Keuchen und pfeifendes Atmen. Er verdrehte den Kopf und entdeckte erneut Mrs. Winslow in ihrer Wohnungstür, diesmal in Begleitung zwei anderer Damen, die ihn mit offenem Mund anstarrten.

„Du hattest recht", flüsterte die eine Mrs. Winslow zu, immer noch Finn anstarrend. Sie war an eine tragbare Sauerstoffflasche angeschlossen. Daher rührte das Atemgeräusch, das an Darth Vader erinnerte.

„Solche Hüftknochen habe ich seit sechzig Jahren nicht mehr

gesehen", meinte die andere im gleichen Bühnenflüsterton wie ihre Freundin.

„Ihnen ist aber schon klar, dass ich Sie hören kann?", fragte Finn.

Die beiden Frauen zuckten heftig zusammen und begegneten seinem Blick. „Oh, mein Gott, er ist echt", sagte, nein, keuchte die Frau mit der Sauerstoffflasche ehrfürchtig.

Mrs. Winslow schnaubte abfällig. „Du musst sie entschuldigen", meinte sie zu Finn. „Wahrscheinlich sollte man ihren Hormonspiegel mal überprüfen."

Finn beschloss, nicht länger darauf zu warten, dass Pru ihm die Tür öffnete. Er hatte mit ihr geschlafen. Er hatte jeden Quadratzentimeter ihres Körpers geschmeckt. Sie hatte umgekehrt das Gleiche mit ihm getan. Also drückte er vorsichtig die Klinke herunter, und als sie sich leicht bewegen ließ, nahm er das als Zeichen, dass der Tag vielleicht doch noch besser wurde.

Nachdem Finn gegangen war, stand Pru völlig aufgewühlt in ihrer Küche. Sie griff nach ihrem Telefon, weil sie dringend einen Rat brauchte. Da sie immer noch nur Finns Hemd trug, lehnte sie ihr Smartphone gegen die Müslischachtel auf der Küchentheke, sodass Jake sie nur von den Schultern aufwärts sehen konnte, als der Facetime-Anruf ihn erreichte.

Es war nicht nötig, an diesem Morgen auch noch einen Amoklauf zu verursachen.

Als er sich meldete, schaute er sie einfach nur an.

„Hi", sagte sie.

„Ebenfalls. Glaubst du, ich weiß nicht, wie du aussiehst, wenn du eine ganze Nacht lang Sex hattest?"

Sie gab sich größte Mühe, Blickkontakt zu halten. „Hey, ich reibe es dir doch auch nicht unter die Nase, wenn du jemanden flachgelegt hast."

„Doch, das tust du. Du marschierst in mein Büro, ziehst dein

Taschenmesser raus und schnitzt eine Kerbe in meine Schreibtischkante."

„Nur um etwas deutlich zu machen."

„Und das wäre?"

„Dass du ziemlich oft jemanden flachlegst."

Er zog eine Braue in die Höhe. „Und wo liegt dein Problem?"

Na schön, damit hatte er sie. „Ich brauche deinen Rat."

„Warum jetzt?"

„Okay, das habe ich verdient", antwortete sie. „Aber weißt du noch, dass du dir Sorgen gemacht hattest, Finn könnte derjenige werden, dem wehgetan wird?" Sie spürte, wie ihr Tränen in die Augen schossen. „Du hast ein bisschen danebengelegen."

„Mensch, Pru", antwortete er jetzt deutlich sanfter. „Du hast noch nie gewusst, wann es sich lohnt, einem Rat zu folgen."

Sie lachte erstickt auf. „Ich weiß, dass ich mir diesen Schlamassel selbst zuzuschreiben habe. Das ist mir absolut bewusst." Sie schloss die Augen. „Und ich habe keine Ausrede dafür, dass ich in den letzten Wochen keinen Weg gefunden habe, es Finn früher zu sagen." Nun, im Grunde hatte sie schon eine, nämlich, dass sie schreckliche Angst davor gehabt hatte, ihn zu verlieren, nachdem sie ihn gerade erst gefunden hatte.

Nicht dass das Finn in irgendeiner Weise würde trösten oder besänftigen können.

Jake seufzte. „Chica, was geschehen ist, ist geschehen. Dumm gelaufen. Sag's ihm einfach. Sag ihm, wer du bist und wer deine Eltern waren. Bring's hinter dich. Hör auf, dich zu verstecken. Du wirst dich anschließend besser fühlen."

Nein, das würde sie nicht. Denn sie wusste, was danach kommen würde.

Finn würde verletzt sein.

Die Geschwindigkeit, mit der sich die Dinge zwischen ihnen entwickelten, hatte sie so verblüfft, dass sie Angst hatte. Nackte Panik, um ehrlich zu sein. Denn sie hatte ihn nie verletzen wollen, unter keinen Umständen. Sie öffnete den Mund, um das zu sagen, aber dann hörte sie Schritte, die sich der Küche näherten und weder nach Eile noch nach Hetze noch nach vorsichtigem Anschleichen klangen. Sie wirbelte herum, wohl wissend, wen sie entdecken würde.

Natürlich Finn. Immer noch ohne Hemd mit sorgsam ausdrucksloser Miene ging er zum Tisch und nahm seine Schlüssel an sich, die er dort vergessen hatte.

Mist.

Gott allein wusste, wie lange er schon da war oder wie viel er gehört hatte. Seinem Gesichtsausdruck war absolut nichts zu entnehmen, denn er ließ ganz bewusst nichts durchblicken.

Damit hatte sie ihre Antwort.

Er hatte alles gehört.

„Finn", sagte Jake und registrierte mit leicht hochgezogenen Brauen, dass er kein Hemd trug.

„Jake", erwiderte Finn. Entweder war ihm Jakes unausgesprochene Frage entgangen, oder er ignorierte sie einfach.

Dann schauten beide Pru an. Man musste ihnen beiden zugutehalten, dass sie das mit einer Mischung aus Zuneigung und Sorge taten. Und das mit gutem Grund, wie sich herausstellte, denn plötzlich hatte sie das Gefühl, sich gleich übergeben zu müssen.

Jetzt oder nie, dachte sie.

„Pru", sagte Finn ruhig. Das war keine Frage, sondern eine Ansage. Er wollte wissen, was los war.

Oh Gott, das würde schrecklich werden. Und das Schlimmste an der Geschichte: Sie hatte das alles in bester Absicht begonnen. Hatte immer nur ein Unrecht wiedergutmachen wollen, das ihm angetan worden war, ein schreckliches Unrecht, das sie bedauerte und das ihr Gewissen belastete, bis sie endlich etwas dagegen unternehmen konnte.

Und sie hatte schon vorher Unrecht wiedergutgemacht, obendrein mit Erfolg. Aber diesmal war sie zu weit gegangen, und das wusste sie.

Und jetzt konnte sie sich nicht länger etwas vormachen.

„Vertrau ihm, Chica", sagte Jake übers Telefon. „Er verdient es, Bescheid zu wissen, und du verdienst es, das Ganze ein für alle Mal hinter dir zu lassen. Wenn er so ist, wie du glaubst, wird alles in Ordnung kommen."

Und damit beendete der verdammte Mistkerl das Gespräch.

„Pru?" Finn hob seine freie Hand, ließ seine Finger an ihrem Unterkiefer entlangwandern und schob sie in ihre Haare. Sein Gesichtsausdruck verriet jetzt Argwohn, aber das hielt ihn nicht davon ab, in ihrer Intimsphäre zu stehen, als wären sie ein Paar. Ein vertrautes Paar.

Das Herz wurde ihr schwer. Genau das hatte sie sich immer gewünscht.

Erst vor wenigen Augenblicken noch hatte er verschlafen und zutiefst befriedigt ausgesehen. Jetzt kam sehr viel mehr in seiner Körpersprache zum Ausdruck, und – Grundgütiger! – er hatte einen Bissabdruck direkt neben seiner linken Brustwarze. Sie spürte, wie ihr das Blut in die Wangen schoss.

„Ich habe noch einen auf meinem Hintern", erklärte er, in einem Ton, der nicht wie sonst, wenn sie über ihr Sexleben redeten, amüsiert oder hitzig klang. „Wir werden darauf zurückkommen. Rede mit mir, Pru."

Ihr Herz hämmerte wie wild, ihr Blut rauschte reißend schnell durch ihre Adern, und die Panik ließ ihr die Knie weich werden. Sie schaute zu ihrem Smartphone hinüber, aber Jake war längst fort, und im Display spiegelte sie sich nur selbst.

Auch sie hatte die letzte Nacht nicht ohne sichtbare Spuren überstanden. An ihrer Kehle prangte eine Schürfwunde von Finns Bartstoppeln, und sie wusste, dass sie eine ebensolche Stelle auf ihren Brüsten hatte.

Und zwischen ihren Oberschenkeln.

Finn hatte ihr Lust bereitet, wie sie es noch nie gekannt und erlebt hatte, im Bett wie außerhalb davon.

Und jetzt war es vorbei … „Es tut mir so leid", sagte sie. „Ich habe etwas vor dir geheim gehalten."

„Was?“ Eine Spur von Misstrauen lag in seiner Stimme, aber noch sprach er ruhig. War bereit, sich anzuhören, was sie zu sagen hatte.

Sie spürte sofort, wie ihr Blutdruck durch die Decke schoss.

„Sag's mir einfach, Pru.“

Nun, wenn er das alles ganz ruhig und logisch angehen wollte … Sie holte tief Luft. „Es geht um meine Eltern. Und ihren Unfall.“

Sein Blick wurde weicher, verriet Mitgefühl, das sie nicht verdient hatte. „Du redest nie darüber, wie es passiert ist“, sagte er. „Und ich wollte dich nicht drängen. Schließlich bedrängst du mich auch nicht, was meinen Dad angeht, und ich weiß das zu schätzen, also …“

„Es war ein Autounfall.“ Sie fuhr sich mit der Zunge über ihre plötzlich trockenen Lippen. „Sie … bei ihrem Unfall sind auch andere zu Schaden gekommen.“ Kurzes Stocken. „Es gab Verletzungen, die Leben veränderten.“

Er ließ sie keinen Moment aus den Augen. „Und?“

„Und ich … habe mich eingemischt.“

„Du hast … den Leuten geholfen?“

„Ja, aber nur in Kleinigkeiten, verglichen mit dem Schaden, den meine Eltern angerichtet hatten.“

Er schaute sie lange an. „Das muss sehr schmerzlich für dich sein.“

„Nein, eigentlich hat es heilende Wirkung.“

Skepsis lag in seinem Blick.

„Ich musste es tun“, sagte sie leise. „Finn, meine Eltern saßen in dem Auto, das deinen Dad getötet hat.“

Er runzelte die Stirn. „Was redest du da? Der Mann, der am Steuer des Wagens saß, der ihn überfahren hat, war ein Typ namens Steven Dalman.“

„Mein Dad“, sagte sie ruhig. „Meine Mom hat nie seinen Nachnamen angenommen. Ihre Familie war genauso strikt gegen diese Heirat wie seine. Sie hat mir ihren Namen gegeben, nicht seinen ..." Ihre Stimme verklang, als Finn sich abrupt von ihr abwandte.

Er fuhr sich mit den Fingern durchs Haar und sagte kein Wort. Sie war sich nicht einmal sicher, ob er atmete, konnte aber den Blick nicht von ihm abwenden. Von den glatten geschmeidigen Muskeln seines nackten Rückens. Von den paar Zentimetern blasserer Haut knapp oberhalb des etwas heruntergerutschten Bundes seiner Jeans. Von der Anspannung, die sich jetzt deutlich in seinem Körper bemerkbar machte.

Sie versuchte zu erklären. „Ich wollte nur ..."

Finn fuhr wieder zu ihr herum. „Du wolltest was? Deine Neugier befriedigen? Sehen, ob Sean und ich genauso am Boden zerstört waren wie du? Was genau wolltest du, Pru?"

„Es besser machen", sagte sie mit zugeschnürter Kehle. „Das ist alles, was ich je wollte: es besser machen, in Ordnung bringen, heilen. Für euch beide, für jeden, den mein Dad ..." Sie bedeckte ihren Mund.

... zerstört hat.

„Verstehe", sagte er leise. „Das war ich also für dich. Ein weiteres Projekt wie all die anderen, die du gesammelt hast, um ihr zerbrochenes Leben zu richten."

„Nein, ich ..."

„Die Wahrheit, Pru", fiel er ihr ins Wort, und seine Stimme zitterte vor Wut. „Das bist du mir schuldig."

„Okay, ja, ich wollte jedem helfen, so gut ich konnte. Ich wollte die Dinge in Ordnung bringen", wiederholte sie und unterdrückte ein Schluchzen, als er den Kopf schüttelte. Sie war dabei, ihn zu verlieren. „Also habe ich getan, was ich konnte."

„Ich brauchte nicht gerettet zu werden", stieß er hervor. „Sean und ich hatten einander, und wir kamen zurecht ..." Er erstarrte, und sein Blick schoss zu ihr hinüber, scharf wie eine Messerklinge. „Du warst das also. Du hast uns das Geld beschafft, für das angeblich jemand aus der Gemeinde Spenden gesammelt hat. Großer Gott, warum bin ich nicht früher darauf gekommen?“ Seine Augen wurden schmal. „Woher stammte das Geld? Hast du dafür das Zuhause deiner Kindheit verkauft? Um es uns zu geben?“

„Nein, das Geld aus dem Hausverkauf haben die anderen bekommen. Für dich und Sean habe ich das Geld aus der Lebensversicherung meiner Eltern genommen.“

Er starrte sie an. „Scheiße!“, sagte er grob und wandte sich zum Gehen.

Sie schaffte es, sich zwischen ihn und die Wohnungstür zu schieben. „Finn, bitte versteh doch …“

„Bitte was?“, fragte er kalt. „Soll ich verstehen, wie du sehr gezielt und überlegt in mein Leben eingedrungen bist? In dieses Gebäude eingezogen? In meinem Pub aufgetaucht? Meine Freundin geworden – und dann meine Geliebte? Alles unter dem Vorwand, dass du mich begehrst, während du in Wirklichkeit einfach nur versucht hast, irgendein irregeleitetes Schuldgefühl zu besänftigen.“ Er hielt inne und schloss für einen Moment die Augen. „Großer Gott, Pru. Du hast mich eiskalt erwischt.“

Ihr wurde übel, als sie diese Auflistung all ihrer Vergehen gegen ihn hören musste. „So war es nicht“, widersprach sie.

„Nein? Du hast mich ausfindig gemacht, beschlossen, mir müsse geholfen werden, hast mit mir geschlafen, dich vermutlich köstlich darüber amüsiert, als ich dir erzählt habe, wie viel du mir bedeutest … und all das hast du getan, ohne mir zu sagen, warum du wirklich hier bist, nämlich um dein verdammtes Gewissen zu erleichtern.“ Er schüttelte den Kopf. „Ich hoffe nur, du hast dabei alles erreicht, was du wolltest, denn wir sind fertig miteinander.“

„Nein, Finn. Ich …“

„Fertig“, wiederholte er mit erschreckender Endgültigkeit. „Ich will dich nicht wiedersehen, Pru.“

Und damit ging er und brach ihr das Herz. Das Herz, von dem sie nicht einmal gewusst hatte, dass sie es besaß und dass es gebrochen werden konnte.

31. Kapitel

#MissedItByThatMuch

Niedergedrückt von mehr Gefühlen, als sie sie benennen konnte, meldete Pru sich krank. Sie erzählte Jake, sie habe ihre Periode bekommen und leide unter entsetzlichen Unterleibskrämpfen.

Da sie noch nie eine solche Ausrede benutzt hatte, ja, überhaupt noch nie ein Arbeitstag ausgefallen war, hatte sie nicht einmal ein schlechtes Gewissen.

Für irgendetwas mussten ihre Eierstöcke doch gut sein, oder?

Sie hängte sich vor den Fernseher und schaute sich eine Folge von *Game of Thrones* nach der anderen an. Den ganzen Tag verließ sie die Couch nicht. Jedes Mal, wenn sie an Finn dachte, krampfte sich ihr Herz zusammen, ihre Lunge stellte die Arbeit ein, und ihr Magen begann zu rumoren. Also tat sie, was jeder tun würde, um eine schmerzhafte Trennung zu verarbeiten.

Sie aß.

Am nächsten Morgen wurde sie aus ihrem Stumpfsinn gerissen, als es an der Tür klopfte. Sie blinzelte und schaute sich um. Sie war immer noch angezogen und saß immer noch auf ihrer Couch, umgeben von leeren Verpackungen von Schokoriegeln und anderem Junkfood – Beweise einer Selbstmitleidparty für eine Person. Hastig griff sie nach ihrem Smartphone, aber es zeigte keine verpassten Anrufe, Textnachrichten oder E-Mails von Finn an.

Warum sollte es auch? Er hatte sich sehr klar ausgedrückt.

Er wollte sie nicht wiedersehen.

Es klopfte erneut, ungeduldiger diesmal. Also stand sie auf und schaute durch den Türspion.

Willa, Elle und Haley.

Elle stand vorn, den Blick fest auf den Spion gerichtet.

„Mir ist gerade nicht nach Gesellschaft", sagte Pru. „Offen gestanden bin ich verdammt mies drauf, also ..."

„Okay, hör zu, Schätzchen", unterbrach Elle sie. „Manchmal ist das Leben einfach scheiße. Der Trick besteht darin, dass man negativen und toxischen Gefühlen kein Dauerwohnrecht in seinem Kopf einräumt. Erhöh die Miete, und schmeiß sie achtkantig raus. Ich habe dir etwas mitgebracht, was dir dabei helfen wird." Damit hob sie eine Tüte in Prus Blickfeld.

Tinas Muffins.

Pru öffnete die Tür.

Elle reichte ihr die Tüte.

Haley übergab ihr einen Riesenbecher Kaffee.

Willa lächelte. „Meine Aufgabe ist es, dir zur Seite zu stehen und dich zum Reden zu bringen."

„Wahnsinnig subtil", meinte Elle.

Ohne darauf einzugehen, schloss Willa Pru in die Arme. „Na schön, dann fehlt es mir eben an Subtilität", sagte sie, „aber eines solltest du wissen: Wir können dir unglaublich gut zur Seite stehen."

„Auch wenn ich Mist gebaut habe?"

„Auch dann."

„Ich werde nicht darüber reden", warnte Pru mit erstickter Stimme. „Nicht jetzt. Vielleicht nie."

Anscheinend unbeeindruckt, kamen alle in Prus Wohnung und begutachteten den Tatort.

Willa hob eine leere Tüte Ahornsirup-Speck-Kartoffelchips auf. „So etwas gibt es?" Traurig schaute sie in die leere Tüte. „Verdammt, ich wette, die waren umwerfend gut."

„Woher wusstet ihr, dass etwas nicht stimmt?", fragte Pru und hoffte, ihre Stimme klang so ruhig, wie sie glaubte.

„Weil du den Achtziger-Karaoke-Abend versäumt und gestern Abend nicht einen unserer zahlreichen Anrufe entgegengenommen hast“, erklärte Elle. „Dabei hattest du mir gesagt, du würdest ihn niemals versäumen, es sei denn Chris Evans klopfe an deiner Tür.“ Sie musterte Pru von oben bis unten, ihre zerknitterte Jogginghose und das zerwühlte Haar. „Und ich glaube, ich kann mit an Sicherheit grenzender Wahrscheinlichkeit davon ausgehen, dass das nicht geschehen ist.“

„Hätte aber geschehen sein können“, murmelte Pru und setzte den Kaffee ab, um sich auf die Muffins zu stürzen. Den Anfang machte sie mit einem Schokoladenmuffin mit Schokosplittern.

Haley streckte die Hand aus, um ebenfalls zuzugreifen, doch Pru drückte sich die Tüte an die Brust. Dabei stieß sie ein Knurren aus, das Thor alle Ehre gemacht hätte.

Haley hob beide Hände. „Okay, du willst nicht teilen. Hab ich verstanden.“ Sie wandte sich an Elle und Willa. „Ich glaube, wir haben den Beweis, dass das Gerücht über eine Trennung der Wahrheit entspricht.“

Pru erstarrte. „Es gibt ein Gerücht über eine Trennung?“

Willa hob eine Hand und hielt Zeigefinger und Daumen etwa zwei Zentimeter auseinander, um eine Größe anzuzeigen. „Ein ganz kleines.“

Pru sank zurück auf die Couch, die Tüte mit Muffins immer noch an sich gedrückt. „Ich wäre jetzt gern allein.“

„Klar“, meinte Elle, „das verstehen wir.“ Und damit setzte sie sich auf die Couch, nahm die Fernbedienung und drehte den Ton auf. „Staffel drei, richtig? Ich liebe diese Serie.“

Den Blick fest auf den Bildschirm gerichtet und schon völlig entrückt, setzte Haley sich ans andere Ende der Couch.

Pru öffnete den Mund, um zu protestieren, doch Willa entschied sich für den Fußboden, lehnte sich mit dem Rücken an die Couch und überließ den Platz in der Mitte Pru.

Sie atmete heftig aus, und in dem respektvollen Schweigen,

das sie mehr zu schätzen wusste, als sie hätte sagen können, fühlte sie sich gar nicht mehr allein.

Zwei Tage später ging Pru wieder zur Arbeit. Es regnete. Sie wusste, dass sie schlecht drauf war, als Thor sich nicht ein einziges Mal beklagte. Auch wenn er immer wieder zu ihr hochschaute und sich offenbar fragte, in welcher Stimmung sie beide sein sollten.

Am Boden zerstört. So fühlte sie sich im Moment. Aber sie wollte ihm keine Angst machen. „Das wird schon wieder."

Thor legte den Kopf schräg, und sein Spitzohr zitterte ein wenig.

Er glaubte ihr nicht.

Und hatte guten Grund dafür. Sie hatte nicht geschlafen. Sich wieder krank gemeldet, und Jake hatte ihr das durchgehen lassen.

Bis heute Morgen. In aller Herrgottsfrühe hatte er angerufen. „Es ist mir egal, ob dein Uterus dir aus dem Leib fällt, nimm ein paar Midol – und schieb deinen Hintern hierher. Heute."

Das überraschte sie nicht. Und um ehrlich zu sein, war sie auch so weit, wieder zur Tagesordnung überzugehen, nachdem sie eine zweitägige Selbstmitleidparty gefeiert und dabei mehr Eiskrem in sich hineingeschaufelt hatte als in sämtlichen sechsundzwanzig Jahren ihres Lebens zuvor. Inzwischen war ihrem Selbstmitleid die Ausdauer ausgegangen. Es stellte sich heraus, dass es schwer war, eine so tiefe Verzweiflung auf Dauer durchzuhalten.

Da sie jetzt nur noch dumpf im Hintergrund pochte, hatte sie sich geduscht, angezogen und auf den Weg zur Arbeit gemacht. „Ich komme mir einfach nur … dumm vor", erklärte sie Thor. „Das ist alles meine Schuld, weißt du."

„Schätzchen", sprach eine Frau sie an, die auf dem Gehsteig an ihr vorbeiging. „Gib niemals zu, dass alles deine Schuld ist." Sie trug das knappste und engste rote Kleid, das Pru je gesehen hatte, und ihre Zwölf-Zentimeter-Pfennigabsätze waren beeindruckend.

„Aber diesmal ist es wirklich so“, erklärte Pru.

„Nein, du verstehst mich falsch. Gib niemals zu, dass es deine Schuld ist, schon gar nicht, wenn dem wirklich so ist.“

Die Frau ging weiter, aber Thor blieb stehen und stützte sich mit den Vorderpfoten an Prus Bein ab.

Sie hob ihn hoch, und er leckte ihr übers Kinn.

Es schnürte ihr die Kehle zu. „Du liebst mich trotzdem.“ Sie drückte ihn an sich, offenbar zu heftig, denn er ließ sich das nur etwa zwei Sekunden gefallen, bevor er anfing zu knurren.

Halb lachend, halb schluchzend lockerte sie ihren Griff. An ihrem Arbeitsplatz angekommen, marschierte sie direkt durchs Lagerhaus zu den Büros, an diesen vorbei und nach hinten in Jakes Wohnbereich.

Er trainierte gerade mit Gewichten und hatte dabei die Musik so laut aufgedreht, dass die Fenster klirrten. Sie schaltete die Musik ab und drehte sich zu ihm um.

„Alles in Ordnung mit dir?“, fragte er, ließ die Hanteln fallen und drehte seinen Rollstuhl so, dass er sie direkt anschauen konnte. Sorgenfalten überzogen sein Gesicht.

Sie hatte sich genau überlegt, was sie ihm sagen wollte. Irgendwas in der Richtung … *Ich weiß, du hast es mir vorher gesagt, bla, bla, bla, also Schwamm drüber. Vergessen wir das Ganze*. Schauen wir nach vorn. Und sie öffnete den Mund, um genau das zu sagen, aber kein Ton kam heraus.

„Was ist los?“

Sie brach in Tränen aus.

Schmerzlich berührt starrte er sie an. „Hast du die Midol vergessen? Ich habe dir nämlich welche besorgt. Sie liegen in meinem Badezimmer. Schon seit mehr als einem Jahr. Ich bin nur nie auf den Trichter gekommen, wie ich sie dir geben soll, ohne dass du mir gleich den Kopf abreißt.“

Sie warf ihre Handtasche nach ihm. „Ich habe meine verdammte Regel gar nicht bekommen!"

„Oh, Mist", antwortete er erbleichend. „Oh, verdammt. Na schön, erst bringe ich ihn um und dann …"

„Nein!" Trotz ihrer Tränen musste sie lachen. „Ich bin nicht schwanger."

Erleichtert atmete er aus. „Großer Gott, sag das das nächste Mal bitte gleich."

Pru schüttelte den Kopf und wandte sich zum Gehen, aber selbst in seinem Rollstuhl war er schneller als sie. Es gelang ihm, ihr zuvorzukommen und die Tür zu blockieren.

„Rede mit mir, Chica."

„Hörst du jetzt auf, dich so blöd aufzuführen?"

„Ich versuche es." Das sagte er ganz ernst, den Blick fest auf sie gerichtet. „Du hast es ihm also gesagt."

Sie nickte.

„Und … übel gelaufen?", riet er.

„Alles zerstört", bestätigte sie.

„Es tut mir leid."

Sie schüttelte den Kopf. „Das muss es nicht. Ich war so ein Dummkopf. Ich hätte es ihm von vornherein sagen sollen, so wie du es mir Tausende Male geraten hast."

Jake seufzte. Ein seltenes Ereignis. „Schau, Chica, ja, du hast einen Fehler gemacht. Aber für alles, was du getan hast, hattest du gute Gründe. Deshalb solltest du jetzt kein schlechtes Gewissen haben. Du hast dich bemüht, jedem, der bei dem Unfall zu Schaden gekommen ist, zu helfen, und jetzt kannst du sagen: Du hast es geschafft. Ganz großartig geschafft. Viel besser als jeder, den ich kenne, das gekonnt hätte."

Darüber dachte sie nach und stellte fest: Ja, das war ein schönes Gefühl. „Demnach habe ich also meine Mission erfüllt", sagte sie leise.

„Ja." Er lächelte. „Ich bin stolz auf dich."

Diese Worte waren lindernder Balsam für ihr gebrochenes

Herz. Der Schmerz ließ zwar nicht nach, und sie war sich nicht sicher, ob er das jemals tun würde. Verloren war verloren – und dass Finn nicht länger Teil ihres Lebens war, das war eine extrem bittere Pille. Aber sie hatte schon Schlimmeres überlebt und war immer wieder auf die Beine gekommen.

Sie würde es auch diesmal schaffen.

Nun ja … vielleicht sollte sie beim nächsten Mal rechtzeitig sagen, wer sie war, bevor Sex und Liebe ins Spiel kamen …

Die ersten zwei Tage tappte Finn wie im Nebel umher. Am dritten Tag stand er unter der Dusche und sinnierte darüber, wie übel das Leben ihm mitgespielt hatte, bis schließlich kein warmes Wasser mehr kam. Er stand da, während das Wasser erst kalt und dann eisig wurde, vergaß dabei völlig, dass die Wasseruhr mitlief und sie heftig nachzahlen mussten, wenn sie ihre Wasserration für den Monat überschritten.

Als Sean anrief, saß er auf seiner Couch und starrte den ausgeschalteten Fernseher an. „Ich nehme mir heute Abend frei", sagte Finn.

„Einen Teufel wirst du tun", erwiderte Sean. „Drei verdammte Abende hintereinander? Ich schaffe das nicht allein, Finn. Das hier ist eine verdammte Partnerschaft, und du musst anfangen, dich entsprechend zu verhalten."

Finn ließ den Kopf sinken, schloss die Augen und unterdrückte mühsam ein Lachen. „Haust du mir jetzt meine eigenen Worte um die Ohren?"

„Ja, ganz genau." Sean schwieg einen Moment. „Funktioniert es denn?"

„Ich glaube, du schuldest mir mehr als ein paar Abende."

Sean seufzte. „Ja." Wieder Stille in der Leitung, diesmal ein bisschen länger. „Was ist los?"

„Nichts."

„Blödsinn", sagte Sean. „Du nimmst dir nie frei. Lass mich raten. Du … läufst von zu Hause fort? Nein, es ist schlimmer als das. Mist. Erzähl's mir einfach, aber schnell, so wie man ein Pflaster abreißt. Liegst du im Sterben?"

„Ich liege nicht im Sterben. Verdammt, mach doch nicht solch ein Drama draus."

„Schön, was ist dann los?", fragte Sean. „Lässt du mich im Stich? Ist es das?"

Finn kniff sich in die Nasenwurzel. Seans größte Angst bestand darin, im Stich gelassen zu werden. Der Fairness halber musste man sagen, dass er diese Angst auf die harte Tour von seinen Eltern gelernt hatte. Sich nicht permanent in Selbstmitleid zu baden war schwer, aber Finn schaffte es doch eine Sekunde lang. „Ich kann dich nicht im Stich lassen", sagte Finn. „Du bist mein Bruder."

„Andauernd lassen Leute ihre Familien im Stich", widersprach Sean und schwieg einen Moment. „Oder gehen einfach weg."

Finn wurde weich und seufzte. „Okay, ja, ich schätze, ich könnte dich im Stich lassen. Und versteh mich nicht falsch, es gibt Tage, an denen ich dich am liebsten ganz langsam erwürgen würde. Aber jetzt hör mir mal sehr gut zu, Sean. Ich habe dich ehrlich noch nie, nicht ein einziges Mal, im Stich lassen wollen."

Am anderen Ende der Leitung herrschte lange Schweigen. Als Sean schließlich wieder etwas sagte, klang seine Stimme belegt. „Ja?"

„Ja. Ich würde alles für dich tun. Und ich werde mich niemals von dir abwenden." Bis vor ein paar Tagen hätte er Pru noch dasselbe versprochen.

Und doch hatte er sich von ihr abgewendet.

Bei diesem Gedanken meldeten sich erste leise Zweifel, eisige Ranken, die so unaufhaltsam vordrangen wie der nachmittägliche Nebel.

„Und sagst du mir jetzt endlich, was los ist?", bohrte Sean weiter. „Wenn es nicht an mir liegt und mit dem Pub alles in Ordnung ist, was ist es dann? Hast du dich mit Pru überworfen oder so was?"

„Wie kommst du denn auf diese Idee?“, fragte Finn heftig.

„Hoppla, ganz ruhig, Mann. Das läuft nach dem Ausschlussverfahren. Außer der Arbeit gibt es nichts, was dich so aus der Ruhe bringen könnte. Also, was ist passiert?“

„Ich möchte nicht darüber reden.“

Sean schwieg eine Sekunde. „Wegen Mellie? Ich habe wohl an die tausend Mal dafür um Entschuldigung gebeten, aber ich tue es gern noch mal. Ich war ein Arschloch und ein Volltrottel. Und an jenem Abend stockbesoffen. Und es ist lange her. Ich würde nie …“

„Das hat nichts mit Mellie zu tun“, sagte Finn.

„Womit dann? Denn Pru ist verdammt noch mal ziemlich vollkommen.“

Finn seufzte. Nicht vollkommen. Aber vollkommen richtig für ihn … „Warum muss immer jemand schuld sein?“

Sean lachte selbstironisch. „So ist die Welt nun mal. Männer bauen Scheiße. Frauen vergeben – oder auch nicht, wie es durchaus öfter vorkommt.“

Finn atmete hörbar aus. „Ich bin gegangen. Ich hatte meine Gründe dafür, aber ich bin mir nicht sicher, ob ich das Richtige getan habe.“ Das war ein verdammt schweres Eingeständnis, wenn man bedachte, dass er nur äußerst selten an sich zweifelte.

„Wenn ich etwas von dir gelernt habe“, sagte Sean, „dann, sich zu entschuldigen und immer das *Richtige* zu tun. Nicht das Einfachere, sondern das Richtige.“

Finn lachte kurz auf. „Du müsstest dich mal selbst hören – völlig logisch und so.“

„Ich weiß, das kannst du dir kaum vorstellen, oder? Also … wirst du es tun? Das Richtige, meine ich?“

Finn seufzte. „Wer bist du, und was hast du mit meinem Bruder angestellt?“

„Beeil dich einfach, bring die Sache in Ordnung – und schieb deinen Arsch hierher zur Arbeit.“

„Ah, da ist er ja.“

32. Kapitel

#TakeMeToYourLeader

Als Finn an diesem Abend endlich doch noch im Pub aufkreuzte, blieb er mitten in der Bar stehen und ließ die Musik auf sich wirken. Seine Freunde und Gäste waren alle da, hatten ihren Spaß, lachten, tanzten, tranken …

Sein Pub lief wahnsinnig gut, viel besser, als er es sich in seinen kühnsten Träumen ausgemalt hatte. Und er hatte sich nie die Zeit genommen, das überhaupt richtig zu bemerken. Was er hingegen nur zu gut bemerkte, war, dass ihm das Herz aus der Brust gerissen worden war, von einer hinreißenden dynamischen Frau, deren Augen ihn einfingen und festhielten, deren süßes und zugleich mutwilliges Lächeln ihn an Orte entführte, an denen er nie zuvor gewesen war … Und dann war da noch, wie er sich in ihren Armen gefühlt hatte.

Wie Superman.

Und er hatte sie verlassen. Grob. Grausam. Und was hatte sie verbrochen? Nichts weiter, als dass sie versucht hatte, alles dafür zu tun, dass es ihm gut ging. Nach einer Tragödie, die sie nicht verschuldet hatte. Mit der sie nicht im Geringsten etwas zu tun hatte.

Er hasste sich selbst dafür und blieb deshalb mitten in seinem Pub stehen. Für das hier war er nicht in der richtigen Stimmung. Er musste nachdenken, musste herausfinden, wie zum Teufel er den Schmerz in seiner Brust lindern und die Gewissheit verarbeiten konnte, sich von dem Besten, was ihm je geschehen war, einfach abgewandt zu haben.

Aber an der Bar saßen all seine Freunde und winkten ihm

zu. Also wappnete er sich für das Kreuzverhör, das ihm bevorstand, und ging hinüber.

„Ich habe läuten hören, dass du ein Vollidiot bist", sagte Archer.

Finn starrte ihn an. „Woher zum Teufel weißt du …?"

„Die Mädels und ich haben Pru besucht", erklärte Willa.

„Geht es ihr gut?"

„Sie sieht aus und klingt, als hätte man ihr das Herz aus der Brust gerissen." Willa begegnete seinem Blick. „Sie hatte eindeutig geweint."

Mist.

Elle griff nach seiner Hand und drückte sie. „Was immer du getan hast, es ist nicht allein deine Schuld. Schließlich bist du ein Mensch mit einem Penis. Also von Natur aus ein Vollidiot."

„Setz dich." Spence schob ihm mit dem Fuß einen Barhocker zu und schenkte ihm ein Bier aus dem großen Krug vor ihnen ein.

Finn stutzte und sah ihn genauer an. „Du trägst eine Brille."

Haley grinste stolz. „Gefällt sie dir? Ich habe sie für ihn ausgesucht."

„Nein, hast du nicht", widersprach Spence. „Ich habe sie ausgesucht."

Haley tätschelte ihn wie einen jungen Hund. „Du warst ungeduldig wie immer und hast dir das erste Modell geschnappt, das du zu fassen gekriegt hast. Das hat keine zwei Sekunden gedauert. Ich habe gewartet, bis du weg warst, habe das Gestell zurückgelegt und dir eines ausgesucht, das besser zu deinem Gesicht passt."

Spence nahm seine Brille ab und starrte sie an. „Die andere hat mir besser gefallen."

„Ach ja? Welche Farbe hatte sie denn?"

Spence zögerte. „Na, wie eine Brille eben."

Haley verdrehte die Augen. „Typisch Mann", meinte sie zu Willa und Elle, und beide nickten.

Archer schüttelte den Kopf über Spence. „Genau deshalb bist du noch Single."

„Du bist doch auch Single", erwiderte Spence.

„Weil ich es will."

Spence schloss die Augen. „Wir wollten uns Finn vorknöpfen, nicht mich. Lass uns an unserem Plan festhalten."

„Richtig", sagte Archer und schaute Finn an. „Erzähl uns, welchen Mist du gebaut hast, damit wir mit den Fingern auf dich zeigen und dich auslachen können."

„Und die Sache dann wieder in Ordnung bringen", meinte Willa, warf den anderen einen bösen Blick zu und klopfte auf den leeren Barhocker neben sich. „Nun komm schon, nicht so schüchtern. Erzähl uns alles."

„Ja", sagte Ella. „Ich will alles hören, denn dieses Mädchen – sie gehört nicht nur zu dir, Finn, sondern auch zu uns."

„Sie gehört nicht zu mir", erwiderte Finn.

Alle starrten ihn verständnislos an.

Elle verengte die Augen. „Hängt das irgendwie mit dem Wunsch zusammen, den sie für dich an den verdammten Springbrunnen gerichtet hat? Davon weißt du doch, oder?"

Finn blinzelte überrascht. „Sie hat sich etwas *für mich* gewünscht?"

„Hast du jemals davon gehört, dass man taktvoll vorgehen sollte?", wandte Archer sich an Elle. „Wenigstens ein einziges Mal?"

Elle seufzte. „Na schön, er hat es also nicht gewusst. Verklagt mich." Sie warf Archer einen bösen Blick zu. „Als ob ausgerechnet du wüsstest, was taktvolles Vorgehen bedeutet."

„Was genau habe ich nicht gewusst?", mischte Finn sich ungeduldig ein, weil sie sich in Nebensächlichkeiten zu verlieren drohten. „Redet doch endlich mal Klartext, oder ich schwöre bei Gott …"

„Sie hat sich etwas für dich gewünscht: Dass du die große Liebe findest", erklärte Willa. „Warum sie es sich für dich gewünscht hat und nicht für sich selbst, haben wir nie verstanden. Liegt wahrscheinlich an ihrer Persönlichkeit. So ist sie nun mal."

Spence holte scharf Luft. „Ich bin Millionen von Malen an diesem Brunnen gewesen. Nie ist mir der Gedanke gekommen, etwas für jemand anderen zu wünschen. Das ist ..."

„Selbstlos", ergänzte Willa. „Durch und durch selbstlos. Und, nebenbei bemerkt, das ist etwas, das keinem von uns jemals in den Sinn kommen würde. Also ist hier nicht nur Spence der gefühllose Esel."

„Danke, Willa", erwiderte Spence trocken.

Erwartungsvoll wandte sie sich an Finn. „Also? Was ist passiert?"

Der grässliche Knoten in seiner Brust drückte ihm die Luft ab. Finn griff nach Spence' Bierglas und schüttete den Rest Bier in sich hinein. Nicht dass das geholfen hätte.

„Natürlich, bedien dich nur", murmelte Spence.

Alle schauten Finn erwartungsvoll an.

Er schüttelte den Kopf. „Ich kann nicht. Das ist ... etwas Privates. Was zwischen uns geschehen ist, bleibt zwischen uns."

„Hey, wir sind hier nicht in Vegas", sagte Spence und handelte sich damit von Elle einen Klaps auf den Hinterkopf ein.

„Liebst du sie?", fragte Willa.

Bei dieser Frage zog sich der Knoten in seiner Brust schmerzvoll enger. „Das ist nicht das Problem. Sie hat ... mir etwas verheimlicht."

„Das ist echt ätzend", meinte Archer, der, wie Finn wusste, nur zu gut die Macht von Geheimnissen kannte und wusste, wie sie ein Leben vernichten konnten.

„Nein", warf Elle Archer einen zornigen Blick zu. „Es steht dir nicht zu, blind gegen sie Stellung zu beziehen. Vielleicht hatte sie ihre Gründe. Gute Gründe", erklärte sie sehr ernst.

Sie wussten alle, dass Elle genau das nur zu gut verstehen konnte. Sie hatte auch ihre Geheimnisse, Geheimnisse, die sie alle für sie hüteten.

Archer und Elle tauschten vielsagende Blicke. Vielleicht wäre der Streit hochgekocht, wenn nicht Willa, die ewige Friedensstifterin, sich zu Wort gemeldet hätte. „Liebst du sie?“, wiederholte sie an Finn gewandt mit Nachdruck ihre Frage.

In Gedanken überflog Finn die Bilder, die er von ihr hatte. Pru, wie sie tropfnass und dennoch lächelnd seinen Pub betrat. Pru, wie sie ihn von der Arbeit loseiste und zu einem Softballspiel mitschleifte. Wie sie ihn nach einem Streit mit Sean tröstete. Wie sie ein Foto ihrer verstorbenen Eltern an sich drückte und angesichts der Erinnerungen dennoch ein Lächeln zustande brachte. Sie hatte sein Leben in gewisser Weise ins Gleichgewicht gebracht, in ein Gleichgewicht, das ihm schmerzlich gefehlt hatte. Es spielte keine Rolle, ob sie am Ruder eines großen Bootes stand und die Verantwortung für die Sicherheit von Hunderten von Passagieren trug oder sich in eine Welle stürzte, um ihren Hund zu retten – immer sorgte sie dafür, dass er sich … lebendig fühlte.

Ein einziges Lächeln von ihr konnte ihm den ganzen Tag retten. Der Klang ihres Lachens genauso. Und dann war da, wie sie sich unter ihm anfühlte, ihr Körper, der ihn umklammerte, während er sich so tief in ihr vergraben hatte, dass er sich nicht einmal vorstellen konnte, jemals wieder mit einer anderen intim zu werden …

„Ja“, sagte er leise. Da alle schweigend auf seine Antwort warteten, brauchte er nicht laut zu sprechen. „Ich liebe sie.“

„Hast du ihr das gesagt?“, fragte Willa.

„Nein.“

„Warum nicht?“

„Weil …“ *Ja, du Schlaukopf, warum eigentlich nicht?* „Und wie vielen Leuten hast *du* das jemals gesagt?“, fragte er zurück.

„Klasse, gleich in die Defensive gehen“, meinte Elle kein bisschen beeindruckt.

Willa verdrehte die Augen. „Ich versteh’s ja, wenn es um

Sport geht oder die Kumpel, dann muss Mann ordentlich angeben mit seinem dicken Schwanz", sagte sie. „Aber wir sprechen hier über Pru."

„Dicker Schwanz?", fragte Spence grinsend.

Willa brachte ihn mit einer Handbewegung zum Schweigen und wandte sich wieder direkt an Finn. „Was immer sie dir verschwiegen hat, du hast das Gleiche getan, Finn. Du hältst mit sehr vielem hinterm Berg, sogar uns gegenüber. Du hast dich zurückgehalten. Meinst du, dass sie das nicht gespürt hat? Pru hat einen ausgeprägten Realitätssinn und ist knallhart, aber sie hat ihre Familie verloren." Sie hatte keine Ahnung, dass sie damit genau das Thema anschnitt, das zum Bruch geführt hatte. „Sie hat sie verloren, als sie gerade mal achtzehn war, und ist völlig allein auf der Welt zurückgeblieben. Und wie du, mehr als jeder andere, nur zu gut weißt, verändert das einen Menschen, Finn. Es macht es einem schwer, sich voll und ganz auf etwas einzulassen. Aber genau das tut sie jeden einzelnen Tag, klaglos. Sie lässt sich ein."

Ich liebe dich … Diese Worte hatte Pru ihm zugeflüstert, als er am Abend zuvor langsam eingeschlafen war, und er hatte sich eingeredet, es nur geträumt zu haben. Aber er kannte die Wahrheit. Hatte sie immer gekannt.

Sie war mutiger, als er je gewesen war.

„Also, ihr habt euch vermutlich gestritten", nahm Elle den Faden auf. „Und dann? Ist sie gegangen?"

„Und du hast sie gehen lassen?", fragte Willa ungläubig. „Oh, Finn."

„Du kannst es wieder in Ordnung bringen", meinte Haley sanft. „Geh einfach zu ihr, und sag ihr, du warst im Unrecht."

Archer, der Finn nicht aus den Augen gelassen hatte, legte eine Hand auf Haleys Hand und brachte sie damit zum Schweigen. „Ich habe das Gefühl, dass wir ein bisschen danebenliegen", sagte er.

„Ooh." Willa starrte Finn an. „*Du* bist gegangen."

Finn nickte. Er war gegangen. Und sie hatte ihn gehen lassen, ohne sich dagegen zu wehren.

Nicht dass er ihr eine Wahl gelassen hätte. Schließlich hatte er ihr deutlich genug gemacht, dass er sie nie wiedersehen wollte … Verdammt. Willa hatte recht. Er hatte seinen dicken Schwanz geschwungen und sich damit selbst zum Deppen gemacht.

Willa wirkte zutiefst enttäuscht. „Das verstehe ich nicht."

Finn schüttelte den Kopf. „Das ist mir klar. Trotzdem werde ich euch nicht mehr erzählen." Auch wenn er sich von Pru abgewandt hatte, würde er doch nicht dafür sorgen, dass die anderen das Gleiche taten. Sie hatte ihre Freundschaft verdient. Sie verdiente sehr viel mehr als das, aber er war immer noch so zornig und … Mist. Verletzt. Er stand auf. „Ich habe zu tun."

Eigentlich hatte er gehofft, man würde ihn allein lassen, aber Sean folgte ihm ins Büro. „Was erzählst du mir nicht?", fragte er. „Was hat sie so Schlimmes getan?"

Finn schüttelte den Kopf.

„Sag's mir einfach", drängte Sean. „Damit ich dir sagen kann, dass du dich idiotisch aufführst, und dann kannst du die Sache wieder in Ordnung bringen."

Finn starrte ihn an. „Wie kommst du darauf, dass diese Sache in Ordnung gebracht werden kann?"

Sean zuckte mit einer Schulter. „Du hast mir beigebracht, dass Liebe und Familie zu den Dingen gehören, die man selbst in der Hand hat, bei denen man selbst aktiv werden muss. Dazu gehört auch die Entscheidung, mit wem man aktiv wird. Und Pru ist sowohl deine Liebe als auch deine Familie geworden, obwohl ihr euch erst so kurze Zeit kennt."

Das entsprach der Wahrheit, und deshalb tat es so weh, als hätte man ihm ein Messer in den Leib gerammt. „Sean, ihre Eltern saßen in dem Auto, das Dad überfahren hat. Ihr Vater war der betrunkene Fahrer."

Sean starrte ihn an. „Nimmst du mich auf den Arm?"

„Selbst wenn ich wollte, hätte ich mir das nicht ausdenken können."

Sean ließ sich auf die Couch sinken. „Heilige Scheiße."

„Ja. Hör zu, das bleibt auf jeden Fall unter uns, klar?"

Sean hob den Blick und durchbohrte Finn damit. „Du schützt sie."

„Ich möchte ihr nur nicht wehtun", widersprach er. Zumindest nicht noch mehr, als bereits geschehen …

„Nein, du schützt sie." Sean stand wieder auf. „Genauso, wie ich wette, dass sie dich schützen wollte, als sie dir nicht erzählt hat, wer sie ist."

Finn schüttelte den Kopf. „Was willst du damit sagen?"

„Dass du der Idiot bist, nicht sie", gab Sean kopfschüttelnd zurück. „Schau, ich muss zurück nach vorn. Einer von uns muss vernünftig bleiben, und glaub mir, niemand ist überraschter als ich, dass ich derjenige bin." An der Tür blieb er noch einmal stehen und drehte sich um. „Hör zu, ich begreife, dass du zu tief drinsteckst, um klarzusehen, aber hör auf jemanden, der durch diesen Unfall genauso viel verloren hat wie du … wir haben nichts verloren, verglichen mit dem, was Pru verloren hat. Das hat sie nicht verdient, von dir nicht. Von niemandem."

Und damit ging er, und Finn war endlich allein. Er setzte sich an seinen Schreibtisch und versuchte sich etwa eine halbe Stunde lang an Papierkram, aber es war sinnlos. Er brachte nichts zustande. Gerade hatte er beschlossen, für heute hinzuschmeißen, als Archer einfach ins Büro platzte. „Schon mal was von Anklopfen gehört?"

Archer wanderte einmal durchs Büro und baute sich dann mit in die Hüften gestemmten Händen vor ihm auf.

„*Was?*", fragte Finn.

„Ich muss dir etwas sagen", eröffnete Archer. „Und ich will nicht, dass du mir dafür eine verpasst. Ich bin angepisst und hätte im Prinzip nichts gegen eine Prügelei, aber nicht mit dir."

Verdammt. „Was hast du getan?", fragte Finn müde.

Archer verzog das Gesicht. „Etwas, von dem ich dir mal versprochen habe, es nie zu tun."

Finn starrte seinen ältesten Freund an. Den, dem er zugleich am meisten vertraute. Dann wandte er sich seinem Schreibtisch zu und goss zwei Gläser Whiskey ein.

Archer hob sein Glas, prostete Finn damit zu, und dann kippten sie ihn gleichzeitig hinunter.

Archer atmete heftig aus, setzte sein Glas wieder ab und begegnete Finns Blick. „Ich habe sie überprüft."

Er verfügte über Programme, die jedem Computersystem der Regierung ebenbürtig waren. Wenn er sagte, er habe jemanden überprüft, dann meinte er das auch so. Dann hatte er alles unter die Lupe genommen, und nichts war ihm entgangen. Wenn Archer jemanden überprüfte, dann konnte er herausfinden, in welchem Alter diese Person ihre erste Zahnfüllung bekommen hatte, was ihr Sportlehrer an der Highschool über sie gesagt hatte und was ihre Eltern vor vierzig Jahren schwarz verdient hatten.

Archer ging mit dieser Macht nicht leichtfertig um. Er hatte einen hohen Moralkodex, der nicht immer dem der Allgemeinheit entsprach, aber er hatte noch nie – jedenfalls soweit Finn wusste – die Vergangenheit seiner Freunde überprüft oder ihre Privatsphäre verletzt.

Bis auf eine Ausnahme: Er hatte Willas letzten Freund überprüft, und zwar aus gutem Grund.

„Wann?", fragte Finn.

Archer musterte ihn überrascht. „Hätte die Frage nicht eher lauten sollen: Was? Im Sinne von: Was hast du herausgefunden?"

„Du weißt, wer sie ist."

„Ja", sagte Archer. „Weißt du's?"

„Warum, zum Teufel, glaubst du, dass ich allein hier stehe?", fragte Finn zurück.

Archer wandte kurz den Blick ab, bevor er ihn wieder ansah. „Es gibt da einiges, was du vielleicht nicht weißt."

„Zum Beispiel?"

„Zum Beispiel, dass sie seit dem Unfall ihr Leben der Aufgabe gewidmet hat, an jedem Betroffenen wiedergutzumachen, was wiedergutgemacht werden kann. Dass sie anonym durch einen Anwalt jeden Penny aus der Lebensversicherung ihrer Eltern den Unfallopfern hat zukommen lassen, dich und Sean eingeschlossen. Sie hat nicht nur absolut nichts für sich selbst genommen, sie hat sogar das Haus, in dem sie aufgewachsen ist, verkauft und das Geld ebenfalls benutzt, um zu helfen. Sie hat nichts behalten und all die Jahre darauf verwandt sicherzustellen, dass jedem geholfen wurde, ganz gleich, was sie das gekostet hat. Sie hat den Leuten geholfen, Jobs zu finden, die Schule zu beenden, eine Wohnung zu finden – einfach alles, was sie brauchten."

Finn nickte.

„Das weißt du?", fragte Archer fassungslos. „Was ist denn dann zwischen euch geschehen? Sie hat ausgepackt und …"

„Ich bin sauer geworden, weil sie mich belogen hatte."

„Du meinst, dass sie dir nicht alles erzählt hatte, richtig? Denn jemandem etwas nicht zu erzählen ist nicht dasselbe wie Lügen."

Finn fluchte heftig, aber warum – weil er verärgert war oder weil Archer recht hatte –, das war ihm selbst nicht ganz klar. „Es war mehr als das. Sie hatte jede Menge Gelegenheit, mir die Wahrheit zu sagen. Wenn schon nicht bei unserer ersten Begegnung, dann doch ganz sicher, nachdem wir …"

Archer ließ den unvollendeten Satz einen Moment in der Luft hängen. „Ich schätze, sie hatte ihre Gründe", meinte er dann ruhig. „Und so lange war es ja nicht. Wie lange, drei Wochen? Vielleicht arbeitete sie ja auf den richtigen Moment hin."

Finn schüttelte den Kopf.

„Sieh mal, ich will nicht entschuldigen, was sie getan hat. Sie hätte es dir erzählen sollen. Das wissen wir beide. Aber wir wissen auch beide, dass es nie so einfach ist. Ihr stand sehr viel im

Wege. Zum einen ist sie allein. Und zum anderen leidet sie unter dem mächtigsten Schuldkomplex, den ich je gesehen habe."

Erneut stieß Finn einen Fluch aus und zerwühlte sich mit den Fingern die Haare. „Sie sollte sich nicht schuldig fühlen. Mit dem Unfall hatte sie nichts zu tun."

„Nein", meinte Archer, „hatte sie nicht. Deshalb hoffe ich doch stark, dass du ihr nicht das Gefühl gegeben hast, sie hätte, ganz gleich, wie heftig sie deinem Ego auf die Füße getreten ist."

„Das ist doch völliger Schwachsinn. Hier geht es nicht um mein Ego."

„Dann eben um deinen dummen Stolz. Ich war bei dir, als dein Dad starb. Vergiss das nicht. Ich weiß, wie sehr sich dein Leben dadurch verändert hat. Und mir ist klar, dass wir hier über einen Toten reden, und ich rede nicht gern schlecht über Tote, aber du und ich, wir kennen doch beide die Wahrheit. Dein und Seans Leben hat sich zum Besseren verändert, als dein Vater tot und begraben war."

Finn ließ den Kopf in den Nacken fallen und starrte an die Decke.

„Weißt du, was ich glaube, was passiert ist?"

„Nein", gab Finn müde zurück, „aber ich wette, du wirst es mir gleich sagen."

Archer lächelte grimmig und hielt sich, getreu seiner Art, nicht zurück. „Ich glaube, du bist ihr verfallen, und zwar mächtig, und dann hast du es mit der Angst zu tun bekommen. Du brauchtest einen Ausweg, und sie hat ihn dir gezeigt. Teufel noch mal, sie hat ihn dir auf dem Silbertablett serviert. Tja, Glückwunsch, Mann, du hast bekommen, was du wolltest."

Als Finn schwieg, schüttelte Archer den Kopf und wandte sich zur Tür. „Hoffentlich genießt du es."

Finn saß da, schmorte in seinem eigenen Frust, erstickt von schlechter Laune und Bedauern. Genießen? Er konnte sich nicht vorstellen, jemals wieder etwas genießen zu können.

Müde schaute er sich um. In der Vergangenheit war dieser Ort sein Zuhause fern von zu Hause gewesen.

Aber dieses Gefühl hatte sich auf Prus Wohnung zwei Stockwerke höher verlagert.

Genau wie seine Gefühle dorthin gewandert waren – über Softball, Darts, Ausflüge und lange Unterhaltungen darüber, was sie sich erhofften und erträumten, oft gefolgt vom besten Sex, den er je erlebt hatte.

Ihm war nicht klar gewesen, wie heftig es ihn erwischt hatte, wenn es um sie ging. Oder wie sehr er sich gestattet hatte, sich in ihr zu verlieren.

Aber genau das hatte er. Er hatte sich komplett in ihr verloren, und ohne sie war er verloren.

Das hatte er nicht kommen sehen. Er war davon ausgegangen, dass sie einfach so weitermachen würden wie bisher. Zusammen sein. Zur Hölle, es war so leicht gewesen, dass es ihn völlig überrascht hatte.

Er war ihr verfallen. Völlig.

Aber das war noch nicht mal das Überraschende. Nein, die Ehre dafür gebührte der Tatsache, dass er sie immer noch liebte – trotz allem, was sie getan hatte.

Und immer lieben würde, vermutete er.

33. Kapitel

#LifeIsABowlOfCrazy

Pru saß mit Thor zusammen auf dem Dach und beobachtete, wie der Nebel sich ausbreitete. Plötzlich spürte sie, dass jemand sie beobachtete. „Ich werde nicht springen, falls du das befürchtest", sagte sie.

Archer trat in ihr Blickfeld und kauerte sich neben ihr nieder. „Natürlich nicht. Dafür bist du zu stark."

Sie spürte, wie die Andeutung eines Lächelns über ihre Lippen huschte. „Bist du dir da sicher?"

„Sehr."

Sie drehte den Kopf, begegnete seinem Blick, erkannte, dass er Bescheid wusste, und seufzte. „Spielt zwar keine Rolle mehr, aber mir ist klar, dass ich es ihm von Anfang an hätte sagen können. Ich dachte nur, wenn er Bescheid weiß, lässt er mich links liegen, und ich wollte ihm helfen."

„Er mag es nicht, wenn man ihm hilft."

„Wem sagst du das!"

Archer lächelte. „Finn sieht die Welt in Schwarz und Weiß. Wie … Giants oder Dodgers. Eigenproduktion oder importiert. Wir oder sie. Für mich und vermutlich auch für dich ist das nicht so einfach. Trotzdem ist er ein intelligenter Mann, Pru. Er wird damit klarkommen. Das tut er immer, in seinem eigenen Tempo."

Sie schüttelte den Kopf, küsste Thor auf die Stirn und stand auf. „Lieb, dass du das sagst, aber das wird er nicht. Und ich erwarte es auch nicht von ihm. Ich habe einen Fehler gemacht, einen wirklich gewaltigen Fehler. Und manchmal kriegen wir keine zweite Chance."

„Solltest du aber“, sagte Archer.

„Er hat recht.“ Das kam von Willa, die an der Feuerleiter auftauchte und zu ihnen herüberkam. „Jeder verdient eine zweite Chance.“

„Wo ist Elle?“, fragte Archer.

„Mit ihren hochhackigen Schuhen kam die Feuerleiter nicht infrage, und ausziehen wollte sie sie auf keinen Fall. Sie nimmt den Fahrstuhl.“

Spence tauchte als Nächster auf. Genau wie Willa kam er über die Feuerleiter. Er schaute Pru einen langen Moment an, dann nickte er und trat beiseite, um der Person Platz zu machen, die nach ihm auf das Dach kletterte.

Finn.

Er kletterte geschickt und leicht auf die Mauer, sprang herunter und ging direkt auf Pru zu, ohne seinen engsten Freunden auch nur einen Blick zuzuwerfen.

Pru blieb das Herz stehen. Alles schien stehen zu bleiben, selbst ihre Fähigkeit zu denken. Sie trat einen Schritt zurück, musste weg von hier. Noch war sie nicht so weit, dass sie ihm gegenübertreten und so tun konnte, als machte es ihr nichts aus, dass sie einander nichts mehr bedeuteten.

„Warte“, sagte Finn und griff nach ihrer Hand. „Geh nicht.“

Großer Gott, diese Stimme! So sehr hatte sie ihn vermisst. Sie fühlte sich verloren, sah hinüber zu den anderen, die sich an den Rand des Daches zurückgezogen hatten, um ihnen ein bisschen Privatsphäre zu geben. „Ich muss gehen“, flüsterte sie.

„Darf ich vorher etwas sagen?“, fragte er leise. „Bitte?“ Als sie nickte, drückte er sanft ihre Hand. „Du hast mir gesagt, dass du einen Fehler gemacht hast, und wolltest es mir erklären. Und ich habe dich nicht gelassen. Das war mein Fehler, Pru. Ich war im Unrecht. Wir haben beide Fehler gemacht, nicht nur du. Und ich habe begriffen, dass wir nicht einfach so tun können, als wären die Fehler nicht passiert, aber vielleicht können wir sie nutzen. Vielleicht können wir sie gegeneinander abwägen und dadurch aufheben."

Ihr Herz hämmerte wie ein Presslufthammer in ihrem Brustkorb. Es schlug so schnell, dass es ihr so vorkam, als könnten ihre Adern den gesteigerten Blutfluss kaum bewältigen. „Was willst du damit sagen?"

„Dass ich dir vergebe, Pru. Unsinn, du hast nichts getan, was ich dir vergeben müsste. Kannst du mir verzeihen?"

Der Presslufthammer hatte sich in einen massiven Klumpen in ihrer Brust verwandelt, der ihr den Atem nahm. „Es ist …" Sie schüttelte den Kopf und versuchte verzweifelt, ihre plötzlich hochfliegenden Hoffnungen im Zaum zu halten. „So einfach kann das nicht sein", flüsterte sie.

„Warum nicht?" Er griff nach ihrer anderen Hand, nutzte die Tatsache aus, dass sie sich in ihrer Verwirrung nicht rühren konnte, und zog sie an sich. Dann umfasste er ihr Kinn. „In unserer letzten gemeinsamen Nacht hast du etwas zu mir gesagt, als ich schon fast eingeschlafen war." Wärme trat in seinen Blick. „Du hast es gesagt, und ich geriet in Panik, also tat ich so, als hätte ich es nicht gehört. Redete mir ein, ich hätte das nur geträumt. Aber in Wahrheit war ich einfach nur feige."

Sie musste ihre Augen schließen, denn die sanfte Berührung seiner rauen Fingerspitzen fühlte sich auf ihrer Haut so richtig an, dass sie am liebsten geweint hätte.

„Ich liebe dich, Pru", sagte er leise, aber voller Überzeugung.

Sie riss die Augen auf, und ihr stockte der Atem. Sie hatte ja nicht einmal geahnt, wie dringend sie diese Worte hören musste, aber … „Liebe kann nicht alles heilen", presste sie hervor. „In einer Beziehung gibt es Regeln und Erwartungen. Und es gibt Dinge, die man nicht zurücknehmen kann. Was ich getan habe, gehört zu diesen Dingen."

Er schüttelte den Kopf. „Das Leben folgt keinen Regeln oder Erwartungen. Es ist chaotisch und unvorhersehbar. Und so wie es aussieht, ist die Liebe dem Leben sehr ähnlich. Auch sie folgt keinen Regeln oder Erwartungen."

„Ja, aber …"

„Hast du ernst gemeint, was du gesagt hast? Liebst du mich, Pru?"

Sie starrte zu ihm hoch und schluckte schwer, aber ihr Herz drückte ihr immer noch die Luft ab, zusammen mit der keimenden Hoffnung, die sie erfolglos zurückzudrängen versucht hatte. „Ja", flüsterte sie. „Ich liebe dich. Aber …"

„Kein Aber", fiel er ihr heftig ins Wort. Erleichterung lag in seinen Augen. Zuneigung. Liebe. „Alles ist unwichtig angesichts der Tatsache, dass es mir gelungen ist, die umwerfendste Frau, die mir je begegnet ist, dazu zu bringen, sich in mich zu verlieben."

Langsam schüttelte sie den Kopf. „Ich bin mir nicht sicher, dass du meine Bedenken ernst nimmst."

„Ganz im Gegenteil. Ich nehme dich und deine Bedenken sehr ernst. Du hast versucht, etwas Glück in das Leben von zwei Typen zu bringen, die du nicht einmal kanntest. Dein eigenes Glück hast du hintangestellt, geplagt von Schuldgefühlen und Reue, obwohl du keinen Grund hattest, wegen irgendetwas Schuld oder Reue zu empfinden. Du hast an jenem Tag selbst sehr viel verloren, Pru. Mehr als jeder andere. Und es gab niemanden, der dir geholfen hätte. Niemanden, der versucht hätte, dir das Leben zu erleichtern."

Es schnürte ihr die Kehle zu. Von einer Sekunde zur anderen. „Tu das nicht", brachte sie mühsam hervor. „Wir können nicht zurück."

„Dann eben nicht zurück. Aber vorwärts." Sanft drückte er ihre Finger. „Ich hatte unrecht, mich von dir abzuwenden, so verdammt unrecht, Pru. Was wir beide hatten, war hundertprozentig richtig, und es tut mir leid, dass ich jemals Zweifel in dir gesät habe."

Die Augen geschlossen, schüttelte sie den Kopf. Sie hatte

Angst zu hoffen. Angst zu atmen. Er drückte ihre ineinander verschränkten Hände auf seine Brust, sodass sie seinen starken, gleichmäßigen Herzschlag spüren konnte. Es war, als wollte er sein gelassenes Vertrauen in seine Gefühle auf sie übertragen.

Sie ließ es geschehen und nahm auch seine Wärme in sich auf. Seine Worte bedeuteten ihr viel mehr, als sie hätte sagen können. Ihr war nicht klar gewesen, wie wichtig es für sie war, ihn sagen zu hören, dass er sie nicht verurteilte. Dass sie keinen Grund hatte, sich für etwas schuldig zu fühlen. Es war, als hätte er alle ihre zerbrochenen Einzelteile wie Scherben aufgesammelt und in mühevoller Kleinstarbeit wieder zusammengeklebt. Sie geheilt. „Finn …"

„Kannst du ohne mich leben?", fragte er.

Sie riss die Augen auf. „Was?"

„Eine einfache Frage: Kannst du ohne mich leben?"

Sie starrte an ihm vorbei zu den anderen hinüber. Elle war inzwischen auch da, und auch wenn sie sich am anderen Ende des Daches zusammendrängten, versuchten sie gar nicht erst zu verbergen, dass sie auf jedes einzelne Wort lauschten.

„Pru", sagte er leise.

Erneut schaute sie ihn an, kaute auf ihrer Unterlippe.

„Du magst nicht reden?", fragte er. „Na schön. Dann mache ich eben den Anfang. Ich kann nicht ohne dich leben. Zum Teufel, ich kann nicht einmal atmen, wenn ich daran denke, ohne dich leben zu müssen."

„Kannst du nicht?"

„Nein." Sanft drückte er sie. „Ich lebe ziemlich einfach. Habe ich schon immer getan. Ich habe diese Idioten, die sich in alles einmischen müssen …" Damit deutete er zu seinen Freunden hinüber.

„Hey", sagte Spence.

„Er hat recht", erklärte Willa. „Und jetzt sei still. Ich glaube, nun kommt das Allerbeste."

Finn schüttelte den Kopf und wandte sich wieder Pru zu. „Ich dachte, ich bräuchte nur sie, und war glücklich, sie zu haben. Aber dann bist du in mein Leben getreten, und plötzlich war da etwas, von dem ich gar nicht gewusst hatte, dass es mir fehlte. Weißt du, was das war?“

Sie schüttelte den Kopf.

„Das warst du, Pru. Und ich will dich zurück. Ich will mit dir zusammen sein. Ich will, dass du mir gehörst, weil ich mit Haut und Haaren dir gehöre. Das ist so, seitdem du in mein Leben getreten und meine Spaßflüsterin geworden bist. Und du kannst mir nicht erzählen, es sei zu früh für eine Beziehung, denn seit unserer ersten Begegnung haben wir schon eine. Wir sind zusammen, und es ist uns bestimmt, zusammen zu sein. Wie Erdnussbutter und Erdbeermarmelade. Pommes frites und Ketchup. Pfirsiche und Sahne.“

„Titten und Bier“, warf Spence ein.

Archer schlang ihm seinen Arm um den Hals und hielt ihm den Mund zu.

„Nein“, sagte Pru.

Finn starrte sie an. „Was?“

„Nein, Titten und Bier passen nicht zusammen“, sagte sie. „Außerdem auch nein, ich kann genauso wenig ohne dich leben.“

Einen Moment lang hielt Finns Blick sie fest, die Augen dunkel und ernst und so von Gefühlen erfüllt, dass sie nicht wusste, wie sie das alles verarbeiten sollte. Und dann plötzlich lächelte er, und es war das schönste Lächeln, das sie je gesehen hatte. Er nahm ihre Hand, führte sie an seine Lippen und hauchte einen Kuss auf ihre Finger, bevor er sie in seine Arme schloss.

„Bist du bereit?“ Seine Stimme klang rau und ließ sie erkennen, wie wichtig ihm das war. Wie wichtig *sie* ihm war.

„Bereit für dich?“, flüsterte sie an seinem Kinn. „Immer.“

Epilog

#YouHadMeAtHello

Zwei Monate später …

Finn atmete erleichtert aus, als er den Wagen einparkte. Santa Cruz lag südlich von San Francisco, und wegen des dichten Verkehrs hatten sie über eine Stunde gebraucht, um hierherzukommen. Er stieg aus dem Auto und ging vorn um die Motorhaube herum.

„Behalte die Augenbinde um“, sagte er. Wie unzählige Male während der gesamten Fahrt.

Mit den Fingern strich sie über die provisorische Augenbinde – ein Seidentaschentuch, mit dem sie in der Nacht zuvor im Bett gespielt hatten – und lächelte. „Ich hoffe, dass unser Ziel ein großer Kuchen ist.“

„Ich habe dir gesagt, du solltest Höheres anstreben. Es ist dein Geburtstag.“

„Na schön“, sagte sie. „Erst ein nettes Abendessen und dann ein großer Kuchen.“

„Noch höher.“

Sie stieß ihn mit den Hüften an, rieb sich anzüglich an ihm. „Abendessen, Kuchen und … der Wochenendausflug, den du mir versprochen hast?“, fragte sie hoffnungsvoll.

„Es wird wärmer.“ Er packte ihre Hüfte und zog sie so eng an sich heran, dass sie genau spüren konnte, was sie mit ihm anstellte.

Sie lächelte – warm, sexy, umwerfend schön … sein Ein und Alles. „Darf ich endlich einen Blick wagen?“

Seine Eingeweide krampften sich zusammen, als er sie umdrehte, sodass sie das kleine Strandhaus von Santa Cruz vor sich hatte. „In Ordnung. Du darfst gucken."

Pru riss sich die Augenbinde ab und blinzelte. Ihre großen Augen weiteten sich sofort, und sie keuchte auf, blickte das Häuschen vor ihr an, drehte dann den Kopf und starrte einen Moment ihn an, bevor sie sich wieder dem Haus zuwandte. „Oh Gott", hauchte sie und drückte ihre Hand auf die Brust. „Das ist – war – das Haus meiner Eltern. Wo ich aufgewachsen bin."

„Ich weiß", sagte er ruhig.

Prus Blick war auf das winzige Häuschen gerichtet, als wäre es das schönste auf der Welt. Als fielen Weihnachten, Ostern und jeder andere Feiertag des Jahres auf einen Tag. „So lange bin ich nicht mehr hier gewesen …" Wieder sah sie sich nach ihm um. „Wir haben es übers Wochenende gemietet?"

Er nahm ihre Hände in seine, sodass sie ihn direkt ansehen musste. „Die Eigentümer haben es als Ferienhaus vermietet." Er drückte ihr einen Schlüssel in die rechte Hand.

„Du hast es für mich gemietet?", fragte sie atemlos.

„Ja." Er schwieg einen Moment. „Das heißt nein, ich habe es nicht gemietet. Ich habe es gekauft. Auf deinen Namen, Pru."

Der Unterkiefer fiel ihr herunter. „Was?"

„Die Eigentümer leben am anderen Ende von Amerika. Sie haben die Hausverwaltung angewiesen, es zu verkaufen, wenn sich die Gelegenheit bietet." Das Herz klopfte ihm bis zum Hals, und er konnte nur hoffen, dass er das Richtige getan hatte und sie das so akzeptierte, wie er es gemeint hatte. „Die Gelegenheit hat sich geboten."

Ein wenig zittrig ging sie die paar Schritte bis zur Haustür und schloss auf. Dann trat sie ein. Er folgte ihr langsam, um ihr die Zeit zu lassen, die sie brauchte.

Das Haus war möbliert. Im typischen Shabby Chic eines Strandhauses. Es gab eine winzige Küche, zwei winzige Schlafzimmer, ein Bad. Das wusste er alles. Er war bereits einmal hier gewesen, um alles unter die Lupe zu nehmen. Trotzdem folgte er Pru auf den Fersen, die schweigend – und ohne etwas zu erkennen zu geben – durchs Haus ging.

Das briefmarkengroße Wohnzimmer machte seine Winzigkeit mehr als wett durch den Ausblick auf den Pazifik, der nur etwa hundert Meter entfernt, am Fuße eines grasbewachsenen Hügels begann.

Pru trat an die bodentiefen Fenster und schaute hinaus.

Finn wartete, bereit, ihr alle Zeit der Welt zu lassen. Er war darauf eingestellt, dass sie wütend auf ihn sein würde, weil er zu weit gegangen war, aber als sie sich zu ihm umdrehte, lag kein Zorn in ihrem Blick.

Von Gefühlen überwältigt, schossen ihr die Tränen in die Augen und liefen ihr über die Wangen.

„Pru." Er trat näher, aber sie hob abwehrend eine Hand und stoppte ihn.

„Finn, ich kann das nicht annehmen. Wir gehen doch nur miteinander. Es ist nicht richtig …"

„Ja, was das angeht – dieses *Wir gehen nur miteinander*." Er zog sie an sich. So mochte er sie am liebsten. Er umfasste ihr Kinn und hob es, sodass sie ihn ansehen musste. „Ich möchte nicht mehr mit dir gehen."

Sie blinzelte. „Du hast mir ein Haus gekauft und willst mich jetzt verlassen?"

„Ich habe dir ein Haus gekauft, und jetzt bitte ich dich, mit mir den nächsten Schritt zu tun."

Sie starrte ihm nur schockiert in die Augen, und er erkannte ebenso schockiert, was los war. „Du hast erwartet, dass ich meine Meinung in Bezug auf dich ändere", sagte er.

Sie schüttelte den Kopf. „Nein, ich habe eher Angst, mehr von dir zu wollen. Ich will nicht gierig sein."

Finn nahm ihr Gesicht in beide Hände und zwang sie, ihn anzusehen. „Pru, hast du es immer noch nicht begriffen? Ich gehöre dir bis ans Ende aller Zeiten."

Sie entspannte sich und ließ sich gegen ihn sinken, ein leichtes Lächeln auf den Lippen. „In Ordnung", sagte sie ein wenig zittrig. „Das ist gut. Angesichts der Tatsache, dass ich alles von dir will, was du mir zu geben bereit bist."

Er stieß ein leises Lachen aus. „Alles. Ich möchte dir alles geben, Pru."

Ihre Augen begannen zu strahlen. „Das hast du schon getan", flüsterte sie und zog ihn zu sich herab, um ihn mit all der Liebe zu küssen, von der er immer geträumt hatte, und noch viel mehr. So viel mehr.

Als sie sich voneinander lösten, um Luft zu holen, waren ihre Augen immer noch feucht, aber sie leuchteten voll glühender Zuneigung. Einer gewaltigen Glut. „Meintest du wirklich alles?", fragte sie.

„Alles, was du dir nur denken kannst." Um es zu beweisen, zog er eine kleine schwarze Schachtel aus seiner Tasche, in der er sie seit einer Woche mit sich herumtrug, und klappte sie auf.

Mit zitternden Fingern nahm sie den Diamantring heraus. „Oh, mein Gott."

„Soll das heißen: ‚Oh, mein Gott, ich werde dich heiraten, Finn O'Riley'?", fragte er.

„Hast du etwa daran gezweifelt", fragte sie lachend und weinend zugleich.

„Na ja, ich habe immer noch nicht gehört, was ich hören will: Ja, Finn."

Lachend sprang sie in seine Arme und bedeckte sein Gesicht mit Küssen. „ja, Finn!"

Grinsend schob er ihr den Ring auf den Finger.

Sie bewunderte ihre Hand. „Tja, wie penetrant fändest du es denn, wenn ich dich gleich um noch eine Sache bitte?"

„Schieß los."

„Ich hätte gern noch etwas mehr von dem, was du mir letzte Nacht gegeben hast. Hier und jetzt."

Sofort hatte er jede einzelne heiße Sekunde der letzten Nacht vor Augen und lächelte. „Ach ja?“

„Ja.“ Sie biss sich erneut auf die Unterlippe, konnte ihr Lächeln aber nicht verbergen. „Bitte?“

„Baby, was immer du willst, wann immer du willst, und du brauchst nicht einmal Bitte zu sagen.“

– ENDE –

Originalausgabe

Anne Barns

Apfelkuchen am Meer

Durch Zufall findet Hobby-Tortendekorateurin Merle im Blog einer Unbekannten ein Rezept für Töwerland-Torte. Genau dieses Rezept für die leckere Apfelbuttertorte wird seit jeher vertrauensvoll in ihrer Familie weitergegeben, von Generation zu Generation. Merle macht sich im Auftrag ihrer Mutter auf den Weg nach Juist, um die Bäckerin der Torte zu suchen. Auf der zauberhaften Insel findet sie heraus, dass es noch mehr Gehemnisse gibt, die in der Familie gehütet werden.

ISBN: 978-3-95649-710-0
9,99 € (D)

Deutsche Erstveröffentlichung

Abby Clements

Das Glück schmeckt nach Zitroneneis

ISBN: 978-3-95649-678-3
9,99 € (D)

Der gebürtige Italiener Matteo und die Engländerin Anna wagen das Abenteuer und ziehen vom nasskalten Brighton ins sonnenverwöhnte Sorrent. Hier wollen sie eine Gelateria eröffnen und ganz Italien mit ihren Eiskreationen verzaubern. Eigentlich eine brillante Idee, wäre da nicht Matteos verrückte, laute Verwandtschaft. Insbesondere Mamma Elisa hat ihre eigenen Vorstellungen, wie italienische Eiscreme zu schmecken hat. Eines steht fest, das wird ein turbulenter Sommer ...
Eine zuckersüße Geschichte um Amore und Famiglia.

Ava Miles

Zwischen Himmel und Glück

Verdammtes Herz! Jill sollte Brian auf keinen Fall eine zweite Chance geben. Dass er sie damals verließ, um in New York eine Karriere als Sternekoch anzustreben, hat sie sehr verletzt. Doch nun ist er zurück im beschaulichen Dare Valley, flirtet mit ihr und erweckt ihre Sehnsucht. Ein Kuss – und plötzlich ist alles möglich! Bis Brians Exfreundin auftaucht. Jills schlimmste Befürchtungen scheinen wahr zu werden: Sie kann Brian nicht vertrauen. Oder ist ihre Liebe diesmal stark genug?

ISBN: 978-3-95649-677-6
9,99 € (D)

Originalausgabe

Tanja Janz

Krabbe mit Rettungsring

ISBN: 978-3-95649-568-7
9,99 € (D)

War es wirkliche eine gute Idee, an einer Abnehm-Show teilzunehmen? Das fragt sich Mittdreißigerin Nina, als sie in Seenot im kalten Wasser vor St. Peter-Ording treibt. Und das nur, weil ihre blöde Weight Fight-Kollegin Silke mit den Katzenfoto-Shirts ihre Surfkünste maßlos überschätzt hat. Können Nina und ihr Team nun noch gewinnen? Und warum muss ausgerechnet Rettungsschwimmer Veit sie aus dem Meer fischen, der die Abnehmer abschätzig „Krabben mit Rettungsring“ nennt? Ja, sie sind alle füllig und sie haben vielleicht zu lange in der Sonne gebrutzelt. Aber sie wird es ihm und allen anderen zeigen - zusammen mit Silke, Paul und Edwin, der besten Abnehmtruppe der Welt.